创业的游戏

萧一申 / 著

The
Entrepreneur's
Revenge

上海文艺出版社

目 录

第1章	融资被拒	001
第2章	君子协定	007
第3章	项目启动	012
第4章	新的竞争	024
第5章	初步交锋	036
第6章	梳理关系	046
第7章	项目打包	061
第8章	三亚论坛	066
第9章	协议达成	083
第10章	竞标时刻	090
第11章	项目反转	098
第12章	一地鸡毛	110
第13章	邮件门	120
第14章	要挟铭程	132
第15章	备件前夕	140
第16章	一切尽失	151

第 17 章	争风吃醋	161
第 18 章	最后一天	173
第 19 章	没你的日子	183
第 20 章	再见铭程	193
第 21 章	大牛开大牛	203
第 22 章	铭晟	213
第 23 章	恩怨相了	223
第 24 章	探寻真相	231
第 25 章	努力探寻	243
第 26 章	第九巡查组	251
第 27 章	双重跟踪	260
第 28 章	闵颖醒来	268
第 29 章	冰冷的机场	277
第 30 章	真相来临	286
第 31 章	暗黑协议	298
第 32 章	自杀之谜	309
第 33 章	项目暂停	320
第 34 章	宣战	331
第 35 章	主动出击	341
第 36 章	背后博弈	351
第 37 章	最终会议	363
第 38 章	决战之时	373
第 39 章	新的战役	383

第 1 章 融资被拒

看吴琳琳早就睡了,尹姚也不差遣了,垫了个凳子,翻出橱上柜的箱子,找出那根多年未系的红领带,看了看,笑了笑,大概想起那时的青春岁月。领带还算干净,但有些皱了,找出熨斗,在书房蹑手蹑脚地熨整。完了,放在西装一起,打算明早穿。这还是七年前尹姚和吴琳琳结婚的时候买的。

准备睡了,毫无睡意,悄悄去儿子房间看了眼,被子没被踹掉,尹姚这才安心睡去。

心中有事起得早,尹姚对着镜子反复修整着领带,怎么看都像红领巾。吴琳琳过来捣鼓一番,瞬间服帖很多,说:"儿子都会系绿领巾了,你还不会系领带。"

尹姚满意地说:"老婆,这不没你不行嘛!"

"快去吧,祝今天顺利!"

尹姚看看表,时间差不多了,早点到总没错。

车到小区,闵颖已经等在门口了。闵颖是尹姚的销售经理,左右手。闵颖一把拉开门,副驾驶一坐,朝尹姚看了眼,调侃道:"呦,这么多年还第一次看你穿成这么人模狗样的。"闵颖头发自信地盘起,清爽着瓜子脸。一身黑色小西装加短裙,白衬衫上两个纽扣没系,低低敞开,隐隐的,让人忍不住多看两眼。

尹姚侧着眼神,希望能够看得更深入明白,但浅沟为止,这是职业女人穿衣的聪明哲学,让男人欲穷千里目,得了风情却也庄重,印象深刻。"你这礼盒里装着啥?"尹姚问道。

"噔噔噔噔——，"闵颖给自己伴起奏，然后拿出其中一瓶洋酒，"这可是我珍藏了好几年的，今晚我安排好了，给你好好庆祝下。"

车开到陆家嘴地下车库，停好下车，闵颖叫住："站直了！"帮尹姚的领带和衬衫又整了下，"今天你真帅，以后要保持哦！"然后从包里掏出一支万宝龙，在尹姚眼前晃晃，嗔怪道："你怎么干啥都用两块一支的水笔！昨天从你抽屉里拿的。"

尹姚满意地竖了下拳头。

电梯很快就到了28层。这家投资公司真是气派，前台都有三个小姑娘，各个亭亭玉立，声音爽朗。尹姚问道："请问殷总在吗？"

"您有预约吗？"

"有，昨天上午约的，他让我今天早上9点过来。"

"是什么事？"

"签份协议。"

"您贵姓？"

"尹，伊甸园的伊，没有单人旁。"

小姑娘查了查电脑，"殷总这边今天没您的预约啊！"

"不会啊，昨天我和殷总还聊了很久，并约定了今天早上9点过来。"尹姚奇怪道。

"那您可以打一下我们殷总的电话，不过他基本早上9点从来都不在公司的，此时一般都会关机。"小姑娘说道。

果不其然，尹姚连打了三个电话，都表示您拨打的用户已关机，请稍后再拨。只好将手机号码给小姑娘看，小姑娘表示号码没错。

"不会啊，我们都商讨三次了，昨天还电话了半个多小时，已经确认了，今天要签协议的啊。"尹姚嘀咕着。

小姑娘说："没事的，那您稍等一下吧，说不定我们殷总一会就来了。"说完，带尹姚和闵颖去了会客室。

见尹姚有些心神不宁，闵颖安慰道："没事的，我们等一会嘛，一会就来了。"

　　尹姚要谈的事情是铭程和艾希投资之间的股权融资事宜。铭程这几年业务谈不上蓬勃，但也向上发展，可资金链一直是个严重的问题，希望这次能够通过融资来维系公司的运营和发展。

　　这一等，都快 11 点了，殷总还没来。尹姚中间又打了几个电话，从关机成了正在通话中，却始终没有得到回电，似有蹊跷。11 点半了，艾希投资的人一波波出去吃中饭了，闵颖站了起来，说："我来给殷总打电话吧。万一人家有难言之隐或者想拒绝，也不容易尴尬。"说完，拨通了电话，外放，这下没有正在通话中，只是到了快 50 秒的时候，才得到一个"喂"。

　　"您好，殷总是吗？"得到肯定的回复后，闵颖继续道，"殷总您好！我是铭程公司尹总的助理小闵，咱之前一起吃过饭的。昨天您跟我们尹总约了今天上午 9 点要签协议，我们正在——"

　　话没说完，电话那头就打断道："哦，我知道这事，昨天晚上我们董事会又开了个会，认为这个投资风险有些大，表决没通过。后来晚上喝酒有点多了，才醒，不好意思没跟你们尹总打招呼。小闵，你跟你们尹总说下，这个事情抱歉了。"

　　没等闵颖追问，电话那头已经挂了。

　　尹姚无精打采地开在回公司的路上，似乎忘了中饭没吃，一路没说话。闵颖坐在旁边，看着老板心事重重的样子，一把抓住了尹姚闲置的右手，说道："没关系的，不投资我们铭程是艾希的损失，是他们没眼光。当初看不上马化腾马云的，如今不都高攀不起？"

　　铭程 8 年来，尹姚什么样的困难没遇到过，抹平这点失落也只是酒肉穿肠过，半斤已足够。闵颖这手抓着不放，由暖生烫，尹姚赶紧抽开手给假日酒店的客户经理发了个微信。

　　到路口，车头一转，闵颖白眼向上一翻，都明白了，也没说什么。

停完车，客户经理凌曼已经等在门口，将房卡递给尹姚，说1620，然后知趣地转身走了。尹姚等在电梯旁，看闵颖惯例姗姗来迟，嗔怪道："怎么这么慢！"

闵颖终于憋不住笑道："大姨妈在家。"

"少忽悠人，走了，电梯到了。"尹姚不信道。

"真的，"闵颖拿起尹姚的手，"这里大庭广众，那边还有摄像头，不信你伸进来摸摸。"

尹姚赶紧将手缩了回去。

大事不成小事黄，尹姚有些沮丧，和闵颖点了三个菜，在大厅边上的餐厅吃了起来。闵颖倒心情好了起来，能把精干的老板给耍了，略感得意，说："你就别不开心了，今天真不巧，这次算你欠我的，下次你加倍奉还！"

尹姚摇摇头说没事。

"好了，你听我说！"闵颖突然郑重其事起来，"你保持你现在的状态，当什么也没发生。过个30秒，往你身后的7点钟方向的窗外看，要若无其事地小转身，当什么也没发生的样子。"

尹姚听着有些神秘，默契地将桌上的筷子往左身后一碰，掉在了地上，然后擦了擦嘴，半转身弯腰去捡，中间耽搁了下，往窗外一看，几十米外的酒店停车位上，有一个长焦摄像头正往自己这桌偷拍。

尹姚只捡起来一根，再想捡第二根时，长焦车正在开走，纳闷道："你怎么知道这辆车在监视我们？"

闵颖笑笑道："你没注意到吗？这辆车从我们离开艾希投资，就一直跟着我们。原本我没在意，只是竟然还冒出个长焦，我就觉得有些不对劲了。"

"你真厉害啊，我压根就没注意到。"

闵颖继续说道："看你今天那沮丧的样子，怎么还会关心到那些。

你看，跟你做了那么多年的销售，现在可以出师了吧？你不老是告诫我，做销售，一定要注意周围的环境，注意客户的表情，听明白客户的意思。"

尹姚笑道："对啊，做贼我只是打探好了周围的环境，却忘了盗窃目标本身！"

"别插科打诨，"闵颖说道，"现在很可能有人在跟踪或者调查我们。说不定是你老婆，你以后可要小心点，别打我主意！假如我有个三长两短，我肯定缠死你，想甩都甩不掉！"说完，哼了一下，上洗手间去了。

餐厅的洗手间需要从前台旁边走过，大概真是做贼心虚，老关心着周围环境，闵颖突然停下了脚步，十几米前，竟然发现吴琳琳和客户经理凌曼争执些什么。旁边正好有个大盆栽，闵颖不自觉地往里侧了一下身。

吴琳琳愤怒道："小凌，你带我去1620，尹姚肯定跟那个狐狸精在那个房间！"

凌曼惊奇道："我不知道啊，我都没看到尹总，怎么可能？"

"那尹总的车怎么在外边停车场，你当我傻吗？你再继续帮他隐瞒吧！你带我去，你不带就帮我刷张卡，我自己去！"

"姐，我真不知道什么情况，这个房间也许住着其他客人，我不能开卡进入的！"凌曼很无奈，"而且尹总怎么可能来这里开房啊，被我逮着了，我还不抓紧向姐您汇报呢？"

吴琳琳怒火难消："好，那我自己去！"

此时，闵颖从旁边走了过来，故作惊讶："琳琳姐，你怎么在这？"

吴琳琳一时语塞，回过神来，对"狐狸精"说道："那你怎么在这？"

"哦，这不早上陪尹总去签份融资协议，不顺利，等到中午都没等到人，看来是黄了，只好顺路来这里吃个中饭。"闵颖继续淡定道，"琳琳姐，你吃过饭了吗？尹总就在那边，一起呗。他今天心情沮丧着呢，看到姐,说不定心情就好起来了呢。"

吴琳琳回答道:"我吃过饭了,这么巧你们也在这。我是顺路过来找小凌取张上次未开的吃饭发票。"说完看着凌曼。

这种场面,凌曼逢源多年,立马心领神会,说:"是啊,琳琳姐,你稍等,我马上帮你去取发票。"

"你和尹总继续吃饭吧,我取完发票就走了。"吴琳琳对闵颖说道。

凌曼走到前台,知道根本没什么发票这回事,拿出一个信封,塞进两张废纸,快步走向吴琳琳,说道:"琳琳姐,发票给你,还害你特地跑一趟,真不好意思。"

吴琳琳拿过信封,朝凌曼使了个眼神,对闵颖说:"小闵,我先走了,回头我再跟尹总打电话。"说话,转走向大门走去,高跟鞋踩地的声音格外清脆。

神仙打架的势头过去,凌曼松了口气,对闵颖礼节一笑,转身离开,看了看微信上"取消"两个字,赶紧把聊天记录删了。

闵颖还有些心有余悸,尹姚则喝了口水,说道:"颖颖,你觉得刚才的事情有什么奇怪的地方吗?"

"是有些奇怪,暂时说不上来。"闵颖思忖道。

"我老婆怎么知道我在这里?甚至连1620的房号都知道。只有可能凌曼告的密。但根据你刚才所说,不太可能是她吧。你知道的,凌曼离开KTV后,这份工作也是我介绍给她的,她如果出卖我,我随时可以让我朋友开除她。"尹姚顿了顿,"还有一点,我们被人跟踪监视了,但跟踪监视的人很清楚我们只是在吃饭,而且提早离开了。"

"你的意思是说,不可能是跟踪的人通知琳琳姐我们在1620,对吗?"闵颖若有所悟,却发现从早上到现在,开始脑瓜疼。

第2章　君子协定

赶回公司已经快2点。蔡凌云在办公室，看尹姚走过，就叫进了办公室，问道："尹总，协议签完了吗？"

"人都没见到，协议黄了。"尹姚叹气一声，然后将事情大概说了下。

蔡凌云眉头紧锁，坐回自己的老板桌，难得点了根烟，说："那接下来的资金问题怎么办？我前个月打进来的300万，现在最多只能坚持两个月了。"

尹姚没接话，坐到这张气派的老板桌对面，也点了根烟，猛吸两口。

蔡凌云继续说道："那你真得想办法去搞点钱了，我这边也不宽裕。"

"大哥，最近也感谢你，前前后后已经垫了六百多万了，按理说，我也要垫钱出来，只是我现在真的手头紧。"尹姚继续道，"华睿那边律师函已经过去了，剩下的两千多万我一定尽快要回来。"

"那边技术协议上的节拍我们根本就达不到，差了20%，他们现在生存也困难，肯定抓住这一条，这条线的后续款项真有点悬了。"

"是啊，这都拖了两年多了，我们铭程是小供应商，真要被拖死了。"尹姚低声说道。

两边沉默了会，蔡凌云先开口了："VA公司的SP12新线项目要开始了，这个是我们战略客户，也是战略项目，这个项目你以好的价格拿下，那么，资金问题我再想办法，如果拿不下，就按照我们之前谈的，你缩股吧。"

尹姚一听"缩股"，心里咯噔下，但是蔡总开的条件，也不过分。VA是铭程的战略客户，过往项目基本都是由铭程来操作，关系不是一般的铁，要拿下这个项目，并不是难事，甚至可以说八九不离十。尹姚说道：

"行，大哥，多谢体谅。这个项目我一定尽力争取，你能解决资金问题，就太感谢了！"

"按照之前的项目核算，这个项目应该在6200万左右。我现在希望能够做到不少于6600万。"蔡凌云掐灭了烟，"6200万对于我们并没太多利润，借这个项目，我们不仅要拿，而且要价格好一些，补充公司现金流。"

尹姚琢磨着这个项目，按照自己的经验，6200万是没有问题的，但是6600的话，经过一些操作，应该也不难。

"怎么？有问题吗？"蔡总问道。

尹姚迟疑了一会，见蔡凌云伸出了手，也赶紧站起来，握了上去，"大哥，没问题！"

蔡凌云露出了微笑："行，那一言为定，不少于6600万，务必拿下。"

没等继续唠完，旁边的财务室就传来激烈的争吵，具体什么听不清，但肯定是闵颖的声音。尹姚说道："一言为定。我去看看什么事。"

财务高姐正对闵颖大声斥责道："你没按规定，就是不能报，这是公司的规矩。"

闵颖涨红着脸，说道："都快两个月了，报销的钱还不给我。你新立的规矩，不能中间提醒下我吗？"

"两个礼拜前的邮件上写得清清楚楚，你应该拿回报销单让蔡总补签一个字，"高姐越说越大声，"你没看邮件吗？莫非还要我一个个当面给你们通知？公司那么多人！"

闵颖说不过，没好声气道："你行！那你把报销单给我。"

"下个月5号再来拿钱，自己看邮件去！"高姐说道，然后转向出纳小张，"把报销单给她！还有，小张，我跟你再强调一遍，以后这种大额的报销单上，如果没有蔡总的签字，不要让我发现再给报销了！"

"尹总的也不行吗？"小张低声问道。

这下点燃了高姐的怒火："你不清楚这个公司现在归尹总管还是蔡总管？以后不按规矩操作就别做了！"

此时，尹姚已经站在财务室门口，听得清爽。闵颖拿过报销单，从尹姚面前走过，将报销单在尹姚面前甩了两下。尹姚清晰地看到闵颖眼眶的泪珠快翻涌出来。

蔡凌云帮闵颖签好字，问了怎么回事，然后安慰道："小闵，你知道最近公司现金流有问题，财务估计压力也大，所以也定了些新规矩，你就别放心上了。以后有大额的支出，你跟我解释下就好。"

闵颖说了声好的，转身要走，被蔡凌云又叫住："小闵，刚我跟尹总谈过了，近期 VA 公司的 SP12 项目是公司的生命线，你就好好协助尹总一起加油吧！"

闵颖冲进了尹姚的办公室，生着闷气，说道："尹姚，刚刚那个女人说的你都听到了？你怎么就不说句话呢？人家现在说话都骑到你头上了，你就不吭声？"

"也许当初对她太苛刻，现在趁机发泄吧。"尹姚平静道。

"这个公司当初是你一手建立的，当初我们打市场多么辛苦多么难，现在公司起来了，不光财务，还有人事，却处处刁难！"

"闵颖，别多想了，公司有公司的规矩。你知道我现在已经将控制权交给蔡总了，相信他能够带领公司走出目前的困境。"尹姚淡定道。

快 6 点了，VA 的项目资料整理差不多了，闵颖老公蒋伟已经电话在催问什么时候回家吃饭。尹姚让闵颖先回吧，还剩点工作就自己来干了，明天还要开这个项目的前期启动会呢。

闵颖开车回家，时不时地看向手机，屏幕也始终未亮。拿起副驾上的 XO 看了看，真是非常不顺的一天，这瓶酒也许还得再放几年。

打开家门,家里昏暗,闵颖喊道:"人呢?"

突然灯全部亮起来了,生日音乐也响了起来,只听到女儿婷婷高声唱起:"HAPPY BIRTHDAY TO YOU……"

蒋伟拿出一个大大的礼物,欢乐地说:"老婆,生日快乐!"

闵颖所有的不快,瞬时烟消云散,她等着尹姚能想起给她发个生日祝福,却始终未来,甚至想,可能都早已忘记今天是她的生日,30岁生日。她没想到蒋伟和女儿会给她惊喜,外面再美再刺激,也美不过一个温馨的家。

尹姚回到家已经9点了,吴琳琳刚洗完澡从浴室出来,薄纱曼妙,真空着身体,擦着头发,说:"饭在桌上,微波炉再热热。"

尹姚吃完洗了个澡,一整天的郁闷和憋屈,眼看自己老婆虽然三十多了,但少妇般的气质,薄纱透着丰满,仍然令人着迷。冲了过去,一把搂住,尽情将憋屈释放。

折腾的一天,尹姚疲惫快要睡去。吴琳琳说道:"不管你和闵颖之间有什么,但请别让我知道!"

尹姚说放心,没什么。一会就再没了声息。

吴琳琳回到客厅,从抽屉里拿出一个黄色的档案袋,封面大字写着:生活大爆炸。抽出里面的照片看了看,都是尹姚和闵颖在一起的照片,有闵颖头依偎在尹姚肩上的,有闵颖从背后搂着尹姚的……

吴琳琳叹了口气,全都撕了,扔进了垃圾桶。

闵颖和蒋伟,喝完最后一杯XO,都有点微醉了。蒋伟去小房间看了看女儿,睡得很香,然后走到闵颖身边,深情地看着自己美貌的妻子,欲言又止。

"怎么了,要说什么呀!你看你眼睛都红了。"闵颖说道。

"我不想失去你!"蒋伟说道,"你不会离开我和女儿,对吗?"

"傻瓜，怎么会呢，你是不是喝多了！"

此时，客厅的桌上，也有一个黄色的档案袋，上面写着：生活大爆炸。闵颖去洗澡了，蒋伟将档案袋用线缠好，塞进了电视柜。

半夜，尹姚醒来，看老婆已经熟睡，翻看起吴琳琳的手机，有一条长串数字发过来的短信，上面写着：假日酒店，1620，你老公，现在。

尹姚拿出自己手机，用小号给闵颖发了个微信：祝福第一刻的三十岁，爱你。然后删了。

第 3 章　项目启动

早上的会议室，尹姚第二个进去，见闵颖已经在准备了。

闵颖说道："原来你没忘记我的生日啊！害我等到凌晨。可你发的消息被我老公看到了。"

尹姚故作淡定："那他问是谁了吗？"

"骗你的！看到祝福我才睡着的。"闵颖摊开了双手，"还有，我的礼物呢？"

这时技术部老李和项目部刘经理，还有销售部的汤鸣和小林陆续进来了。

大家坐定，尹姚说道："JR 公司已经接近签下 VA 汽车整线项目的供应商合同了，预计金额超过 2 个亿。接下来就要轮到 VA 采购整线的 SP12 自动化项目了。我们铭程这几年一直是 VA 的优秀供应商，这个项目我们一定要拿下。当然，凭借我们这几年良好的关系和竞争力，拿下应该不成问题，但今天聚集大家一起开会商讨，最终的目标是，我们不仅要拿下，而且要用好的价格拿。这个项目对于我们铭程来说，非常重要，大家知道公司现在的现金流不是很好。上次的价格，利润一般，我们要通过这个项目来改善公司的资金状况。现在已经 9 月，11 月这个项目就将定下，这也关系到大家的年终奖。"

"那这次打算要多少拿？"汤鸣问道。汤鸣是个有冲劲的年轻销售，闵颖的助手。

"6600 万以上！"尹姚坚定地说。这下大家都躁动起来，议论开了。

闵颖说道："6600 万有些难吧？去年类似的项目，我们的价格只有 6200 万，按照汽车厂的年降规矩，这次的价格，能做到 6000 万就不错了。"

"如果6000万，我觉得闵颖你一个人就能搞定了，何必大家一起开会？"尹姚补充道，"JR去年的项目不到2亿，今年肯定会超过2亿，我们和JR一样是一级供应商，为什么做不到呢？"

技术部老李说道："听说JR他们增配了。"

"对，但不仅是增配。JR的销售总监罗军勇，虽然在销售行业浸淫多年，就凭这个猪头，能把价格往上做8%？"尹姚炫耀道，"因为我们铭程是背后的代理，我可帮了他们不少忙。当然，我不仅在帮JR，也在帮我们自己，毕竟我们的自动化是要配置在他们的整线之上，更何况，我们后续还需要他们的软件接口支持，他们能给我们软件的价格便宜点，我们的竞争可以更有优势。"

这几年，在尹姚的带领之下，铭程的业务拓展非常迅速，大家都知道尹姚是个销售奇才，又有闵颖这个得力干将，如鱼得水。尹姚继续说道："不用担心，要做到6600万，只要大家按照我的计划来分工行动，贯彻好既定目标，就不会有问题。"说完，在白板上写下5个部分：车间；工程部；采购；配套商；竞争对手。

"我现在一个个来说，先车间。去年的那个项目，规划是20个节拍，目前只做到了18.5。当然我们当时为了有利竞争，夸大了效率，但是后续还需要派出人手到现场进行优化。目的一，我们必须搞好和车间的关系，方便验收，争取尽快收到验收款，缓解公司现金流。车间人多，避免有人盯着节拍不够的问题不肯放。目的二，借这个机会，游说车间向工程部提出增配和指定零部件使用进口品牌，说法是更稳定和更高的节拍，这样，工程部如果接受，预算必然上去。目的三，让车间指定我们特有的国产化部件，节约成本，并且技术细节必须偏向我们。这样可以避免竞争，万一竞争起来，我们有足够的优势。车间在评标时占有一定话语权，确保到时候帮我们说话。这个任务就交给技术部老李和项目部刘经理，汤鸣你就作为销售支持。我不管你们和车间一起喝酒唱歌桑拿或者红包，只需要向我报备下即可，但务必要达到上述三个目的。你们有没有信心？"

得到肯定的回复后，尹姚继续说道："现在说工程部。虽然采购可能会砍预算，但这种成熟项目，按经验，工程部的预算，采购最多砍5%，那么车间这边的事情到位后，工程部的预算就尤为关键。目的一，我们需要让工程部认可技术上的增配和零部件的品牌指定，让工程部把预算做到6900到7000万左右，那么采购那边竞标时，降价到6600到6700万就比较合理。目的二，虽然VA项目的竞标就这么三家，但需要搞清楚这次的竞标是否有变数，并且及时跟踪另外两家竞争对手的动向。别突然出现第四家参与，若有，一定要在技术上先枪毙了。目的三，工程部评标的话语权最重，一定要站在我们这边。这个事情就交给闵颖和小林吧。"

"采购尚在后续了，这些就交给我和闵颖。"尹姚喝了口水，"我们铭程自己的供应商，刘经理，你跟踪下，处理好关系，务必这次的项目给予我们最好的价格，降低项目成本5%。必要的时候我可以和你一起去跟供应商谈。还有竞争对手那边，我会想办法，我会确保他们预算报价的时候就不会低。"

会议开到了中午，中间罗军勇打了四个电话，都被尹姚故意按掉了，他知道罗军勇急着问到底VA的合同下来没，他要急着向公司报喜。

"啊呀兄弟，你总算回电话了！"尹姚刚拨通，罗军勇张口就来，继续说道，"尹总，这个合同我都等了快两个月了，VA采购还跟我说在走流程，是不是中间出什么岔子了？"

尹姚知道JR的合同现在就差VA工程部常务副部长魏鹏的一个签字，这是故意让拖着的。尹姚说道："没啥岔子，就差一两个签字了。跟你这边的情况一样。"

电话那头迟疑了一会，老罗恍然大悟道："兄弟啊，我懂的，咱那个中间的代理合同,我已经报上去了,咱白总这不昨天才回来,下午我就让他去签,你放心。"

尹姚说道:"老罗,他妈的我帮你项目搞差不多了,代理合同你给我拖了两个多月,是不是你合同拿到了就不打算跟我签了?我只是个搬运工,你何苦为难我?"

电话那头表现得很冤枉:"尹总啊,这不是我要拖啊,这不咱白总国外去了一个多月才回来嘛!下午就给你邮件整过来。"

果然,没出两个小时,代理合同就过来了,甲方是JR的一个孙子公司,乙方是铭程在香港注册的公司,内容是咨询费。原本当初谈好的是120万,合同上是150万,莫非是罗军勇这小子良心发现还是脑子秀逗了。

没让尹姚开心两分钟,罗军勇就打电话过来了:"尹总,我拿到VA的合同,就让财务打款。这不120万吗,现在合同是150万,多出来的30,你到时候拿25现金给我就行了,多的5万够你交税了,这个没问题吧?"

尹姚琢磨了下,想罗军勇你也真够精明的,啥事都不忘往自己口袋里揣。香港账户要多交几万利得税,留了5万还算有点良心。尹姚只好答应,若不答应,罗军勇那边也不会盖戳。尹姚顺便说道:"我也赶紧帮你落实VA的合同,但接下来就轮到我们自动化的项目了,项目里含你们的软件授权费,你到时候必须给我最低价。"

"放心吧,反正给你家竞争对手的报价会比你贵100万。"罗军勇继续说,"晚上约了VA车间几个领导一起吃饭,你也熟的,要不要一起?"

"再说吧。"

"反正我刚问了闵颖,她说没问题。"罗军勇有些得意。

尹姚心里一万匹草泥马,罗军勇这厮啥事都要叫上闵颖,知道他打闵颖主意已久,但闵颖一直负责VA项目,和老罗交集太多,也无可奈何,赶紧吩咐汤鸣晚上陪你闵姐一起去,顺便酒桌上推进下车间的工作,但一定保护好你闵姐,别给人家占便宜了。

汤鸣满口答应。他年轻气盛,遇上 VA 车间那帮酒神,酒量还没闵颖好,肯定挡不住。而且惯例是酒桌上先喝半斤白的,然后三瓶啤酒漱口,接下来肯定上 KTV,然后又是洋酒,没跑的。尹姚没好意思跟汤鸣说少喝点,因为他少喝,闵颖就要多喝,舍不得,只好惺惺地说:"万一去唱歌,你给我打电话。"

汤鸣爽快道:"没问题。"嘴角伴点偷笑,像在说我知道你关心闵姐。

闵颖正好来找尹姚签字,说:"罗军勇晚上约了 VA 车间吃饭,问了我,我答应了。本来咱也要约吃饭的,这下正好让罗军勇埋单,吃饭喝酒唱歌,怎么也要两万,这钱咱就省了。"

不为公司省钱,闵颖怎么会答应罗军勇,尹姚心领神会道:"我让汤鸣和你一起去了,有个照应。"

"汤鸣?得了吧,是我照应他吧。你是让汤鸣来监督罗军勇的吧?"

"这是工作,汤鸣也要打通车间的关系嘛。"

闵颖"切"了一声,娇嗔道:"我喝了酒可会很开放的哦。"

"不要多喝——今天是罗军勇的主场,你适可而止。"

"哦呦,你急了,在乎我啦?"闵颖笑出声来,提起半边脸,"在乎你就来亲我一口。"

"我办公室窗是透明的,不然——"尹姚差点笑出来,看着闵颖像个含苞待放的姑娘,有点充血,但也马上回归正经,说道:"晚上我约了魏鹏吃饭,有重要的事情要谈,赶得及就过来陪你们唱会歌,正好罗军勇那边我也要好好谈谈。"

最近汽车厂项目多下班晚,市区路又堵,魏鹏赶到乔治餐厅,已经快 7 点了。尹姚在门口抽烟等着,正好遇上,赶紧说:"鹏哥,代理合同签好了。"

"那行,让罗胖子等着,这个礼拜就能收到合同。走吧,肚子都饿瘪了。"魏鹏说道。

上楼，魏鹏的女友蔺娜和吴琳琳早就相谈甚欢，看凳子旁边 H 家 L 家拎袋好几个。

吴琳琳一见尹姚，赶紧拿出新买的包，说："你看，这是娜姐今天送我的新款，怎样？"

尹姚菊花一紧，这个破布包，100 块的地摊货还要更好看，但这个正品他知道要一万多。魏鹏是工程部常务副部长，是领导，又是重要客户，哪有客户领导给供应商送东西的。尹姚赶紧说好看，然后甜甜地说娜姐真好。

两杯红酒下肚，娜姐脸色开始红润，拿起半杯红酒说："小姚，我敬敬你们夫妻。"

"小姚"这个称呼，是因为叫"小尹"像女孩子，自打魏鹏开始叫"小姚"，VA 里关系好的岁数长的私下都叫尹姚"小姚"。

尹姚和吴琳琳赶紧拿起酒杯敬了回去，四个人将杯中的红酒一饮而尽。

娜姐继续说："真羡慕你们夫妻，小孩都那么大了。"

尹姚心领神会，赶紧圆场："这不鹏哥这几年是事业的关键期，忙工作呢。"然后转向魏鹏，"鹏哥，你们在一起那么多年了，有日子了吗？"

魏鹏赶紧说："有日子了，明年上半年争取把你娜姐给明媒正娶了！"

娜姐推了魏鹏一把，努嘴说还不一定答应呢。

看魏鹏有点不自然，尹姚赶紧敬酒，说："既然鹏哥说了，大家都听到了，那我和琳琳就是督查。"然后对着魏鹏说："鹏哥，男儿言而有信，我等着喝你们的喜酒。"

又喝了几口，蔺娜说道："对了，小姚，我和你鹏哥前段时间正好在买房，可以算是婚房吧，原来那套小，要置换。你这边还剩那九十多万的货款何时能够打过来？我这边首付还差点。"

难怪蔺娜要给琳琳买包，然后喝了酒之后就可借机谈这个事。这个货款，尹姚是拖了挺久，还是上个项目的事情了。VA 去年的项目，魏鹏帮了很大的忙，蔺娜自己有个贸易公司，主动开口标准件从她这边走，再进货价翻倍卖给铭程。尹姚付了三分之一的款，现在还剩九十多万，实在是公司现金流快枯竭了，一拖拖了半年多。

尹姚略显尴尬，恳求道："娜姐，最近公司还在和华睿汽车打官司，他们欠了两千多万，现在把我铭程的现金流搞得紧张死了。你再宽限我两个月呗。你放心，到时一分都不会少。"

蔺娜看了眼魏鹏，说："娜姐不为难你，下周五之前吧，先付 50 万，剩余拖两个月没问题。你知道现在上海的房价动不动就一千万往上，就凭你鹏哥那点工资，多少年才能买得起房？"

迟疑了半分钟，尹姚回答道："那行吧，我尽量。"

魏鹏见气氛有些尴尬，赶紧拉着尹姚去楼外抽烟。尹姚顺便看了看手机，快 9 点了，赶紧给闵颖发了个微信：在干嘛。

魏鹏说道："兄弟，别介意啊，你娜姐就那样直来直去。"

"哎，鹏哥，我这边的现金流也跟你说过，不过你放心吧。"尹姚给魏鹏点上烟，"现在 SP12 项目的自动化，预算怎么样？"

"今天下午还在开会说这个事呢，整线定给 JR 了，自动化集成项目，今年公司效益总体预计下滑，采购在压预算，恐怕在 6000 万左右，具体还要看预报价。"魏鹏说道。

尹姚想起承诺蔡凌云的 6600 万，以及上午会上的目标，菊花一紧，赶紧问："还能不能提高？"

"难。但是预算报价没关系，先往高的报。但 6000 万的价格应该还可以了吧？"

尹姚又不能多说自己和合伙人的君子协定或者对赌协议，说道："鹏哥，我想做到 6600 万。"

魏鹏摇了摇头说不可能，沉默了会，转移话题道："我过两天就去美国了,等我回来再说吧。"

尹姚显得一头雾水:"美国?"

"前两个礼拜不跟你说起过的嘛!"

最近尹姚事情多喝酒多,哪记得住,问干嘛去,去多久。

魏鹏回答道:"一个多礼拜吧,那个副总老外叫去的,和采购一个小伙子,也没说去干嘛,就说考察学习。"

回到餐桌,尹姚桌下看手机,闵颖还没回消息,怕喝多了,赶紧打电话给罗军勇。电话那端歌声喧闹,大概听清是摩纳哥夜总会,就是假日酒店旁边那个。

借口上厕所,尹姚给闵颖打了三个电话,一个都没接,赶紧打电话给凌曼,电话那头的背景声音跟罗军勇的差不多,大概信号不好,说了半天没整明白。还好汤鸣回电话了,电话背景却很安静,说:"尹总,他们在摩洛哥唱歌。我喝多了,先回家了。"原来汤鸣刚才已经吐了两回,唱歌没进门就被凌曼叫车送了回去,摩纳哥和摩洛哥却搞不清楚。

尹姚说道:"汤鸣,你再坚持会,掐好表,过5分钟给我打电话说客户在找我,行不行?"

埋完单回到餐桌,被吴琳琳怼说水管被堵还是后门被堵了。尹姚想着躲开蔺娜催债,又想早点过去看看他们唱怎么样了。尹姚从来不担心闵颖参与这种风月场合,因为她从来洁身自好,并且大多数场合都应付自如,但今天有罗军勇这只满肚子坏主意的老狐狸在,汤鸣又缴械投降了,总有些放不下。闵颖和罗军勇吃饭唱歌这种应酬其实已经多次,但今天是第一次尹姚不在场。

吴琳琳看了看手表,对尹姚说:"电影还有半个多小时,我们差不多走了吧?"

尹姚早就被告知今天订了四张电影票,吃完饭去。该死的汤鸣说好了5分钟打电话来给自己脱身,估计是睡着了,太不靠谱。只好灵机一动,用虚拟来电 App 来了个汤鸣的电话,电话里响起尹姚早就录好的男声。挂完电话,尹姚手机桌上一放,屏幕亮着。吴琳琳一看,通话记录显示的确是汤鸣。

尹姚对魏鹏说道:"刚我单位汤鸣,你应该见过,今天不是和你们公司车间在吃饭嘛,车间吴经理喝多了,非要我去,我怕汤鸣 Hold 不住,看来电影我去不成了。"说完,情非得已的表情朝两位女士看了看,叹了口气。

魏鹏说道:"你抓紧去吧,车间老大很关键。两位女士我来安排。"

闵颖吃饭那会,罗军勇坐在旁边,满口夸赞汤鸣能说会道,前途大好,并且介绍车间几位大小领导给汤鸣熟识。汤鸣虽然都打过照面,但喝酒这种熟识的机会,作为销售是千载难逢的,于是白酒一个个敬过去。领导一起带来的车间兄弟自然不停回敬,一来二去,汤鸣慢慢喝高了,后面索性拎着壶直接干,闵颖拦也拦不住,才一个多小时,就跑到洗手间吐了一马桶。

闵颖喝白酒的极限是七八两,但绝不掺酒。汤鸣吐完稍微清醒点,到喝啤酒了,挡不住罗军勇的唆使,又几杯几杯的,三瓶下肚,这下谁也救不了了。

吃饭就在假日酒店,罗军勇找凌曼订的。见汤鸣不行了,罗军勇让凌曼叫个车把汤鸣送回去。

闵颖本来不喝啤酒,关键汤鸣一冲动,一直把汤鸣当弟弟的闵颖帮忙挡了几杯,白酒掺啤酒容易上头,坐着歇会。

太熟了也不见外,凌曼招呼领导们去摩纳哥夜总会的摩纳哥包厢先去唱歌了,晚了怕小姑娘们只剩下歪瓜裂枣的。

罗军勇人矮体胖,肥头猪脑,头发一丝不苟地后梳锃亮,短袖白衬衫塞在他大 H 的皮带里,唯一那一副黑框方眼镜,让人整体斯文了些。他喝得也不多,这点酒对他来说不算什么。他佛祖般的肥手搂着闵颖纤细的蛮腰,扶着去了大厅喝杯茶解酒。

闵颖去洗手间吐完回来,一下回魂,招呼着没事了,去唱歌吧。

罗胖又加了茶,说没事,他们唱着呢,你再醒醒,又问道:"颖颖,上次我提的事,你考虑怎么样了?"

"什么事?"闵颖莫名其妙道。

"来我们 JR 公司吧,我跟我们人事和白总都谈妥了。你这种女强人,JR 直接给你开税后 30 万,还不算奖金等其他福利。"见闵颖不说话,罗胖继续不依不饶,"你别以为我不知道,你现在的工资,连 JR 底薪的一半都不到,为了铭程这么拼有意义吗?铭程的情况我知道,现在财务、人事都在排挤你,你做得开心吗?"

闵颖抬头看了罗胖一眼,说:"走吧,唱歌去。"然后起身要走。

罗胖一把拉住了闵颖的手,大声说道:"难道你是为了尹姚?"

闵颖停了下来,甩开罗胖的手,直直站着没动。

罗胖继续说:"尹姚根本不属于你,他根本不敢为了你而做什么!"

闵颖回头苦笑了下,说:"那你敢为了我离婚吗?"

"我已经离了!"罗胖理直气壮道。

闵颖和罗胖到了包厢,VA 吴经理责怪道:"你们怎么那么久?娃都要落地了,来,喝酒!"然后让自己的小妹给罗胖和闵颖斟满洋酒,带头一饮而尽。闵颖碍不过情面,也一饮而尽,算是三中全会了。

吴经理大笑道:"现在这个点已经没姑娘了,你们俩就凑一对吧。"

罗胖不顾闵颖反对,连呼"行,没问题"。闵颖酒上头,又吵,没第一时间拒绝。

这时,凌曼从门口进来,大声道:"哪里没有姑娘啊,我不是还没有男人吗?"然后对罗胖说,"罗哥,今晚我陪你怎么样?"

罗胖看了眼闵颖，见闵颖半躺在沙发上，眼神迷离，领口也比之前敞得开，显然是热了，赶紧挥挥手说："凌曼，别闹，你去忙你的。"

凌曼把盘起的头发甩了下来，脱去工作小西装，领口拧下两颗纽扣，露出深沟，妖娆迷人，然后举起酒杯，对小姐妹们说："罗哥一直照顾我凌曼，我先敬他三杯怎么样？"

大家开始起哄，凌曼没等罗胖反应过来，连续三杯洋酒下肚。

大家起哄罗总喝，罗胖不好意思了，只好拿起洋酒准备喝，被冲过来的吴经理劝住，说："老罗，不带你这样的，人家凌曼喝的可都是不掺绿茶的哦，咱至少得男女平等吧？"

罗胖赔笑，真是看热闹不嫌事大，只好抓起小半瓶洋酒开始吹了起来。劲大，中间缓了缓。

凌曼看了看手机，屏幕亮了。刚在另外一个包厢，啤酒全倒在她手机上，正好尹姚电话过来，说了半天没听清楚，赶紧给尹姚发了个微信：摩纳哥厅，闵姐多了。

尹姚收到微信时，出租车快到夜总会了。给了张一百不用找了，然后飞奔进摩纳哥。

进门一看罗胖贴着闵颖坐，又不好多说，先跟领导们打了个招呼，喝了几杯，看酒不多了，让小妹再去拿两瓶，反正罗胖埋单。

大家继续唱歌，罗胖屁股挪开了点，尹姚一把坐到了闵颖的旁边，贴着耳朵说："你喝多了，我让凌曼先送你回去。"

闵颖似乎清醒多了，说了几句，歌声太吵没听清，索性一把抱住尹姚，大声对着他喊道："你不走，我也不走！我不要我走了，你抱其他小姐！"

其他人听不到，罗军勇听得清爽看得明白，拿起杯子，自杀了杯闷酒。

尹姚对罗军勇说道："合同你下周就能收到，收到合同两天内马上把

150万全款打过来，有问题吗？"尹姚计划着下周这150万收到，好将答应蔺娜的50万打给她。罗军勇表示没有问题，互干一杯，合作愉快。

尹姚又打了一圈，看大家都有些喝多了，专注于声色犬马，然后就单独跟罗胖杠上。罗胖心中郁闷哪肯收手，也跟尹姚对喝起来，像争夺配偶权的两只雄角马，看谁先撤或者倒下。

第 4 章　新的竞争

"这条线的节拍甚至达到了 20.5 次，比当初规划的 20 次更高！已经运行三年多了，基本没发生什么故障。"杰森解释道。

莫莉给旁边的魏鹏和一个小伙子进行翻译。旁边一个老外，身穿着干净的工作服，胸口印着 VA 字样，频频的点头表示认同。

车驶出汽车厂半个多小时，马路边上人烟越渐稀少，枯草稀拉凌杂。魏鹏看着马路边上的花园洋房，很多都年久失修，没什么人住，顺口问了莫莉这样一套房子，两层带阁楼，多少钱。

莫莉回答道："底特律汽车行业越来越萧条，这边住的人很少，这种房子不值钱，据我所知，可能就几万美金。但一般正常点的地方，预计几十万美金吧。"

魏鹏惊讶了下，想想自己要买的那套房子，一个小卫生间可能都比这个别墅贵。

这是他们两天来逛底特律的第三个汽车厂，都是用的美国 CP 公司的自动化集成。杰森告诉他们，美国的汽车厂有超过二十条线都是他们 CP 公司提供的，包括美国 VA。杰森是金发碧眼的中年美国男人，是 CP 公司美国总部的销售总裁，此时正开着车。旁边的中国小伙子是 VA 的采购，这次按领导要求，和魏鹏一起来考察 CP 公司在美国的业务情况。莫莉是 CP 中国区的销售总监，提早了一天来到美国，接待魏鹏他俩。

一行四人的晚餐在底特律市中心最好的牛排馆，都喝了点红酒。散场比较早，魏鹏还想着回酒店后和蔺娜电话谈些买房贷款的事情，上海正好早上 9 点，而且还要和公司同事开个电话会议。

"行，那先这样。我明天晚上的飞机，大后天就到公司上班了，等我回来再签吧。"安排完工作上的事情，魏鹏看看已经 10 点多了，准备洗个澡就睡了。

突然房间的门铃响了，门口是莫莉。

酒店旁边正好是个酒吧，进门，被悠扬的爵士乐笼罩。

"我这几天一直睡不好，你呢？"说完，莫莉喝了口威士忌。

"是啊，这几天时差一直没倒好，总觉得有些疲惫。"魏鹏也喝了一口。

魏鹏是被微信的提示音给吵醒的，看了看手机，已经早上 9 点。蔺娜消息说贷款的手续周四去办。魏鹏回了 OK，将手机放好，想起床，一把被旁边的莫莉搂住腰，说："女朋友应付好了？"然后一把抓住了魏鹏的命根。

魏鹏缩回了被子里，抱住光溜溜的莫莉，两个人再次疯狂起来。

闵颖收到工资款和报销款的短信，一看，气不打一处来。工资少了六百多，报销少了七千多，想着上次和财务吵，也不至于这么快就兑现。先去了人事部，人事小姑娘正一边打着电话拉家常，一边喝着奶茶，见到闵颖，还继续聊着，没有挂断的迹象。等了三分钟，闵颖忍不住了，说道："和工作无关的电话能先停一下吗？"

人事小姑娘看了眼，对电话说一会再打给你，然后没好气地说道："我打电话你管得着？"

闵颖也懒得争，得罪人事，到时候小鞋被穿成小脚女人，忍着气问道："我的工资为什么被扣了六百多？"

小姑娘查了查电脑，半天才说道："哦，你上个月两次没考勤，一次出差没报备。"

闵颖想问你怎么不提醒或者核对下，想公司人多，这也不是人事的义务，为避免尴尬，说："我没缺勤，那该怎么办？"

第 4 章 新的竞争 025

"补张单子,去找蔡总签字吧。单子自己上系统下载去。"说完,人事拿起手机开始拨电话,继续刚才的聊天。

闵颖去到隔壁财务室,财务高姐不在,出纳小张的座位上是个新人,有些纳闷。

新人主动说道:"你是闵颖吧,我是新来的小邬,小张前几天离职了,我来接手她的工作。高姐最近几天请假了,知道你要找她的,所以交代我说那七千多的报销款高姐要亲自过问你为什么吃个饭消费那么高。"

"上面不是有蔡总的签字吗?"闵颖大声道。

"高姐说,蔡总那么忙,那么多字要签,有些难免没注意到。公司现在处于艰难时期,她作为公司的财务主管,有义务要审核节约公司的开支。"小邬回答道。

闵颖转身离开财务室,冲到尹姚办公室,怒道:"现在这个公司那个姓高的女人做老大了,是不是?"

见闵颖气冲冲的,尹姚安抚道:"怎么了,慢慢说。"

闵颖将刚才的情况说了一下,继续问道:"你知道出纳小张怎么走了?"

"我也昨天才知道,据说前几天和高姐大吵了一顿,被开除了。"尹姚见闵颖生着闷气,继续道,"我知道你和小张关系好,小张也是我当初招进来的。但我也没办法,蔡总也调解了,到最后成了要么小张走,要么高姐走,蔡总也没办法,毕竟高姐是蔡总钦定的财务主管。"

"那个姓高的,早就看我不爽,现在蔡总掌权,我今后可有的受了!"闵颖委屈道。

"你就放宽心,扣的工资和报销的事情,我去找老蔡说,放心吧,少一分我加倍补给你。"尹姚继续道,"一会开VA项目的销售进度会,现在最糟糕的事情是,技术部老李已经两天没来公司了,电话也联系不上。据说前两天也和人事吵了。"

销售会议上，除了老李，人都到齐了。尹姚向项目部刘经理问道："老刘，目前是 VA 项目的关键阶段，老李什么情况？两三天没来上班了，也联系不上啊。"

老刘默不作声。尹姚见会上人多，也不便追问，继续道："这几天 VA 的项目方案要递交上去审了，目前进度如何？"

汤鸣说道："我看了技术部的项目方案，和车间及工程部都沟通过了，我们的项目方案太老，这次 JR 的整线更新了很多的技术细节，现在就等老李这边来完善了。"

会议的进展不大，没有最新的方案就没有具体的项目核算，初报价已经没有几天了。

尹姚找老刘抽烟。现在上海有屋顶的地方不让抽烟了，铭程虽是私人公司，老蔡贯彻得挺到位，现在的抽烟点在办公楼一楼后门，倒也清净。

"老李到底什么情况？老刘，你也是铭程的老人了，我们在一起那么多年，你就跟我说实话吧。"尹姚给老刘递了根烟。

"哎，我前两天看老李火冒三丈的样子，就问了问他。你知道铭程这么多年了，惯例是每年八月都会调整工资，增幅都在 5%—8%，九月拿新的工资。今年没有调整，也没有告知，这就算了，老李的工资还被扣了大几百，说是迟到几次。你也知道，大家下班后都是默认会加班个一两个小时，都没有加班工资，迟到几分钟就被扣那么多，所以老李就跟人事吵起来了。"老刘说完，深吸了一口。

"这个事情闵颖也遇到了，回头我跟老蔡谈。"尹姚说道。

"小姚，"老刘叹气道，"以前公司都是你在管，大家苦点累点，一起把铭程做起来，只要大家做得开心，钱这东西，我们也不是太计较。但现在不是这样了，我们有些事情也没法跟你提，怕你难做。但现在这公司的气氛，你看看，短短一两年时间，似乎完全变样了。"老刘掐灭了烟，尹姚抓紧又递上一根。"有件事——"老刘欲言又止。

尹姚帮忙点上烟，说："老刘，这么多年了，工作上我是领导，私底下我一直把你当哥，你就直说吧。"

"行吧。我也被扣工资了，但这点钱无所谓。我也跟人事提出离职了，人事威胁说不提前一个月不给劳动手册，这小屁孩态度还挺蛮横。我是无所谓，公司那么多项目压在我身上，处理不好，是铭程的损失。VA那边我都打探清楚了，老李如果不回来，项目方案我给你出，肯定没技术部出的精准，但也够你招标用了。你知道技术部那帮小子，没有老李，估计都不能整明白技术上的来龙去脉。"老刘说道。

"老刘，你为什么也不做了？再考虑考虑，待遇上的问题我跟老蔡去提。"尹姚故作淡定，其实已心烦意乱，在这关键的档口，连走两员大将，VA的项目可要悬了。

"小姚，你就不要挽留了，我已经决定了。我儿子下个月也要结婚了，我正好可以闲下来好好张罗张罗。"说完，老刘开门进去。

上海九月的秋风还夹杂着燥热，尹姚却感觉丝丝寒意。老刘回过头跟尹姚补充道："项目方案我三天后给你。"

蔡凌云这些事情都知道，见尹姚有些闷闷不乐，说道："老刘我极力挽留过了，看来他的去意很坚决，那也没办法。老李现在不知道啥情况。既然老刘答应给你出最新的方案，眼下对于招标应该不会有大的问题。我已经让人事抓紧去招人了，你就全力先想办法拿下VA的项目吧。我知道你现在压力大，而且又人员流失，肯定怪我把公司搞得那么严。但公司懒散惯了，现在必须要做规矩了。你放心，这个月被扣钱的，下个月如果遵守公司条例的话，都会补上的。我只是借这个月给大家做个规矩。那些遇到点小钱就要大吵大闹提离职的人，也不能跟铭程走到最后。"

"尹总啊，那150万，其中80万昨天就打过来了，你收到没？"得到肯定的答复，老罗电话里继续说，"那你明天直接拿现金过来，我请你吃饭。"

罗狐狸做事总是留一手，不把自己的25万拿到手，绝对不会打剩余的70万。现在财务的钱尹姚已经不能直接使唤了，加上答应蔺娜本周要给的50万，尹姚赶紧找蔡凌云去报备。

蔡凌云说道："答应的钱肯定会给，但眼下是公司的困难时期，这几天我刚签了一百多万采购的应付款，已经拖了很久，几个供应商都讨上门来了。你那些商务费用等VA项目确定下来再给。"

"我已经答应人家的，本周一定要给掉的，不然会影响VA的项目。"尹姚烦躁道。做销售，说好的事情就是信用，没做到，以后谁还能信。

"公司的账上有多少钱你自己能看到！"蔡凌云有些不耐烦，"现在只发了办公室的工资，今年没涨工资，已经反应那么大了。车间还有七八十号人的工资没发呢！不紧急的费用要么你拖着，要么你自己先垫着！"

尹姚转身要出去，被蔡凌云叫住："以后商务上的费用，不能想怎么就怎么，你要向我汇报。现在税务查得紧，公司已经没有名目去充这些账了。"

闵颖回到家，女儿婷婷不在，去外婆家了。蒋伟一个人喝着酒，淡淡地问："回来了啊。"

闵颖诧异道："哎哟，今天怎么这么好兴致，从来都不在家喝酒的。"

蒋伟拿出个酒杯，开了瓶红酒，说："来，你也喝点。"

"今天有点累，我就不喝了。"

"喝点！"蒋伟的嗓门有点大，一下惊到了闵颖，马上补充道，"对不起，我不该那么大声，你过来喝点吧。"

"行，那陪你喝点吧。是不是遇到不顺心的事情了？"闵颖迟疑了会，回到餐桌。

蒋伟没回答，给闵颖倒上红酒，自己又补了点白酒，拿起杯子，说干一杯,然后二两白酒一饮而尽。闵颖有些莫名其妙,但老公心情不好,也陪着将一杯红酒全干了。蒋伟又要给自己倒酒,闵颖去制止,问:"到底怎么了,喝那么多!"

"把手拿掉!"蒋伟呵止,吓得闵颖赶紧将手缩了回去,继续倒了二两,然后又将闵颖的红酒杯倒满,"喝完这杯!"

终于喝完,蒋伟去客厅将两份档案袋往餐桌上一甩,又开始给自己倒酒。

闵颖赶紧拿起档案袋,抽出照片。第一份档案袋内的照片是之前的,有闵颖和尹姚在车内依偎和拥抱的。第二份档案袋内的照片是上周的,那天 VA 车间吃饭唱歌,罗军勇走后,闵颖和尹姚干柴烈火,出了 KTV,直接在旁边的弄堂里热吻的照片。虽然有些昏暗,但是从侧脸和穿着上看,本人无疑。

闵颖的脸一下子通红,说不出话来。

蒋伟这下没干,喝了一口,说道:"第一个档案袋收到有点时间了,我一直忍着,没给你看。但第二份档案袋内的照片,那天晚上你回来很晚,我问你跟谁去吃饭唱歌了,你没说是跟尹姚!"

闵颖一下有些懵,不知是惊慌还是内疚或是恐惧,直直地矗在一边。

沉默了许久,蒋伟眼睛通红,抽泣道:"这么多年来,我把你捧在手里怕碎了,含在嘴里怕化了。我听了不少关于你和尹姚的流言蜚语,我相信这不是真的,也许是人家羡慕我娶了一个这么聪明漂亮的老婆。我们结婚这么多年,我怎么都不会相信闵颖你是水性杨花的女人!"

蒋伟又干完杯中酒,说道:"我收到第一个档案袋,我意识到我错了,但我爱你,不想失去你,我想挽回,所以我没说,也不知道该怎么说,只想用真心来挽回你。收到第二个档案袋,我真地无法再忍受了,我真地好伤心!好伤心!"

沉默了许久,见蒋伟还在喝,闵颖抢过了酒杯,流着泪水道:"对不起,真的对不起。我也很在乎这个家,我们的女儿还小。这件事情是我错了，你想怎么样，我都接受！"

"我想怎么样？难道不是你想怎么样吗？"蒋伟反问道。

闵颖不知道如何回答。

"你到底想怎么样？怎么样？你说啊。"蒋伟哭喊道。

闵颖根本没有任何心理准备，这些年来，闵颖欠蒋伟的何止这些。她想着，如果蒋伟要离婚，她也会答应，她可以净身出户，什么都不要，只要女儿婷婷。闵颖此时正等着蒋伟能够一个耳光挥过来，她不会躲闪，只希望这个耳光能够越重越好，能够让蒋伟出气，能够打醒她。

又沉默了许久，拳头和耳光都没有过来，蒋伟突然给闵颖盛了碗饭，深喘着说："先吃点饭吧，肯定肚子饿了。"

闵颖没有动筷。

蒋伟说道："我不想失去你，不管是我爱你还是为了女儿婷婷。你打电话给尹姚，你明天辞职，以后再不相见。现在就打！"

闵颖没有反应，满脸都是泪。蒋伟从闵颖包里翻出手机，重重放在桌上，说："你要么打电话，要么离婚，就两个选择，现在就选！"

尹姚正和朋友喝着酒，比较吵，看到闵颖的电话，赶紧跑到外边。

闵颖有气无力地说："尹姚，你在忙吗？"

尹姚回答道："还好，怎么了？"

"我明天上午办离职手续，我不做了！"闵颖低声说道。

尹姚怀疑自己有没有听错，反复问了几遍，得到同样的答复，有点慌不守舍，呼喊道："为什么！为什么？"

"铭程的工资太低了，有很多人想我走，我也不想做了。"闵颖故作镇定，"我明天办离职，新工作我已经找好了。请你到时候不要为难我，谢谢！"说完，把电话挂了。

"你在哭，发生了什么？"尹姚追问，可电话那头已经嘟嘟嘟。

这几天尹姚痛失两员大将，现在闵颖这个左右手要走，一时不知道

第 4 章 新的竞争

如何是好。进了包间,尹姚心绪不宁,好兄弟陆中华催着快来干一杯。

陆所长是尹姚发小,下午刚给尹姚打了50万周转。尹姚这不自己一时没闲钱,罗军勇和蔺娜的钱,说好的,哪怕自己垫也要给掉。

这时,闵颖发来微信:蒋伟知道我们的事了。

"兄弟,什么事,看你心慌意乱的。"陆中华问道。

"闵颖要走了。"尹姚说完,把微信给陆中华看。陆中华是尹姚最好的兄弟,公司的事情,也都会唠起。尹姚和闵颖的事,陆中华全知道,劝过尹姚好几回放手,爱情中的人们哪会听得进。

陆中华琢磨了下,小声说:"走,我陪你去闵颖家。"

见尹姚还有些茫然,陆中华继续说道:"尹姚,你丫的是不是酒喝多了啊。你公司现在这情况不能失去闵颖,对吧?我看你对闵颖也是真心的吧,她现在估计正被一顿家暴呢,都是你惹出来的事情,还不去救?"

跟酒桌上一圈朋友打了个招呼,有急事先走,陆中华的下属正好没喝,帮忙开车,直接坐上警车,尹姚指路,呼啸而去。陆中华打趣道:"如果蒋伟对闵颖家暴,我这不警车都开着了,直接把蒋伟拷走;如果蒋伟要揍你,你就知趣点,让他揍,这事放谁身上都得动手。但放心,我陪着你,万一动菜刀,我还能护着你!"

这说得尹姚有点哆嗦,想这事如果发生在自己身上,可能还不只用菜刀砍了。

到了闵颖家楼下,陆中华示意司机等在车里,有个万一赶紧鸣警笛。

一起上楼,敲门,开门的是闵颖,有些惊讶,脸上都是泪痕,但没肿,也没血迹,看来没被动手。闵颖想关门不让进,拦不住。

尹姚见蒋伟还在喝酒,打了个招呼,没回声。闵颖将两个档案袋递给尹姚,免得尹姚想解释说其实我们俩没什么,欲盖弥彰势必引起蒋伟更大的怒火。

尹姚看过照片,蒋伟抬头问了句:"你们俩是真的吗?"

尹姚点了点头。

这时，蒋伟冲了过来，狠狠一拳砸在尹姚脸上。尹姚顿时鼻血直流，倒在地上。闵颖下意识想去扶，被尹姚拦住，自己站了起来。紧接着，蒋伟的第二拳又挥了过来，尹姚扶着椅子一起应声而倒。陆中华也没要帮的意思，没拿菜刀，已经是最温柔的场面了。

尹姚索性也不着急起来了，坐在了地上，起来还要多挨一拳，犯不着。用袖口擦拭着鼻血，顿时白衬衫都染红了。眼睛也睁不开，黏黏的，眉角也破了，都是血，赶紧用另外一个袖口擦了擦。缓了缓，清醒了下，尹姚又站了起来，男人都是要站着死，特别是在心爱的女人面前，抑或在强大的对手面前。尹姚集中注意力，如果来第三拳，这下必须得闪，该出的气也出了，进医院就犯不着了。

"对不起，蒋伟。"尹姚说道，"今天来的目的，我只是想说，这件事情不怪闵颖，是我惹出来的，我主动的，我的错。"

"你竟敢勾引我老婆！"蒋伟吼道，又想冲过来给尹姚一拳。这下陆中华一把将蒋伟抱住，赶忙说："兄弟，有话好好说，这件事情是尹姚错了，他也承认了。你再打下去，要出人命了！"

蒋伟坐下冷静了会，喝了口酒，大声问道："尹姚，那你今天来想干什么？"

尹姚回答道："我的错，你想怎么样我都能接受。"

"行，那我的要求很简单，明天闵颖就离职，要不就我和他离婚，跟你过吧！"

"闵颖离职也可以，我希望能给我两个月的时间。公司还有重要项目要收尾，这对我很重要。"

"不行！"蒋伟厉声呵斥，"你有什么资格跟我谈条件？明天就离职，要么离婚。"说完，蒋伟看了眼闵颖，苦笑道："闵颖，你这下看清楚这个男人了吧，他在乎你吗？你就只是替他卖命！"

"蒋伟，我不是要闵颖给我卖命，我是真地在乎她！"尹姚想蒋伟能

第4章 新的竞争　　033

收到这些照片,吴琳琳估计也都收到了,也难免一场腥风血雨,还不如豁出去了,继续说道,"蒋伟,再给我两个月的时间,我手头上的项目处理完,到时候你们再决定。如果你和闵颖要好好过下去,我答应闵颖离职,并给一笔补偿金,我从此不再来骚扰你们的生活,并祝你们幸福。如果到时候你们离婚,我会替闵颖负责,我也会离婚,因为我真的在乎她。现在我只想要两个月的时间,顺便也是给大家冷静下来的时间!"

"没门!"蒋伟大声嚷道。

这下尹姚有些火了,看了看闵颖,又看了看陆中华,说道:"蒋伟,你们夫妻是我介绍认识的,没有我,也没有你们现在!蒋伟,今天的事情是我错了,我求你,我尹姚不太爱求人,今天我求你给闵颖和我两个月的时间,只为工作,我不会再做越界的事情。你放心!"

"不行就是不行!就明天,离职!"蒋伟有些歇斯底里了。

"好,你蒋伟不给面子是不是?"尹姚忿忿道,"蒋伟,你是什么人我不知道吗?你就没做过对不起闵颖的事?不需要通过陆所长,我就有很多方法拉出你这几年的开房清单!"

车驶出小区,陆中华赶紧问:"兄弟,你要不要先去医院?"

尹姚料到会有今天这一出,庆幸赶到闵颖家前问了问凌曼,原来蒋伟和之前KTV那个小姑娘一直藕断丝连着,最后竟被自己那句懵人的话给唬住了。尹姚摸了摸脸,有些肿痛,说道:"不用了,皮外伤。送我回家就行了。就是得麻烦你今天好人做到底,陪我上楼,我不知道回家你弟妹会发生什么。"

"没事,我懂。只是谁他妈这么缺德,还跟踪你。你最近得小心点了。"陆中华说道,"以后你他妈的别随随便便让我拉开房清单,现在不允许了,要被扒皮的。"

"我又没真让你拉。蒋伟那小子,我心里有数。"尹姚苦笑道。

回到家,十点多了,陆中华在身后。吴琳琳正追着剧,看到尹姚,吓了一跳,赶紧关切道:"哎呀,亲爱的,你怎么了,全身都是血?"

尹姚顿了下,想老婆这么关切的表情,一点看不出可能也收到档案袋后兴师问罪的迹象,那就得换一种说法了。没等尹姚开口,陆中华赶紧说:"哦,弟妹,今天这不在喝酒吗,有点多,旁边那桌惹事,动手了,现在我都让人拷回所里了。"

第 5 章　初步交锋

莫莉远远看到魏鹏在办公室，招呼旁边的助手在楼角等她。

莫莉敲了两下玻璃门，魏鹏一看是莫莉，惊讶道："莫总，你怎么来了？"

"魏部长，有没有打扰到你？"

魏鹏表示没有，莫莉继续道："分手那天我说我们很快就会相见的，果不其然！"

魏鹏尴尬笑道是啊是啊。

"你这办公室好气派，风水也好，南有阳光，北俯瞰整个外面办公室，在你手下工作偷懒都难啊。"莫莉笑道。

魏鹏回应道哪有哪有，问："今天特地来 VA，所为何事？"

"哦，我这是特地来给魏部长负荆请罪的。"莫莉也不见外，在魏鹏对面坐下，继续道，"上次跟你一起去底特律的采购小王，让我提供下我们在美国项目的方案，说跟这次的自动化项目类似的。我就亲自送来了，但回头想想，项目方案一般都是递交给工程部由魏部长来确认的，我直接递交给采购，这不越雷池了吗，所以赶紧过来给魏部长您解释下。"

魏鹏这才想起昨天采购小王给自己打电话，希望这次项目能让 CP 公司参与，但被魏鹏以项目进度来不及和国内经验欠缺为由给拒绝了。小王这小子，现在直接绕开工程部直接跟供应商谈，魏鹏有些不爽，但他也不好表现出来，说："这次项目已经启动了，恐怕已经来不及了。那采购那边怎么说？"魏鹏估计小王还不至于敢直接绕开工程部，背后肯定也有人指点。

"采购那边很欢迎啊！希望我们能参与，一起控制成本呢。"莫莉说道。见魏鹏接话慢,娇嗔道:"魏部长,你这都不能给我倒杯水吗?我都渴死了!"

魏鹏哦了声,马上电话让门外的助理送瓶矿泉水进来。莫莉拧开喝了口,继续娇嗔道:"还以为你能亲自给我泡杯热茶呢。"

魏鹏有些紧张,生怕这个女人缠着自己不放,严肃道:"莫总,那天在美国,对不起,是我没控制住自己,但我这个人的原则喜欢公事公办,这个请理解。"

"魏部长,你紧张了。"莫莉笑了出来,"你想哪去了,那天是你情我愿的事情,我们都单身,也都是成年人了,不需要谁对谁负责,我也没有借这个事情来要求你什么,这个你放一万个心。我们CP不是想来抢这个项目,只是想参与到这个项目中来,能参与到报价就心满意足了。"

"据我所知,你们国内,自动化部门都没有建立呢。"魏鹏经莫莉刚一说,心宽了不少。

"这个您就不知道了,我们两个月前国内就已经组建了自动化部门,还有两个老外专家特地过来支持,然后从其他部门调了十几个设计人员。最关键的是,我们还从行业里挖了几个专家过来。我们CP本来就是VA的一级供应商,凭我们CP中国深耕国内汽车行业二十年的上下游整合能力,又有国外项目那么多经验,我觉得不是问题。"莫莉自信道。

"莫总,是否能参与这个项目,我做不了主啊,我只是工程部的常务副部长。"魏鹏指了指隔壁,"那边是我们正部长陶金陵,他才说了算。"

"哎呀,魏部长,你过分的低调可不是谦虚啊,大家都知道,你才是工程部的实权人物。"说完,莫莉又笑了起来。魏鹏赶紧让别瞎说。莫莉开始正经起来,继续道:"魏部长,我知道你和铭程的尹姚关系铁,这些都没关系。下午估计采购会发你方案,跟你谈CP的事情,您不否决或者不表态都可,这已经是莫大的支持了。"

"你认识尹姚?"

莫莉微笑道:"很熟。"

第 5 章 初步交锋

闵颖拿着一个备件合同让尹姚签字,眼睛还是肿的。尹姚签完,问道:"昨晚后来怎么样了?"

闵颖回答道:"蒋伟同意了,两个月,离婚或者离职。"

尹姚若有所思。闵颖继续问道:"蒋伟外面真地有很多开房记录吗?"

"其实我也不知道,昨天随口说的。"尹姚回答道。

这下轮到闵颖沉默了。知道少,活到老,蒋伟和尹姚的背后,何尝不是天下乌鸦一般黑的臭男人,这两个对自己重要的男人背后的阴暗,她根本不想多知道。

"昨晚你赶过来,其实只想多留我两个月,都为了VA的项目,对吗?"

尹姚看了眼闵颖,没有回答。

闵颖继续道:"其实我也知道了我在你心目中的分量,我有些难过。两个月后,你想让我怎么选?我离职了,你还是会天下太平,对吗?我想知道,如果我离婚了,你会怎么做?"

"先不要考虑那么远,眼下还是先把重心放在项目上吧。项目丢了,我也完蛋了。"尹姚说道。

闵颖有些不依不饶:"我很好奇,吴琳琳有没有收到照片,她知道我们的事吗?"

"她应该不知道吧。"

闵颖眼角淌出一滴泪:"为什么要让我来承担这些抉择?尹姚,你的立场呢?"

尹姚拿出张纸巾,递了过去:"先冷静下,我也很烦,我暂时不想去想这些事情。我们一步步走下去。"说完,给了闵颖一张标签纸和笔,"是谁要看我们的好戏,你写下来,我也写下来,看看我们的观点是否一致。"

尹姚翻开闵颖的纸,上面写着"罗军勇",问道:"为什么你觉得是他？"

闵颖回答道："他离婚了，追求我很久了，也一直要挖我去JR，我离婚了他就有可乘之机。昨晚那个事情，就可以加速我离开铭程。"说完，翻开尹姚的纸，上面也写着"罗军勇"。

尹姚说道："那天晚上，后来只有罗军勇知道我们在一块。而且，我感觉吴琳琳没有收到我们那天晚上的照片，那就意味着他不想我和吴琳琳闹翻。因为我和吴琳琳闹翻，最终是我们两个走到一块，也就没有罗军勇什么事了。"

闵颖吁了一口气，离开尹姚办公室前，回头说："哪天我忍不住了，我很想让吴琳琳也知道。"

VA每周一次的商务会下午两点如期举行，主要是开会审议大大小小的项目标的。魏鹏坐了两个多小时，终于熬到最后一个项目定完标，突然外方的采购部长斯蒂文说道："下个月要定标新项目的自动化，虽然时间比较紧了，应我们美国总部的要求，我想推荐下CP公司。"然后问向陶金陵，"陶部长，他们的公司介绍、部门实力及项目方案，你都看过了吧？"

陶金陵点了点头，说道："我看过了，CP公司经验很丰富，他们的项目方案是目前几家里最好的。我觉得可以参加竞标。"说完，看了眼魏鹏，"小魏，应该没问题吧？"

晚上跟魏鹏聊完电话，已经8点了，尹姚赶紧打电话给闵颖，说道："技术部老李应该是去了CP公司，老刘过几天也会去CP，他们估计一两个月前就已经谋划好了。老刘的方案我看过了，太粗糙，我们的技术分会低很多。"

"CP公司不是主业在总装吗？怎么也搞自动化了？还有临阵挖老李和老刘，狼子野心可不小。"闵颖诧异道。

尹姚说道："具体细节我明天再和你解释，我拿到CP公司的方案了，已经发你邮箱。你是技术出身，VA 的技术任务书也在你邮箱，帮忙对照着再完善下，最好连夜能够完成。这个项目有些提前了，明天下午 VA 工程部将特地召开个技术澄清会。CP 公司也会参加，你带上老刘一起去，顺便摸摸 CP 公司的情况。我不方便出面，你辛苦下。"

连夜将技术任务书完善更新完，闵颖看看已经凌晨 3 点了。

第二天，闵颖跟老刘走进 VA 的厂区。办公大楼前的吸烟亭，一个穿着红色连衣短裙的美女正靠着玻璃窗抽着烟，红色的高跟鞋格外显眼，在周围来来往往的蓝色工作服中十分出挑。闵颖走过，扫了一眼。美女喊了一声："闵经理吧？"

闵颖走上前去，伸手待握，"你好，我是铭程的闵颖，你是？"

莫莉没有回答，看了闵颖身边的刘工一眼。刘工说道："小闵，我先去工程部，上个项目的事情有点问题先去聊聊。"

闵颖说道："不用猜，你肯定是莫莉了！"回头看了眼刘工的背影，"CP 的技术方案是老李做的吧？看来过段时间，老刘也要到你们这里报到了。"

莫莉哈哈两声，说："我一直以为你们尹总身边来来去去的都是花瓶，看来闵经理你是升级版的了。"

闵颖不是滋味，回应道："莫非大名鼎鼎的 CP 公司的莫莉总，过去也是我们尹总的花瓶？我是升级版，那您就是 PRO 版了。"

莫莉苦笑了两声，说道："看起来你比我年轻，友情提示你，尹姚手滑，他捧的花瓶都容易摔碎。"

"没事，我是玻璃钢做的。"闵颖笑答。

另外两家竞争对手安排在第二天，尹姚赶紧电话交代这个项目的技术细节，让他们抓紧完善方案，帮忙陪标也要做得像样才行。按照尹姚的预计，不管这个项目结果如何，VA 一般保留三家供应商，强大的 CP 公司介入后，另两家如果技术方案一塌糊涂，说不定会枪毙一家，留着

CP这个不可控的对手，以后是个麻烦。如果CP这个项目丢了，以后说不定就不玩了，那么仍然保留原来的三家竞争模式，那是最好。就算CP以后继续玩，那么也争取了处理关系的时间。尹姚最后还强调道，把技术方案做好点，如果谁家最后被枪毙，没轮到最后竞标，陪标的费用也不给了。

会议室里，铭程和CP公司两家坐定，闵颖看到莫莉身边的技术特别眼熟，左思右想，原来是从JR那边挖去的。上游加持，加上临阵又从铭程挖人，看来这次CP的野心不小；还有刚才莫莉带有攻击性的话语，看来是势在必得的样子。闵颖手心捏了把汗。

这时，魏鹏走了进来，跟大家打了个招呼，说道："这么热的天劳烦大家跑一次了。因为这个项目将是我们VA公司的样板工厂，将要生产我们VA旗下的高端车型，公司也非常重视，SOP的节点已经锁定，所以这个自动化集成项目进度需要提前。上午我们工程部内部审阅过你们发过来的技术方案，你们两家做得不错。我们是邀请招标制，为便于沟通和节约时间，你们两家就一起坐下来将方案的细节再完善和统一下。希望大家能够在统一的技术要求下进行报价和竞标。"看了看大家没有异议，魏鹏继续说道："我有些事情要忙，接下来的技术会就交给我的两位同事老蔡和小吴了。"说完，魏鹏离开了会议室。

技术会谈得很细，将项目上零部件的技术要求，电气元件的品牌以及运行标准都做了详细的规定，并修正了方案中缺失的一些模块。这次闵颖比以往任何项目听得都认真，不明白的一一提问，笔记本上认真做好记录，从一个销售变成了技术专家，因为她知道老刘已经靠不住，只能靠自己了。老刘则有些心有旁骛，上了两次厕所，只能轻声解答些闵颖提出的技术细节。

莫莉听得无聊，像说好似的，中途也上了个洗手间。看魏鹏在办公室，敲门进去。

魏鹏问道:"会议结束了?"

"没有,我又不懂技术,待在那边像傻瓜。"莫莉继续说道,"哎,魏部长,在你这边喝杯咖啡可真不容易啊。"

不一会儿,咖啡送了进来,莫莉喝了一口,说:"好久没吃火锅了,今天晚上我订了临沂路的川香火锅,很有我家乡味,赏个脸呗。"

魏鹏回答道:"今天晚上有约了,真没空。"

"刚我已经问过你助理了,今天晚上你没工作上的饭局。"莫莉含情脉脉的看着魏鹏,努着嘴说道。

"今晚真——"

没等魏鹏说完,莫莉插道:"我只想请你吃饭讨教讨教 VA 项目的游戏规则,不然我不懂的话,一不小心就擅作主张破坏了游戏规矩,这就不好了。"

莫莉是端着咖啡杯回到会议室的,那一抹红色难免不吸引大家的目光。莫莉将咖啡杯放到桌上,声音有些大。大家都只能喝桌上的矿泉水,而咖啡肯定是魏部长让人特意泡的,言下之意就是让工程部两位知道,CP 莫莉和魏部长关系匪浅,项目上可不要设置障碍。

会议终于快要结束,工程部小吴重申了下:"各位,因为这次的整线是由 JR 公司操作,自动化模拟运行软件请各位直接问 JR 公司购买,费用包含在这个项目中。另外,我们这次采购的预算比较紧张,预算报价请大家不要太离谱,免得到时候采购找我们工程部麻烦。"

闵颖见魏鹏已经不在办公室了,就先走了。到了停车场,莫莉已经在那边抽着烟,问道:"闵经理,能单独聊两句吗?"

闵颖示意老刘去车里等她,问道:"莫总,有事吗?"

"也没什么特别的事情,"莫莉将烟头扔到地上,踩了两下,继续说道,"你又年轻漂亮,又有冲劲,还懂技术,这个项目结束了,有没有兴趣来 CP 呢?我技术团队已经布置完了,还差个销售主管,你很适合。"

闵颖笑了起来,说道:"CP能给年薪百万吗?"说完转身想走。

"只要CP拿到这个项目!"见闵颖停下了脚步,莫莉走上前去,"以你的能力,你一年能给CP拿两个以上这样的项目,工资加奖金上百万又何尝不可?你在铭程也不开心,就拿那么点死工资。"

"你好像很了解我的样子。"闵颖说道。

"那是,"莫莉有些得意,"闵颖,湖南人,上海读的大学,机电专业毕业后,被某个人忽悠进了当时才几个人的铭程。技术销售俱佳,行业内小有名气,今年是你的第七年,一个月到手一万出头,没有涨工资。过去两年铭程内斗,你们蔡总防着尹姚,你是被排挤的对象,因为你是尹姚的左右手,必须要断。说得没错吧?"

"呵呵,"闵颖冷笑道,"莫莉,重庆人,野鸡大学什么专业毕业不重要了,来到上海,因为英语好,渝妹子辣,进了外资企业DB。搭了个老外男友,但没多久回国了,你被甩。当时尹姚年轻帅气,你和他处了一年男女朋友。尹姚借你的职务之便获得了很多DB公司的资料数据,出去自己创建了铭程。你又被甩了。铭程起色,但DB老外不再信任你,被辞退。离职后去了哪就不知道了。这次借着CP回来,你是打算找尹姚这个骗你感情又让你丢工作的人报仇吧?所以什么事都干得出来。"说完闵颖就想走了,将满脸诧异的莫莉留在身后。

闵颖又补充了一句:"莫总,如果我没猜错,你应该还没结婚。魏部长快要结婚了,对他用美人计,省省吧,不要拆散人家多年的感情,积点德。"然后扬长而去。

晚上的火锅,魏鹏姗姗来迟,很不情愿,但只能放了蔺娜看电影的鸽子。莫莉想多套点项目上的信息、竞标上的技巧,但魏鹏显得很冷淡。魏鹏也不能表现出任何的倾向性,只是表示不要恶性竞争,项目多得是,将来大家都有机会拿。

魏鹏怎么都不肯喝酒,借口晚上还有事。莫莉也觉得眼前这个男人和美国时两个样，了无生趣，拿出一个礼盒，递了过去，说："下午我去商场精挑细选的风衣，尺码我估计没错，肯定合身，秋天正好穿。"

魏鹏看了看盒子上的品牌，估摸着五位数，推了回去，说："莫总，不合适。有两点我需要申明：一，现在是招标阶段，原则上我今天饭都不能和你吃。二，我有女朋友了，明年上半年要结婚。所以，我不要这个风衣。我希望我们能保持正常的工作关系。我今天来吃饭，因为VA这个项目很重要，你是新供应商，我很担心你们拿了，到后面一堆问题，拖累项目进度，我也要承担责任。另外，VA的报价，我也不希望出现恶性竞争，以后留下烂摊子没人收。"

莫莉对魏鹏这些冠冕堂皇的话术背后的意思了若指掌，也不好明说。她有些失落，下午和闵颖这个小姑娘的正面交锋，没占得半点便宜，晚上约魏鹏吃饭，魏鹏其实也是应付。魏鹏言下之意，就是最好还是不要搅和这个项目。其实她在美国时，就已经对高大帅朗的魏鹏产生了好感，大家都没结婚，女强人也是女人，也需要倒在男人怀里哭泣。心想着，只要锄头挥得好，哪有墙角挖不倒，只是，自己的锄头已然生锈。

莫莉转移了话题，聊了会在美国的趣事，看差不多了，拿出一张房卡递了过去，说："我在马路对面的6608等你。今天这顿饭你请，免得说是供应商贿赂吃火锅。"然后盯了魏鹏5秒，看好像没有拒绝，拿上包，先走了。莫莉顿时心里还是美滋滋的，男人可以拒绝钱，但总归不能拒绝色吧。

莫莉早就洗完了澡，穿上暴露的情趣内衣，对着镜子孤芳自赏起来。已经33岁了，身姿依旧曼妙，依旧前凸后翘，但还能维持几年呢，褪去妆容，脸上的细斑已经开始突兀。穿上浴袍，等强壮的魏鹏来吧。

突然门铃响了。莫莉快步去开门，门口站着的竟然是尹姚。

莫莉探出身子看看外面，空无一人，又不便问，疑惑说："怎么是你？"

"好几年不见，还好吧。"尹姚问道，又不自觉地往周围看了看，有没有人跟踪或者拿着长焦对着。

莫莉紧了紧浴袍的腰带，说："我很好，有什么事吗？"

"不请我里面坐坐吗？"尹姚看不回答，将礼盒递了过去，"魏鹏不会来了。阿玛尼的风衣你忘带了。"

沙发上坐下，莫莉扔了瓶矿泉水过去："说吧，找我什么事。如果是VA的项目，你就不用说了。"

尹姚喜欢由浅入深，这么直接还真不习惯，说："听说你在CP发展得还不错，为你高兴。"

"哎哟，尹姚尹大老板，这么多年来，从来没收到过你的一句问候，现在倒开始假装替我高兴了，能不能不要这么虚伪？"莫莉怒斥道。

"当年是有原因的——"

没等尹姚说完，莫莉怒道："陈年往事我不要听，现在我也不需要任何解释。"

尹姚仍旧说道："当年我们都在DB的时候，你知道公司是新加坡老板和法国老板的合资公司，新加坡老板是华裔，他让我暗地里负责国产化，但技术掌握在法国人手里，你跟法国人关系好，而且资料的权限高，所以想着法子问你要。后来法国人发现了，我不是自己要走的，我是被开除的！我半年没找到工作，被迫才和人一起搞了铭程。无业游民的半年里我觉得很自卑，也就没再找你。"

莫莉哈哈大笑："尹姚，你继续装，装吧。没事你可以走了！"

"莫莉，VA的项目对我很重要，能放我一马吗？"尹姚恳求道。

"你可以走了，不送。"莫莉坚决道。

"VA的项目，大家联手做，行吗？"

"你走！快走！"莫莉吼道，见尹姚没挪步，威胁道，"我数到三，你还不走我就喊非礼了！"

第5章 初步交锋　　045

第6章 梳理关系

尹姚问陆中华借的50万先打给了蔺娜。蔺娜说道:"新项目你放心,你鹏哥肯定全力帮你。"蔺娜买房这档口,是VA项目的关键时期,这个钱自己垫也得处理。只是罗军勇不依不饶,两天一个电话,那25万像救命钱似的,不给明天他的太阳就不升起了。让他先把剩余的70万打过来,总是一大堆理由,言下之意,你拖我25万,我拖你公司70万,到底谁吃亏。

魏鹏将CP的预算报价拍照片发了过来,另外两家都没问题,都是七千多万,铭程6900万,但CP的报价只有6200万。所以,VA采购很有可能将最终的预算定在6000万左右,也就是说,这个项目最后的投标报价,不能高于6000万,高了就废标再议,到时候就谈简配降价,必须做到6000万内。

闵颖指着显示器屏幕,说:"你看这项,我们几家的JR软件授权费都是三四百万,为什么CP才150万?"

"嗯,我也注意到了。"尹姚说道,"罗军勇在捣鬼,所以那25万,怎么都不能给他。"尹姚想到罗军勇对自己和闵颖做的那些无耻的事情就来气,这个仇一定要报,继续说道,"眼下,我们必须要想办法完成几件事。一,软件授权费,罗军勇是靠不住了,需要换个方法,把成本大幅降下去。顺便治治罗军勇。二,需要想办法让VA增加预算,除非蔡凌云同意6000万内成交。三,CP怎么搞。"

"现在离招标也就还有三个礼拜,你有好的办法吗?"闵颖有些焦虑。

"我们一步步来,不用紧张。"尹姚伸出拳头放在半空,"你会一直支持我的,对不对?"

闵颖将拳头拼凑了过去,说:"我会支持你到项目的最后,今后能否支持就看你的选择了。"

蔡凌云正在办公室,尹姚说道:"大哥,VA 的预算只有 6000 万,恐怕做不到 6600 万了。"

蔡凌云问道:"为什么这么低?"

尹姚将情况和困难都说了一遍,说:"大哥,6600 很难了,6000 拿下没问题吧?"

蔡凌云回答道:"6000 万?能有多少利润你不知道吗?10% 的利润能支撑公司下去吗?收个 30% 预付款,再压供应商款,那我们还得垫 2000 万进去,你算过资金使用成本吗?我们这种公司,固定资产少,银行不给贷,民间借贷就是 10 个点一年。算上项目风险,万一延期怎么办?还要你的商务款,还得缴税,最后我们喝西北风啊!"

"现在的行情也难啊!"尹姚低声说道。

"你跟 VA 那么熟,你自己想办法!我们说好的,6600 万以上,利润做到 12%—15%,我想办法解决公司运营资金,没有资金,就算拿到项目,做下去都困难!做不到,你就按约定,退股吧!除非你把资金补上。"蔡凌云坚决道。

尹姚无话可说,托脑沉思。

蔡凌云安慰道:"小姚,不是我为难你。我垫给公司的几百万,我收过利息吗?不就等于我免费借你一大笔钱了。这个项目你需要什么协助,你可以告诉我,大家一起想办法。但结果必须胜,而且按照我们约定的来!"

走了老李和老刘这两个铭程核心部门的主管,下面的人一时还顶不上来,之前一些正在运行的和收尾整改的项目,客户电话拼命打给销售,闵颖电话烦得狼狈,冲到尹姚办公室,一阵抱怨。尹姚电话也没少,两人面对面说不上几句,电话就来打断。还有,一会北方的客户来,一会南方的客户来,都要安排招待好,酒是少不了。迷糊了几天,尹姚赶紧召集开会,让汤鸣和小林多分担点,把闵颖脱开身。

闵颖把办公室的门关上,坐到尹姚对面,说:"VA 的项目临近了,你怎么计划?"

"这两个礼拜,我们要集中精力在这个项目上了,CP 来势汹汹,我们把这个事情放在最后。预算的事情,我前几天已经跟魏部长电话谈过了,该做的都做了,就等他那边的消息了。眼下,我们先做好我们内部的事情。"电话又过来,尹姚看了看,调了静音,继续说道,"我们先把内功练好。我看过我们的成本了,CP 有老刘和老李的支持,大部分也会国内采购和国内组装,大家的成本差不多,我们的供应商体系更成熟,他们的管理成本更高,我们可能成本上会有些优势。但我们的软件成本是 250 万,CP 公司的软件成本为零。"

"零?"闵颖有些纳闷。

"我昨天正好路过 JR 公司,特地去了解过了。"尹姚神秘地说。

"罗军勇告诉你的?"

"这死胖子怎么可能。我都没去碰他,我特地去找他们的总工杨齐仁。"尹姚不紧不慢说道,"老杨告诉我,JR 公司虽然是国营企业,但最近几年借着汽车行业大发展,已经将整线设备卖到了北美,合作商就是 CP。因为毕竟是国内公司,想在异国他乡打出天地,没有当地公司的张罗是不行的。整线和自动化本来就是要整合成一体的,所以他们在北美的项目,是联合开发,共享软件的模拟设计平台。前一个月,是 JR 的白总带杨齐仁一起去谈的,JR 答应 CP 公司,今后无论北美还是国内,软件共享,不收取费用。他们是互帮互助,互相利用。"

"那我们就太吃亏了。"闵颖说道。

"这个也没办法,但我们可以利用杨齐仁这点进行突破。"

"这招绝!"闵颖竖起了大拇指说道,"最近我真是脑子不好使。听说杨齐仁早就对罗军勇怀恨在心，我们可以好好拿这个做点文章。"

"是的，"尹姚接过话，"罗军勇去年在北方那两个项目，虽然后来自动化不是我们拿的，但他让那两家自动化公司都只买了软件的基础版，上面的运用模块，都是从罗军勇自己外面的公司走的账，密码狗都是杨齐仁背着 JR 私下给开通的。罗军勇一个模块卖 30 万，而给杨齐仁 3 万一个。总共好几个模块了，罗军勇是狠狠赚了一笔，而杨齐仁只是小头。后来杨齐仁知道了罗胖子的卖价，心里不爽已久。"

"那杨齐仁为什么不跳出来自己供密码狗？"闵颖有些纳闷。

"这种因分赃不均的事情抖出来大家都没好处，而且罗胖子掌握着客户，杨齐仁若敢私卖，如果 JR 的 IT 部门从云端检测出来客户没买模块却在使用，罗军勇肯定会汇报后让 IT 部门把端口封掉。所以，客户也不敢找杨齐仁。"尹姚说道。

"那你想这个软件直接找杨齐仁？"闵颖问道。

"对。我们要把软件成本节约一百多万才能和 CP 竞争。顺便也可以做件一举多得的事情，"尹姚哼了一声，继续说，"我和老杨已经初步谈了密码狗的事情，约了明天晚上一起吃饭聚聚，上个项目和 JR 合作到现在，也是时候了。我们现在技术上和项目上都有问题，顺便让老杨找下面的人来帮帮忙，我们需要渡过这个难关。闵颖，你想办法明天晚上把罗军勇也叫上。"

"罗军勇不来怎么办？"

"罗军勇必须来，这个你搞定。我相信他肯定会来，铭程如果这次拿了项目，密码狗他还想着赚钱呢，到时候必定依靠杨齐仁的帮忙。他也害怕我们直接找杨齐仁来绕开他。"尹姚自信地说。闵颖临走，尹姚补充道："莘迪那边联系怎么样了？"

"联系上了，但她不一定愿意。"闵颖回道。

"不管你用什么办法，这个事情，你这几天一定要搞定。"尹姚说道。

闵颖嗯了声，外面接电话去了。

第 6 章 梳理关系　　049

魏鹏挥舞着网球拍，格外卖力，但出手还是比较轻的。几个回合下来，对面的长者已经气喘吁吁了，说："小魏，休息会儿休息会儿，我这老骨头跟你们年轻人不好比啊。"

魏鹏马上打开矿泉水，递了过去，说："叔，你的技术是越来越精啊，要不是我年轻，早就被你前后左右调度得躺地上了。"

两人笑了起来。一会儿，助理将电话递给长者："李总，您电话。"

李总拿着电话走开了。魏鹏问助理说："模拟装配机打包的事情跟李总说过没？"

助理摇摇头说："提过，李总不回答，我也不好多说。"

见李总过来了，魏鹏没说下去。

李总将电话放到桌上，问道："小魏啊，你这一个礼拜陪我打两次球，会不会影响你谈朋友啊？这么个岁数了，没结婚，连女朋友还不谈。"

魏鹏笑着回答道："叔，你又见笑了。打网球本来也是我的爱好，又能陪叔打，一举两得啊。"

"哎，我记得莘迪以前也爱打网球，后来你们陪我一起打，现在只剩下你陪我打。"李总叹了口气，补充道，"我岁数大了，发发牢骚而已，不要介意啊。"

"莘迪现在美国，也挺好。"魏鹏应和道。

"这小姑娘已经一年多没回来了，找个老外，都没我这个爸了，"李总喝了口水，继续说，"当初你们俩没走到一起，我是挺可惜的。但小魏啊，你也35了吧，该找女朋友结婚了。"

魏鹏呵呵道："叔，不急，在上海，结婚都比较晚嘛。您有莘迪的时候，也三十多了吧。"

李总哈哈大笑起来，说："你不找，是不是现在压力太大？SP12新生产线的项目，压力很大吧？"

魏鹏点了点头。

"主要是啥问题,说说看。"

魏鹏说道:"主要还是时间进度。现在要进口一台模拟装配机,又可预装又可检验,项目进度估计来不及。现在还在交流阶段,没到采购立项呢,但车间需要和产线一起到。"

"那怎么办?"

"我的想法是,简化下流程,和自动化集成打包一起采购,绕开公司一些繁琐的流程,这样快点。"魏鹏建议道。

"这个装配机少说也要七八百万了,那么大的金额打包,流程上会不会有些问题?"李总问道。

"我也是这么担心,所以在纠结。"魏鹏愁眉苦脸道,见李总也不继续说下去,魏鹏继续说,"下班了,不谈这个。叔,过两天就您生日了,我生日宴准备好了,人员也邀请好了。按您的要求,简单过。"

"你这小子,我不想过生日,你非要过。"李总笑道。

"叔,我可以带个朋友过来吗?"魏鹏问道。李总问谁。魏鹏说道:"你也见过几次,铭程的尹姚。他说他有个特别的礼物给您。不过叔你放心,不会尴尬的,我有分寸。"

李总看了眼魏鹏,琢磨下,回答说:"那好吧。你把握好就行。"

杨齐仁下班带着三个部门的年轻人从 JR 公司的大门出来,闵颖早就等在旁边的停车场。

老杨见到闵颖,忙说:"今天我们闵大美女亲自来接我这个老骨头,我手脚都活络了。"

"那今晚就多喝几杯,虽然我酒量不好。咱事先说好,别灌我酒哦。"闵颖笑道。

"不会,小闵,"老杨说道,"今天酒量最好的是我们罗总,他帮我们 JR 攻城拔寨,我们做幕后的,还不好好犒劳犒劳他。"说完看了看自己的三个弟兄,都知趣地点头称是。

第 6 章 梳理关系

到包房，大家坐定，桌上放着机关特供白酒。杨齐仁这个级别这个要职，人家请喝酒太多，多是茅台。尹姚觉得茅台太贵，单位里新补充的库存，都没超过三个月，喝起来容易被挑刺没到年份。于是，还是托朋友找来特供白酒，一便宜，二买不到。买不到的酒，不管你价格，只要上口不上头，不辣带回味，就是好酒。

罗军勇姗姗来迟，看大家等了好久，也没动筷，连声抱歉。尹姚问干嘛去了，罗军勇说打牌去了，赢了领导钱不好意思走。罗军勇普通话带着口音，被尹姚解释成拿赢领导的钱，打胎去了，大家笑得合不拢嘴。

杨齐仁尝这酒不错，但就是不喝，非要罗军勇晚到罚三杯后才肯开始。

尹姚感谢着之前项目的支持和愉快配合，两圈下来，都快半斤了。接下来，老杨的三个手下轮番敬罗军勇，罗军勇不敢不喝，毕竟公司内部，销售大多数时候还是要求着技术给予支持，何况罗胖所要求的支持还比较野。罗胖还是很识体统，反过来又好事成双地敬了老杨两杯，七两下肚，上厕所去了。

闵颖坐在罗胖旁边，罗胖心情好，刻度下得快，闵颖及时给罗胖的分酒器满上。尹姚使了个眼色，闵颖心领神会，借着尹姚拿酒和技术部四位团战，旁边包里拿出一个小指大小的塑料瓶，往罗胖的分酒器里滴了几滴，赶忙放回了包里。闵颖第一次做这种事，心跳激烈，见无色无味，尹姚他们还在团战，想想蒋伟那晚拿出照片的情形，这只是小报复，心里也释然了。

老罗一会儿就回来坐下。闵颖敬酒道："罗总，我敬你三杯，一为过去的支持。"说完，一口喝下一盅，"二为这次项目，你必须支持。"说完，喝下第二盅，"三为你对我个人的厚爱。"说完第三杯下肚。

罗军勇反应有些迟钝，被老杨呵斥道："罗军勇你现在老板大了是不是，美女敬三杯都不喝！"

罗军勇听得刺耳，赶忙说哪的事，三杯补上。

尹姚反正也喝多了，不依不饶，质问道："老罗，你厚爱闵颖啥了？"

没等罗军勇回答，闵颖插道："一两个月后，我说不定已经被罗总挖去JR了。"

罗军勇这下有些慌，就凭这句，尹姚不把那25万给他都理由充分，赶紧敬向尹姚，解释道："这是说说而已嘛，我是好羡慕你身边有这么个能干的大美女！"

几来几去，罗军勇分酒器中的三两又喝完了，全身开始燥热。惯例喝完三瓶啤酒漱完口，罗军勇开始有点飘，加上老杨说去唱歌，本来老罗想早点回家陪儿子，算了，那就走吧，去唱歌。

这次唱歌挪了个窝，男人都喜欢找点新奇，不过还是凌曼领着一堆花枝招展暴露妩媚的姑娘进来。老杨挑了个老相好，凌曼安顿好技术部几个，见罗胖谦让，让小萌去作陪。

闵颖吃完饭就回了，喝了也不少，唱歌不适合。走之前，闵颖还调皮地说："我也要去，你给我找个少爷，又高又帅的那种。"说完，被尹姚赶紧撑上车。

凌曼给尹姚推荐了个低胸黑礼服的美女，看着真空凸着点，不管真假，妥妥能托住衣服。尹姚在美女胸沟里塞进一支钢笔，露出笔托，忙说："啥也别问，坐着就行。我把小费先给你。"说完，让美女拿出手机，扫了两千给她，一边强调着，"里面没穿，能托住吗？"美女说新做的，紧致。

大家唱歌热烈，敬酒踊跃。洋酒对着绿茶，老罗被小萌逗得一杯接着一杯，上下其手，没多久文胸都被摘除。到蹦迪时间，老罗太热，脱下衬衫，光膀子搂着小萌踊跃上台，甩着身上的赘肉东倒西歪，还把小萌的上衣也扒了，自己的皮带被小萌松了都不知道，纽扣一拉，西裤掉了下来，只剩一条裤衩，白肉横飞。

尹姚的美女示意也去，被呵止，就乖乖对着坐吧。音乐太吵，罗军勇跟小萌交头接耳着什么，想挪步，差点摔跤，许久才发现自己的内裤也掉了，赶紧拎起。小萌拿起自己的吊带衫和罗胖的衬衫，趁着黑暗闪烁，出了包厢。蹦迪乐毕，灯开始点亮，只见罗军勇沙发上还有一个胸罩。

尹姚拿走了身边美女乳沟里的钢笔，去和老杨敬酒，做了个 OK 的手势，看了看手机消息：他们进房间了。

老杨喝了口酒，说道："搞。"

两个警察到了 812 的房间门口，只听见争吵声。让服务员将门刷开，只见罗军勇正骂骂咧咧，一个耳光挥向了小萌。小萌看到警察，捂着被打的脸，喊着救命，向门口冲出去，躲到了警察身后，拉起左边的吊带。警察问怎么了，小萌哭丧着脸说："强奸！"

罗军勇追出去，看到警察，还没反应过来就被按倒在地，反手给铐了起来，喊着："为什么抓我，老子没犯法！"

尹姚和老杨还喝着酒等消息。尹姚的电话响了，是陆中华，说道："兄弟，人都到派出所了，都在做笔录。"

"OK，中华，辛苦啦。这种情况大概关几天？"尹姚问道。

"我听兄弟们说事情不简单啊，可能涉及强奸。"电话那头说道。

"什么？强奸？"尹姚差点惊掉了下巴。

"目前听下来是强奸未遂。男的要强行发生性关系，女的不同意，还被打了。"

虽然喝了很多酒，尹姚一下子清醒起来，开始有些慌，原本只是想抓个嫖，现在变成了强奸未遂，性质一下就变了，赶紧打电话问凌曼到底啥情况。凌曼也不清楚，说只是刚才小萌打了个电话给她，说不想做了，再多钱也不做。

小萌做完笔录先回家休息了，罗军勇做完笔录被关在了拘留室，恍恍惚惚坐着睡着了。半夜的拘留室比较热闹，大概闹事的不少，一下被关进来好几个，都浓着酒意嚷嚷，被警察怒斥了好几次不要吵。罗军勇肚子难受，大口吐了出来，喷在旁边的黄毛上，被拳打脚踢，鼻青脸肿。

尹姚睡得比较晚，早上到公司快10点，闵颖冲了进来，问电话怎么不接。尹姚看了看，原来自己调了静音，昨晚太累，免得早上被打扰。闵颖焦虑道："罗军勇可能被指控强奸，你知道吗？"

"听说了，"尹姚继续道，"没事的，关几天就放出来了。"

"强奸啊，强奸未遂也要被判刑的，你知道不知道？"闵颖急得脸都绿了。

尹姚见状，连忙让闵颖坐下，问道："你怎么知道？"

"早上打你电话打不通，我打电话给陆中华了，他告诉我的，估计今天要送往拘留所，这是刑事犯罪，要立案了。"闵颖回答道。

尹姚昨晚就想着这个事情是不是有点过了，忐忑不安，打电话给杨齐仁，杨齐仁说道："小姚，是罗胖子自己要找女人开房的，也是他自己要硬上的，关咱什么事，如果犯了法就让法律来解决。让他去吧，回去睡觉。"

尹姚回答道："现在这个情况我也没办法啊，罗军勇自己做的孽。"

闵颖有些激动，说："尹姚，到底怎么回事，你自己心里不清楚吗？罗军勇是有问题，但我们不至于陷害他成这样啊！"

"怎么能说是陷害？"

"还不是？我真后悔听你的，帮你在罗军勇的酒杯里倒了蜘蛛水。还有那个小萌，不是你特地安排的吗？还有警察，怎么那么快就去查房了？"闵颖更加激动了，"罗军勇是贪财好色，也比较狡诈，虽然跟踪偷拍，他的嫌疑最大，但我们没有证据，不能让他因此坐三五年牢吧！"

尹姚脸色有些难看，无奈道："我也不知道怎么会发展成这样的。我本来就是想在KTV录了视频交给杨齐仁,杨齐仁说他去整罗军勇,我觉得这样借老杨的手,也能让罗军勇好好喝一壶了,但谁知道罗军勇会上楼开房。"说完,尹姚从包里拿出一支摄像钢笔,放在桌上,"昨晚见罗军勇上楼,老杨跟我喝酒,说知道我认识警察朋友,让他们去抓嫖。当时我也喝多了,想看罗军勇好戏,就联系了陆中华,后来就这样了。还有那蜘蛛水,罗军勇酒量好,我只想让他早点醉,唱歌好放得开。那个小萌,我压根就不认识,我就让凌曼安排个风骚放得开的而已。"

闵颖委屈道:"你们这些男人都花花肠子,我懒得听你解释。罗军勇如果真被判刑,我就是幕后黑手中的一员,我的良心会受到谴责。你说吧,现在该怎么挽回?"

尹姚不吭声。

闵颖继续说道:"尹姚!你从来就一直告诉我们销售一定要诚实正直,不走歪门邪道,当初你看不起那些阴险耍诈阴谋诡计的销售,你看看现在的你自己,何尝不也是这样?甚至变本加厉到要害人坐牢。你怎么能变成这样!"闵颖两行泪落了下来,"小萌控诉强奸也是你设的局吧?"

"我没有!"尹姚回应道。

"那你把罗军勇弄出来啊!罗军勇这么多年也帮了我们不少忙,没有他,你能赚到JR的代理费吗?前两年的项目能那么顺利吗?"闵颖说道。

"新项目软件报那么贵,想坑我!"尹姚说话开始大声,意识到在办公室,隔音不好,压低了声音,"他还要挖你追求你,还要破坏我们两个家庭!"

"他离婚了,不管是不是为了我,你敢吗?"闵颖回应道,"我喜欢你,不是因为你帅,你已经不帅;不是因为你有钱,你其实也没钱;我喜欢你的善良真诚,我喜欢你勇往直前的开拓上进。但这些你都在慢慢失去,我也只是一个永远都无法名正言顺和你在一起的提心吊胆的小三!"

开车到假日酒店，找到凌曼已经快中午了，闵颖买了汉堡大家分着吃。到中心商场的女鞋专卖店柜台，没见着小萌，凌曼赶紧问店员小萌今天怎么不在，回答说小萌今天请假了。凌曼对尹姚说道："之前小萌都是白天在这边上班，晚上去KTV兼职的。"说完，到门外打了几个电话，三人继续开车到一个老式小区。上楼，敲开门，一个还未梳妆打扮的年轻女子开的门，说："曼姐，你来了。"

"小萌人呢？"凌曼问道。

"我也不知道啊，今天没见到人呀。"女子回答道。

尹姚伸进头，这个房子被隔成三个房间来分租。凌曼问有没有小萌房间的钥匙，女子面露难色。凌曼继续说道："露露，房子是你整租再分租的，我听娜姐说你有备用钥匙的啊，帮忙开门看看。"

露露尴尬了会，说行吧，你们看下就行，别动东西。转身去拿钥匙。

露露过来把门打开，里面没人。这是一个单间，地方不大，放着一张大床，旁边一些简单的家具，东西是不少，有些杂乱。床边有个小茶几，上面还放着一个冰壶，插着两根吸管，旁边还有个小塑料袋装着些冰糖。

尹姚问道："小萌溜冰的啊。"

露露回答道："是啊，我劝过很多次了，让她别去碰那玩意儿，她就是不听。原来她只在鞋店上班，后来开销太大，晚上就去夜店上班了。打两份工，也挺辛苦。"

闵颖说道："我们也找不着人，就这里等吧。"

三人在房间里等小萌。凌曼事情比较多，也帮不上什么了，就先走了。走之前，拿出一个小信封交给尹姚，说："差点忘记给你了。"

尹姚和闵颖聊了会儿天，快三点了，突然听见开门声，门一打开，小萌身后的一个男的，叫也叫不住，转身就慌张地夺门而逃了。小萌也想逃，被尹姚一声"小萌"叫住，转过身来，看着眼神，才反应过来："是尹总啊，我还以为是警察呢。你们怎么在我房间？"

"那男的谁?"尹姚问道。

"哦,那没用的,是我男朋友,肯定以为是警察,逃得比黄鼠狼还急。"小萌说完,赶紧进屋将茶几上的东西收了起来装进柜子。

"吸多久了?"闵颖问道。

"没多久,闹着玩的。"小萌回答道。

"以后劝你不要再吸了,不然下次在房间等你的,可真的是警察了。"闵颖一本正经道。

尹姚插道:"你昨天为什么说我朋友强奸你?"

"他是真的要强暴我,我没同意要和他做。"说完,小萌指着自己的脸和手臂说,"你看,我的脸还是肿的,手臂都淤青了,警察都拍过照的。"

"你能说说昨天到底是怎么回事吗?"尹姚问道。

"你去问警察吧。我不想再说了。请你们离开,不然我报警了。"小萌没好声气地说。

"报警?"尹姚笑了,将刚才拍的茶几的照片给小萌看,"是应该我报警吧?"见小萌不吱声了,继续说道,"你们娜姐我也认识,我只要一个电话,你晚上就不用再去上班了。如果我朋友出点什么事,你肯定得搬家了,而且要逃离上海了。你信吗?"

见小萌面露怯色,尹姚继续好好说道:"小萌,我只想跟你好好聊几句,仅此而已。昨天晚上到底发生了什么?"

这下小萌开口了,说道:"昨天晚上我也喝了不少,那胖子说一起上楼休息会,我就答应了。谁知到了房间,他就把我按在床上,要非礼我,我没同意,喊救命,他就打我耳光,还好警察及时赶到,他被带走了,我去录了笔录,就这么简单。"

尹姚笑了笑,点了根烟,说道:"好,我不管昨天到底发生了什么,你现在这笔录,就是控诉强奸未遂,很可能会让我朋友坐牢,我相信这是大家都不愿意看到的。"说着,尹姚从包里拿出了一万块钱放在床上,

"和我一起去派出所做下澄清吧,说昨天喝多了,笔录上情况不实,你和我朋友是朋友或者情人关系,昨天只是在赌气吵架,没想到事情会这么严重。可以吗?"

小萌没吱声,也点了根烟,说:"对不起,他真地要强奸我,我不去派出所。"

"就当我求你帮这个忙,行吗?"尹姚说完,又从包里拿出了一万。

"十万,我就去!"小萌说道。

"十万?"尹姚笑道,"两万,不能再多了。"

"行,那请你们走吧。随便你们怎么样。"小萌坚决道。

尹姚没回应,从刚才凌曼给的小信封内拿出一个硬币大小的摄像头,手上晃了两下,然后抬起手机,将视频播放给小萌看。

原来,昨晚罗军勇搂着小萌到了楼上,将小萌推到床上,自己也躺了会,然后让小萌泡了杯茶,醒醒酒,差不多了,就打算开始脱衣服行动起来。罗军勇太重,压疼了小萌,酒喝多了,下手没轻重。小萌有些反感,说道:"你轻点!先给钱。"

"做完再给!"罗军勇说道。

"不行!先给钱,加唱歌小费,一共五千。"小萌说道。

"不是三千吗?"

"谁说三千,说了五千。"小萌说完,从床上起来,站到了床头。

罗军勇火大了,也站了起来,一巴掌挥了过去,吼道:"你他妈的当我喝醉了,坑我是吗?"两人开始争吵起来,等第二个巴掌挥完,警察也进来了。

"这才是真相吧?"尹姚淡定道,"不用我多说了吧,你应该都懂。按我刚才说的,一会跟我去派出所澄清,这两万,我还是给你,就当我朋友打你的医疗费。但是你必须回答我一个问题。"

第 6 章 梳理关系　　059

小萌支支吾吾地回答道："什么问题？"

"是谁指使你这么做的，要告强奸的？"尹姚说道。

"没有人。"小萌回答道。

"好，你一个女孩子从外地来上海，干这行，还敢告人家强奸，对你有什么好处？你当我傻啊。"尹姚反问道。

"我——我只是不想因为干这行进派出所。"小萌支吾道。

"你们又没做成，警察上门，你完全可以说是朋友吵架，为什么说人家强奸？"尹姚又点上一根烟，"你不说的话，这个视频也足够让我朋友出来了，另外，这两万也没有了。其他后续的后果，你应该也都清楚吧。"

"是昨天那个老杨，"小萌说道，"我跟他之前就认识，来过我们这边几次。昨晚他转了我 2 万块，然后说你们去开房，进房间后你别同意，如果强来就告强奸，如果罪名成立，就给我剩余的 3 万。"

第 7 章　项目打包

　　魏鹏电话过来，强调下李建军的晚饭就在明天晚上，能不能将模拟机打包进这个项目，就看尹姚的表现了。尹姚赶忙将闵颖叫过来，问道："莘迪的事情搞定了没？"

　　"我这个大学同学真是有点犟，但最后还是给面子了。"说完，拿出一个 U 盘交给了尹姚，继续问道，"罗军勇应该出来了吧？"

　　"出来了，陆中华告诉我的，但我没给罗军勇打电话，不知道该说什么。"尹姚回答道。

　　"JR 软件费用的事情怎么说？"闵颖问道。

　　"应该问题不大，我们基础版的软件之前就买过，杨齐仁说只要给我们更新个 Key 就好，不用买了，这次涉及的新模块，到时候他给解决。费用都给他，不让通过罗军勇了，大概五六十万就可以，不至于和 CP 的成本拉开差距。"尹姚说道。

　　"我真的奇怪，看来杨齐仁和罗军勇的矛盾比我们想象的更大。"闵颖疑问道。

　　"是啊，罗军勇挡了杨齐仁的财路。老杨有个外甥也在 JR，原来是罗军勇的副手，后来罗军勇感到了威胁，给老杨外甥穿了小鞋，被明升暗降到 JR 生产部当主管去了。老杨原本想让自己外甥取代罗军勇的位置，那么操作起来，钱就都进了一个口袋。可能一直怀恨在心吧，所以这次心狠手辣，想借我的手，直接把罗军勇送进监狱。反正那天 KTV 的视频，我已经把罗军勇那段截取后发给老杨了，我的任务已经完成。软件的事情，老杨跟我已经说好，相信不会反悔，我这边的视频里也有老杨。另外，小萌说的，我也手机录音了，如果老杨要坑我，我也有后手。"尹姚解释道。

"你不是说你不知道罗军勇会上楼吗？你还让凌曼开好房间，在房间的墙上贴了摄像头。终究你还是成了那样的人！"闵颖冷笑道。

尹姚没回答，转移话题道："现在软件的问题解决了，但蔡总不同意降低约定的项目金额，只能靠把模拟机打包进这个项目了。"

"你有把握吗？"闵颖问道。

"不敢保证。但我们工作先做在前头。闵颖，需要你——"尹姚没说完，闵颖拿出一份文档丢给尹姚，说道："你是要这个吗？"

尹姚看了看，是一份模拟机的报价和代理协议，报价上有签名，署名"蒋伟"。尹姚一阵欣慰，说："谢谢。我以为蒋伟肯定恨我，不会帮这个忙。当初他在铭程的时候，能力很强，我推荐他去现在这家做模拟机的公司，也是有我的战略意图的，铭程将来也想要参与到模拟机这个行业。"

闵颖苦笑了两声，说："你少装蒜了。你为什么推荐他去那个模拟机公司，大家心里没谱吗？他愿意这个时候帮你，不为别的，只为这个项目结束了，我能够早点离开铭程，离开你！"

VA这次要买的模拟机是指定德国科雷公司的，就算VA同意打包，科雷也会仗着指定品牌卖高价，而且给每家的报价可能都不一样。所以尹姚首先让魏鹏将技术要求降低，把入围竞标的技术要求能涵盖蒋伟他们公司。科雷肯定认为铭程最有希望拿项目，拿着竞争对手的代理协议和报价去威胁科雷，就能拿到好的价格，谈判也方便得多。但所有的这些准备，关键还是李建军能够同意打包。

收到尹姚的50万，蔺娜整理完资金，交完50%的房款，办完一堆手续，和魏鹏走出售楼大厅，说："大鹏，交完这些款，我们还背着600万的贷款哦。"

魏鹏没说话，隐隐感觉压力好大。蔺娜接着说："房子的事情解决了，我们明年5月就能结婚了。"

魏鹏点了点头，说："差不多吧，如果顺利的话，今年年底，陶金陵一调走，我就能正式升任工程部的一把手，我也做了好几年的常务副部长了。"

"李建军那边给你安排好了？"蔺娜问道。

"是啊，SP12这个重大项目，年底前我都要安排妥当，这个项目做好，李总这边就有充分的理由提出给我晋升了。毕竟再过两年，他也快退了，这是能拉的最后一把了。"魏鹏回答道。

"听说他女儿莘迪在美国离婚了，不会要回国来找你吧？"蔺娜吃醋道。

"怎么可能，莘迪的儿子都会打酱油了。蔺娜，我们都老大不小了，拖了你那么多年，也辛苦你了。"

"要不是当初莘迪离开你，也不会有我啊。你一直没结婚，李建军也不知道你有女朋友，如果不一直觉得亏欠你，也不会一路栽培你。"蔺娜说道。

李建军的生日宴在一家低调的大院里的包间。李建军坐主座，VA的几个大领导就着李总坐，都握着年底魏鹏坐正的表决权。尹姚和魏鹏是虾兵蟹将，当然靠着上菜的地方坐。大家向李总敬过一圈后，李总夸了魏鹏几句说SP12项目做得不错，"小魏，你为了咱VA可是尽心尽力，连结婚都还没顾上。"说完，看了看旁边几位。

魏鹏懂这些话是说给旁边几位领导听的，赶忙敬酒感谢李总，再向旁边几位领导一一敬了过去。

工程部正部长陶金陵也在，赶忙也给李总和旁边几位都敬了一杯，想今年底自己要调走的风声传了很久，但具体是调往哪个部门，还是能往上再升一级，还没个准数，借今天这个机会，也必须向几个领导示示好。然后邀魏鹏也一起喝一杯，说："小魏，咱合作那么多年，回头你转正职了,我也要去其他部门了,咱可别忘了继续好好配合工作哦!"

魏鹏赶忙感谢陶部长这么多年的"提携",心想陶金陵你从去年就说要走,还多占了茅坑一年。

酒过三巡,尹姚看大家开始安静下来,抓紧向李总敬了杯酒,然后说有个小礼物,从口袋里拿出个U盘,让服务员插在包间的平板电视上,播放起来。

视频内一个红衣的黄发美女,左手抱着一个小孩,小孩三四岁的样子,黑发但蓝眼睛,一副混血儿的样貌。红衣美女挥手道:"Hi, Daddy, Happy Birthday! 我还在纽约,这次不能赶回来给你庆生了,祝你身体健康一切顺利。我知道 Daddy 你一个人也很孤单,女儿争取年底能回来陪你过年!"说完,对抱着的宝宝说,"莘佑,跟外公打个招呼。"只看见宝宝对着屏幕挥了挥手,说着:"Happy Birthday, Grandpa."

视频就半分钟,看得李建军眼眶湿润。不知道谁带头鼓掌,大家都跟着鼓了掌。李建军拿起酒杯敬向尹姚,说:"小姚,谢谢你。"

尹姚有些受宠若惊,赶忙站起来抱歉,说:"李总,唐突了,唐突了。我们单位小闵正好是你女儿莘迪的大学同学。莘迪录了视频给了我们小闵,让我转交给你。"

肖斌坐在李建军右边,正和李总窃窃私语,看起来关系密切。尹姚问了问魏鹏,魏鹏解释道:"哦,这个是李总的徒弟,肖斌,是 VA 的战略供应商 SC 公司的总经理。"

SC 公司,是汽车行业大名鼎鼎的汽车零部件供应商。肖斌人高马大,梳着锃亮的大背头,带着一副茶色眼镜,轻声和李总说道:"师傅,这个视频应该是两三天前了。我昨天刚跟莘迪打过电话,不出意外,下个月就回国了。我这个小师妹,年初和托宾离婚了,一个人待在国外,还带个小孩也不容易。师母走得早,还不回国多陪陪您。"李建军点了点头。肖斌继续说:"莘迪回来后,先休息一段,无聊了,就到我那边上班去。"

今天喝酒气氛好，酒过三巡，借李总正好谈到工作的由头，魏鹏插道："咱现在的项目，其他都没问题，就模拟机的流程还在前期规划，有点长，今天李总也在，采购吴总监也在，咱是否可以和自动化集成项目打包，加快进度？"

李总没回答，看了看旁边的吴总监。吴总监也心领神会，说："没问题，只要合理合规，我这边都好操作。"

第 8 章　三亚论坛

尹姚收到科雷公司的模拟机报价,简直就想骂娘,比 VA 直购的价格贵了 40% 多,打电话给科雷公司的中国区负责人瑞克朱。瑞克朱非常拽,表示铭程不在他们的全球合作框架里,这是已经能报出的最低价格。打了几个电话,瑞克朱的态度一次比一次不耐烦,最后都不接了。

昨天尹姚的外公不幸过世,三天的丧事走不开,闵颖代为去科雷公司上海总部沟通。

科雷就是一个小公司,德国的家族企业,上海办公室就一套一百多平的商住两用房。闵颖在小会议室等了一个多小时,才等来从小办公室姗姗来迟的瑞克朱,一个北方的中年人,简单问候下,开了个窗,抽起烟来,全然不顾上海室内禁烟,并且对面坐着的是窈窕淑女。

聊了半天,闵颖对这个北方话带着英文单词的瑞克有些不耐烦,说道:"我相信 VA 已经告知贵司,希望给铭程在此项目中给予支持。我们的要求不高,如果无法将价格控制在和 CP 一致,那么能够保持和直接卖给 VA 的一致就可以。"

瑞克迟疑了一会,说道:"我们报给 CP 的价格也不低。"

闵颖笑了起来,说:"VA 是大型的整车厂,航母级企业,你们直接卖得贵也情有可原。但我们铭程中间只是过个手,并且 VA 的情况你应该知道,这个项目 90% 铭程会拿。"闵颖刻意顿了顿,看了眼瑞克,斩钉截铁道,"你为什么非要给 CP 那么低的价格而给铭程那么高呢?技术协议没有写死,你不怕铭程拿了项目会买你们竞争对手的模拟机吗?"闵颖其实根本不知道给 CP 什么价,便宜是肯定的,先套着再说。

瑞克冷笑道:"CP 是我们科雷公司多年的合作伙伴,我们一直有框架协议,所以价格低也正常。另外,这个项目,VA 是指定需要购买科雷的模拟机,这个你就不用忽悠我了。我们跟铭程是首次谈合作意向,我也向德方总部申请过,没有通过,我跟你们尹总电话里也说过,给你们的价格是我们所能够给出的最低价格,希望你能理解。当然,我们也希望铭程能够中标。"说完,不停地看手表,当然不是让闵颖知道自己戴的是什么豪表,而是时间差不多了,会谈该结束了。

离开科雷,闵颖赶紧给尹姚打电话,可以推测科雷给 CP 的报价低于科雷的给 VA 的价格,意味着,铭程拿到科雷的价格可能比 CP 贵约 50%,那还怎么竞争。

尹姚冷静道:"我这几天走不开,就按照你的计划吧,辛苦了。"

飞机刚降落三亚凤凰机场,已经快晚上了。刚有信号,闵颖的微信就叫个不停,老公蒋伟还电话过来问到了吗,一个人要注意安全,说穿了就是要确认是不是一个人去的。看到罗军勇也发微信过来问"去三亚了?""出机场了吗?"闵颖看到罗军勇这个名字就有些心虚,将手机塞回了包里。拿完行李出大厅,远远就见一个胖乎乎的身影,双手举着牌子,牌子上写着"迎接美女闵颖",旁边还附着一张闵颖的美颜照,不知道哪里弄来的,在接机的人群中好生亮眼。

闵颖索性戴上墨镜,想装作不认识冲过去,但还是被罗军勇逮个正着,乐呵呵地说等了你好久,终于等到你了。

闵颖惊讶地说:"老罗,这么巧,你怎么也来三亚了!"不管怎样,闵颖其实还是有些欣慰的,毕竟罗军勇被关了一天后,还是被放了出来,没出啥事;更欣慰的是,罗军勇好像没发现那天喝酒背后的事情,像啥事都没发生似的。

闵颖坚持说已经叫了网约车,但拗不过老罗特意等了一个多小时的坚持接机,坐上了老罗租的敞篷奥迪,沿着海岸线往东边酒店慢慢开着。

虽然是半夜,空气里还是弥漫着燥热,但车速带着风,闵颖的长发

第 8 章 三亚论坛

随风舞动。车开过一段熟悉的沙滩,那边突兀的三棵椰子树挺拔矗立,成等边三角形,周围空荡荡。闵颖想让老罗路边停下车,最终还是忍住了,思绪连篇。

那是七年前,闵颖来铭程的第二年,尹姚电话中兴奋的告诉闵颖:"VA 的三亚技术交流论坛,魏部长这边正好有多余名额,已经帮你订好了机票和房间,今晚就飞过来吧。"

闵颖出机场已经是凌晨,迎接她的是一辆高尔夫敞篷,尹姚兴奋地说:"下午租的,不贵,这是我人生第一次开敞篷车,好爽!"

"太帅了,我还没有坐过敞篷车呢!"闵颖兴奋道。

车到那边三棵椰树的沙滩,尹姚说道:"小闵,等我下,我要去海边上个厕所。"说完,车停边上,往沙滩上走去,到椰树边,痛快的释放了一把,然后冲向海边,对着大海大声呼喊道:"我要把铭程做成上市公司!我一定会成功的!"

此时,一双手突然从背后一把抱住了尹姚,说道:"你一定会成功的,我永远支持你!"是闵颖,她将尹姚越抱越紧,头依偎在了尹姚宽厚的背上。

尹姚也没有挣脱,两人站了许久,没有说话。

回到酒店,是两个单独的房间,在隔壁。安顿好,尹姚带闵颖去后门吃了一顿海鲜烧烤。这是闵颖第一次来三亚,两人喝了不少冰镇啤酒,畅聊理想和过往。闵颖红着脸盯着尹姚看,眼神有些迷离。尹姚说,走吧,我们回酒店吧,再两个多小时,估计太阳也要升起来了。

回到房间,闵颖辗转反侧,迟迟无法入睡,她等着尹姚会不会下一秒敲响房门,那么闵颖会毫无保留地将自己奉献给他。闵颖起身全裸着身子,对着镜子孤芳自赏自己少女般曼妙的身姿和精致的脸蛋,莫非自己魅力不够?她真空穿上睡衣,取下房卡,走到隔壁尹姚的房门前,伸手想敲门,迟疑了好久,最终还是没有勇气敲下去,还是回去睡觉吧。

却不知，此时的尹姚，那个背后的久抱，也让他一夜未眠。

"在想啥呢，一声不哼的！"罗军勇问道。

"哦——"闵颖才反应过来，"多谢你来接我，你住哪个酒店？"

老罗笑着说："我还没订呢，到的也晚了。你住哪我住哪。"

闵颖苦笑了声，说："我订了瑞吉，VA的技术交流论坛在丽思，这样近一点。你没订的话，这么热门的酒店，不知道还有没有房间。"

"先过去再说，没房间最多睡大堂呗。"罗军勇呵呵道。

闵颖还不知道罗军勇的色心嘛，到时候肯定可怜巴巴地乞求一个房间将就下，没空房了，而且这个酒店那么贵，孤男寡女的又何妨。

罗军勇继续说道："上个礼拜我进去的事情你也知道了吧？我可不是坏人，妈的，那天喝多了，被KTV的小姑娘叫到楼上按摩。我以为是正规按摩，想着也太累，可以休息会，谁知进了房间，那小姑娘竟然开始脱衣服，然后问我要五千。我说他妈的按摩要五千，我不按了，就吵了起来，突然警察就进来了，后来证明是个误会。这不第二天就出来了嘛。"

"你接我是特意来给我解释的吗？"闵颖笑道，想想还是人艰不拆了。

"那不必须的嘛，不然我的名声全坏了。以后还怎么在你面前做人？"老罗继续说，"肯定是哪个兔崽子要害我，还好我身正不怕影子斜。"

闵颖不接嘴，想罗军勇这种睚眦必报的人，只是现在还没搞清楚到底谁搞他，或者他清楚，只是碍于目前这个状况，还没到戳穿翻脸的时候，真能沉住气。

罗军勇继续说道："解释倒不是关键，我罗军勇从来都是重情重义一往情深的人，你来不就是要搞定科雷的代理权的事情嘛。"

"老罗，你果然是个明白人！"

"那不，明天两年一度的VA技术论坛，好多重要供应商都会来。一

第 8 章 三亚论坛　　069

来了解VA的将来发展和技术探讨,二来还可以和VA处理好关系。科雷德国的总经理杰瑞米也会来,你们这不卡在上海科雷瑞克朱那个兔崽子那边嘛。"罗军勇继续说,"明天魏鹏会有一个小时的主题演讲,你们可以好好利用下他的关系。"

"老罗你果然厉害,你会帮我吧?"闵颖哈哈道。

"那不必须的嘛,尹姚帮我搞定了整线,我不投桃报李行吗?尹姚这家伙外公去世来不了,我觉得我还是有义务来帮你和保护你的!"

闵颖也看破不说破,罗军勇鬼得很,说起来是帮忙,其实还不是帮他自己?CP拿了项目,软件授权和JR有协议,他一分也拿不到;如果铭程中标,软件授权他就能动脑子了,中间费用够他爽的了。

到了酒店前台,果然满房了,只剩一间总统套房了,12888元。老罗瞅着闵颖说:"这不,将就一晚?你看这么晚了,套房那么贵,亚龙湾又那么偏。"

闵颖让罗军勇去沙发那边坐会,跟前台协商了下,然后坐到了罗军勇旁边一起等。十分钟后,前台漂亮小姐姐走了过来,问:"您是罗军勇先生是吗?"罗军勇点了点头。小姐姐继续说:"您的房间我们已经升级成总统套房了。请跟我到前台办理一下入住吧。"

罗军勇直摇头,说:"我就睡一下就要一万多,太贵了,我不住。"

小姐姐说道:"罗先生,您的房间是一位姓尹的先生帮您订的,他是我们的白金卡会员,价格是6888元,房费已经交过了。"

罗军勇嘀嘀咕咕地说尹姚你这兔崽子,爪子也真够长的,惹得闵颖笑开了花。

VA的技术论坛在不远的丽思大会议厅举办。偌大的会议厅装修得富丽堂皇,满满当当坐着两百多号人。几轮领导讲话后,魏鹏作为技术代表上台畅谈"智能化生产及自动化效率的提升",台下掌声连连。

茶歇时间,罗军勇不知道上哪去了,闵颖被好几个行业的朋友围着聊天，谈笑风生间收了好多名片，更有不认识的圈友上来打招呼。不出来走走，闵颖还真不知道自己有这么大的名气和魅力。一会魏鹏走了过来，给闵颖送上一杯咖啡和一份蛋糕，大家和魏鹏聊了会，然后魏鹏示意大家自己跟闵总这边有些工作上的事情要谈，拉着闵颖去了会议室外面。

"下周就要招标了，模拟机和科雷谈妥了吗？"魏鹏问道。

"报价离谱，一千多万。"闵颖叹息道。

"没事，会有办法的。"魏鹏想了想说，"听说莘迪回国了？"

闵颖点了点头，说："这几天正好和莘迪聊起，她想约你一起吃饭呢，我说你可能比较忙，可能得过段时间。"

这时，罗军勇带着一个外国老头赶了过来，互相介绍了下。这个老头叫杰瑞米·科雷，科雷家族企业的第二代掌门人，见到魏鹏，双手握了过去，说道："您的演讲真是太精彩了，很荣幸认识你。"

魏鹏也第一次见杰瑞米，英语回了些客套话。

杰瑞米说道："感谢魏先生对科雷公司的一贯支持，这次的项目是贵司的样板工厂，我们科雷公司一定会全力做好。"

魏鹏回答道："也感谢科雷的一贯支持，但这次我们是否能够合作，不取决于我们VA，我们已经外包出去，能否继续合作要取决于我们的集成商了。"说完，将闵颖介绍给了杰瑞米。

杰瑞米赞美道："很荣幸认识如此美女销售，贵司的项目一定成功。"

闵颖回答道："我也很荣幸，不过恐怕这次我们要成竞争对手了。"说完，跟大家打个招呼示意自己先要去使用洗手间，没走两步，回头跟魏鹏英语说道："魏总，别忘了今晚一起吃饭。"

杰瑞米赶忙拉住老罗，问道："这次的模拟装配机不是指定我们科雷吗？"

老罗惊诧道："你听谁说的？"

"不一直是这样的？我们公司国内负责人瑞克就是这么汇报的。"

老罗笑了起来,说:"我们多年的朋友了,反正我听说早不是这么玩了,具体魏总不就在旁边吗,不如你自己问问。"

魏鹏正和人聊天,杰瑞米打断了下,拉着魏鹏到角落借一步说话。魏鹏说道:"哦,这个呀。因为目前我们中国对于招标管控比较严,我们虽然是合资企业,但国资是大股,所以不允许再有指定品牌;再则,VA内部目前都在推动降本增效,前一周我们也考察过另一家模拟机厂商,给M汽车也做过,实力上也没有问题,听说铭程已经和他们签了代理协议。"

杰瑞米若有所思,问道:"魏先生,您觉得CP公司如何,拿项目概率多大?"

"我跟CP不熟,听说他们国内也是新组建的自动化部门,缺少经验,中标的概率应该不大。"说完,魏鹏抱歉会议要继续了。

杰瑞米有些焦躁,跟罗军勇说:"你能帮我跟闵小姐打个招呼吗?听说她要跟魏先生晚上一起吃饭,我们能否一起参与,我来请客好了。"

罗军勇走开后,杰瑞米向旁边上海过来的助手怒斥道:"你他妈的把瑞克给我找来,下午就飞过来!"说完,自己嘀咕道:"我都在中国,你个瑞克,竟然自己不过来,叫助手过来!"

助手回答道:"晚上您不是约了CP公司的杰森吃饭吗?"

杰瑞米道:"你联系下,看能不能明晚。"

尹姚的外公追悼会结束后,收到一条消息:莫莉晚上6点的飞机。

莫莉终于开完CP的集团会议,一看快3点了,问助理,晚上6点的飞机没错吧。然后回办公室拿上小行李箱,背上小包,去地下车库,启动自己的保时捷越野车,准备开往浦东机场。车刚驶出车位,不远处,尹姚也启动了自己的奥迪,跟上。

一路跟到机场停车库,上出发层,取票安检,莫莉始终没有发现。莫莉熟练地坐上候机厅的头等舱通勤车,这下甩开了尹姚的双腿。只能怪尹姚没那么奢侈，不能像外企高管，出门都是头等舱，但没关系，尹姚知道莫莉肯定去了头等舱休息室。

一路走到休息室，尹姚出示自己的星盟金卡，也进去了，看莫莉坐在角落，喝着果汁，看着手机，走上前去，惊讶道："呦，这么巧，上海那么大，竟然能在这里遇到你。"

莫莉也有些惊讶，礼节性地笑了笑，继续看自己的微信。

"介意我坐你对面吗？"尹姚问道。

莫莉看了眼，没回答，算是默许。

尹姚说道："莫总啊，你这是对我多仇恨，打你电话不接，微信不回，找你人也找不到，同行非要做冤家吗？"

莫莉职业性地笑了笑，说："目前快招标了，我觉得我们之间还是不联系为好。"

"你以为我是找你工作上的事情吗？"

"那就更没什么事了。"莫莉冷冷道。

尹姚发了张截图给莫莉。莫莉一看，忿忿来了句"那瓜娃子"。

尹姚说道："这不前段时间，你重庆的亲弟弟莫雷又问我借钱了，张口要10万，一开始我说早跟你分手了，不借。后来你弟开始口无遮拦了，说这钱是我害你到现在还没结婚的补偿，这不我是不是该问问你的意见？"

其实，莫莉弟弟早就没跟尹姚联系了，估计人都记不起来。前段，尹姚没事给他弟弟发了个短信，没回，过两天又主动加上了微信，一开始聊得好好的，都在尹姚的预料之中，长长短短聊了几句后莫莉弟弟就开始借钱。十年前，尹姚就知道莫莉弟弟吸毒，中间应该戒了，目前看来牛改不了吃草。

"我们家的事情不需要你来管。"莫莉说道。

"你们家的事情我也不想管，只是我承认，当初我对不起你，所以我给你弟弟转了1万。"

"行,我现在就还给你。"说完,打开行李箱,拿出1万元现金丢在桌上,"还给你!"

尹姚笑了笑,说:"我不需要,这跟你无关,是我主动借你弟弟的。"说完,喝了口橙汁,"你们家的情况,你弟弟都告诉我了。你弟弟又吸毒了,还赌博,欠了不少债。去年离婚了,老婆跑了,还有两个小孩子要养。你爸妈岁数不小了,拿着不多的退休工资,补贴着家用——"

"你别说了!"莫莉打断道。

"别看你现在开着保时捷,全身名牌,出入高档场所,你不缺钱,但其实你们家很缺钱!"

莫莉皱眉,说道:"你以为我没给家里汇钱吗?去年到现在,我已经汇了几十万给他们。我爸妈的银行卡全在我弟弟那边,钱全都给我弟弟糟蹋光了,这是个无底洞!我想把我爸妈接到上海来,但他们不肯,就因为我这个弟弟。我始终是个女儿。"

"我能理解。"尹姚说道,"你爸爸得了肺癌,你知道吗?"

突然,莫莉有些哽咽,始终没回话,感觉眼泪快要掉出来了,借口上个洗手间,回来时,正常多了。尹姚继续说道:"我相信,你很需要钱,一大笔钱。"

莫莉哼了一声,说:"你想说什么?"

尹姚也直截了当:"VA的项目配合我下吧,这个项目对我很重要,如果我拿到了,我可以给你50万现金。"

莫莉突然笑了起来,说:"50万?六千多万的项目,给我50万?首先,我不差你50万,另外,这个项目我肯定要拿。不如,我给你100万好了,你把这个项目给我。"

这话没法接。尹姚转移话题道:"想必我们应该都是去三亚吧?我可以负责任地说,科雷的代理权我们肯定能拿到,他给我们的报价也会大幅下降。你这么急着飞那边,就是要说服杰瑞米不要相信铭程,不要降价吧。"

莫莉哈哈大笑起来，说："科雷给我们 CP 的价格，是全球的排他性框架，我还真不担心科雷。倒是你，我刚给你的建议，你好好考虑下吧。"

"什么建议？"尹姚装傻道。

"这个项目让给 CP，我给你 100 万。"

下午的会议结束比较早，魏鹏回房间休息，手机响了，是手下的小吴，说技术任务书修改好了，是否可以发了。魏鹏说道："我今天上午跟我们外方的副总汇报过了，他认同不要限死品牌，你技术任务书里都改了的话，就抓紧发吧。"

小吴说知道了，将最新版的技术任务书邮件发给几家供应商，想着前几天连夜整理的科雷模拟机的技术缺陷还是没有白费，虽然科雷的产品已经全世界顶尖了，那几个缺陷也无关紧要。

闵颖将晚饭从瑞吉的西餐厅改到了海鲜市场的排挡，从人均 1000 降到了 100。说是杰瑞米请客，但这种情况下，VA 和科雷都是金主，万一闵颖礼节性地抢埋单，德国人的脑子是方的，真谦让了，那就太贵了。另外，海鲜市场不仅新鲜好吃，而且越是排挡，越是能让科雷知道铭程和 VA 的关系有多铁。

闵颖收到了最新的技术任务书，一看很满意，看晚饭时间还早，拉上小吴去免税店逛一圈。两人逛到 BV，小吴看着新款的女包不错，看看价格放了回去，说这包是不错，海南的免税店还是太贵，等下次去美国出差再买。出了 BV，闵颖让小吴等等，她先去上个洗手间。5 分钟后回来了，闵颖将一个袋子递了过去，小吴一看是刚才那款包，忙推回，几经推诿，小吴忙感谢闵姐。

晚上吃饭，杰瑞米忙说这里的海鲜是全世界最好吃的海鲜，谈到正题，杰瑞米说道："闵小姐，我知道这个项目 VA 还是会买我们科雷的产品，鉴于您今天的热情，我会要求瑞克将目前的报价下调 20%，希望铭程能够顺利拿到项目。"

闵颖苦笑表示感谢，一起干了杯啤酒，朝小吴使了个颜色。小吴知趣地说："杰瑞米，我们最新的技术任务书我下午已经更新过了，您收到了吗？"

杰瑞米看了看身边的助手，点头称是。

小吴继续说道："今天中午吃饭时，我们外方的副总要求不能指定品牌，需要降低成本，可以给国内品牌一些机会，所以最新的技术任务书内关于模拟机的描述是'和科雷品牌同等质量的模拟机，并且拥有主流合资厂的业绩'。当然，我们推荐科雷，但如果供应商有其他选择，只要符合技术任务书，那我们也没有意见，都是合理合规的。"

小吴的英语很好，杰瑞米听得真切，跟旁边的助理窃窃私语起来，脸色开始僵硬。

气氛一度有些冷场，小吴看看旁边的魏鹏，小声问道："领导，我酒量不好，是不是说多了？"

魏鹏笑了笑回答："没有，实事求是就行，供应商独家就会太拽，不好。"然后继续对大家说道，"喝酒的时候不谈工作了，大家一起喝一个。"

大家杯子刚放下，突然尹姚也进来了，连忙表示来晚了来晚了，大家不好意思了。闵颖一看尹姚旁边的人，脸都绿了，是老公蒋伟。

尹姚在经济舱，莫莉在头等舱。头等舱下飞机快，尹姚想一起打车去酒店，莫莉已经没了踪影，打电话还是没接。只好自己打车去瑞吉，办完入住，见蒋伟已经坐在大堂沙发上了。尹姚没去房间，把行李前台寄存，拉着蒋伟打个车，直奔海鲜市场。车上还发个微信给莫莉：晚上请你吃饭。换来一句：我拿项目，我请你。

蒋伟本就担心着老婆一个人去三亚，尹姚为避嫌，错开过去，但万一两人住一个房间呢？想想有些气不打一处来，在尹姚手下做过那么几年，知道他那个德性。谁知尹姚主动提出邀请，反正闵颖已经开着房间，机票也便宜，那就去吧。

蒋伟跟大家打过招呼，给杰瑞米和他助手发了张名片，然后就着闵颖旁边坐下。吉瑞米和助手看着名片窃窃私语。蒋伟主动介绍道："我们宏伟公司也在做模拟装配机这块，在 M 汽车已经成功运行过两台设备，这次借这个机会和 VA 的领导们沟通下，是否有机会参与到他们的新项目。"

助手赶紧将蒋伟的话翻译给杰瑞米，杰瑞米脸色越发难看，但也主动伸手和蒋伟握了下，说："我们是同一个行业，希望能有机会互相支持。"

蒋伟英语不好，闵颖赶忙翻译给他听。

又喝了几瓶，魏鹏和小吴还要准备明天的事，先撤了。尹姚主动邀请杰瑞米回酒店再喝一杯，打车一辆也坐不下，让闵颖送蒋伟和助手先回。

在尹姚和杰瑞米打车回酒店路上，闵颖发来微信：蒋伟过来为什么不告诉我？我以为今天枕边是你。尹姚没回，想闵颖和蒋伟在一起，不怕微信被看到吗？

车到丽思，去酒吧，一个胖妈咪迎了上来，指着那边卡座说："尹总，都已经给你安排好了。"尹姚道了谢，拿出三百小费递了过去。

卡座上两个金发碧眼的俄罗斯小姑娘已经在品着威士忌，见人过来，站了起来呼"hello"。尹姚问道："杰瑞米，你坐哪边？"

杰瑞米说没关系，然后挑了丰满性感的米娜旁边坐下，留给尹姚那个骨感健美的。俄罗斯美女果然战斗民族，知道杰瑞米是德国人后，盯着喝，完全中国化，和德国人的战斗不需要动员。

莫莉赶到酒店，先跟 CP 美国总部的销售总裁杰森一起餐厅吃了个饭。杰森这次特地从美国飞过来，特别重视这个项目，原本约了杰瑞米吃饭,谁知被放了鸽子。上次魏鹏在美国,以为和魏鹏建立了不错的关系,想约魏鹏,也被婉拒,退而求其次,那就等莫莉到了一起吧。

莫莉回到房间,这一天好累,放水泡个热水澡。给瑞克打电话,想确认下情况别有变化,对方关着机。然后想到给自己弟弟莫雷打个电话:"这么晚了还不回家呢?"

"姐,你啥事?"

"你怎么又在打牌?"莫莉斥责道。

"赢着呢,啥事你说?"

"爸爸身体怎么样?"

"还行吧,不过要回医院复查还要拿药,钱不够了,你这两天给打5万过来吧,没钱拿不动药。别忘了!"

"这不上个月刚打过吗?"

电话那头有些不耐烦:"早花完了,不信你就把咱爸接上海去!"说完电话就挂了。

莫莉一团火,再打,已经关机了。

看杰瑞米状态的有些亢奋了,尹姚说道:"有件事我不得不诚实地告诉你。明天早上,我会和VA再确认一下技术任务书,如果放开品牌选择的话,我们铭程不排除会和蒋伟先生签订代理协议书。我们始终想推广科雷,不仅仅在VA,但你们的价格太贵了,可能会使铭程丢失这个项目,所以请你考虑下。"

杰瑞米说道:"我们吃饭的时候,我已经跟闵小姐沟通过了,我已经决定报价降低20%来支持铭程。"

尹姚大笑了起来,说:"杰瑞米,20%是远远不够的,我只希望你给我们授权,并且价格能够和CP的保持一致。"

"CP和我们科雷有全球框架,并且我们给他们的价格跟你们差距不大。"杰瑞米回答道。

"我们铭程在中国这个全球汽车行业最大的市场拥有广泛和良好的关系,一年至少能帮你们卖掉5套设备。而CP呢?他们才开始在中国涉足此块业务,而他们这次VA项目,你应该能够看得明白,90%会输。如果铭程选择了蒋伟先生他们的宏伟公司,拿了项目,VA是国内标杆性的汽车企业,那以后全国推广,也没你们科雷什么事了。"

"那你希望我们科雷怎么做呢?"杰瑞米摊开双手说。

"我只希望你诚实地告诉我,你们给CP报了多少价格,并且给予我们同样的价格。"

"尹先生,我可以商量一下能否再给予你优惠,但科雷公司是有原则的,我们从不透露报价。"

尹姚大笑起来,说道:"我欣赏也相信科雷的原则,但你们的客户不一定。"说完,将手机上的报价照片给杰瑞米看,上面清清楚楚地写着科雷公司给CP的报价是800万元人民币。

杰瑞米猛地喝了一口,脸色发白,说:"你哪里来的报价?我们严厉要求CP公司不允许对外透露报价的。"

"我有我的方式,不便透露。说不定,CP公司也并不重视这个项目。"

杰瑞米考虑了会,去外边打了几个电话,然后又给瑞克打了个电话。瑞克关机中,杰瑞米骂了句"FUCK",回到卡座,对尹姚说:"经过商量,我们科雷同意给予你们同样的价格,明天中午签代理协议。但前提是不能和宏伟签,只能选择科雷一家。"

尹姚满意地举起酒杯,一起干杯,身边两个美女跟上。尹姚补充道:"协议我会准备,但时间上希望是早上7点,因为我们铭程已经约了蒋伟先生早上8点签协议,当然,我们签完,我就回绝蒋伟先生。签约地点,行政早餐厅。"

杰瑞米搂着米娜回到房间,苏德战争一触即发,呼喊声惨烈回荡,正当杰瑞米蓄势准备发射总攻的炮弹时,手机响了,是瑞克。没等开口,就被杰瑞米骂道:"你个白痴,早上 6 点半在大堂等我!"说完就挂了,留着瑞克茫然矗在大堂。

怕闵颖要睡了,蒋伟将手伸到闵颖的胸口。闵颖睁开眼,有些嫌弃,又闭上了。见没反应,蒋伟轻轻捏了两把。闵颖一把将蒋伟的手移走,说:"太晚了,睡觉吧。"

蒋伟不依不饶,将手伸进闵颖的睡裙,闵颖一下坐了起来,说道:"你干嘛?"

蒋伟也有些火了,说:"我干嘛?我们是夫妻,碰碰你怎么了?"

闵颖冷静下来道:"蒋伟,太晚了,我很累了,睡觉吧。"

"我今天突然过来,你有些失望,是不是?"蒋伟呵呵了两下,"如果不是我,今天睡在你旁边的就是尹姚了,我坏你们的好事,是不是?"

"你说什么呢?"闵颖怒道。

"不是吗?你已经多久不让我碰你了?我们还是夫妻呢,你做老婆的义务呢?尽到了吗?"蒋伟声音开始变大。

闵颖坐在床上不作声。蒋伟继续说:"颖颖啊,你多聪明一个女人,尹姚的嘴,就是骗人的鬼,你到现在还不明白吗?他让我过来,什么意思你不明白吗?他只是利用你和我,帮他拿项目,蒙那个杰瑞米。他安排我们一个房间,你自己想啊,他有没有给过你承诺?这个项目拿到了就和吴琳琳离婚,然后和你结婚?你到现在还对尹姚存幻想,傻不傻?他今天是和那个 CP 的莫莉一起来的,尹姚以前也骗过那个女人,达到目的后就甩了!说不定他们现在正在一个床上呢!"

闵颖沉默不语,看了看床头柜上的手机,没有尹姚的消息,想该不该问问尹姚现在到底在干嘛,刚才支开自己,是不是和莫莉这个女人在一起?如果是的,真想冲到尹姚的房间,狠狠给那对狗男女几记耳光。但回过头来,谁和谁才是真正的狗男女呢,而蒋伟,就算自己犯了错,却还是那个对自己痴情的男人。

冷静了一会，闵颖缓解一下气氛，转移话题道："宏伟在 M 汽车的项目做得到底怎么样？"

蒋伟看了眼，回答道："很烂，至今没验收。"

"那拿 M 汽车的项目做宣传，没问题吧？"

蒋伟苦笑道："有啥问题，M 汽车的工程师也不会打自己耳光选择了这么差的厂家。不到万不得已，是不会把宏伟放进黑名单的。"

回到酒店，电梯上楼，尹姚还琢磨着是否要给闵颖回个消息，再让她准备下早上的协议。想想算了，她正跟蒋伟在一起呢，蒋伟是个好人，也帮了自己，就不去影响他们了吧。刷开房门，看了看身后性感的俄罗斯妹妹，纠结了一下，掏出钱包，将四千块递了过去，说："一千元给你，三千元给米娜，你走吧。"

小姑娘惊诧道："你不需要我陪你吗？我很厉害的。"

"不需要了，我有老婆也有女朋友了。"尹姚回答道。

小姑娘一下冲进了房间，到处看了看，说："没有你老婆和女朋友在呀？"

尹姚有些无奈，老外的理解水平有限，挽着小姑娘的手臂，拉到门外，说："你回去吧，就陪喝个酒，一千块也够了吧。"

小姑娘皱起了眉头，说："亲爱的，不是钱的问题，这么晚了，学校的宿舍已经关门了，我没地方去了，就让我睡一晚吧？"

尹姚清楚地知道真让小姑娘睡进来，自己的定力肯定不强，又掏出一千块，说："够你打的和找个地方睡了吧。"小姑娘谢过要走，尹姚叫住，递给一张罗军勇的名片，说："打上面的电话，说我的名字，他可能会给你留宿。"

此时已经凌晨一点多，尹姚打开电脑将协议完善下，一早要用。突然微信响了，以为是闵颖，抓紧打开看，是莫莉，说：如果你的小三不在，我到你房间来喝一杯。

尹姚想着今天莫莉找不到魏鹏找不到杰瑞米，肯定要多了解些情况。自己也喝了不少，担心上下都管不住，为避免夜长梦多，回了句：太晚了，你在丽思，我在瑞吉。

第9章　协议达成

外面天才蒙蒙亮，闵颖已经睡不着了，看身旁的蒋伟还熟睡着，轻声洗漱完，冲到尹姚房间敲门了。敲了好久，没有反应。贴着门听，是否有动静，说不定尹姚偷偷摸摸从猫眼看到自己，正急急忙忙地把女人藏起来呢。闵颖赶紧掏出手机打电话给尹姚。

尹姚惺忪着双眼开门，嗔怪怎么那么早。闵颖急忙冲了进去，卫生间，阳台，衣柜，确保没有女人在，才舒了一口气。然后朝卫生间和房间的垃圾桶里搜寻一下，看着挺干净，没有不讲究的餐巾纸和套套，这才放心。尹姚暗自庆幸，还好昨晚定力强，说道："你找啥呀！"

闵颖笑了笑说："还好没被我抓到有女人，不然我肯定给你两嘴巴子。"说完，跑过去一把抱住了尹姚，"你知道我昨晚根本就没睡好，我一想到也许你正和其他女人干不齿之事，我就辗转难眠。"

"我怎么会当着你的面出轨呢。"尹姚说完，总觉得有些别扭，明明背着吴琳琳出轨着，还对着出轨对象说不会出轨。

"你知道我昨晚，满脑子都是你！"闵颖说道。

尹姚打趣道："时间还早，要不晨练下？"

闵颖给尹姚下体轻轻一个三角腿，说："滚！"

尹姚捂着老二说好疼，需要揉揉。闵颖笑道："坏了最好，以后也不会犯错误了。"

尹姚装可怜道："我走不动了，疼，要洗个澡。套房太贵，昨天罗军勇退了，搬在隔壁，你帮我把他叫过来吧，说有急事商量。"

闵颖打算出门去叫，尹姚提醒道："别说是我找。"

尹姚好好冲了把凉水澡，那叫一个清醒。

闵颖敲门好久,罗军勇才回是谁啊。闵颖自报家门,问方便进来吗?门对面支吾着说肚子不舒服,大号,不方便。闵颖听到有女人的声音,不依不饶:"那我等你。"门里面传出:"不用等,半个小时候后早餐见。"

闵颖回到尹姚房间,说:"你可真坏啊,隔壁有女人,非要我去戳穿?"

尹姚装作无辜,没想到昨晚那俄罗斯妹子真去了,罗军勇也收留了。

两人将中英文版的代理授权协议又捋了一遍,确保没问题,看时间也不早了,下楼一起去吃早饭,等 7 点把协议给签了。

协议很顺利,杰瑞米仔细看了下,点了点头,然后看看瑞克。瑞克打了个哈欠,赶紧将更新的报价拿了出来,上面有他的签字。杰瑞米看了下,没问题,也签了字。

双方握手,尹姚感谢了杰瑞米和瑞克,一起干了杯果汁,说:"我马上电话通知宏伟的蒋先生,告诉他协议取消。"看米娜正在旁边那桌上吃早餐,尹姚对着杰瑞米的耳边轻声说:"我已经付过了。"

莫莉和杰森再找杰瑞米已经 9 点了。寒暄许久,谈到工作,莫莉说:"宏伟在 M 汽车的项目做得很烂,我们已经调研过,也有证据,他们是没有资质参与到 VA 项目的。只要科雷维持给铭程的报价,我有 9 成以上的把握能拿到 VA 的项目。"

杰瑞米全球的业务闯荡那么多年,各色各样的人都见过,他只相信自己的眼睛,辅以耳朵,哪会信一个花瓶说的,说道:"对不起,莫莉小姐,我们两个小时前刚更新了给铭程的报价,我觉得对于你们两家竞争对手,科雷应该给予同样的价格,这样才最符合科雷的利益。"

莫莉和杰森面面相觑。

上午 10 点到 12 点是 VA 论坛的闭幕会。尹姚听得认真,突然手机响了,一看是莫莉,赶忙跑到外面去接。莫莉说道:"我们谈谈吧。下午三点,地址我发给你。"

尹姚看看微信,地址是市里的一个茶室,过去要一个小时,远点好,安全起见。

中午是 VA 举办的闭幕宴。闵颖简单吃了口,说下午的飞机回上海,下周就要招标,还有很多工作要准备。尹姚将闵颖和蒋伟送到酒店门口,跟蒋伟握了握手,感谢他的支持。

蒋伟说道:"尹总,希望你这个项目能中,也希望你中了以后能够将闵颖还给我。"

尹姚提早半小时赶到市里的茶室,听说莫莉已经预定了包间后,跟服务生说换个房间,让到时候告诉下莫莉小姐。科雷的优势丢失了,尹姚估计着莫莉要谈合作的事情,毕竟铭程优势明显,放着可以赚的钱不要,硬拼什么都没有。但谈这种事情,包间还是自己挑为好。

莫莉姗姗来迟,说了声抱歉,调侃道:"这么不放心啊,怕我设机关?还特地换了个房间。"

尹姚笑着说:"哪有。隔壁的房间一股霉味,实在受不了,就叫服务生换了个。"

莫莉笑了起来,说:"我是刻意来得晚的,知道你谨小慎微,万一我来得早,偷偷放个窃听器什么的。"

尹姚赔笑道:"那你会不会这么干呢?"

莫莉知趣地将自己的 LV 小包里的东西都倒了出来,让尹姚检查。尹姚瞥了眼,除了手机钱包还有补妆的唇膏等也没啥东西。莫莉瞅了瞅尹姚,看没反应,开始解自己的蕾丝衬衫的纽扣,雪白的半球呼之欲出,说道:"要不你把手伸进我的乳罩,摸摸里面有没有什么东西?还有,我要不要把裙子也撩起来,让你里里外外检查一遍?"

尹姚呼止,说:"这个就没必要了,我绝对放心。快把衣服扣上吧。"见莫莉衣服和包整理差不多,继续问道,"莫莉,你今天想约我谈什么?"

莫莉说道:"尹姚啊尹姚,你还是跟当初一样,那么有手段,轻而易举就把科雷搞定了。"

"哪有哪有。"尹姚谦虚道,"我也没干什么,只能说那个瑞克蠢,杰瑞米聪明。一样 800 万元卖设备,给两家一样的价格,双保险,何必冒着风险押宝 CP 呢?"

莫莉笑着说:"我给你的议案,你考虑得怎么样了?"

"哈哈哈,"尹姚大笑,"现在不应该你考虑我给你的议案多一些吗?"

莫莉赔笑道:"那你承诺给我的筹码是多少啊?"

"50。"尹姚坚决道。

莫莉苦笑两声,起身准备离开,说道:"那就没什么好谈了,你等着 CP 的死拼吧。"

迟疑了几秒,看莫莉都去拉门把手了,应该不是装走,尹姚赶紧把莫莉拉回来,然后叽里呱啦一大堆大道理。

莫莉冷冷地说:"100 万。"

"什么?"

"100 万!你是聋还是耳背啊!"莫莉说道,"据我所知,目前的 VA 的打包预算在 6900 万左右。我配合你,把价格做到 6800 万,你多赚了,还差那 50 万吗?"

尹姚考虑了下,说:"可以,那你最终报价需要按照我说的来。"

"可以,只要不过分就可以,我给公司也要交代,不要让我报价超过 7000 万。"莫莉说道。

"这个没问题。我也不会让你在 CP 难做人。要丢项目也要丢得看起来差距不大,挺可惜的样子。"尹姚郑重其事道。

双方沉默了一会,尹姚伸出手,问:"成交了吗?"

"成交。"莫莉伸出手,双方握了一下,继续说,"麻烦你确认下我们刚才的协议，作为承诺，虽然没有白纸黑字，但大家需要清清楚楚，不生歧义。"

尹姚整理了下思绪，说："行。只要到时候CP投标价格能够按照我说的来，并且投标前一天晚上将盖章的报价单发给我确认，铭程如果最终拿到项目，收到预付款，就按照承诺给你100万元现金。这样可以吗？"

莫莉点着头笑了笑表示认同。

晚饭早就被罗军勇预定好了，到了海鲜排档，罗军勇已经点好菜，忙问："科雷的事情搞定了？"见尹姚点了点头，罗军勇继续说，"兄弟，不用谢我。这次我也是使出吃奶的劲说通了那个德国糟老头子，我可是不遗余力啊。"

两人喝了几杯，老罗继续说："我被搞进去，第二天就能出来，我后来听那个所长陆中华说了，都是你在帮忙，所以今天请你吃饭。来，干一个！"

尹姚说道："你妹的，搞你出来，在那个女人身上，花了我不少钱。"

"我猜得到。那天我喝多了，有点混，所以那25，你给我20个就行，剩下的，你自己留着。"老罗说道。

尹姚本就心疼着那2万块，既然罗军勇说了，那就不客气了。

老罗继续说道："你心里也清楚，反正科雷的事情，帮你等于在帮我自己，我已经都安排好了，到时候软件的授权费用，你给我40个就行了，后面的你不用管，我全部搞定。"

尹姚没有回答，琢磨着杨齐仁已经给自己报价50万，他会搞定，尹姚也什么都不用管。现在罗军勇报40万，他们到底什么关系？该相信谁呢？但总之，杨齐仁手上有罗军勇的不雅视频，主动权应该在杨齐仁那边，看老罗现在还挺欢的，估计杨齐仁在等一个机会下手。

尹姚说道："我寻思着有件事情该不该跟你说。"

第9章 协议达成　　087

"你说呗,咱这么多年兄弟,有啥不能说的?"

"那我就说了,你心里知道就行,别跟人说,更不要说是我说的。"见老罗拍胸脯保证,尹姚继续说道,"杨齐仁已经给我报价 50 万,然后我什么都不用管,他来搞定。"

老罗一脸惊诧,怒道:"那老不死的,什么时候胆那么大,明着就要绕开我?"

尹姚赶紧补充道:"跟你说了,你知道就行,别那么大火气。"

"行行行,我知道了,我回头再了解了解情况。"老罗继续说道,"你放心吧,这个事情烂在我肚子里,也不会把你给卖了。"

和罗军勇一起多喝了几杯,不谈工作了,老罗问道:"你知道吗?早上竟然闵颖过来敲门,吓死我了,不是你指使的吧?"

"我指使?"尹姚奇怪道,"闵颖一早来找你干嘛?"

"我哪知道,"老罗喝口酒,"不过话说回来,昨晚你给我介绍的那个俄罗斯姑娘真地不错,缴了我两次枪。咱喝完,哥带你去个好地方,都是洋荤。"

尹姚当然不会跟罗军勇去开洋荤。男人虽然都是有见世面的冲动,也有见世面的机会,其实是充满危险的。这种机会,如果是陆中华邀请,那肯定没问题,但老罗,算了吧,这档口,马上要投标了,万一被老罗拍个照传播出去,被闵颖和吴琳琳看到,那就麻烦了。再或者,被警察逮个正着,损失就不可估量了。自己害过的人,就算保留了真诚,反过来还是会担心被害。尹姚借口这两天太累,回酒店休息了,等项目确定了,带老罗见更大的世面。

到酒店,跟儿子打了个电话,宝贝了几句,吴琳琳则爱理不理地追着韩剧。一会闵颖的电话来了,还是微信视频,问在干嘛呢,比老婆还会查岗,让摄像头房间里扫一圈看有没有其他女人。尹姚有点担心,问蒋伟呢,不怕他看到?闵颖说在隔壁房间呢,他们早就分房睡挺久了。闵颖有些破罐子破摔了,说让蒋伟看到就看到呗,我不怕离婚,你怕吗?

尹姚赶忙回避,目前还是有点怕的,现在的心思都在项目上,哪有心思考虑那么复杂的事情。

安顿好闵颖,想着杨齐仁和罗军勇的事情有些不对劲,自己并不喜欢挑拨离间,但罗军勇谈到的软件授权费的事情,还是有必要让杨齐仁知道的,不然夹在里面,到时候两边不是人,你们两个斗吧,只要有人到时候把软件的事情搞定,是谁无所谓。

杨齐仁听完尹姚的电话,冷冷地说:"知道了,你只管把 VA 的项目拿下来,到时候自然会有答案。"

第 10 章　竞标时刻

VA 的招标在明天上午 9 点，先是商务标，公布价格，下午进行技术标。已经下班时间，闵颖把汤鸣做的标书仔细审过了，就差价格。尹姚又审了一遍，挑出了点技术上和商务上的毛病，修改完已经晚上 7 点了，就差填写最终的价格，然后打印标书。

另外两家昨天已经确认过价格了，合作那么多年，始终也没出过岔子，这次问题应该不大。但尹姚仍然觉得不保险，电话又确认了一遍才安心。尹姚看着时间，有些紧张，生怕被莫莉这个女人放鸽子，但故作淡定，办公室里喝起了功夫茶，希望按照约定，莫莉主动把盖章的价格发过来确认。

闵颖来到尹姚办公室，看着也有些紧张。尹姚也倒了一杯，让淡定坐下喝口茶，再等等，如果 8 点莫莉没消息，就电话问。

闵颖问道："你给莫莉最终开了什么条件？"

这个事情还没结果，尹姚不想多说。闵颖追问道："你都不想告诉我？"

尹姚赶忙解释道："没有，这个事情还没着落，不想节外生枝，等明天价格公布了，就告诉你。"

"切，"闵颖鄙夷地说，"莫莉给我开了 100 万，只需要我告诉她我们的投标价。"

尹姚笑了笑，想莫莉这女人倒也公平，筹码对等，说："早猜到了，她肯定会想方设法找你，她还希望我能配合呢。"

一会微信响了，尹姚急忙拿起看，不是莫莉，是杨齐仁发过来的一张 JR 公司内部微信群的聊天截图，截图里一张视频图，主角就是罗军勇，在尬舞，还算有条内裤，不然就是传播淫秽视频了。这个视频尹姚手机里也有，手机里面还有一段是连裤袜都找不到的。杨齐仁补一句："按计划"。看截图内的时间是今天下午的，看来，明天罗军勇的好日子就到头了。

8点出头，莫莉的价格过来了，是个陌生号码发的彩信，图片上标书的最终价格定格在了6950万，上面有CP公司的盖章和莫莉的签名。闵颖看后说："那我们的价格就定在6840万左右吧。"

尹姚想了想，说："我还是不太相信莫莉。这个项目对于我们来说，只许胜不许败，哪怕只有1%的风险，我也要排除。我告诉过莫莉，按计划的话，我们应该报价在6800到6850。她万一阴我们一把的话，价格会在6750到6800左右，再低，按照我们的成本核算，以他们公司的项目水平，会亏本。我们还是报到6673万吧，你再加个小数点。"

"你确定吗？"闵颖问道，"一下低了将近200万？这个可是纯利润啊，你就凭那点担忧，就少赚近200万？"

尹姚好想否定自己，但是，如果这个项目丢了，那么铭程的安危，自己的股权，都将付诸东流，这个风险更大。宁愿少赚点，但至少满足了和蔡凌云的协议。尹姚坚决地说："确定。"

"莫莉肯给我一百万，你至少也应该答应了给她一百万吧？"见尹姚不回答，闵颖继续道，"现在公司的资金被蔡凌云卡着，你到时候怎么拿出这么多商务费？"

尹姚回答道："这就是为什么我要确保万无一失，我们现在外面还欠着那么多商务费没给，如果项目有个闪失，蔡凌云肯定不会再放钱，那我们以后在客户那边怎么做人呢？我还欠着陆中华的钱呢。"

闵颖帮着汤鸣打印装订，快10点了，标书终于做完。三个人吃了点夜宵，这几天也辛苦了，一切就等明天老天不负。尹姚交代好闵颖和汤鸣明天投标的注意事项后，三人各自回家。吴琳琳已经睡了，被吵醒，迷离地问："标书都整好了？"尹姚点了点头。吴琳琳祝明天好运，有消息第一时间通知。尹姚去小房间看了看儿子,睡得很香,心想也早点睡吧,心比体力累得多。

魏鹏临睡前,手机突然响起,是个陌生号码,想按掉,但这个号码9比较多,不像是垃圾电话,随手接了一下,电话那头的声音很熟悉,是莫莉,赶忙跑到小房间接听。

莫莉说道:"虽然这么晚了,大家都单身,有啥不方便吗?"

魏鹏说道:"这倒没有,你有什么事吗?"

莫莉哈哈道:"魏总,明天就招标了,万一我们CP中标,您可别给咱提反对哦。娜姐这边我会照顾的,不会比人家少。"

魏鹏突然心里一咯噔,想莫莉怎么知道蔺娜的?自己在公司这么多年来,一直是隐婚的状态。魏鹏装傻道:"哦,明天大家努力吧,不管中不中,VA将来项目有的是。"

尹姚睡得正香,被电话吵醒了,一看是罗军勇,都已经凌晨1点半了,想必他的风流视频已经连夜发酵了,现在估计是来兴师问罪的。尹姚没按掉,调静音,继续睡,当作没听到。一会,另一边床头柜,吴琳琳的手机也响了,又是罗军勇,赶紧也调静音。

早上9点,招标如约而至,VA的大会议室来了很多人。供应商递交完标书坐下。主持人介绍了今天到场的有VA的法务部,保证竞标的公平公正公开,还工程部、采购部以及车间代表。感谢了供应商的参与后,主持人补充了这次的招标是一次性价格,上午开商务标,下午开技术标。商务标占比75%,技术标占比25%。然后又宣读了一堆招标的条例及规范。

投标代表上前各自都检查了自己标书的密封性后,主持人宣布现在进入唱标环节。

闵颖前后看了下，莫莉和他们总部的销售总裁杰森都来了，坐在后面一排。DB 来了两个人，第四家供应商没来。

唱标第一家：DB，最终报价 7210 万元人民币，含税 DDP。当报到第二家 CP 最终报价 6590 万时，闵颖的惊讶声都喷了出来，惹得大家都看了过来。闵颖赶紧捂嘴点头示意不好意思。铭程的最终价格是 6673.7 万元。

闵颖往后看了一眼莫莉，莫莉报以一个微笑。汤鸣奇怪道："怎么会这样？"

闵颖一脸严肃，赶紧将公布的价格拍照发给尹姚。

尹姚正在自己办公室紧张地等待最后的结果，一看到闵颖的照片，心凉了半截，赶紧发消息问道：不是说好 CP 的价格是 6950 吗？怎么成了 6590？没记错吧？

闵颖没回。三家各自上前确认价格签字时，闵颖仔细确认了，没错，是 6590 万，跟投影的记录单上的价格一致。

主持人宣布上午的商务标结束，大家可以回了，下午 1 点请准时来参与技术标评比。

闵颖和汤鸣出了会议室，莫莉走上前来向闵颖握手，说谢谢支持。开标结束，供应商之间礼节性的握手也算正常，输也要输得体面，见莫莉的手停了好一会，闵颖快速握好后马上离开，边走边回消息："是 6590 万，到车里电话。"

尹姚一下瘫坐在自己的座位上，拿起自己的马克杯，一把扔到地上，摔个粉碎。莫莉这个女人也真够歹毒的，竟敢耍自己，还玩文字游戏，换数字顺序，真后悔自己竟然会相信她！哎，真是防不胜防，已经想到可能会被耍，降了近 200 万，还是没想到那个女人那么狠，降了近 400 万！

蔡凌云听到响声，赶忙冲了过来，问道："小姚，怎么了？结果如何？"

尹姚如实相告。

蔡凌云紧锁眉头，说："CP怎么能那么低？包含模拟机了吗？"见尹姚点头，蔡凌云继续说，"这下就麻烦了，技术标大家一般都不会拉开分数，按VA的惯例，基本就是价格来决定项目。"

尹姚愁眉不展，低头不语。闵颖电话过来，把现场的详细情况都说了一遍，尹姚说知道了，你和汤鸣去准备下午的技术标吧，技术人员会过来，下午陪你们一起去。

尹姚看着6590万这个价格，陷入了沉思，总觉得哪里不对，突然飘过6600这个数字。这个数字不就是自己和蔡凌云约定不低于的价格吗？这个数字很妖，自己已经降价200万了，但如果被莫莉忽悠后，报价又低于了6600万，那么尹姚一点办法都没有。

蔡凌云是铭程的老大和股东，他和尹姚一样渴望拿到这个项目，不可能外泄。另外知道这个约定价格的，只有闵颖，自己强调过不能告诉任何人，而且和闵颖在一起那么多年，这么亲密的关系，怎么可能会出卖自己呢？

回到昨晚，这个报价除了自己，只有汤鸣和闵颖知道，闵颖不可能出卖自己，那就只有汤鸣了。尹姚赶紧打电话给汤鸣，汤鸣矢口否认，说："尹总，我不可能做这种事情，您不信可以查我微信和通话记录。"

尹姚也不纠结了，查记录，都可以删除，查电话，可以换号码。让汤鸣别多想了，下午技术标好好答吧，流程得走完。

汤鸣一直是尹姚信任的小伙子，也一直在培养。当初喝酒喝到胃穿孔，还好尹姚送医院早，不然就出事了。这次如果泄露价格的话，他肯定是第一怀疑对象，应该也不会那么傻。但莫莉连自己和闵颖都尝试要收买，就算是一半甚至三分之一的筹码，汤鸣哪会抵挡得住这么大的诱惑。

尹姚换了个手机，电话问道："都安排好了？"得到肯定的答复，尹姚挂断。想着要不要打电话给魏鹏，想想算了，今天招标比较敏感，该帮的他肯定不含糊。

下午的技术标，铭程是第一家，果不其然，总分25分，得满分就太夸张了，最终判定24分。

CP第二家，工程部和车间看得头都大，问CP的技术："我们技术要求中星号项是必须要满足的，你们怎么那么多没满足？"

技术说："怎么会？"自己查阅了下标书，确实做得一团糟，很多数据参数换算过来文字说满足，但数据其实都不满足。CP的技术被问得有些丈二摸不着头脑，直抓脑袋，赶忙承认："因为技术标是我们李工做的，的确存在些问题，但实际上都能满足的，我这边疏忽了。"

上午价格出来后，杰森很满意，已经先回了，他认为基本是板上钉钉了，留下参加技术标的莫莉则坐在旁边愤怒得咬牙切齿。

评标委员会都在摇头，最终的技术标评分是15分。按照总评分标准，商务标价格差1%为5分，那么两家相差1.3%，铭程低6.5分，但是技术上差距为9分，铭程反超2.5分，原则上铭程中标。

技术分不公布，但尹姚早就收到了魏鹏的消息，长吁一口气。项目中标结果，一般第二天复审，第三天上会，第四天就在VA网站公示了。

莫莉一个人开车回去，边开边打电话给尹姚："尹总，果然是道高一尺，魔高一丈啊，你连我们的技术老李都算计进去了！"

尹姚挖苦道："你能挖走人，但不一定能挖走心啊。首先你的心就不正，玩阴的，那我也只能防范到底了。"

莫莉苦笑道："现在想想上周去三亚，机场的偶遇，我的行程，都是提前老李透露给你的吧？"

尹姚呵呵道："你能报价到6590，也是在我身边安排了人吧。"莫莉冷笑了下，不回答，尹姚继续问，"是汤鸣吧？"

"汤鸣是谁？"莫莉说道，"今天闵颖旁边那个小伙？"

尹姚想了想，说："VA 的项目，事已至此，你已经很难扳回来了，我觉得你也没这个必要。你现在项目丢了，你的奖金肯定大受影响。你弟弟应该还会催着你要钱吧？毕竟你弟手里有你爸妈。所以，你告诉我，谁昨晚把价格透露给你的，我如果顺利签下合同，约定打对折，仍然给你。"

莫莉哈哈大笑，说："哎，反正项目已经丢了，透露给你也无妨，你信守你的承诺就好。最毒女人心，我只能说这么多了。"

没等尹姚问清楚，喂喂喂个不停，那边已经挂了。尹姚琢磨着"最毒女人心"是什么意思呢？莫非是闵颖出卖了自己？闵颖的动机是什么呢？她所说的莫莉给 100 万？还是她对自己始终没有给承诺的报复？不敢再想下去了。

下班后，与魏鹏通了个电话，魏鹏说不用太担心，评标大家都签过字，没人敢轻易推翻，这个项目急，后天上会就知道结果了，大后天就公示。尹姚的心里还是忐忑，现在不是为了项目了，而是看来身边真的有人出卖了自己，此事非同小可。想到之前会被人跟踪，被人偷拍寄照片，好像事情没那么简单，总像是背后有一张大网在围拢，一把黑刀在捅过来。

尹姚下楼准备回家，旁边车位上，一辆熟悉的黑色 A6 停着，罗军勇招呼尹姚上车唠唠。尹姚怕被老罗绑了，看看后面座位上没人，才坐上了副驾驶，忙说道："老罗，不好意思，昨晚都睡了，静音没听到。今天投标，我张罗了一天，没来得及给你回电话，不好意思啊。"

"项目中了吧？"老罗问道。

尹姚点了点头，见老罗脸色不太好，也不敢显露喜悦。

"妈的，我今天被停职了，你知道吧？"罗军勇忿忿说道。

尹姚装作非常惊讶，说："什么？"罗军勇重复了一遍，尹姚继续惊诧，"出啥事了，怎么会停职？"

老罗瞅了尹姚一会，分析完表情，说："那天我们去唱歌，我喝多了，被人录了不雅视频，现在 JR 内部疯传呢。今天被领导找去训话，先停职，后续研究怎么处理。我想知道，是不是你录的？"

尹姚赶紧解释道："怎么可能是我，你后续还要帮我很多事呢，我搞你，对我有什么好处？"

"那么就是杨齐仁了。"罗军勇咬着牙，继续说，"那天我喝多了，唱歌时大家怎么坐的，发生了什么我都忘记了。要搞我的肯定是杨齐仁，那视频里有你，应该不是你录的。"

尹姚想那天你不仅喝多了，而且被抓进去，又被人暴揍一顿，能记清才怪，说不定那暴揍罗军勇的小伙，也是杨齐仁安排的。

出头的事情杨齐仁怎么会自己动手。原来，JR 生产部有个小伙子反正要离职回外地老家了，罗军勇的视频是从他手里发出来的，然后 JR 内部微信群一顿疯传。幕后谁指使的，鬼都知道，但不会有证据，人家不承认，你也没办法。

尹姚补充了句："罗哥，你放心，不会有事的，风声过去就好。还有那欠你的 20 万，两周内我肯定给你，不管发生什么。"大概罗军勇就是为了这句话而来，谁都害怕万一自己停职没有价值了，欠的黑钱不给又怎么样，连个条都没有。

第11章　项目反转

莫莉早上到办公室，桌上放着一封信，打开一看，是技术部主管老李的辞职信，赶忙问助手小刘老李人呢。小刘回答老李今天没来。莫莉想今后也不会来了，让小刘陪自己出去一趟。

车到老李家楼下，远远能看到老李在阳台上晾衣服。莫莉让小刘等在车里，自己上了楼。到了门口，莫莉想敲门，却又停下，拨了老李的电话。

老李接了电话，打过招呼，谈到辞职的事，为难道："莫总，这次技术标我没做好，愧对公司和你的期望，我主动辞职了，望批准。"

莫莉淡淡地说："是你故意没做好的吧？"电话那头语塞，莫莉继续道，"没事，你没来公司，我就到你家来坐坐吧。"

"莫总，今天有事，我不在家里，改天吧。"老李回答道。

莫莉哼了一声："我在门口，开门吧。"

一会，门打开了，老李露出尴尬的笑脸，赶紧把莫莉迎进门，自己去厨房倒茶。

莫莉寒暄道："你们家装修不错，很大嘛，有150平吗？"

老李回答道："差不多吧，我儿子儿媳还有孙女也住这儿，不大住不下呀。"说完，将茶杯放到莫莉身前。

"尹姚让你技术标做手脚，给了你不少钱吧？"莫莉问道。

实事摆在眼前，老李赖也赖不掉了，说："一分钱也没给。"

"那你为什么要出卖我？我都给你工资翻倍了，你还帮着尹姚？"

"这不是钱的问题，"老李喝了口茶，继续说，"我跟尹总那么多年了，大家关系很好。当初他把我从国营企业挖到铭程，上班没两个月，我就被电瓶车撞了，尹姚为了我的事，都和肇事司机打起来了，全程垫付了我的医药费，而且工资一分钱都没有扣。这么多年了，大家感情一直很好，这次离职是我欠他的，虽然他已经不再是铭程的一把手，但这份情我是欠着的。这个项目对尹总很重要，想着肯定比不过CP的价格，技术上他让我帮忙，想着也是顺水人情。"

突然，莫莉若有所思，那已经10年前了，那时候自己和尹姚都在DB，还没分手。那年公司旅游去了泰国，拜庙的时候，莫莉在身旁，问到事业，龙婆算了算，对尹姚说："你将来的成功和失败，都会因为你太重情谊。"

老李见莫莉不说话，补充道："莫总，听说你这次项目丢了，给CP造成了很大的损失，对不起了，这个月的工资我也不要了。"

莫莉回过神，说："不用，该你的仍然是你的。另外，你的辞职报告我不接受，过去的就过去吧，以后不用内疚，该还尹姚的人情这次也还清了。虽然你这次做得很不职业，但明天继续来上班吧，下个月开始加薪20%。"

老李一下有点懵，问道："你不怪我，还给我加薪？CP丢了项目，这不白养着自动化部门吗？"

莫莉笑笑，说："CP特地建立这个自动化分公司，不光是为了VA的项目，中国市场那么大，CP是跨国企业，会缺这点钱来韬光养晦吗？你考虑考虑，明天是否来上班，你自己决定吧。"

闵颖从小吴那边得知，昨天项目复审通过了，今天上会也通过了，明天就进入公示期，兴奋得和尹姚击掌相庆。晚上那是必须去好好撮一顿，庆祝一下。

上会通过了，魏鹏也长舒一口气，接到副总李建军的电话说晚上没事的话来家里吃饭，莘迪下厨，就咱仨。那肯定不好拒绝，魏鹏早下班，回家拿了瓶珍藏了五年的茅台。到了李建军家的别墅，李建军在修盆栽，

第11章 项目反转

打过招呼，见个黑发蓝眼的小宝宝在花园玩，肯定是小莘佑，忍不住冲过去抱了起来，说："你是谁家的宝宝呀？"

小宝宝用生疏的中文说道："莘迪是我妈妈。"李建军和魏鹏都笑了起来。

进屋坐，莘迪穿着围兜从厨房冲了出来，看到魏鹏，说了声："Hi，好久不见。"魏鹏见眼前的莘迪还是那么年轻漂亮，除了美国的垃圾食品吃多了，胖了点，跟当初没多大区别。莘迪向李建军大声道："爸，你把酱油放哪里了，怎么都找不到！"

"阿姨这两天请假了，我哪知道放哪了？"李建军回答道。

莘迪无奈回厨房，一会又冲了出来，朝魏鹏喊道："哎哎哎，那个谁，魏鹏！你现在领导做大了是不是，给我进来做下手，赶紧的！"

李建军哈哈大笑，说："小魏，去吧。莘迪回来这几天，我最高兴的就是她去了美国几年，竟然学会了中国烹饪！"

晚餐都是上海的家常菜，味道竟然真不错。莘迪也抢着喝了点酒，说还是中国的酒好喝，边喝边照顾宝宝。大家聊得欢，莘迪说道："魏鹏，你明天陪我去市里逛逛，回来几天了，都没好好去转转。"

"明天我要上班呢，而且你还要照顾小孩呢。"魏鹏尴尬道。

"明天阿姨就回来了，宝宝阿姨会照顾的。你明天请个假就好了。"莘迪强势道，"大男人爽快点好不好，又不是叫你上刀山下火海，瞧你这墨迹样。我跟你说，你工作上要对我爸负责，我爸要对我负责，所以，你听我的就好了，明天负责给我拎包。"

李建军被逗得哈哈大笑，说："我不参与你们年轻人的事，随小魏。"

莘迪对魏鹏哼了一声，说："要不是这几天闵颖在忙招标的事情，我才懒得叫你陪呢！"

VA项目确定，尹姚和闵颖晚上庆祝也差不多了，汤鸣把其他同事都安排了代驾和出租，自己也上车走了，临走摇下窗，知趣地说："尹总，颖姐就交给你了，你们顺路。"

代驾到闵颖家小区门口，闵颖示意开进去，走不动。到闵颖家楼下，尹姚也被拉下了车，闵颖说："走啊，上楼坐坐。"

尹姚吓了一跳，说："你老公在楼上，不怕我被砍啊。"

"你上去，他砍，不上去，我砍！"闵颖玩笑道，"现在项目也拿到了，想好你的决定了吗？"

"什么决定？"尹姚装傻道。

"你继续装！"闵颖有些生气，"你跟吴琳琳谈过我们的事吗？"

尹姚低声说还没有，迎来的是闵颖狠狠地一记耳光，尹姚脸上火辣火辣。闵颖眼泪唰地流下，转身离开，突然转过头，大声喊道："尹姚，你根本就没在乎过我！"

这个点了，这么个呼喊，估计整个小区都能听到。尹姚赶紧冲上去安抚，说："你冷静点，这个事关重大，今天喝多了，大家能冷静下来再谈吗？"

"好，尹姚。之前的路，都是你安排我走的，今后的路，我会选择自己走！"闵颖说完转身进了楼。

第二天下午，闵颖早早地等在咖啡店，喝了口水，有些忐忑。吴琳琳戴着墨镜进来了，张望了一下，看到闵颖，走过去，对面坐下，问："找我什么事？"

闵颖有些紧张，无从开口。

吴琳琳冷笑了声："说啊，什么事，不会是要找我谈尹姚的事吧？"

闵颖怯怯地点了点。

吴琳琳鄙夷地说："我还没找你，你真够胆，先来找我！"说完，从包里拿出一些照片丢在桌上，继续说，"你自己看看，你觉得你这个女人要不要脸！自己有老公，小孩也已经不小了，还有脸做得出这种事情！"

闵颖瞥了眼，就是那晚和尹姚在巷子里激吻的照片。闵颖鼓足勇气，

第 11 章 项目反转　　101

说:"我和他在一起很多年了。"

吴琳琳一脸愤怒,起身一巴掌想要挥过去,被闵颖眼疾手快抓住了手臂,淡定地说:"坐下吧,两个女人这种场合扭打在一起,多难看啊。"

吴琳琳压着怒火坐下,问:"你想怎么样?"

"我想和尹姚在一起。"闵颖回答道。

"呵,我们家这个死男人同意吗?"吴琳琳冷静道。

闵颖没有回答。

"尹姚不可能离婚的,你放心,他跟我说了,跟你在一起只是玩玩,都是你的一厢情愿!"吴琳琳喝了口水,继续说,"离开尹姚吧,你需要多少钱?"

"钱?如果为了钱,我早就该拿了100万离开他了。"闵颖说。

"那让尹姚来跟你谈吧。我连跟不要脸的小三坐一块都嫌脏!"说完,吴琳琳起身踩着重重的高跟鞋走了。

魏鹏陪莘迪吃了个中饭,逛了一下午的街,买了一堆东西,看到冰激凌,莘迪去买了两个,两人美美地品尝起来。莘迪拿着大袋小袋,一不小心冰激凌掉在了地上,好不郁闷。魏鹏说再去买一个吧。莘迪说不用,抢过魏鹏正在吃的冰激凌吃了起来。到了停车位,莘迪把东西往车上一放,说:"晚上我约了闵颖吃饭,这个大学同学好久不见了,就之前微信聊过,想她了。"

晚上莘迪和闵颖一起吃火锅,闺蜜多年不见,都快抱到一块了。叙了很多旧,莘迪问道:"我去美国也好几年了,去之前就听说你爱上了不该爱的人,现在怎么样了?"

这个问题似乎戳到了闵颖的神经,只见摇头。

"不方便回答就不用回答。你看,我爱上不该爱的那个该死的老外,现在单身,多辛苦。你有蒋伟,有女儿婷婷,爱上不该爱的人,那就分手了呗。"莘迪说道。

"是啊,"闵颖顿了顿,继续说,"是啊,我已经有一个挺美满的家庭了,女儿也很乖,我干嘛要去爱上一个有夫之妇呢,你说我是不是很贱?"

"感情这个东西很难说。不然全世界也没有那么多离婚了,你看我那个托宾,我哪里不好,他还经常跑脱衣舞俱乐部,感情这个东西,你能看明白吗?"莘迪无奈道。

"是啊,可我真的离不开他!也许放下了,轻松了,可落地的方式还是会砸到我的脚。"说着,闵颖双眼开始婆娑,马上转移话题道,"你下午去干嘛了?"

"哦,和魏鹏去逛街了!"莘迪有些兴奋,"这个老魏,听我爸说,为了等我,到现在都没结婚。"

闵颖笑了笑,她知道蔺娜,还是暂时不提了吧,说:"我觉得男人都靠不住。"

罗军勇到杨齐仁的办公室,坐下,跷起二郎腿,点上一根烟。杨齐仁惊讶道:"你不是被停职了吗?"

罗军勇笑了起来,说:"我只是暂时停职,连JR的大门都进不了吗?"

杨齐仁赔笑,说:"是啊,罗总你可是JR的风云人物,谁能奈何得了你!"

罗军勇拿出一个信封,丢在桌上。杨齐仁小心拿过来,抽出照片,一看,都是自己那晚唱歌时的摸奶照。罗军勇一把都抢了回来,放回信封,丢进包里,说:"我不去纠结谁是搞我的幕后黑手了。铭程的软件费,这一单,全归我,有问题吗?"见杨齐仁不回话,老罗刻意加大了嗓门,"如果我官复原职,以后还是按照以前那么玩,如果我不在JR了,以后你自己玩,我不参与,但这一单,全归我,有没有问题?"

杨齐仁有些木然,老罗临走说:"明天给我答复。"说完,拍了拍自己公文包。

项目既然也没啥问题了,今年初的时候,闵颖去的是蒋伟的老家浙江,也没回湖南老家看看自己的爸妈。闵颖请了几天假,回湖南老家一次,顺便散散心。婷婷要上学,蒋伟得陪女儿留在上海。飞机降落在黄花机场,姐姐闵娜已经等在接机口了,坐上车,一路高速往岳阳开。

聊了会家常,闵娜看闵颖盯着窗外有些沉默,问道:"跟你男人怎么样了?"

"蒋伟?老样子呗。"闵颖随口说道。

"我不是说蒋伟,我是说尹姚。"

闵颖啊了一声,仍然沉默着。

闵娜说:"你这次突然回来,肯定心里有事。你跟那个尹姚怎么样了?姐从小看着你长大,跟姐说说。"

闵颖有些伤心:"姐,我好想抱着你哭。到目前为止,他始终是人家的男人。"

岳阳的新农村,闵颖才两年没回家,又变了个大样,水泥路宽敞蜿蜒,家家都是自建的漂亮别墅。终于到了自己家,闵颖吓了一跳,自家的房子也焕然一新,问了姐才知道去年花了几十万又重新翻修和内部装修过。跟爸妈和姐姐一家一起吃过晚饭,闵颖回到姐姐特地准备的房间,处理了一会邮件,收到尹姚的消息:明天采购找我去签合同了,祝我好运。闵颖不自然地笑了笑,消息写完又删,删完又写,最后回了句:我想你了。闵颖看着聊天窗口总是显示"对方正在输入",反复几次也没等到回信。

闵娜轻轻走了进来,看闵颖一直傻傻盯着手机,一把抢了过来,说让姐姐看看,是不是又在偷汉子了。这下把闵颖逗乐了,赶紧夺回手机,说哪有。闵娜坐到闵颖身边,说:"我都看到你想他了,还装呢。你心里很多事情,姐都知道,也不多说了。你从小就很善良,当初你放弃了本该属于自己的幸福，但这次，你要坚持，一定要把失去的找回来，不光是为了你自己，也为了身边的人。"

闵颖将姐姐抱住，说："姐，我不知道该怎么面对蒋伟。"

闵娜说道："蒋伟会恨你，时间长了自然会明白，长痛不如短痛。"

杨齐仁打电话给尹姚，说道："尹总，今天罗军勇来找我了，他知道那晚的事情了。"

尹姚听着纳闷，杨齐仁将下午的事情说了一遍，补充道："我没有供出来说你拍的视频，也没说后来是你陷害他被抓进所里的。他要所有的钱，我不可能白费苦心，原来的50万不行了，改到80万，其他都我来处理。"

尹姚苦谈了半天，没能松口，那再说吧，等跟VA的合同签完后当面聊。

第二天，尹姚须穿得正式，再次穿上西装系上领带，今年的第二次，可别像艾希投资那次无功而返。赶到VA的会议室，还早了10分钟，看预定的会议室里，已经在开会了。尹姚等了会，过了约定的时间10分钟了，他们的会议还没开完，赶忙打电话给采购员。采购员惊讶道："尹总你已经在门口了呀。"赶紧出门将尹姚迎了进去。

会议室里人有点多，尹姚想这个合同虽然不小，但这仗势也太过重视了。采购员小王介绍了在座的各位，陶金陵、魏鹏还有车间和采购的领导都来了，连李建军都在。中间的两位不太熟，尹姚问了下，小王介绍这两位是我们公司法务部的同事。

小王又重新冠冕堂皇地重申了一下VA公司的采购要求，尹姚都能背出来了。小王最后重述了一下："VA对待任何供应商坚持做到公平公正公开的招标原则，若出现徇私舞弊，VA将严肃处理。"说完，对尹姚说道，"请问尹总，贵司在这次招标中，是否做到了没有徇私舞弊？"

第11章 项目反转

尹姚听着有些别扭，淡定回答道："我们铭程作为 VA 的多年优秀供应商，一直坚持和维护 VA 公司公平公正公开的招标原则，争取高性价比，提供给 VA 最好的产品和服务。"

"你们真的做到了吗？"法务部马老师突然问道。

"我们做到了。"尹姚面不改色地回答。

"好！"马老师说完，打开电脑，让小王将蓝牙音箱放到桌子中间，"大家听一下。"

蓝牙音箱播放道："行，只要你到时候，CP 的投标价格能够按照我说的来，并且投标前一天晚上将盖章的报价单发给我确认，铭程如果最终拿到项目，收到预付款，就按照承诺给你 100 万元现金。这样可以吗？"

播完，马老师问道："尹总，这个是您说的吗？"

尹姚一下有点懵，想莫莉这个女人连这事都能干出来，气得咬牙切齿。那天已经千防万防，那个女人还是偷录了，还假惺惺地解开上衣，完全都是障眼法，说不准，桌下已经趁自己不注意，偷偷放了窃听器。但此时，尹姚已经没有退路，捉奸捉双，捉贼拿赃，否则一律抵赖，马上故作淡定，哈哈大笑道："马老师，这个哪来的录音，的确跟我的声音还挺像的。"

马老师也笑笑，说："不承认是吧，我只是播放了重点，要不我把整段的都播放一下？"

尹姚一时语塞，一身冷汗，没有接嘴。

马老师看了看旁边大家，说道："要不还是放一下整段的吧。免得大家真假难辨。"说完，把整段开始播放。录音是从尹姚和莫莉谈科雷 800 万元报价这段开始的，一直到最后。但尹姚回想起来，中间应该有段莫莉给尹姚开条件的对话，看来早删减了。莫莉既然这么精心谋划这么个陷阱，早就将录音内容考虑得非常充分。

"这下你有什么话说吗？录音中的是你吗？"马老师问道。

纵使风雨交加，忍住平静，胜似闲庭信步，这是尹姚这么多年来的信念，保持微笑道："录音中的是我，应该是快两周前，当时在三亚，CP 公司的主管莫莉主动约我下午谈一下。这里有证明。"说完，将手机上莫莉微信发过来的地址和时间给马老师看，继续道，"是她主动约我谈的，地方也是她订的，我不知道她是有预谋设计了这个陷阱给我钻。而且大家都应该能够听得出来，莫莉小姐的话都是有引导性的，我只是无奈地往这个坑里在钻而已。"

尹姚停顿了会，看大家还是有兴趣听自己解释，见桌上有水，离自己比较远，起身去拿，做了个手势问马老师可以吗。得到肯定的答复，打开喝了一口，不紧不慢，垂死也要优雅地挣扎，继续说："关键一点，虽然录音中，和莫莉有这个口头的约定，但后面的投标价格大家可以看出，这个录音完全就是个笑话，都是大家开玩笑而已，因为 CP 根本就没按照约定的价格去报，而是反过来阴了我们铭程一把，投了比我们低不少的价格，更想拿这个项目。其实，我反过来能不能控诉是 CP，他们才在徇私舞弊，设定陷阱给我们钻，套取我们的价格，忽悠我们报高价？实际上是他们倒打一耙，自己以更低的价格去偷 VA 这个项目，只可惜没有成功罢了。"尹姚说完，魏鹏和采购经理轻声议论开了。

马老师说道："这个录音能说明铭程试图收买 CP，但 CP 正直，你没有成功，他们投标的价格也是有诚意的，你的说法不能证明 CP 徇私舞弊。你说他们套取你的价格，你有证据吗？你自己透露给他们的话，那是你自己的问题了，更说明你们私下串通。"

"我可以证明。"说完，尹姚将手机里那条彩信图片递给马老师看。

马老师仔细看了看，将手机递给旁边的同事，让传阅，继续说："这个照片上是 CP 公司的盖章报价，价格是 6950 万。我想知道下，发这条信息的手机号码是谁的？"

"这个是 CP 公司莫莉的小号。"尹姚回答道，"CP 公司发了张假的投标价格，还盖了章，试图忽悠我们他们会报高价，然后我们如果上当的

第 11 章 项目反转 107

话，可能为了多赚 200 万，报 6800 万以上，但是，我们铭程在 VA 这么多年，秉承 VA 公平公正公开的原则，不愿意这么干，所以最终报价是 6673 万。"

马老师说道："你可以拨打一下这个彩信的电话号码。"

尹姚看了看这个号码，比较奇怪，虽然也是 11 位，但是 112 打头，不像个手机号码，打过去当然也是空号。

马老师说道："我们法务部昨天也和 CP 的莫莉小姐谈过。莫莉解释了，地方是她选的，但是你之前已经多次希望 CP 能够配合。关键是，莫莉说，他们 CP 有你们铭程的内奸，为了价格保密，她只好做了两份标书，以防万一。看了你的彩信，果然 CP 是真有内奸。"

"马老师，我创业这么多年了，内奸这个事情我不做的。"尹姚苦笑道。

"是吗？这样，大家一起听下一段录音。"马老师说道。

蓝牙音箱播放道："老李，这么突然打我电话？"

"哦，就只想问问 VA 的项目没问题了吧？"

"没问题了，还有两天公示期结束就可以签合同了。对了，莫莉这个女人靠不住，这次多亏了你在技术标上帮忙，不然我们真的要丢项目了。等我合同签完，一起吃饭，到时候好好感谢下你。"

"好，到时候电话。拜拜。"

"拜拜。"

播放完，马老师说道："这个是你和 CP 李工的通话吧？"

尹姚脸色一下开始发白，老李估计拿了莫莉不少好处，反过来谍中谍，也将自己出卖。前天老李和自己通的电话，原来也成了莫莉给自己挖的坑。

马老师说道："VA 的技术标做得那么差，根本不是他们应有的水平。

李工是从你们铭程跳槽去 CP 的,他就是你的内奸吧?"见尹姚不正面回答,马老师继续道,"我们也不要拐弯抹角了,再听下一段吧。"

尹姚心里直骂娘,竟然还有下一段,不知道又是什么炸弹。

蓝牙音箱播放道:"兄弟,DB 的标书做好了吗?"
"差不多了,按照你的要求,7125 万,我加点零头。放心吧。"
"好,辛苦了。项目确定后聚。"
"OK。"

马老师说道:"这次投标的价格,我看了下,DB 的报价就是 7125.63 万。"

尹姚插道:"马老师,能听我解释吗?"

"不需要!"马老师继续说道,"你只要告诉我,以上三段录音,是不是都是你。是或者不是,其他的,我相信我和我的同事们,都有自己的判断和决定。"

尹姚沉默,连 DB 都出卖自己,忙说:"听我解释——"

"我说了,你解释得够多了,现在不需要了,已经很清楚。你只要回答,是或者不是你。"马老师打断道,"你的态度将决定 VA 公司对铭程的处理结果。请马上回答。"

自己的声音已经很明显,再强词夺理也无济于事。尹姚低声道:"是的。"

小王起身说:"尹总,我先送你出去吧,一周内我们会通知你这件事情的处理结果。"

第 11 章 项目反转 109

第 12 章　一地鸡毛

出了会议室，尹姚给魏鹏发了个消息让说说好话，多担待担待。回到家还没收到回音。这个情况，人家暂时不方便回也正常。项目肯定是保不住了，但这已经是次要的了，重要的是铭程会不会进黑名单。如果进了，那么 VA 这个最重要的客户丢了，铭程也快完了，自己也完蛋了。今天公司是不能回了，早上还跟蔡凌云雄赳赳气昂昂地夸夸其谈呢，现在回去，蔡凌云问起来，不知道怎么回答。

果不其然，快中午了，蔡凌云电话如约而至，尹姚在家中小房间不停地抽着烟，看到电话，犹豫好久，还是按掉了。一会儿又打了过来，还是没接。想想总归要面对的，给蔡凌云发了个消息："项目丢了，沮丧，明早进公司解释。"

闵颖的电话也来了，尹姚将情况说了一遍，闵颖惊得下巴都要掉下来了，安慰了尹姚几句，说马上赶回来。尹姚从来没那么沮丧过，感觉自己什么都快要失去了。听微信响，是闵颖发过来的，说："至少你还有我。"

闵颖的机票是后天下午的，改了当天晚上 6 点，也就不跟蒋伟和婷婷说了，给他们一个惊喜吧。婷婷这两天每天都打电话，那叫一个想妈妈呀。闵颖和自己爸妈道了别，姐姐送到村头，自己叫了接机专车。姐妹俩拥抱着挥别。上了车，闵颖查了 VA 的官网，第一中标候选已经成了 CP，第二就是 DB，没有铭程的名字。到了机场，飞机晚点加晚点，起飞已经是 9 点多。VA 的小吴告诉闵颖说领导们开了一下午的会，然后莫莉带着技术老李一起来了，拿着最新的技术标，标书做得很好，会开到晚上7点半才结束，最后还把技术协议直接签掉了。因为项目紧急，公示两天后，马上签商务合同。

闵颖谢过，小吴听闵颖有些灰心丧气，补了一嘴："你也不用太难过，这种事发生了，不可能再扳回来。CP跟我们签的技术协议，模拟机决定采购你老公蒋伟公司的，你老公立功了，应该能拿不少的奖励。"

闵颖惊诧道："CP买宏伟的模拟机？"得到肯定的答复后，挂了电话。想想之前的工作，全是给CP和宏伟做了嫁衣。

出虹桥机场，闵颖打车回到家，已经过12点了。轻声开门开灯，感觉家里有些乱糟糟的，地上一双高跟鞋，好像不是自己的。沙发上有个女包，也不是自己的。轻轻打开主卧的门，没上锁，闵颖没有开灯，用手机照了照，蒋伟正光着膀子搂着一个同样光着膀子的女人睡得正香。闵颖一脸茫然，关上手机手电筒，轻轻关上门，去隔壁房间看看，婷婷没在家，不管多晚，赶紧打电话给蒋伟他哥，原来女儿在他们那。蒋伟哥家的女儿比婷婷大一岁，两人关系很好，如果蒋伟和闵颖都没空的时候，经常会送过去睡一块。

闵颖坐在沙发上发呆，浅浅的愤怒一会儿也就散去了，自己也没尽妇道，还怎么去要求自己的老公呢。唯一让闵颖愤怒的是，那个女人竟然睡在自己的床上，自己的位置，这张床如果以后自己还想睡，那必须要扔掉换新的了。这个家今晚是不能待了，人艰不拆，现在当场去捉奸又有什么意义呢？以后大家尴尬，苦的还不是婷婷。闵颖还是拿了行李箱，家里原封不动，打车去酒店。

酒店的床总归没有家里的舒服，特别是想着自己的床和枕头被人霸占了，闵颖怎么都睡不着。酒店楼下有个酒吧，闵颖要了杯龙舌兰。一个老男人坐过来搭讪，给闵颖又买了一杯，两人喝了几口后，有点晚了，老男人问一起吗。闵颖拒绝，老男人问多少钱，闵颖将剩余的龙舌兰一把倒到老男人脸上，转身就走。老男人不依不饶，背后喊道："美女，你别走啊，一万行不行？"

第12章 一地鸡毛

闵颖很累,却没有困意,路过个24小时的药店,灵机一动,网上下了张安眠药撒开的照片,发给了尹姚。

尹姚晚上在一个轻音乐的酒吧,一个人喝了不少酒,魏鹏来的时候也将近10点了。两人干了几杯,魏鹏说道:"想开点,这个项目已经没机会了,晚上和CP签了技术协议,后天估计就要签商务合同了。"

"这个我理解。"尹姚说道,"我关心的是会怎么处理铭程。"

"下午开会就是在商讨这个问题。采购和法务是直接建议进黑名单,我和陶金陵认为处罚太重,去年的项目铭程还在运行呢,而且铭程一直做的不错,车间也认为直接黑名单太重。蔡凌云也打我和陶金陵电话了,发了个文书过来,上面申明串标行为是铭程员工的个人行为,与本公司无关,还盖了公章。"魏鹏说道。

"是啊,这个是我的个人行为,丢一个项目无所谓,我就担心因为我个人而连累到整个公司。蔡凌云的做法是对的。"尹姚无奈道。

"这么看呢,也对,先把公司保住,进黑名单的话,在VA也就结束了。"魏鹏喝了口,继续说,"我跟李总也打过招呼了,他跟法务部长是老友,也去求情了,目前最好的结果就是铭程五年内不允许参加VA的项目,之前项目未付的资金暂停一年,还有就是——"

"是什么?有啥不能说的呢?"尹姚问道。

魏鹏继续道:"就是你,今后不允许再参与到VA的销售工作,五年后也不行。"

尹姚苦笑道:"也正常,这事一传开,我在VA的口碑就完了,谁还敢跟我打交道呢?"

"放心,你是我兄弟!不管怎么样,我认你这个兄弟!"魏鹏拿起酒杯安慰道。

一起喝了个,尹姚感谢道:"鹏哥,你了解我,谢谢!"

"这些事,其实到处都在发生,只是你倒霉,被人给阴了而已。对了,那个备件订单,快要实施了,这个你可以操作,因为是跟中间商签,我指定铭程就行,算是弥补下。"

尹姚回到家,看了会足球,他最爱巴萨,最爱梅西。爱巴萨,是因为团队和配合,就像铭程,至少是蔡凌云没来时的铭程;爱梅西,是因为没有身体天赋,却能成王霸业,就像对自己的期望。两点多了,看到闵颖发过来安眠药的图片,吓了一跳,赶紧问你在哪,我过来。

到了酒店房间,闵颖打开房门,两人相视好久。此时不需要言语,两人紧紧拥抱在一块,疯狂亲吻。尹姚一把将闵颖压到床上,边亲吻边剥去闵颖的衣服。尹姚将所有的能量倾泻在闵颖体内。两人一起去洗了个澡,光溜溜地躺回到床上,闵颖调皮道:"你不行了吗?"迎来的是尹姚疯狂的第二轮进攻。

尹姚回家换了身衣服,睡了会儿,到公司已经比较晚了,蔡凌云早早等着了。尹姚低声道:"大哥,情况你都知道了吧。"

蔡凌云点了点头,说:"接下来该怎么办?"

"我还没想好。"尹姚低头回答。

"项目肯定丢了,这个无法挽回了。VA对铭程的处理,我昨天晚上都在给你擦屁股,现在也基本出来了,不过还需要递交上去审批。你说你商场那么多年,怎么能那么不小心?被人耍得团团转!"蔡凌云有些生气道。

"大哥,是我不好,我没整好,你怎么处理我都行。"尹姚有气无力道。

"这次,这么大的事情,公司内部肯定要处理的!你知道汽车行业圈子也不大,这次的事情,很快就要传开,以后哪家客户还敢跟铭程合作?"蔡凌云看了看尹姚,继续说道,"这次的事情必须要有人负责,一是做给客户看,也要做给公司一百多号员工看。闵颖是这个项目的直接销售负责人,也是你管的,你去跟她谈谈,让她辞职吧。"

"没必要这么严重吧?"尹姚有些紧张起来。

"N+1补偿都给她,让她自己辞职,以后档案里还好看点,不肯走,就只能开除了!"蔡凌云坚决道。

"这次的事情都是我犯出来的,为什么要开除她呢?我自己的责任自己担,大哥,请不要开除她!"尹姚乞求道。

"没得商量!你的事情我还没跟你清算呢,我还要再考虑考虑。你先把闵颖的事情处理了。"蔡凌云说完就离开了自己的办公室。

魏鹏把小吴叫进办公室,问道:"李总打电话给我,让我今天把CP的合同上工程部的字签掉,现在快下班了,合同内部流转还没过来吗?"

小吴回答道:"领导,这个字已经签了,是陶部长签的。"

"什么意思?不都是该我签的吗?"魏鹏诧异道。

"哦,今天陶部长特地过来跟我说,以后工程部的签字,该我们部门的,都让他来签,他才是正部长。"小吴说道。

魏鹏火上胸口,不好发作,说:"好的,我知道了,你先去忙吧。"说完,又把小吴叫了回来,拿起桌上的签字版的技术协议,问道,"我刚翻了下技术协议,怎么模拟机的技术要求变了?"

小吴喃喃说:"CP公司计划采购宏伟的模拟机,便宜好多,然后提出修改降低技术要求。"

"不行!必须按照招标的要求来!"魏鹏怒道。

"可是已经修改完了,是陶部长让修改的。"小吴有些害怕道。

魏鹏火气更大了,说:"好,是陶部长让修改的是吧,那技术协议的字我不会签,你让陶部长来找我!"

小吴不敢回话,这时,陶金陵从隔壁房间过来,推门而入,笑道:"小魏,什么事发那么大火?"

魏鹏冷冷道:"谁同意修改技术协议了?"

陶金陵笑道:"哦,你说是那个模拟机是吧?我让小吴去修改的。"

"你这算什么意思?"魏鹏反问道。小吴见两位领导争吵的火焰已经点燃,赶紧退了出去,将门关上。

"小魏,宏伟不是你当时引进的公司吗?你会上还据理力争宏伟能够达到我们VA的要求,毕竟人家在M汽车做过嘛。"陶金陵不紧不慢说,"宏伟的价格的确有优势,况且宏伟的项目负责人是蒋伟,听说是铭程闵颖的老公,这不做个顺水人情?人家闵颖丢了项目,给她老公一个安慰奖吧。"

魏鹏无奈,继续怒道:"这不是给谁家做模拟机的问题,而是修改技术协议为什么不经过我同意?"

陶金陵马上收起笑脸,说道:"请搞清楚谁是这个部门的一把手!另外——"陶金陵拿起桌上的技术协议,往桌上一丢,"这个技术协议是复印件,放你桌上是让你知道下。原件我已经签字送到采购了,有我的签字就可以了!"

晚上,闵颖查了下手机银行,都过了三天了,这个月的工资还没有下来,想着还要还房贷,每个月的现金流总是紧巴巴的。一早到单位,到打卡处,围着好多人,都在议论纷纷,原来墙上贴着一张公告,意思是公司现金流紧张,为维持正常运营,停发本月工资,下月补足,请大家理解。有人抱怨现在物价这么高,拖欠工资,日子该怎么过;有的担心公司是不是要不行了。

闵颖招呼道:"大家放心,铭程只是暂时的现金流有问题,主要是因为客户这边货款拖欠太多造成的,我们销售部已经在及时落实回款问题了,下个月公司肯定会补发,请大家不要担心!铭程这么多年来,从来没拖欠过工资,这次是公司暂时有难,大家请给予时间和支持。"

闵颖在铭程还是有很高的人气,当初公司最艰难的时候,闵颖带着汤鸣在客户那边待了一周,天天陪酒,终于将款带回,解了燃眉之急,这段佳话很多铭程的老人都知道。见闵颖这么说，车间经理也招呼大家："只要小闵在铭程，没有要不回的款，大家放心。"七嘴八舌慢慢散去。

尹姚在办公室，听到财务办公室那边比较吵，赶过去门口听听怎么回事，只听见财务高姐跟几个部门经理说道："工资又不是不发，就是下个月一起发，这个月公司现金流有些问题，你们中层领导怎么就不能体谅一下公司呢？"

"关键是前两个月的工资少发了20%，这个月又不发，我们需要解释。"新任的技术部经理说道。

人事小姑娘也在，插嘴说道："那少发的20%是奖金，公司效益不好，奖金本来就是应该浮动的。"

接下来几个部门经理不买账了，七嘴八舌，表示工资当初是谈好的，现在却要克扣，要去找蔡总给说法。高姐不耐烦了，怒道："你们找蔡总也没用，蔡总已经单独垫了几百万在公司了，你们要找去找那个尹总吧，他一直拖欠着公司的追加投资款。"

尹姚听着叹气，趁没被看见，回自己的办公室，查查工资表，前两个月，的确全公司都少发了20%左右，唯独财务高姐和人事的没有变，照额全发。查查自己的银行卡，前两个月也少发了20%，这个月的没有发。

闵颖心情不是很好，难得也想去抽根烟，没到吸烟点，就听见那几个部门经理边吸烟边聊天，不知是谁的声音说尹姚没钱就别做什么老板，早点退股得了，而且把VA的项目也丢了，真是拖累公司。闵颖想冲进去斥责他们狼心狗肺的，当初你们不都是尹总给你们机会，招你们来铭程的吗？现在有点小难，就本性毕露。想想也算了，自己现在的口碑也不好，就不去树敌了。

闵颖进尹姚办公室，把早上的事情说了一下，面色沉重，说："VA的项目一丢，接下来公司会越来越艰难，人心估计都会散了。"说完，拿起尹姚桌上的烟，点了一根。刚没抽上，现在抽一根缓缓气。

尹姚从来都是制止闵颖抽烟的,看看手表,今天已经是蔡凌云让尹姚开除闵颖的最后一天了,也不知如何开口,就让闵颖抽吧。

闵颖看尹姚有些欲言又止,问道:"VA 的项目丢了,蔡凌云接下来要怎么办?"

闵颖的离职协议已经拟好放在抽屉里了,尹姚怎么都不敢挪动自己的手。

回想起当初那晚,跟客户喝完酒,打车到海边,尹姚跳上堤坝,双手拉着闵颖上来,差点搂到一块,闵颖涨红着脸。两人坐在堤坝上一人拿着一个啤酒瓶,面对着漆黑的大海,听着潮起潮落。闵颖一直侧面看着尹姚,终于等到尹姚转过头来,两人面面相觑好久,闵颖闭上了眼,尹姚将嘴唇贴了上去。尹姚站在堤坝上,向大海喊道:"铭程一定会成功,只要我在铭程,就不会让闵颖离开我!"闵颖也站了起来,向大海喊道:"铭程一定会成功,只要尹姚在程铭,我也一定不会离开他!"

往事都会随风散去,何况是海风吹的。

闵颖知道这个问题比较复杂,笑笑,说:"如果需要牺牲我,请你告诉我,我已经选择做了飞蛾,归宿永远是那堆火焰。"

尹姚赶紧回答:"没这事,这次的责任都在我,不需要你来承担。"

"你也不要自责了,这次输,只能说明莫莉比你狠毒,我还是喜欢心地善良的你。"闵颖安慰道,"VA 的车间,这几天我已经落实好了,他们提的备件都是我们的型号,只要工程部签完字,就能独家采购了。付款方式我也和中间商谈过了,我们多优惠 3 个点,他们直接可以全款。备件利润好,那么公司的现金流暂时可以缓解。华睿那边,我也已经联系你那律师同学了,他会加快法律程序,争取年底前能回些款。"

蔡凌云座机问尹姚今天是最后期限,跟闵颖谈完了没有。尹姚回答还没有,最近还有很多事情需要闵颖去完成,气得蔡凌云直接挂了电话,把闵颖叫进了自己的办公室。

蔡凌云微笑着让闵颖沙发上坐下,亲自倒了杯水,然后夸赞了这么多年给铭程做的贡献,听得闵颖有些别扭,凭着这么多年的人情世故,隐隐有些不安,问道:"蔡总,VA 的项目丢失,给公司造成了危难,我要负不小的责任,您需要处罚,我能理解,请直说吧。"

蔡凌云笑道:"小闵果然又聪明又通情达理。你知道,这个项目丢失,甚至都可能让公司有倒闭的风险。不论对于 VA,还是对于公司内部,我都必须给予一个交代。尹姚是公司的创始人之一,也是股东,我也不能拿他怎么样,所以——"

没等蔡凌云说完,闵颖接口道:"所以你想开除我,是吗?"

蔡凌云笑得虚伪:"那倒没这么严重。JR 的白总,是我的朋友,你可能也认识,跟我提过两次想要找一个优秀的销售,其实就想找你。之前都被我回绝了,因为铭程不能缺少你这样的功勋员工。但这次这个档口,我觉得可能对大家都好,况且那边的工资会比我们铭程高不少。"

闵颖淡定回答道:"变相要我走,是吗?"

"铭程不会亏待对公司的有功之人,所以,我已经给你找好下家,并且铭程会按照 N+3 的方案给你补偿。名义上,仍然是你主动离职的,你觉得如何?"蔡凌云觉得自己的方案真是无可挑剔。

闵颖回答道:"我不想走,可以不走吗?"

蔡凌云吃了一惊,心里脏话已经开始翻腾,但仍保持笑脸,说道:"我也不想你走,但是不走不行啊。一方面是 VA 项目的问题,但最重要的是,尹姚的老婆吴琳琳,已经找过我两次了,要求我能开除你。"

闵颖想起上次不欢而散,看来吴琳琳也开始行动了,冷冷道:"她凭什么要求你?我不想走,就算要我走,也要让尹总来通知我。"

"尹姚我一直把他当弟弟看待,他老婆吴琳琳就是我弟妹。你和尹姚的事情,我也是过来人,能看不明白吗?你们都有家庭有小孩,你老公蒋伟现在发展也不错,到时候搞得不可收拾,该怎么办?"蔡凌云苦口婆心道。

闵颖坚决道:"我不走,除非尹姚亲自跟我说。"说完起身想离开。

蔡凌云脸色开始难看,声音开始变大:"那你要怎么样才可以走?"

闵颖回过头,笑笑说:"补偿我100万!"说完,直接转身离去。

第 13 章　邮件门

JR 对于罗军勇的处罚会议，就像是个批斗会，各个部门都开始数落罗军勇的各种毛病，比如乱发指令、滥用权力、搞乱生产计划等等。杨齐仁也表示，罗军勇的销售计划搞得他们技术部无法正常有序地工作，效率低下。这个不雅视频不至于开除罗军勇，毕竟罗军勇那么多的行业关系，并且也知道 JR 不少的内幕。最终决定让罗军勇降一级，到生产部任职副部长。罗军勇根本不懂生产，而且是个副职，就是一个养鱼的职位。销售部长的空缺现在亟需填补，杨齐仁在 JR 的分量还是挺重的，跟白总关系也好，提议自己的外甥，现担任人事部长的杨骏。杨骏做了罗军勇多年的副手，经验丰富，当初被罗军勇黑走，只能去人事部赋闲，现能回归销售部，也算是平级调动，众望所归。白总见大家没有意见，自己也满意这样的安排，说月底就正式宣布。

白总回到办公室，见肖斌等候多时，赶忙热烈欢迎肖总大驾光临。肖斌也不客气，沙发上一坐，双手后挂在沙发靠背。白总赶忙过来递烟，帮忙点上，从抽屉拿出珍藏的顶级普洱，让助理去泡。寒暄了一会，肖斌问道："老白，听说你们要把罗军勇撤了？"

白总回答道："是啊，这不刚刚开过会，刚决定的。"

"不撤行不行？"肖斌问道。

白总有些为难，吞吐着说："这个，公司内部会议决策，恐怕不能说推翻就推翻，而且老罗他还是个党员，闹得这个事都整到公司纪委层面了，我们是国企，不能不处罚啊。"

肖斌哈哈大笑几声："老白，你说得对。我都看到老罗那个视频了，这么个肥头猪脑的身材，还跳艳舞，真是辣眼睛啊。"白总忙称是，肖斌接着说,"那你就给我个面子,再让他做三个月,三个月后让他滚。"

白总有些不自然,只好说:"肖总,那就让他再做一个月吧,三个月恐怕太长了。"

肖斌说道:"我们 SC 公司自己也马上要上一条整线了,你们 JR 是第一候选,罗军勇已经跟了很久了,他的工作我是满意的。你们虽是第一候选,但我手上有三家可以选。所以,我提的这个小小要求,难道为难到了白总?"

杨骏已经准备好了接手罗军勇的工作,趁现在人事部还归自己管,忙把罗军勇几个死忠给调走,往车间和售后赶。当然,给自己先找个优秀的副手才是当务之急,而这个人必须是连白总都认可的大美女闵颖。

闵颖对铭程有些心凉,收到猎头公司的电话,反正有空就去看看吧。闵颖盛名在外,杨骏第一次见到闵颖,立体的五官、凹凸有致的身材,穿着虽然有些随意,但气质会穿透衣服散发出来。杨骏想着闵颖对 JR 也太熟悉了,没必要介绍。至于自己,杨齐仁也介绍过,就直接告诉闵颖说自己将接手 JR 的销售部,并开出 30 万的年薪,而且不含奖金,然后问什么时候能够来上班。杨骏有些得意,心想应该不会拒绝。

闵颖着实一惊,原来自己那么受欢迎,得知罗军勇被打压了,心里难免一丝怪味。想着虽然在铭程不受待见,但这个杨骏,还不是跟杨齐仁一样的伪君子,于是回答需要考虑一下。

蒋伟签下和 CP 的模拟机合同,立马得到了提拔,转正宏伟项目部经理,兼职销售部副经理,加薪 50%。晚上是宏伟项目部的庆功宴,助理刘欣拼命敬酒,完了说唱歌去,蒋伟拒绝说要回家了。刘欣佯醉,让蒋伟送回家,车到楼下,说道:"那天晚上在你家,我始终有些担惊受怕,感觉你老婆会突然回家似的。今天上我家吧,反正我也一个人。"

蒋伟说道:"明天你不用来项目部上班了,我已经跟领导打好招呼了,到人事那边领取补偿后,我们结束吧。"

刘欣一脸诧异,问蒋伟是不是喝多了。

蒋伟义正词严道:"我们都是成年人了,之前都是你情我愿,你也想骑着我往上爬,但我始终只爱我老婆一人,我们结束吧。"

"混蛋!"刘欣一个巴掌拍向蒋伟,"我要告诉你老婆!"

蒋伟冷笑道:"请自便。"说完,转身下车离开,直奔家里。

回到家,见闵颖正给婷婷讲故事,蒋伟好好把家里打扫一下,见闵颖从婷婷房间出来,赶忙过去一个拥抱,被闵颖厌烦地推开。蒋伟说道:"老婆,我知道你和尹姚的事情,我也要向你承认错误。我和单位的刘欣,好了一段时间了。你去湖南的时候,她还来过我们家。我错了。今天我把刘欣辞退了,我再也没有把柄在尹姚手里了。你们项目也丢了,想必你在铭程也不好过,离开铭程,离开尹姚吧,我们重新开始,就算不为了自己,也是为了婷婷。"

闵颖突然想起那晚所见,仍然觉得恶心,主要是因为那床被子和枕头。闵颖回家第二天就把被子和枕头全扔了,换了新的,想必蒋伟已经察觉到,竟然今天主动承认。闵颖什么也没说,去阳台洗衣服,蒋伟不依不饶,说道:"我知道你前两天被蔡总劝退了,你没答应;也知道你今天去JR面试了。JR工作稳定,待遇又好,你就离开铭程吧!"

这下闵颖火冒三丈,丢下手中的衣服,冲到蒋伟面前,狠狠一把将他推坐倒在沙发上,大声问道:"你怎么知道的?是谁告诉你的,你说!"

蒋伟盯着闵颖,大声喘着,就是不回答。

闵颖有些急了:"你说不说?你不说我就再也不回这个家!"见蒋伟还是没有说的意思,闵颖将行李箱拿了出来,开始装衣服。

蒋伟这下急了,赶紧拦下,说:"是莫莉告诉我的。"

"她还说什么了?"闵颖问道。

蒋伟回答道:"今天送合同过去,莫莉就告诉了我这些,让我劝你离开铭程，都是为了我们家好！"

闵颖摇头苦笑，一头钻进了小房间，将门锁上。闵颖怎么也想不通，为什么有人想方设法要让自己离开铭程离开尹姚，这几天发生的这些事情都是串通好的吗？为的又是什么呢？自己只是一介女子，何足轻重，为什么就成了大家的眼中钉肉中刺！尹姚啊尹姚，我真地该离开你吗？你为什么迟迟不能给我一个痛快的答案。

尹姚收到蔡凌云短信，问明天是否在公司，需要好好谈谈。想着公司现金流的问题，无法入眠，只能使劲抽烟，似乎灵感都需要点着，燃烧，吸进鼻子，上头迸发。

吴琳琳洗完澡，喷得香香的，特地穿上新买的情趣内衣，等着尹姚回房上床。闺蜜告诉她，夫妻时间久了，新鲜感过了，家花永远比不上野花香，适当的时候，需要情趣来调解。可迟迟不见尹姚进来，赶紧去小房间找。尹姚将公司的事情说了一些，吴琳琳说道："钱的问题嘛，你为什么不找我爸呢？我妈告诉我，我爸他身边还有几百万呢，说留着将来要给我们家宝贝儿子出国留学用的！后天他生日，本来就要一起去吃饭，你服服软，开口借点嘛。"

尹姚没有接嘴，说再看吧。

第二天到了公司，蔡凌云进了尹姚办公室，把公司的情况说了一下，那三百万必须想办法了，不然，按照协议，要么缩股要么退股。尹姚也是守信用之人，虽然此次丢 VA 项目责任在自己，但求再给一个月的时间，如果 VA 备件的项目拿到，现金流问题就能够暂时解决。蔡凌云说若备件项目丢了，三百万现金必须补足，并且需要补足今后可能出现的现金流问题，若不能就退股。

退股是个复杂的问题，尹姚和蔡凌云在 30% 的股权价格方面进行了激烈的探讨。蔡凌云的意思是总计给予 500 万现金，一并结清。尹姚想着为公司这么多年积累的商誉及资质，500 万实在太少。但是铭程的厂房也是租的,很多部件都是外购和外委加工,那些破设备也不值多少钱,销售额过亿也只是很多零部件的集成和倒手。最值钱的应该是团队,但这个团队陆续已经走了不少核心角色,剩下一堆效率低下混日子的人。汽车行业也已经开始走下坡路,铭程又内忧外患,将来的发展,也可能将是一条夕阳之路。就怕填上那300万,公司不见起色,那将可能是个无底窟窿,自己就像击鼓传花接了最后一棒,套得太深无法翻身了。最后商定加上当初投资的250万,总计750万元。

蔡凌云拟了一份协议,尹姚看看没什么问题,犹豫着是否该签。蔡凌云说道:"将来的发展虽不可预料,但到时,我还是不希望你退股,大家一起挽救它!"

尹姚也想好了,备件若丢,自己就拿钱退股走人。笑了笑,把字签了,琢磨着备件项目不容有失,不然那300万,该上哪里去筹集啊,就算凑齐了,对一个一百多号人的企业,少了VA这个最重要的客户,几百万真不经烧,自己到时可能真会掉进无底深渊。这样的例子还少吗。

晚上如约,尹姚拿了两条烟和两瓶茅台,上老丈人家祝寿去。吴琳琳她爸是闯荡过的人,每天烟酒不离身,送他啥都没兴趣,送他烟酒才高兴。老丈人拉着尹姚说今天必须多喝几杯,一年没跟女婿好好把酒言欢了。尹姚知道老丈人酒品不是很好,喝点酒就言多话冲,很不喜欢,但盛情难却,想着可能还得借喝酒开口借钱了,识时务者为俊杰。当然,这是下策,尹姚自尊心太强,不到生死关头,也不会向老丈人要钱,不然太没骨气了。

吴琳琳和丈母娘都吃完了,陪着小孩看电视。老丈人今天心情好,喝完半斤,拉着尹姚继续吹嘘当年自己做生意那会儿啥都经历过,女人都倒贴过来,但自己还是和你丈母娘相敬如宾,厮守到现在,并标榜自己有立场,拿得起,放得下,绝不背叛自己的家庭。

尹姚听着似有所指,赶忙敬酒,想别让说下去了。老丈人干了后又倒上酒,第二瓶分得已经剩下不多。

老丈人又喝一口,接着说:"我听说,你单位有个女人一直缠着你,你开除了没?"

尹姚摇摇头,不接嘴。

老丈人突然一拍桌子,怒道:"尹姚我跟你说,你快给我开除了!我就琳琳这个宝贝女儿,男人犯点错正常,我也犯过,但是,大是大非面前,你必须当机立断!"

这一拍,吓到了吴琳琳和丈母娘,两人忙过来做和事佬。尹姚有些不悦,脸色难看起来,想你吴琳琳这种事为什么非要惊动到老人家。

吴琳琳意识到了问题,赶忙撒娇老爸:"爸,你瞎说什么呢,我和尹姚可恩爱了!"说完亲了尹姚一口,见这话没人接,赶忙转移话题道,"爸,你给我们家东东攒了不少钱,给将来留学用的,我和尹姚一起敬你一杯,谢谢你!"说完,给尹姚一个眼神。尹姚知趣地拿起酒杯,和吴琳琳一起敬了过去。

见老爸喝了一口,心情渐好,赶忙趁热打铁道:"爸,你现在钱都在银行,贬值得厉害,东东又还小——"话未落地,老丈人打岔道:"琳琳,你又要借钱?你这么大个人,我每年都给你和东东20万的零花钱还不够吗?你老公不是大老板吗?让他好好伺候伺候你啊!"

吴琳琳语塞,看了眼尹姚,继续说:"爸,我知道你最好了,不是这个事啦。尹姚公司现金流有些紧张,能问你借点钱周转吗?"

"要多少?"老丈人问道。

吴琳琳见尹姚不开口,说道:"三百万。"话音刚落,老丈人拿起的酒杯悬在了半空停住了。

老丈人还是喝了一口,说道:"小姚,你当初要创业,我借了你两百万,借条还在保险箱里,我还没催你还呢,你现在又问我要三百万,当我们家提款机啊!"

丈母娘听不下去了,赶紧提醒道:"老吴,一家人,哪有什么借和还的呢。"

老丈人不耐烦地回应道:"老太婆,你去走廊上把衣服洗了!"然后对尹姚继续说道,"你开公司那么多年了,钱呢?是不是都被狐狸精给骗了?现在又要到我老头子这里来骗钱养狐狸精呢?"

尹姚火了,想发怒,被吴琳琳按了下去,安慰道:"老公,别生气,爸爸喝了酒就这样,这么多年了,你又不是不知道。"

尹姚按捺住,消了口气,说:"爸,我今天来是给你祝寿的,不是问你借钱的,你别想太多。"

"那就好!"老丈人又喝了一口,继续道,"几百万我是有的,琳琳要,我会给。你是我半个儿子,你要,我也会给,但不能白给。"

吴琳琳看老爸似乎有些松口,赶紧问怎么才能给。老丈人立马接口道:"东东改姓我们吴家!"

话音刚落,尹姚忍不住了,筷子一摔,起身到客厅将东东一抱,说我们走。到了门口,问吴琳琳走不走,不走自己和儿子先走了。吴琳琳急得快哭出来了,责备老爸你说什么呢,然后拿起包去追尹姚。丈母娘跑到客厅,搞不清楚状况,干着急。

尹姚这么多年来,和老丈人关系比较淡,主要就是当初为了小孩姓的问题闹得不可开交。因为吴琳琳家比尹姚家富裕得多,老丈人比较强势,非要小孩子姓他们吴家,有些看不起尹姚爸妈。尹姚虽说有些大男子主义,但是小孩姓男家姓天经地义,不姓自己,将来怎么在外面抬头做人呢。这个事差点让尹姚和吴琳琳刚生完小孩就离婚,后来没办法,老丈人妥协了,但这个事,始终如鲠在喉,今天爆发出来,直戳尹姚痛点。

任凭吴琳琳怎么劝,尹姚难消气,并撂下狠话:"从今往后,就算做乞丐,也不会要你爸妈家一分钱!当初问他们借的两百万,我也会连本带利还给他们!"

闵颖又收到了几个猎头电话，都懒得接，想着自己也没发简历找工作，突然哪来那么多的猎头。前两天杨骏打了两个电话，闵颖嫌催得太急，回答还在考虑中。今早罗军勇打了一个约饭电话，才知道罗胖子又官复原职，拽拽地说杨齐仁这死老头想搞他，还嫩着呢。也难怪杨骏这两天就再也没打过来。罗军勇得意道："JR怎么可能少得了我？这不再给我三个月的时间，我如果再给JR拿个大项目，那种风流事谁还会管，升副总都有可能！"闵颖想着都替杨齐仁和杨骏捏把汗，罗军勇若真升了副总，那JR内部少不了一通鸡飞狗跳。

中午出公司前，尹姚还问了句闵颖去哪。闵颖说跟帅哥吃饭去。

吃饭时，罗军勇吹嘘道："你知道我为什么又官复原职？"

闵颖还真不知道，饶有兴趣地听故事。

"SC公司你知道吗？"罗胖子继续说道，"VA的一些零件外委给了SC，所以SC急着要采购焊接线。JR想接这个项目，只有我能搞定！你说JR公司，会为了我一个小视频而放弃上亿的项目？"

闵颖夸奖老罗你真牛，转而问起VA整线备件的事情，需要老罗帮忙把一些接口程序加密，只有铭程才能匹配。

人逢喜事答应爽，老罗说包在他身上，然后又问道："听说你铭程待不下去了，来JR的事情你考虑得怎么样了。"

闵颖有些头胀，想JR到底怎么了，去不去是另一回事，目前杨骏和罗军勇不是你死就是我亡，将来看看再说。闵颖回答道："你先帮我把备件的事情搞定再说吧。"说完，小林的电话来了，说有急事了，你快回来吧，电话说不清。

回到销售项目办公室，闵颖见大家围在一块议论纷纷，赶忙问小林什么事。小林示意大家回桌子工作吧，让闵颖自己收邮件看看。闵颖打开笔记本，一份主题"致铭程所有同仁"的邮件格外显眼，内容写道："蔡总您好！经长期调研发现，铭程公司的闵颖和尹总，不顾家庭及伦理道德，长期保持不正当男女关系，给公司造成了严重的影响，望严肃处理。"邮件随附了一张两人在床上光溜溜的自拍照。邮件抄送了公司绝大部分有邮箱的人。

闵颖瞬间脸色发绿，看发件人是 gonewind123456@outlook.com，这个邮箱是谁的？好几个闵颖关系较好的同事电话问闵颖怎么回事，闵颖也一头雾水。

尹姚也收到了邮件，打电话让闵颖去他办公室。闵颖路过技术部，大家都在议论纷纷。财务和人事办公室，笑声太过爽朗，隔墙都能听到，明显是幸灾乐祸哪个黑衣骑士亮出了正义之剑。

尹姚嗔怪自拍照是怎么回事。闵颖想起这个自拍照应该是三个月前事情了，当时纯粹是为了好玩，拍完后自己删除了呀，怎么在人家手里。尹姚查邮件 IP，OUTLOOK 都是从美国的 IP 转发的，没有什么有价值的信息。这个邮件的目的很清晰，一定是想搞臭闵颖，逼闵颖走。但是谁会用这么龌龊的手段呢？蔡凌云、吴琳琳、财务人事，甚至蒋伟、罗军勇、杨骏及莫莉等都有可能，但不管是公司内部还是外部的人，公司内部肯定有同伙，不然不可能拿到这么全的联系人邮箱名录。闵颖提议要不要报警，尹姚也不知如何是好，按经验，报警也查不出什么，要不先看看后续发展。

一会，尹姚又收到邮件，是蔡凌云的全部回复，写道："此邮件严重影响铭程公司的正常运营和员工利益，任何人不可转发传播，一经发现，将追究法律责任及个人责任。"蔡凌云又打电话给尹姚询问情况，也没个所以然。尹姚将邮件作为附件，发给了陆中华，让帮忙找局里网警关系，看看能不能查到发件人的 IP 地址。

闵颖待在办公室里不敢出门，这种事情传起来太快，人言可畏，自己现在就像阮玲玉，女人如果没有破罐子破摔，最怕周围异样的眼神和议论。人事晓燕进了销售项目办公室，送张签字表，笑得乐呵，看了闵颖一眼，对汤鸣说道："女人嘛，只要双腿打开，项目拿来！"

闵颖顿时暴怒，起身冲过去就给晓燕就是一个耳光，两人撕打在一块。闵颖眼疾手快，一把将晓燕的裙子抓了下来，露出一条半透明的丁字内裤。晓燕想拼命还击，但裙子没了，办公室人多，一下被看光，瞬间没了攻击力，想去抢回裙子。闵颖冲到窗口，一把扔了下去。吃瓜群众们想阻拦，也只是装装样子，看热闹不嫌事大。人事平时跟大家关系紧张，这个好戏，不拦不像样，但也不尽力。

晓燕裸着下半身，没法还手，弄不好丁字裤也被掀了，哭喊着赶紧逃走。远远的还能听到人事办公室传来的鬼哭狼嚎。

不出半个小时，警察来了。蔡凌云怕影响不好，都叫到了自己办公室。一个警察尹姚正好熟悉，但也没打招呼。了解了事情经过后，警察叔叔表示这个事情他们没法管，你们自行协商处理，要不就一起回所里。晓燕捂着被打的半边脸，还在哭，穿了一条肥大的蓝色车间工作裤。蔡凌云安慰她先回家吧，这个事情他一定严肃处理。闵颖面无表情，脸上被拉了三条爪印，隐隐透着血，应该是刚才打斗所致。尹姚去拿了根毛巾，裹着冰块让闵颖敷上，保护好这张俊俏的第一通行证。

蔡凌云找财务高姐商量着什么，完了把闵颖叫到办公室，递给闵颖一份文件，说："签了吧，然后财务会马上打给你20万补偿金，明天就不用来上班了。"

闵颖一看是辞职报告，阅读了一遍，正想奋笔疾书，手还是停了下来，说："给我一天时间考虑，明天我会签了给你。"

尹姚问闵颖，蔡凌云找她干嘛，闵颖也不回答，只是眼中含着泪，说想先回家了。尹姚看看窗外，单位门口十几个人待了有段时间了，赶紧让闵颖等等，然后打电话给门卫，门卫老伯说他已经赶过了，这些人怎么都不走，而且出门一辆车就要拦着看里面是谁，他们在厂区外，也拿他们没辙。看来肯定是晓燕叫的人来找闵颖寻仇了，闵颖一个人肯定是走不了了。

尹姚想是不是也该叫一帮朋友来清理下，但很容易闹出群殴事件，

第13章 邮件门 129

这样不好。下楼到厂门口，问这帮人是干嘛的，再堵在公司门口的话，就要报警了。其中一个混混走上前来，点了尹姚胸口两下，问你是什么东西。尹姚火气上来了，但对方人多势众，好汉不吃眼前亏，郑重说道："我是这个公司的老板，你们堵在门口，影响公司运营，请离开。"

混混说道："原来你就是这个公司的老板啊，你他妈的怎么管员工的！"说完，狠狠一拳砸在尹姚的脸上。尹姚后退几步，站直了，也没还手，看了眼厂门口的监控，嘴角一抹邪笑，说："这一拳，三万！"

混混哪管那么多，起手又是一拳，把尹姚打翻在地。尹姚马上起身站直了，脸上一阵剧痛，擦了擦嘴角的血。这时，刚才门卫老伯去车间喊了人，浩浩荡荡二三十人冲了过来，有的操了家伙，都被尹姚拦住了，转身对大家说："我没事，这些人来找麻烦的，大家不用去管。"然后指着门口的摄像头继续说，"大家一会正常下班，如果被打了，千万不要还手，只要报警即可，一拳或者一巴掌，都是三万，我已经挨了两拳了，打个折，五万是逃不掉的，他们会乖乖支付的。"说完，示意门卫老伯去IT办公室将摄像头内的视频导出来，让IT发给自己。然后退后两步，到厂区门内，拿出手机，拨打110。尹姚身后有二三十个员工，而且似乎越聚越多，这帮混混也不敢造次。

没一会儿警笛轰鸣，远看来了三四辆警车，吓跑了八九个混混。带头的混混还拽拽地说："警察？以为我怕啊！"

尹姚示意身后的大家都散去，不过大家散去很慢，好多不肯离去，尹姚呵斥大家都回到工作岗位去，这里的事情他来解决。见警察都到了，大家才安心离去。有个混混想逃，被警察逮个正着。带队的是陆中华，这家伙是真够为人民服务的。一个警察上前了解清楚了情况，陆中华也走了过来。IT已经把视频发到手机上了，尹姚将被打的视频给陆中华看，陆中华一声令下："全部带走！"

尹姚突然感到一双手从身后抱住，转身一看，是闵颖，正含着泪将头趴在自己背上。看看周围，怎么突然又那么多围观的公司员工。办公楼，也好几人探出窗外。反正邮件门也出来了，整个公司也都知道自己和闵颖的关系了，破衣服破扯，让闵颖抱着吧，很温暖，很有偶像剧的场景。

陆中华赶忙呵止闵颖别抱了，说你们还不嫌事多啊。尹姚单独坐陆中华的车去派出所，一路上把这帮混混的事情说了下，问那个邮件的IP地址能查出来吗？

陆中华回答道："哪有那么快，行不行还不知道呢。尹姚，你呀，叫你别玩感情，早晚会出事。"

到了派出所，录完笔录，那帮混混肯定是被关住了。陆中华让尹姚赶紧去医院检查下，验个脑震荡出来，后续的事情就交给他吧。尹姚问道："要不要把咱大律师同学也叫过来？"

陆中华道："这屁大点的事情还要叫那个破律师？你就等着拿赔款吧。"

尹姚笑笑，指了指自己两边的脸，说："两拳，别忘了！哪个傻逼打的，你知道吧？"

"放心，肯定加倍奉还的。"陆中华说道，然后指了指远在派出所门口的闵颖，"人家等着呢，快去医院吧。"

尹姚正想奔向闵颖，一辆熟悉的车拦在身前，窗滑下，吴琳琳探出半个脑袋，说上车吧，医院去。想必是蔡凌云通知了吴琳琳。尹姚远远看了眼闵颖，犹豫了下，还是坐上了副驾驶。车驶出派出所门口，尹姚侧头看到闵颖正从窗外看着自己，从后视镜，看到闵颖一直呆呆站在那里，目送自己远去。

第 13 章 邮件门　　131

第 14 章　要挟铭程

好事不出门，恶名传千里。连原来铭程的出纳小张都知道了邮件门、扒裙门和混混堵门的事。闵颖目送着尹姚和吴琳琳远去，接到小张电话，那就一起吃个晚饭吧。

串串香是闵颖的最爱，边吃边把最近的遭遇不吐不快。小张也对铭程愤慨不已，当初自己就是被高姐一脚给踢走的，问道："闵姐，你接下来打算怎么办？"

"还能怎么办？只能明天签字拿钱走人。"闵颖无奈道。

"尹总怎么说？"小张问道。

"尹总始终没有表态，如果他对我坏一些，我今天就签字走人了，可是我就是不放心他，所以我一直没有走。这下我走了，蔡凌云下一步肯定是针对尹总了。"闵颖还想着本来派出所出来要带尹姚去医院的，但是吴琳琳永远是横在她和尹姚之间无法逾越的墙。

"铭程有今天，当初都是尹总和你的功劳，这么多年对铭程的感情，说走只能走，真替你不值。"小张补充道，"这几年，你拿的工资也不高，二十万的赔偿，对于你的贡献，真不算什么。"

闵颖摇摇头，笑道："痴心一片，付诸东流，也许该开始新的生活和人生了。"

小张从包里拿出一个U盘递给闵颖，说："你回去看看，也许有用，你值得更多。"

回到家，安顿好婷婷，蒋伟还是一如往常的热情，看闵颖心情不好，拿出瓶洋酒，给闵颖倒上小酌。闵颖将今天发生的事情跟蒋伟说了。蒋伟说围堵铭程的事情，他从朋友圈看到了，继续说道："这几天上下班，我会每天接送的，我就不信谁敢找你麻烦！"说完拿出一根棒球棍，放在门口，表示明天出门带着，放到后备厢。

闵颖笑了出来，说蒋伟你可别干傻事，对方如果人多，走为上策。蒋伟夸赞了一番闵颖今天对付人事晓燕的气魄，谈到离职，蒋伟说道："哪怕不拿一分钱，我都希望你能离开那边，就算你将来不工作了，我来养你。"

闵颖欣慰地笑着，眼角却闪出一丝忧伤。面对蒋伟的靠近、拥抱、爱抚，闵颖不再拒绝，已经拒绝太久了。心中想念之人，他并不能给你将来，而自己，真地欠蒋伟太多太多，恐怕今生都不能偿还。闵颖真地想放下了，心中放下不现实的那个男人，与真正属于自己的男人在一起，那许久未曾的感觉却也一番别样的快乐。

蒋伟说着说着辇段子睡着了，闵颖洗了个澡，突然想到小张那个U盘，拿出电脑，插上看看。U盘里好多文档，一部分是铭程的外购合同的扫描件和合同清单，一看都是铭程不可能用到的钢材型号，金额有上千万；还有不少铭程从未用到过的劳务外包的合同，也有几百万。打开另一个文件夹，里面不少蔡凌云亲笔签字的商务费单据的扫描件。闵颖一下子全明白了，这些不就是这几年人家虚开给铭程的假发票吗，用来充税以达到逃税漏税的目的。闵颖打开电脑里商务费支出的记录，大多都能和这些签字单据对上，想想这么多年，铭程支付出去的商务费上千万，这不就是行贿受贿吗。小张说"你值得更多"，无非也就是这个意思了。

闵颖辗转反侧睡不着，既然走是既定事实了，爱也很难获得，剩下的，也只能用财来弥补了。

快凌晨两点了，电话吵了起来，一看是蒋伟，尹姚马上起床到客厅去接。蒋伟说道："尹姚，不好意思这么晚打你电话。明天闵颖会签离

第14章 要挟铭程　　133

职，请你放她走吧。过去的就过去了，大家不再纠结，今后不要再和闵颖联络了。"

"我不会答应她走，况且她也不会走。"尹姚回答道。

电话那头传来笑声："尹姚，亏你商场纵横那么多年，你还不明白吗？宏伟的模拟机卖进 VA，是我和闵颖早就计划好的，多谢你给我铺路。你们铭程只会买科雷的，不可能买我们宏伟的模拟机，所以必须 CP 拿项目。CP 的报价，你不觉得奇怪吗？你和蔡凌云约定不少于 6600 万，CP 就能报到 6590 万。"

"你的意思是闵颖出卖了我？"尹姚本来睡得有些迷糊，现在紧张得格外清醒。

"这个你自己去考虑吧。闵颖是我老婆，胳膊肘偶尔会向外拐，我也认了，但毕竟是夫妻，跟你又无名无分，不会有将来。所以，你放她走吧，对你和吴琳琳都好，对我也好。你也没必要总在自己身边埋着一颗炸弹吧？"说完，蒋伟把电话挂了，留尹姚想得脑袋都要炸了。尹姚再打过去，蒋伟不再接。

这下尹姚再也睡不着了，想着那天莫莉告诉自己"最毒女人心"，莫非真地是指闵颖？不管那么多了，凌晨也得打莫莉电话，不然今天就再也无法睡了。很久莫莉才接通，问这么晚了，想干嘛。尹姚问道："VA 的合同都已经签好了吧，我现在只想知道，你投标 6590 万的价格，到底是谁透露给你的？'最毒女人心'，是什么意思？"

被骂了句"神经病"，电话那边传来了忙音，再打就没人接了。好不容易睡了两个小时，一早就开车到莫莉公司的地下车库等，尹姚知道莫莉的车位。快 9 点了，终于看到莫莉的卡宴缓缓开过来。莫莉下车关门，一个转身，正好撞到尹姚，吓了一跳，骂尹姚神经病，想干嘛呀。尹姚说道："我只想知道到底是谁透露了价格给你！"

莫莉不肯说，尹姚死缠烂打，不说就跟你去办公室，这几天就每天跟着你。莫莉拗不过，打开手机，不让尹姚看，翻了翻微信，然后截了一张聊天记录给尹姚,说:"你自己看吧,没事别来烦我!"

尹姚打开手机,这张微信聊天截图,是莫莉和闵颖的对话,莫莉问最终报价?闵颖说 6673,6590 最保险。莫莉说中后再谢。

这对尹姚来说简直就是晴天霹雳,越是不信什么就越是来什么。连自己最信任的闵颖也会出卖自己,这个世界真是太疯狂了。

早上,蒋伟把闵颖送到公司。闵颖拿着离职协议,找到蔡凌云,说:"蔡总,昨天我也想了想,离开已经无法挽回了。这个离职协议也没什么,我就微改了下,你看如何。"

蔡凌云说:"想通就好,JR 那边你应该去面试过了吧,待遇不错吧?"

闵颖笑笑。

蔡凌云带上眼镜,仔细看起了离职书,看到离职补偿 20 万后面加了一个零,惊得下巴都快掉下:"200 万?"

闵颖点了点头,说:"这么多年在铭程,我相信我创造的价值远不止于此,但既然铭程要赶我走,请给足我补偿。"

"200 万,不可能!"蔡凌云有些激动,"公司没有那么多钱,就 20 万可以拿了走,不拿也得走!"

闵颖没有争论,将一个 U 盘丢在蔡凌云桌上,说:"你考虑下吧,考虑完了给我答案。"说完,头也不回转身离开。

尹姚到办公室快要中午,办公桌上放着一盆切好的水果,想着可能是闵颖放的吧。这时人事晓燕走了进来,低着头说:"尹总,您吃水果。对不起,昨天打你两拳的是我男朋友,请你放过他吧。"

尹姚本来心情糟糕,想起昨天挨的那两拳,火气更上来了,大声吼道:"你男朋友他妈的敢打我!这个事情没完,你给我滚!"

晓燕急得快哭出来,央求道:"我男朋友赔不了那么多钱,还关着

第 14 章 要挟铭程

呢，求你放过人家吧，求求你！"

"你的嘴巴怎么就不能放过闵颖呢？"尹姚激动道，"现在蔡总管你，我管不了你，但是，这个事情没完，快给我滚！"说完，将那盆水果狠狠摔到了地上，吓得晓燕赶紧逃。

蔡凌云听见争吵声，赶到尹姚办公室，安慰道："晓燕昨天也是受害者，还没结婚，裙子都被拉掉了，多丢人啊，你就宽容点吧。"

尹姚想骂娘，还是忍住了。

蔡凌云继续说道："你到我办公室来，有些事情跟你说。"

进了蔡凌云办公室，有个头发长长，镜片很厚的男子正在捣鼓满屏幕的代码。蔡凌云简单介绍下这位是他朋友公司的超级电脑黑客，昨天那封outlook邮件的发件IP已经查到了，说完，发给了尹姚。尹姚好几条微信没看呢，有一条是陆中华上午发过来的IP地址，说只能查到这么多了，不知道对不对。比较下蔡凌云刚发过来的IP地址，竟然一模一样，那多数是准确的。尹姚问黑客能不能通过这个IP查到在哪发的邮件？黑客开始一番捣鼓，最终将一串代码在地图软件内打开，将地址给尹姚看。

尹姚一看，这个地址不就是闵颖家附近那个星巴克吗？记得这个星巴克，自己和闵颖为商量事情，去那里喝过几次咖啡。尹姚再想到蒋伟电话所说，莫莉发过来的聊天截图，还有邮件里的自拍照，头脑开始恍惚，拼命告诉自己这不是真的，瞬时瘫坐在沙发上，双手托着低下的额头。

黑客告辞后，蔡凌云问尹姚怎么了，是不是想到什么了。尹姚还是不愿意相信眼前这一切，但也不想多说。蔡凌云索性将早上闵颖的辞职协议丢给了尹姚，尹姚仔细看了一遍，恨不得把这个撕了，被蔡凌云拦住，让尹姚去电脑上看看那U盘里的东西。

看完，尹姚只说了一句："大哥，我全明白了，谢谢！"说完，径直回到了自己办公室。想想，最狠的永远不是敌人，敌人让自己成长；最狠的永远是身边那把最亲密的刀，暗杀于无形。

闵颖再也没有动力认真上班，前几天约了今天下午的客户，也推掉了。蔡凌云没有表态，她只能待在公司等结果，纠结着怎么开口告诉尹姚200万的事情以及自己真的不得不离开了。闵颖想好了，这200万如果自己能拿到，就拿出60万给尹姚。

闵颖到食堂吃中饭，边吃边等尹姚过来一起吃。平时，尹姚一般都坐在对面，今天迟迟没来。反倒晓燕过来坐到了对面，这是从来没发生过的事情。晓燕看周围没人，低声说："闵姐，昨天是我嘴碎，对不起。"

闵颖冷笑了起来，不过看晓燕一本正经的样子，也释然了些，说："昨天我也不好，动手了，把你裙子扯掉了，改天赔你条新的。"

"这个不用了。"晓燕顿了顿，怯怯说，"我男朋友为我出头，昨天被抓进去了，现在还没放出来，必须要赔五万才行。他几个朋友，昨天放出来后，被一群人暴打了一顿。我想让尹总高抬贵手，可他还在气头上，闵姐，你能帮我和尹总求求情吗？"

闵颖说试试吧，晓燕说尹总还在办公室。于是闵颖去打了份饭，给尹姚送过去，顺便也有好多事需要聊聊。刚进尹姚办公室，想把饭放桌上，就被尹姚一把打翻在地，闵颖吓了一跳，赶紧问怎么回事。

尹姚苦笑着摇了摇头，不作声。闵颖把打翻的饭菜收拾掉，坐到了对面，说："尹姚，有什么事，不能跟我说吗？"

"跟你说？说了好让你更好地出卖？"尹姚说道。

"出卖？"闵颖有些丈二摸不着头脑，"你什么意思？"

"你继续装！"尹姚点上烟，"我一直在捋思路，现在也理得差不多了，那就让我给你把故事讲一遍吧。"

"好！你说。"闵颖洗耳恭听。

尹姚说道："VA这个项目，我和蔡凌云约定不低于6600万，这个事情只有你知、我知还有蔡凌云，你也告诉了你老公。那晚投标价格你

第14章 要挟铭程

嫌我报太低，想要让 CP 拿更好的价格。还好我故意降低了，所以你通风报信，你还觉得不安全，索性让 CP 报到 6590 万，正好低于 6600 万，那就万无一失。莫莉肯定会感谢你。你当然，故意告诉我莫莉想收买你的事情，你必须提，因为莫莉都尝试收买我，何况你。提了，还能让我增加对你的信任，排除自己的嫌疑。"

"尹姚你——"闵颖的插话被尹姚打断。

"你听我说完。"尹姚继续道，"你提出模拟机让你老公蒋伟的公司报价，来压科雷。其实你早就计划好，借这个机会把宏伟的模拟机通过莫莉来卖给 VA，这可能是你利益交换的一部分。可能在铭程，就算拿了 VA 的项目，我们都没有任何奖励。我相信，你 JR 的工作已经找好了，留好了后路。但不甘心就这么离开铭程，所以自导自演了邮件门的事情，然后又和晓燕打架，给铭程充足的理由劝退你，那么你就可以借公司不义的口实来敲诈铭程 200 万。多完美的计划！帮到了老公，升职加薪；帮到了自己，莫莉会给你一大笔钱；底薪 30 万的新工作也落实好了；铭程还可以补偿你 200 万。关键中的关键，你还全程扮演了受害者的角色，占领着道德高地。对于我，我没有给你表态，也没能保护好你，我只是在玩弄你，你离开我的理由全面充分。对不对？"

"尹姚，你在说什么？我为你付出了那么多，你凭什么这么说我？"闵颖一脸茫然，有些气急败坏。

"凭什么？"尹姚加重了语气，拿出沟通价格的聊天截图和邮件的 IP 地址给闵颖看，"宏伟模拟机的预谋，你老公也承认了；和莫莉私通价格的截图，也不是 PS 的；邮件 IP，蔡总找的黑客和陆中华帮忙查的是一致的，就在你家旁边那个星巴克；邮件的发件人 gonewind，不就是 Gone With the Wind 吗，你告诉过我，你最爱的小说是《乱世佳人》；邮件中的自拍照，不是你拍的吗？为什么不删除？床照，应该是你事先准备好的摄像头吧。还有，敲诈铭程的辞职协议和 U 盘不是你给的吗？还口口声声爱我，不会离开我，我真觉得恶心！"

此时，闵颖的眼中已经饱含泪水，强忍着不流下来，解释道："模拟机我没有预谋，蒋伟是为了让我离开你，才会那么说的。还有，我没有和莫莉私通价格，不信你查我手机。"

"早就删除了，怎么可能查得到。"尹姚冷冷道。

"邮件的事情，我真的不知道，我怎么知道人家会到我家旁边的星巴克发？"闵颖解释道，"自拍照，当时我们只是看看，我当场就删除了，我也没有给房间里按摄像头。"

"你是删除给我看的，但是在回收站里，一段时间内都可以恢复。你手机里跑出来的照片，还能是假的？"尹姚完全不信，"那你敲诈公司200万，把你的本性完全暴露了，这个事情你再解释呀！"

闵颖的两行泪再也堵不住了，径直流了下来："尹姚，没想到，这么多年了，你根本就不信任我！"

"信任？事实摆在面前，你叫我如何信任？太奢侈了吧？你那些逃税漏税和行贿的证据，如果铭程不给你那么多钱，你就可以把我和蔡凌云送进监狱，对不对？"

闵颖的泪水像泄洪："我从来没这么想过！"

"这就是威胁和敲诈！闵颖啊闵颖，这么多年和你在一起，我真的是看错了你，竟然能如此阴险毒辣！"尹姚见闵颖不接嘴，继续说道，"当初是我不好，勾引了你，大家都是成年人，都有家庭。我现在承认，对于你，我迟迟不表态，因为我只是玩玩的，反正你老公我老婆都知道了，现在怎么样，我都无所谓了！"

这时，闵颖一个巴掌狠狠挥在尹姚的脸上，哭喊道："尹姚，你混蛋！"

尹姚哼了声，见闵颖抽泣声越来越大，坐着不动，甩手自己走了。

第 15 章　备件前夕

尹姚和蔡凌云商量，目前来说，对于闵颖，最好的方式还是冷处理，毕竟那些文档要惹出大事。在闵颖没提最终期限前，什么都不能动。让尹姚最愁的是，钱还是必须要准备着。

回到家，吴琳琳见尹姚神情疲惫，赶忙抱住，说有好消息。尹姚问什么呢。吴琳琳说："我爸那天晚上说改姓，纯粹是喝多了，你别往心里去。我爸同意给我们 300 万，前提是我们生个二娃，姓吴，那我爸就同意资助我们 300 万。我一怀孕，我爸就会给我们 100 万'预付款'，哈哈。"

尹姚点头笑笑。吴琳琳继续兴奋地说："我这几天已经开始吃叶酸了，然后我们就需要加班加点地开始造人运动了！"

尹姚想想这 100 万还是真能救急，之前一直不要二娃，闵颖是一个重要的原因。现在，心里那个深爱的女人可以慢慢解除，二娃也未尝不可，自己也一直想要个前世的小情人。但眼前，还是那个备件项目是当务之急，万不可有差池。

闵颖还是每天会到公司，吃过中饭，休息会儿，然后早早下班去幼儿园接婷婷。没人敢说什么，只是背后的闲言碎语多了些，特别是高姐，还故意说得大声。闵颖则直直走到高姐面前，把高姐吓一跳，赶紧躲开。蔡凌云也不说什么，等闵颖下一步的表态，最好哪天想开了，自己离开，或者降低要求，满足了就结束。尹姚在办公室有些不习惯，闵颖不再来找他，面对面路过，闵颖会相视一笑，但什么也不说。尹姚回头看着闵颖走过的背影，期待她能够像之前那么快乐活泼地盯着自己，然后解释一切都是假的，其实大家都陷入在一个巨大的阴谋中。

汤鸣则对闵颖始终如一，不停地请教问题，还每天给闵颖买星巴克，陪着唠嗑。这当然也是尹姚的要求，因为闵颖不会再给接下来的备件项目提供协助。这么重要的项目，不容有失，汤鸣接手后，尹姚需要亲自和汤鸣跑 VA 车间和中间商，确保万无一失。

汤鸣开着车，问道："尹总，清单内我们的型号也指定了，品牌也指定咱了，这次应该没啥问题了吧？"

尹姚笑笑说："不到签下合同，一切变数都有可能。就算签下合同，没有收到预付款，也不保险。这要感谢你闵姐了，前期工作和关系都已经帮咱做好了。"

"尹总，你喜欢闵姐，我早就看出来了。你们到底发生了什么，闵姐真的要走吗？"汤鸣问道。

"我也不确定。可能天下无不散之筵席吧。"尹姚回答道。

"我听说了泄露报价和邮件艳照的事情，打死我也不相信是闵姐做的。"汤鸣说道。

"是谁在传？"尹姚问。

"这个事情基本上整个公司都知道了吧，还不是高姐和晓燕在传嘛！"汤鸣忿忿道，"但尹总，我不相信闵姐会出卖你和公司，肯定有误会。"

尹姚将汤鸣在地铁口放下，让打车回去，自己开车直奔 CP 公司地下车库，莫莉的车在，快下班了，等等她吧。尹姚虽然对莫莉恨之入骨，但是在商言商，谁玩得更高，谁阴得更妙。眼前这个备件，希望莫莉能够放过一马。

下班挺久了，莫莉才下车库开车，尹姚坐上了莫莉的副驾驶。尹姚表示请吃饭，莫莉说有约了，有事快说。

尹姚说道："还记得我们在 DB 的时候，法国人认为我们是一伙的，我选择了跟你吵架，让你站到法国人那一边，你才保住了你的工作，我只能选择离开。当时我知道，你这份工作不容易，从前台熬到了项目经

第 15 章 备件前夕

理,如果丢了这份工作,你的假学历很难再找到好工作了。"

"谁说是假学历?"莫莉不满道。

"你弟弟莫雷早就告诉我了,你的学历是他帮你去弄的。还有,你进DB的时候,人事是我好兄弟,你的那张毕业证书太假了,是我通关系让别验了。"尹姚平静说道。

"那又怎么样?"莫莉不屑地说。

"不怎么样,也许CP根本不关注学历造假吧。"尹姚见莫莉不吭声,继续说,"那天你发我的截图,和闵颖的对话,是不是也可以证明你在投标时的舞弊?"

莫莉这才想起前两天发尹姚截图实在是大意失荆州了,哈哈大笑道:"你在威胁我?欢迎你去举报。"

尹姚赶紧表示没有这个意思,说:"都过去的事情了,我都已经释怀了,放心吧,我不会对你怎么样。可能你变成现在这样,跟我当初也有关。我只想说,这次我已经很惨了,备件的项目,高抬贵手吧,这也是我今后五年里,拿VA的最后一个项目了。"

莫莉犹豫了会,大声喘了口气,没有回答,让尹姚先走吧。

一番云雨完,莫莉光着身子去拿了瓶矿泉水丢给床上的肖斌,问道:"你和你们家那个肥婆什么时候办完离婚手续?"

肖斌回答道:"最近在冷战,过两个月提正好。"

莫莉有些不快,努嘴道:"你承诺离婚都快一年了,到现在竟然还没提出?"

"放心吧,等她提岂不是更好?财产分割时候还好商量,不然我净身出户,你还要我啊。"肖斌笑道。

"那你说过的,这套房子什么时候过户给我啊?"莫莉撒娇道。

"现在过户要两个人签字,搞得我像转移财产,太麻烦了。你就当自己家安心住着,将来不还是我们的吗?"肖斌说道。

莫莉的卡宴是肖斌送的,莫莉的名,但车子永远会贬值,哪有房子那么让人心里踏实。莫莉说道:"那房子的事情,你给个时间!"

肖斌瞥了一眼,说:"三个月内吧,如果不过户你,就给你买套新的。"

莫莉赶紧笑着贴了上去,拿出手跟肖斌拉钩说一百年不许骗。

"那个备件项目怎么样了?"肖斌突然问道。

莫莉装糊涂,问什么备件项目。肖斌嗔怪道:"就是VA后续的那个备件项目,也有几百万呢,现在什么情况?"

莫莉苦笑道:"在跟呢。我就奇怪了,你堂堂一个上市公司的老总,怎么会去关心我们CP的一个小项目。"

肖斌解释道:"莉莉,你做CP自动化分公司的老大,都是因为我和你们CP中国区总经理的私交。CP自动化分公司的建立,我们SC也是入了股的,我当然要关心。你现在趁铭程虚弱的时候,不一把拍死,万一铭程拿了备件项目,有个两百万的现金周转起来,就活过来了,不在VA竞争,跑全国其他地方跟CP竞争,也够你受的了。"

"可是备件项目我不熟啊!"莫莉为难道。

"你肯定没问题的,知道要搞定哪些方面。我只要求,备件项目你趁热打铁,必须拿到,这个没得商量。"肖斌严肃道。

莫莉想了想,说自己有把柄在尹姚那。肖斌笑了出来,说:"学历对于现在的你,撕了也可以。就算你是清华北大,也不一定能坐上目前的职位。还有那个什么截图,太容易伪造,没有实质作用。再说,VA已经发生了一次舞弊事件,内部都很难堪,难道还要将签好的合同推倒重来?要清楚,VA的领导也要做人的,不会打自己耳光,要打也会拍在大腿上,你就不用操这个心了。"

第二天,莫莉盘算着要先将这个备件项目技术上的问题解决,因为上个项目是铭程做的,自己也不熟悉。正好罗军勇打电话过来约吃中饭。

罗军勇最近比较消停，KTV是肯定不去，麻将也基本不打，因为最近扫黑除恶，抓得紧，没事就回家陪儿子。儿子明年就要中考了，成绩一直稳定在倒数前十，上高中也困难，为不失自己的面子，中考完就得送出国，到大学毕业，还得准备着几百万。想到钱，就赶紧给尹姚打了个电话。毫无疑问，肯定吃了闭门羹，心里骂着你个不靠谱的穷鬼，闵颖不离开你才怪！盘算着自己也只有三个月的时间了，不捞，错过这村就没那个店了，突然心生一计。

吃饭时，罗军勇对莫莉说道："莫总，我查了一下你们和我们软件授权方面的全球协议，为期五年，到今年9月份已经到期了，所以这次的软件授权，我们白总也不同意免费提供。"

莫莉顿时惊掉了手中的刀叉，说："罗总，你这招太狠了吧，之前不是说好的吗？现在项目拿到，这才一两个月就翻脸不认人了？我听说我们在北美那边，最近两个项目合作不太成功，都丢了，你们就这么快落井下石，翻脸比翻书还快？"

罗军勇赶紧说没这回事，的确是协议使然，他也没办法，提议道："莫总，你们项目应该快要启动，马上要用软件了，我这边报价就100万，在你的审批权限内，跟我私人的公司签，软件服务我会安排JR搞定，这个你放心。我收到钱之后，你拿25%现金，怎么样？"

莫莉一开始不同意，但想想自己在CP也是拿年薪的，反正VA项目已经拿到，项目运行如何，也不大影响自己的薪水和奖金，于是跟罗军勇说25%太少。罗军勇一顿哭诉，说这些钱又不都自己拿，好多人等着分，自己交了税，拿的还没你多。

莫莉拗不过，说："那行。我的审批权限在100万内，98万这种太难看，就90万吧，我拿25%。还有个事情，罗总，你若帮忙，我们就成交。"

罗军勇表示你说吧。

"就是接下来VA的备件，主要是上个项目的产物，我不太熟，请你提供上个项目的软件接口及自动化图纸,帮我拿到这个备件项目。"莫莉严肃道。

罗军勇想上周才答应闵颖要帮她的,但世事变化太快,闵颖也是为了铭程,铭程能那么对她,还有必要帮铭程吗?何况,人为财死鸟为食亡,罗军勇满口答应。

蔺娜最近手头周转困难,电话问自己的小文员,确认公司里没人催款,才回到自己的办公室。这是个商住两用楼里的小办公室,三四十平,对于两个人的小贸易公司也足够了。谁知刚进门,两个供应商就尾随着敲门进来。费了半天劲才打发走,要不是承诺月底前支付三十万,恐怕今天就堵着蔺娜跟吃跟睡了。蔺娜叹了口气,也不顾魏鹏千叮万嘱不要向尹姚催款了,直接打电话给尹姚。尹姚一看是蔺娜,就知道是催款,然后重复找借口也烦,索性没接。

蔺娜是气炸了,打电话给魏鹏,让魏鹏要钱去,不然每个月三四万的房贷魏鹏自己去还。买了房子,一下掏空了积蓄,而且尹姚丢了VA的项目,在铭程也失了主导权,今后估计也做不到铭程的项目了,就凭魏鹏那些收入,开销大手大脚惯了,恐怕生计都要出现问题。

正当蔺娜愁眉不展的时候,电话响了,是莫莉。

蔺娜赶到咖啡馆的时候,莫莉已经坐着喝咖啡了,赶紧向莫总抱歉来晚了。莫莉表示没事,说:"蔺总,前段给你的两个订单利润还行吧?"

蔺娜说还行,并表示感谢。

莫莉笑道:"娜姐,你这谢得太见外了,要不是魏总帮忙,我怎么可能拿到VA的项目呢。"

"哪有哪有,魏鹏只是一个干事的,哪有那么大能耐。"说完,蔺娜对眼前这个莫总是又爱又恨,恨的是抢了铭程的业务,直接让自己损失严重,按以前,上周那个十几万的小订单看都不会看,只有一两万的利润。爱的是，眼前这状况，有人能给订单，也不错，苍蝇也是肉。

"你也听说了吧，铭程五年内不能参加VA的项目，恐怕接下来，我们合作的机会将越来越多了。"莫莉笑道。

"是啊，那真得莫总多帮忙帮忙了。"蔺娜总觉得眼前这个女人有点阴。上周莫莉来自己的贸易公司拜访时，蔺娜感觉就不是很好，给个订单像是施舍，今天甚之。

"姐姐，我们都是没结婚的女人，今后需要多多相互扶持啊。"莫莉说道。

蔺娜赶紧回答像莫莉妹妹这么漂亮的女强人，只要需要，一大堆男人要排队呢。

两人都笑了起来，莫莉说道："哎，我们这个岁数，虽说好酒不怕晚，可结婚不能草率，因为一旦选错了人，后悔的余地就越来越小。"

蔺娜笑笑说："不管怎么样，我和魏鹏也算是经历了风雨，我还是相信他的。"

莫莉额了一声，欲言又止。蔺娜问怎么了。莫莉尴尬道："还是不说了吧。"

蔺娜赶紧说："妹妹，当我姐姐，你就有事就直说吧。"

莫莉看了眼，尴尬道："那我就说了，姐姐你别介意哦。"说完，从包里拿出一个信封递了过去，继续说道，"我师兄有个很要好的妹妹，最近在谈恋爱。我师兄一直把这个妹妹当亲妹妹看待，因为比较单纯，怕她找的男朋友有问题，因为我有朋友专门做调查的，所以让我帮忙安排调查一下。谁知——"

蔺娜翻看着照片，脸色难看。这些都是莘迪和魏鹏一起的照片，有几张是莘迪挽着魏鹏的，有一张照片明明大家各自拿着冰激凌吃，下一张，魏鹏和莘迪吃着同一个冰激凌。蔺娜气得将照片桌上一摔，猛地喝了口水。

莫莉赶紧道歉，说不应该拿出这些照片的。蔺娜也活了三十好几,不会这么单纯,冷冷地说:"莫总,你给我看这些照片的目的是什么呢?"

叫回莫总一下又将距离拉远,莫莉怯怯说:"姐姐,我拿到照片的时候也很惊讶,思前想后,我们女人应该知道真相,所以给你看看。我是衷心希望你们幸福的。"

蔺娜哈哈笑了起来:"我没猜错的话,这个女孩叫莘迪,是魏鹏顶头上司李建军的女儿吧。你的师兄,估计就是肖斌。莫总,你就不要再扮萝莉了,上周加了你微信,我才想起之前有一晚,魏鹏在洗澡,你发了消息给魏鹏,说'我要',一样的头像,我正好看到。精明的是,你马上就撤回了。上周其实我就觉得怪怪的,你身上的香水味,我在魏鹏身上也闻到过,应该是在他从美国回来时带回的脏衣服上的。所以,这些照片,是你让人刻意跟踪偷拍的。对吧?"

莫莉苦笑着摇摇头。

蔺娜严肃道:"莫总,你说吧,你今天的目的是什么?"

莫莉也就没有必要隐瞒了,直说道:"娜姐果然火眼金睛,厉害。先来谈谈你的未婚夫吧,没错,我跟他上过几次床,从那次美国开始。但是,是他来我房间勾引我的。我一直以为他没结婚,大家都没结婚,男欢女爱人之常情,直到后来做了几次他才告诉我娜姐你的事情,提出分手,我很生气。后来我得知他为了升职,又去勾搭李总女儿莘迪,虽然我喜欢魏鹏,但受不了这样的渣男,跟踪偷拍,然后把照片给你看,是我的报复,我觉得女人值得知道真相。"

"然后你的真正目的呢?"蔺娜问道。

"我的真正目的是我们两个女人之间的合作。"莫莉看蔺娜不反感,继续说道,"娜姐,你的贸易公司主要业务是靠铭程生存,一年铭程给个几百万的订单,你可以赚个大几十万。但是铭程已经黄了,意味着至少五年内你不可能再拿到他们的订单,因为没有魏鹏在 VA 给的订单,铭程凭什么向你采购?外面比你便宜多的供货商多的是。而且,我相信铭程还欠着你不少钱,他们现金流出问题了,尹姚不再主管,你估计也拿不回钱了,他们蔡总是不可能支付高价采购的订单的。相信你都不敢跟他们打官司,不然这个篓子就捅大了。"

"魏鹏是个渣男,"莫莉继续说道,"就算你还爱着他,他不一定还爱着你。关键是,他的权利已经没那么大了,陶金陵已经收回正部长的权力了,那就意味着,魏鹏已经很难再给你谋福利了,你的贸易公司可能要黄。你们应该今年还买了房,每个月要还不少钱,压力应该不小吧?"

"你到底想要说什么呢?"蔺娜有些坐立不安起来。

"那我就直说了,我可以支持你的贸易公司,给予充分的利润,就像之前铭程那样。你如果不信,我可以提供一份我们两家公司为期两年的框架协议。"莫莉说道。

蔺娜想这么优厚的条件肯定是损人的勾当,但自身情况已经被莫莉摸了个透,听听也无妨吧,问:"那你需要我做什么呢?"

莫莉想了想,说:"魏鹏应该有张借记卡在你这边,去银行拉个完整的流水给我,你有办法的。还有最好将你公司和铭程的来往账也截一份给我。这就 OK 了。"

"不可能!你这是要毁了魏鹏!"蔺娜怒道。

莫莉笑笑说:"女人由爱生恨,手段是很毒辣的。我不急,你想好了再告诉我,你有七天的时间。"

莘迪没多久,经肖斌推荐,去 SC 公司上班了,任职商务部副经理,负责一些客户的联络和关系处理。国外待了多年,国内的节奏需要重新适应,工作内容也要学习,下班后还要照顾宝宝和老爸,着实有些忙。闲了,不忘跟魏鹏发发消息。

魏鹏则不温不火,回得比较慢,他害怕关系会更进一步,免得蔺娜知道后果不堪设想。最近和陶金陵的关系也比较紧张,开始夺权,在自己升职和陶金陵调走前,不敢怠慢了莘迪,万一到时候得不到李建军的提拔。

莫莉也不催着蔺娜马上给答案，下班去接了蔺娜，简单吃了口，开车送回家，但路线不像是蔺娜回家的路。蔺娜问道："我们去哪？"

莫莉笑笑说："要不要电话问问你准老公在哪？"

"我下班的时候已经问过了，最近比较忙，老魏说他要加班。"蔺娜回答道。

这时，莫莉接了个电话，加大了油门，赶到一个餐厅的路边停了下来，视线扫了一圈，指着餐厅内的一男一女，说："你看，那是谁？"

蔺娜在车内朝餐厅看过去，远远还是能看清里面一男一女正在谈笑风生。分外眼熟，就是魏鹏。蔺娜解下安全带，想开门冲过去，被莫莉拦住了，说道："娜姐，我们女人不为男人而活，为什么不能优雅点呢。你冲过去，要争吵掀桌子，然后惹周围的人笑话吗？"

蔺娜已经火上眉梢，但还是忍住了。莫莉说道："我们再看看吧，后续还会做出点什么。"

天色开始暗下来了，不一会，魏鹏和莘迪也吃完了，莘迪表示还想去逛逛，魏鹏借口晚上还有工作，莘迪也要照顾小孩，于是送莘迪回家。

莫莉开着车，一直跟着。期间，蔺娜忍住火气，给魏鹏打了个电话，问什么时候回家。

"哦，快了，我从单位出来了，再半个小时就到家了。"说完，魏鹏挂了电话。旁边的莘迪问谁呀。魏鹏回答道："哦，是我妈，最近她来上海了，住我那。"

车到莘迪家别墅区门口，魏鹏表示不送进去了，赶时间。莘迪下车后让魏鹏等等，头伸进主驾驶的窗，和魏鹏接吻起来。而这一切，不远处的蔺娜看得清清楚楚。

莫莉说道："娜姐，不要太难过，看清楚一个渣男，也算是幸事。不管怎么样，你们新买的房子，是你的名字，我们女人不应该白白付出青

第 15 章　备件前夕　　149

春。走,我送你回家吧。"

车到一个酒吧门口,蔺娜让莫莉停车吧,自己想一个人静静,又说道:"明天我把流水发给你。"然后一个人去了酒吧。

第 16 章　一切尽失

蔺娜和魏鹏这么多年来，大吵小吵从未间断。蔺娜始终相信着爱情，不能容忍背叛，何况隐忍了那么多年，快等到穿上婚纱那一刻，却迎来了无情的背叛。那一晚，魏鹏和蔺娜吵得翻天覆地，什么伤人的话都说出口了，分手在所难免。现在住的这套房子是魏鹏的，还有贷款，仍然归他；新买的房子，归蔺娜，贷款也归蔺娜。快半夜了，蔺娜整理完三箱行李，放进后备箱，开车去自己的公司暂住，回头还看了一眼现在只属于魏鹏的家，舍不得踩下油门离去，等着魏鹏可以追出来，然后拼命挽留自己，也许自己还有回心转意的可能，但魏鹏没这么做。犹豫了五分钟，蔺娜将油门踩了下去。

魏鹏在房间里抽起了烟，眼泪也掉了下来。他舍不得蔺娜，这么多年的感情，怎么刚才能说那么重。他犹豫，是因为连他自己都不确定自己到底是爱莘迪还是蔺娜，也许莘迪是重拾曾经那份丢失的爱，无法释怀；而蔺娜，更多的是亲情、责任以及亏欠。也许是自己错了，不应该欺骗蔺娜，但感情的事情，哪有对错，很多时候牵扯到工作生活，却已经不那么纯粹了。

蔺娜整晚都是泪，办公桌上和魏鹏的照片，都剪得粉碎，迷糊着就在沙发上睡着了。早上去银行拉了魏鹏的流水，公司开户在这个银行，客户经理已经很熟了，也不需要魏鹏的身份证。莫莉也真够聪明的，早有布局。上两笔小单，借比较急的缘故，也为了让蔺娜避税，说不用开票，款直接打到了私账，而这个私账竟然就是魏鹏的。蔺娜犹豫着要不要真把扫描件发给莫莉，一想到昨晚魏鹏和莘迪的亲嘴，直接点了发送。莫莉也有信用，没过一会将签字盖章的框架采购协议扫描给了蔺娜。

陶金陵挂了 VA 纪委马老师的电话后,隐隐有些忧虑。赶到马老师办公室,看桌上的资料及照片,好像都是魏鹏的,宽心不少。马老师问道:"关于魏鹏,你觉得他和铭程是什么关系?"

"魏鹏?不错的小伙,工作能力强,也实在,所以之前我已经将不少工作交给他来全权打理。"陶金陵说道。

马老师有些不耐烦,说:"我问的是魏鹏跟铭程什么关系。"

"之前好多项目都是铭程做的,魏鹏是主管,他们的关系是不错的,项目也做得不错啊。"陶金陵笑道。

马老师把眼镜摘下放桌上,严肃道:"公司都在传你要调到其他闲职部门,魏鹏要坐正工程部正部长的职位。我也知道你不想调走,但也没办法,所以你的回答很重要,别跟我说官腔。"

陶金陵感觉魏鹏应该是出问题了,正好今天是个机会,那就畅所欲言吧,指着马老师桌上照片上的那个女的,说道:"这个女人叫蔺娜,是魏鹏多年来的未婚妻,为什么说是未婚妻,因为魏鹏一直没承认他结婚了,所以很可能他们一直隐婚着。这个蔺娜,自己有贸易公司。我们 VA 从魏鹏手里出去的项目,一般供应商都向蔺娜的贸易公司买东西。"

"你怎么知道?"马老师饶有兴趣问道。

"因为我听到过有些供应商抱怨,他们有些零部件需要向指定的第三方采购,价格降不下来。"陶金陵回答道,"当然,我刚才所说的,也是听说,我没有证据。"

马老师笑笑,继续问道:"听说最近有个几百万的备件项目,是通过我们的战略供应商走,但是已经被魏鹏指定我们的战略商向铭程采购,有没有这回事?"

"有!"陶金陵回答道,"因为这个备件事情一直是魏鹏主管的,之前我已经收了点权回来,他已经有些不爽,这次指定品牌他比较坚决,我也不好多说什么。"

"嗯,我知道了,你还知道些什么?"马老师问道。

陶金陵想了想，欲言又止，得到马老师首肯后，继续说道："我感觉我们部门的预算报价，包括其他供应商的报价，铭程总是很清楚，我觉得其中有猫腻。"

魏鹏被叫到马老师办公室时，还一无所知，等马老师将自己和蔺娜一起的照片和自己银行卡上的清单晾出来后，魏鹏才有些恍然大悟。一定是有人在搞他，昨晚和蔺娜吵架，蔺娜无意透露了莫莉。这张银行卡是半年前蔺娜让开的，当时没当回事。里面的款，估计就是莫莉从一个小公司向蔺娜买零件走的款项。

马老师问道："你有没有借职务之便，给铭程提供便利，并通过你未婚妻蔺娜的公司获取利益？"

魏鹏回答没有，而且没有未婚妻。

"那为什么你的私人账上，有两笔其他公司的转账，并且那家公司的负责人也承认了你未婚妻索取利益的实事。"马老师严肃道。

"这个是污蔑吧，而且是蔺娜做的，我也不知道。"魏鹏辩解道。其实魏鹏真不知道，但此情此景，狡辩有些苍白。

马老师喝了口水，语重心长道："小魏啊，咱私下说，李总是我的老战友了，他很器重你，所以我不想调查你和铭程之间的关系以及蔺娜的事情，还好这些举报资料到了我这里，如果到纪委其他人那里，后果就不堪设想了。这个事情，我会和李总好好谈谈，只是，我希望你这些乱七八糟的事情，到此为止，以后做事情千万要小心点！"

下班前，魏鹏上李建军办公室，进门前正好肖斌夹着个驴牌公文包出来，看了眼魏鹏，邪笑下走了。

李建军示意魏鹏坐下，问道："你和蔺娜这个女人的事情是真的？"

魏鹏看了看桌上，文档袋还露着照片的一角，想必马老师也跟李建军谈过了，魏鹏回答道："是的。"

第 16 章 一切尽失

李建军恶狠狠地拍了桌子，坐下，压住怒气，说："明天我会跟执委会谈一下，然后会将你调离工程部，离开这个敏感的职位。"

魏鹏已经做好了心理准备，问道："你会调我去哪里？"

李建军看了魏鹏一眼，叹了口气："你等安排吧。还有，离开莘迪吧。"见魏鹏迟迟不接嘴，李建军继续说道，"我就莘迪这个女儿，她妈妈走得早，我只希望莘迪能够找到好的归宿，她已经犯过一次错了，我不希望你让她犯第二次错。你明白吗？"

魏鹏想了想，欲言又止。

李建军说道："你可以走了，今天开始慢慢和莘迪保持距离。这次我和马老师保住了你，你如果不听话，后果你自己知道。"

魏鹏回到家，拉上窗帘，把自己关在卧室，漆黑一片。蔺娜走了，突然感觉空荡荡的，好不习惯，平常这个点，应该他会来一局手游，然后等着蔺娜喊吃饭，但这个声音今后估计不会再出现了。魏鹏从来没有在卧室里抽过烟，现在却已是烟雾缭绕。睡了一会，电话屏幕老是闪烁，把魏鹏亮醒，枕头已经是湿漉漉的。一看是莘迪，好几个未接电话，继续按掉没接。看看好几个微信语音，都是莘迪的，不听也罢，无非就是兴师问罪。

魏鹏梦里一直远远听到有人呼喊自己的名字，以为喊一段也就停了，可还是不停。睁开眼睛，一片漆黑，不知道是在梦里还是现实。眼睛有些肿，洗了把脸，清醒一下，喊自己名字的声音又响了起来。跑到阳台往下看，一个女人双手撑在膝盖，疲惫地喊道："魏鹏！魏鹏！"原来是莘迪。

突然旁边一户人家，一个老妇女探出窗外喊道："小姑娘，你再喊，我就报警了！你都喊了快一个小时了。"

为了不扰民，魏鹏赶紧下楼，见莘迪低着头，气喘吁吁，问道："你怎么知道我住这？"

154　创业的游戏

莘迪一见魏鹏，冲上去狠狠地抱住，眼泪都快流下了，拍打着魏鹏后背，流着眼泪责怪道："你怎么不接我电话，不回我微信啊！不是约好了一起跑步吗？你吓死我了！"

"我睡着了，吓死你什么呀？"魏鹏奇怪道。

"我以为你要出事了！你知道我一路跑了十几公里才找到这里，又不知道你在几楼。"莘迪委屈道。

魏鹏好生奇怪："我人高马大，好好的，能出什么事？"

莘迪松开紧抱的双手，努着嘴要魏鹏擦眼泪。魏鹏摸摸口袋，餐巾纸没带。莘迪索性拿起魏鹏的手给自己擦眼泪，说道："你放我鸽子，我跑了十几公里来找你，累得要命，不请我上去喝杯水吗？"

魏鹏看看莘迪穿着露腰的跑步装和运动短裤，全身还湿透着，说道："这个，不太方便吧？"

"上面还有其他女人？"莘迪问道。魏鹏赶紧回答没有。

上了楼，莘迪嘲笑了几句房子好小而乱，把客厅的窗帘打开，映入眼帘的就是阳台上晒着一个女人的胸罩，斜嘴问道："你平时也用这个？"

魏鹏一看就是蔺娜忘拿走的，一本正经道："我和女朋友前两天分手了，她刚搬走。"

莘迪接过魏鹏递过来的矿泉水，笑道："肯定是因为我。你的前女友不会来找我寻仇吧？"

魏鹏说很可能会拿硫酸泼你脸，说完自己都笑了。

莘迪似乎毫不在意："让她来呗。"

魏鹏拉着莘迪坐下，对刚才发生的一切好生奇怪，问道："你怎么知道我家住这里？"

"我当然知道你家住这里，就是不知道你住几楼，害我喊了半天，嗓子都快哑了，你才出现。我都想好了，你再不出现，我就一层层敲门找过去。"莘迪说道。

第 16 章 一切尽失　　155

"你还知道什么？"

"我什么都知道。所以你有什么要和我说的吗？"莘迪显得心情不错。

魏鹏平复一下心情，说道："你美国回来的这段期间，我一直有未婚妻，前两天刚分手。"

莘迪微微一笑："我知道啊，而且我知道你女朋友一直借着你的名义敛财，还把你出卖了。现在看透一个人，还不晚。"

"你怎么都知道？"魏鹏越发奇怪。

"我为什么不能知道？"莘迪哼了一声，"我还知道我爸今天找你了，要你离开我呢。所以我怕你想不开，千里迢迢跑过来，锻炼了身体，也考验了自己的意志，是否足够坚定。"

"不好意思让你跑这么远这么累。这几天我是真的累了，所以手机静音，想早点睡。"魏鹏继续问道，"我想知道你是怎么知道所有这些事的。"

"哀家自有门路。前几天，你送我回家被跟踪了，我也是故意回过头透过窗跟你接吻的。"莘迪调皮道，"先不跟你扯了，我要借你的浴室和衣服一用，都是汗，太臭了。"

"不早了，我送你回去吧。"魏鹏以为莘迪是玩笑。

"回家？"莘迪叹息道，"哎，今天是回不去了。"

"为什么？"

莘迪白了魏鹏一眼道："我爸让我离开你，说你是个有未婚妻的骗子，接近我就是为了借我爸好让你升职加薪谋取私利。我说其实你和蔺娜的事情我都知道，你也不是这样的人。后来我跟我爸吵起来了，他说如果我去找魏鹏的话，就让我别回来了。我没理他，这么多年在外漂泊，习惯了不回去。所以，我今晚没地方去了。"说完，冲向了浴室，一会儿问洗头膏在哪护发素在哪，就是没让魏鹏进来，隔着浴室门还在喊："魏鹏，我只要穿你的衣服，将就一下就行，别给我穿蔺娜的，我胸大！"

晚上，魏鹏睡在沙发，莘迪睡房间。一早，魏鹏就醒了，看莘迪的运动服还没晾干，赶紧烘干，让莘迪赶紧起床换衣服，将她送回了家里。

莘迪毕竟还要换衣服去 SC 上班。

尹姚给中间商老板打了两个电话，都没接，感觉好生奇怪，板上钉钉的备件项目到底墨迹个什么。想想不对，打电话给魏鹏，让魏鹏问问中间商啥情况。

魏鹏打电话给中间商老板质问状况，中间商老板说道："魏总，一个小时前刚签，您放心。"

"那刚刚铭程为什么说还没签？"魏鹏奇怪道。

"哦，是这样的，我们买了 CP 公司的。"老板回答道。

"什么！"魏鹏顿时火冒三丈，"谁同意你买 CP 的了？我不是都跟你交代清楚的吗？"

老板赶忙道歉，让魏总消消气，继续说道："昨天陶部长打电话给我，说不指定品牌了，你们谁家便宜买谁家。CP 给的报价便宜了 20%，我琢磨了半天，不知道啥意思，问了下陶部长。陶部长推荐 CP，又便宜又是进口品牌，质量 VA 又认可。我就明白了。魏总，我本想给你打电话的，但怕引起你和陶部长的矛盾，所以就没问，以为你知道呢。"

"你他妈的是因为陶部长是正部长，所以就不用听我的了，是不是？"魏鹏怒道。电话那头支支吾吾说不明白，魏鹏索性挂了电话。

尹姚得到魏鹏的消息后，也很平静，他多多少少也能预料到是这样的结果，只是感叹莫莉太狠了，真地要将自己置于死地。

沉思了好久，是办公室的敲门声将尹姚拉回了现实。一看是闵颖，赶紧让进来。已经快一个礼拜没跟闵颖好好聊天了，也已经连续两晚梦到她了。梦里，闵颖拿着刀子捅向了自己的胸口，还念念有词道："你个盗心贼，我今天非杀了你不可。"醒来，一身是汗，就再也睡不着了。

闵颖拿着一份文件让尹姚签字，冷冷说道："这是我给铭程拿的最后一份合同了，你签字吧。"

尹姚仔细看了看，是北方的备件项目，一百多万呢。照理说，这个

第 16 章 一切尽失

客户肯定是 DB 的，铭程那边没啥关系和交集。这是忧伤中唯一的惊喜，尹姚问道："你太厉害了！怎么从 DB 口中夺走这个项目的？"

闵颖面无表情道："不用管我怎么拿到这个项目的，DB 也出卖了我们，算是给他扎根针吧。这是我为你做的最后一件事了，我也真地要走了。"

唯一的惊喜很快淹没在更深的忧伤中，尹姚说道："这几天，我一直在等你的解释，也许是我误会了你。你就不能为自己辩解一下吗？这样大家也许会好受很多。"

闵颖苦笑了下，说："辩解？有必要吗？解释了又如何？哦，你相信我了，我们冰释前嫌，然后我继续做你的小三吗？然后所有的痛苦都要我往肚子里咽吗？"

这话没法接，尹姚沉默了会，说："这几天我一直在想之前发生的事，我好想等你告诉我，这一切都不是真的，都是有人栽赃陷害。"

"这些都已经无所谓了。我也已经下定决心要离开，慢慢忘掉你，大家以后各自安好。"说完，闵颖转身头也不回离开了办公室，只留下半掩的门迟迟不愿意合上，好像在说，门还没关闭，你完全可以追出去。

闵颖推开自己办公室门，犹豫了会，然后掉头直冲蔡凌云办公室。蔡凌云热情道："小闵，你找我啊，坐坐。"

闵颖表示不坐了，站着说就行："蔡总，已经一个礼拜过去了，U盘想必你也研究过了，我的要求你考虑怎么样了？"

蔡凌云迟疑了会，说道："200万有些太多了，公司的状况你也知道，上哪去拿那么多钱？"

"蔡总，你就说 YES or No 吧，其他的我也不想听了。"闵颖说道。

"小闵，200万太多了，50万行不行，可以的话，我让高会计马上处理。"蔡凌云说道。

闵颖冷笑道："蔡总，我很快就要走了。我不是来讨价还价的，我可以不要一分钱，但是将来会发生什么，我不保证，你自己能承担就行。"

一个小姑娘胆敢跟自己这么说话，蔡凌云强忍着怒气，说道："那行，给我一周的时间筹钱。一周之内，把这个事情了结，你以后再和铭程没有关系，也不能再要挟我。再发生的话，我也不是省油的灯。"

闵颖回答道："你恪守你说的，我们就两清。"

交接工作前几天已经在做了，闵颖事无巨细地跟汤鸣交代清楚各个客户关系和项目细节，以及自己的工作经验，希望汤鸣能够成为尹姚的好帮手。杨骏打了闵颖两个电话，都没接，现在去会议室回电。

杨骏问闵颖最快什么时候能够入职。闵颖说一个月。杨骏可等不及了，说道："闵小姐，能快点吗？我下周就要去JR销售部了，希望到时候一起出现，一起开会比较好。"

"罗军勇还在销售部了，你怎么负责？"闵颖奇怪道。

"你不知道，罗军勇今天一早就递交辞职报告了，这周结束就要走了。"杨骏说道。

问杨骏罗胖子怎么那么突然，要去哪，杨骏一无所知。闵颖说争取两周内入职吧。

蔡凌云找到尹姚，说了闵颖的事，表示自己真没钱了，这个两百万，你自己招的女人，自己部门惹出来的事情，自己搞定。

尹姚想骂娘，这明明是公司层面的事情，怪到自己头上，但自己欠钱又丢了备件，也不敢多说。

"VA项目丢了，备件也丢了，又碰上闵颖这事，现在公司已经严重紧缺资金了，下个月再不发工资，员工就要造反了。我们有协议在先，你说吧，后面怎么办？"蔡凌云说道。

尹姚也有些心灰意冷，回答道："大哥，给我一周时间，如果钱没到位，就按照协议实施吧。我缩股或者退股。"

尹姚第一次感觉到真的累了，身心俱疲，最坏就是离开自己一手创办起来的铭程嘛,这个心结最近一个月也慢慢想通了,与其耗在一个无底洞,不如拿钱走人。公司的现金流,已经不是区区几百万就能解决的,烧不了多久就没有了,然后继续追加,如此往复,看不到铭程的将来。闵颖拿了一百多万的备件订单,北方付款不好,收到钱可能要四个月以后了。如果吴琳琳怀孕,老丈人支持资金,也要等到吴琳琳怀孕满三个月才行,现在问老丈人要钱,他不会给,尹姚的自尊也不会去开口。

  尹姚让蔡凌云裁员缩减成本吧。蔡凌云笑笑,说裁员不要成本吗?

第 17 章 争风吃醋

杨骏办理罗军勇的离职，就用了一个上午的时间，从来没有那么快过。罗军勇拿到劳动手册和退工单，微笑着对杨骏说道："你去销售部做老大，就好好干，以后多沟通，互相帮忙。过去的事情就过去了，我也不再追究，如果再有刁难，你和杨齐仁的位置都保不住。"

杨骏也不哼声，说罗总你走好，大家兄弟一场，该合作还是要合作的，请放心。罗军勇从包里拿出一沓密封的 10 万元现金，丢给了杨骏，说道："CP 的软件费到了，这个你收着吧。杨齐仁我就不打交道了，你爱给多少给多少，不给也行。你自己以后摆摆平就好了，别把主动权给你叔夺走了。这事完结了，我再给你留一笔。"

杨骏有些诧异，问："你不是说这笔的钱你一个人拿吗？"

罗军勇在杨骏脸上拍了两下，冷笑说："兄弟，说归说，我是那样的人吗？来日方长，细水长流，懂不懂？"

铭程西南及北方的一些项目也在前期准备中，尹姚电话询问，那些老铁们都有些冷淡，有的说咱项目小，让闵颖来跟吧，有的甚至提出铭程暂时别来参加了。好事不留名，恶事传千里。多方了解到，CP 和 DB 不忘将铭程进黑名单的事件各地传播，多家客户对尹姚避之不及。蔡凌云进来，对尹姚说道："我昨晚一直在考虑，尹总，你要不换个岗位吧，VA 的事情传播太快，你就暂时退居二线避避风声，将来再回归，怎么样？"

"蔡总，你对我的销售工作不满意？"尹姚有些不快。

"也不全是。VA 事件的影响在扩大，再跟 CP 和 DB 硬碰硬，我怕闹出更多的事情来。这也是对铭程和你自己的一种保护。"蔡凌云说道。

尹姚迟疑了会:"我可以退居二线,闵颖也待不长了,我希望汤鸣能主管销售部工作。"

蔡凌云想了想,说:"汤鸣资历太浅,下午开部门会议,到时候再说吧。"

"那就让我继续总管销售项目部的工作吧,我相信很快就能带大家走出阴影。"尹姚信心道。

部门会议,铭程的中高层及管理人员全员到会。蔡凌云抚慰了工资脱期的问题,也跟大家说明了铭程目前面临的困境和严峻的销售形势,希望大家一起努力让铭程挺过这个艰难时期。随后宣布了人事的变动,尹总不再主管销售和项目,而去分管技术和生产。高会计说道:"公司要运转,那销售部谁来主管?这个对铭程的将来影响深远。"

蔡凌云点头称是,说道:"这个问题也困扰我很久,铭程的销售总监必须对行业很熟悉,有广泛的人脉和资源。并且,从个人能力方面,具有丰富的销售经验,正直的品行和团队管理能力,这样的人不多,但有幸能找到一位,大家掌声欢迎!"说完,蔡凌云带头鼓掌看向门口。

这时,一个油腻的肥影从门口缓步挪入。高会计说道:"原来是罗总啊!欢迎欢迎。"掌声响起,直到都停下了,人事晓燕和高会计的掌声还在继续,装作刚获知的大喜讯,兴奋不能自已。

尹姚一身冷汗,竟然会是这个猪头,而且自己还没同意卸任销售部的工作,蔡凌云却已经当会宣布,只好暂时隐忍。

罗军勇笑开了花,油腻的脸像个横向椭圆,说道:"谢谢大家的欢迎,我罗军勇也没多大本事,承蒙蔡总厚爱来到铭程,必定肝脑涂地,抓起铭程的销售工作,让铭程走上一个新的台阶。也希望大家能够多多支持!"

蔡凌云带头鼓掌,大家跟着。罗军勇享受完掌声,朝着尹姚继续说道:"也感谢尹总给铭程打下了一个很好的基础,我要做的就是添砖加瓦,大家感谢尹总。"说完,自己带头鼓掌起来。掌声稀稀拉拉,人事和财务都懒得动手。

尹姚自叹这几年的威信大跌,主要还是人事和财务的功劳,工资奖金不发,主动宣传起是尹总拖欠投资款和销售部收款不利。想着蔡凌云也会让自己说几句,可蔡凌云也没这意思,见尹姚要主动开口,蔡凌云随即宣布会议结束,大家各自忙去。

尹姚去找蔡凌云单独谈谈,怒道:"为什么罗军勇要来铭程,你都不跟我打招呼?我没同意要放手销售项目部!"

蔡凌云冷冷道:"我上午已经跟你简单说了,你首要的问题,先把资金的问题解决,也没几天了。还有,我是公司的总经理和大股东,我跟你沟通,不是来跟你商量的,而是来通知你怎么做。我要对公司员工和股东负责,不会碍于情面让公司走向万劫不复。事情都是你惹出来的,所以你自己负责。"

"你当初只是投资,这个公司是我一手创立的,当初经历了多少磨难。现在公司羽翼丰满了,你就开始排挤我了?"尹姚愤怒道。

"当初没有我的培养和支持,你能有今天?"蔡凌云也有些怒气,"小姚,现代化的公司转型及决策需要通过大股东和董事会的决定,虽然难免痛苦,但势在必行。我没有排挤你,我只是做对公司最好的选择。"

这时,罗军勇进来,跟尹姚打了个招呼,伸出手来紧握,说:"兄弟,这么多年,终于咱可以一起奋斗了!"

蔡凌云示意坐下,说道:"罗总,这周和尹总交接一下销售工作,最近铭程业务有些艰难,希望下周开始你就可以进入工作节奏。"说完,对着尹姚说道,"尹总,还请配合下罗总的工作,妥善安排。今后如果有新项目联系到你这边,还请向罗军勇汇报!"

"向罗军勇汇报"这几字刺得耳鸣,尹姚没有接嘴,转身就走。罗军勇一脸尴尬,说道:"蔡总,尹总的办公室我就暂时不要了,就安排最前面那个小办公室也没关系。"

人事晓燕给罗军勇张罗好了办公室,说有事尽管吩咐,临离开给了个迷之微笑。罗军勇赶紧招来汤鸣,长聊了半个小时,然后让汤鸣把闵颖叫过来。

闵颖进罗军勇办公室,开门见山道:"罗军勇,蔡凌云给你开了多少工资,你竟然会来铭程!"

罗军勇思忖了下,坦白道:"50万。"

闵颖冷笑下,想着替尹姚和自己不值,一起打拼下铭程现在的江山,工资也没多少,空降一个糨糊高手,就开那么高。闵颖说道:"你找我干什么?我下周就要走了。"

罗军勇笑道:"我都来了,你走啥呢?我跟蔡凌云谈好了,我要来任职,你必须留下,而且工资增加到30万。所以,你留下吧,知道你和蔡凌云有矛盾,但以后你只需要对我负责就可以了。"

闵颖笑得合不拢嘴,说:"对你负责?你答应我帮忙拿下VA的备件,你却私底下给莫莉所有的接口和图纸;你口口声声说尹姚是你的好兄弟,还特地跑来铭程排挤尹姚,你让我怎么相信你?不是钱的问题了,我不会替一个阴险狡诈的人做事,你省省吧。"

罗军勇想着尹姚欠的那剩余20万也不可能再给了,但也赔笑道:"呵呵,好兄弟?对,我是一度把尹姚当好兄弟,但是他呢?我KTV被拍的视频,我房间内被警察抓走的事情,你以为我不知道是谁干的?是谁让我在JR混不下去的?你心里不清楚吗?"

闵颖心里一咯噔,说:"尹姚的事情,我也不再关心,跟我已经无关。我下周就走了,我跟蔡凌云的矛盾既然你知道,那么我也知道你挽留我,只是蔡凌云的缓兵之计,希望我留在铭程,别做出对铭程不利的事情。我没那么傻。"

闵颖说完,想离开,被罗军勇叫住:"我知道你跟JR谈好了,最近要过去,但只要我打一个电话,杨骏就不敢要你,所以,你还是留在铭程吧。我喜欢你!"

闵颖转过身,怒道:"罗军勇,你听好了。第一,不要再说喜欢我这种恶心的话。第二,我的老公是蒋伟,我只爱他。第三,我下周离开铭程,去不去JR我自己都不知道,也请你不要再假心假意联合着蔡凌云来挽留我。谢谢!"

蔡凌云连夜飞到了澳门,肖斌已经在等他。去赌场玩了会德州扑克,手气不太顺,玩会儿买大小都能连输三把。肖斌倒赢了不少,让蔡凌云别玩了,找个妹子回房吧。刚说完,高会计过来,说道:"凌云,我筹码没了,帮我去兑点。"

蔡凌云叹了口气,递了张信用卡过去。

肖斌赶紧打个电话,说今晚只要安排一个小姑娘就行。蔡凌云心有不甘,拉着肖斌去贵宾厅。21点是蔡凌云的强项,但运气似乎不在,要么自爆要么被庄家通杀。肖斌看不下去了,拉着蔡凌云走出赌场,到酒店门口的广场上去透透新鲜空气。

蔡凌云已经输了两百多万,问肖斌借钱。肖斌说别赌了,没个底,运气不在就及时收手。谈起正事,肖斌问道:"罗军勇的事怎么样了?"

蔡凌云回答道:"来上班了。你们SC采购JR的生产线项目什么时候确定?"

"快了,11月底12月初吧。"肖斌说道,"罗军勇搞定JR了吗?"

蔡凌云点点头,说道:"JR那边没问题了。只要你这边OK了,那么JR的项目就通过铭程来走,再卖给SC。"

肖斌嗯了声,问道:"闵颖的事情怎么办?"

蔡凌云胸有成竹道:"这种小事你不用担心,我来处理就行。咱俩的事情弄完,我就安心退休了,搞公司真的太累,让罗军勇去管吧,反正许诺了他将来做总经理,不然他也不会来。"

第 17 章 争风吃醋

婷婷又去蒋伟哥哥家了。蒋伟在厨房洗刷,正充电的手机短信响了两下。按平时,闵颖从来不会翻看蒋伟的手机,可能终于决心回归家庭了,出于好奇,想来想去还是拿起蒋伟的手机看了看微信,一看没有新消息,想放下,想起蒋伟会不会跟自己一样有个工作微信。尝试了蒋伟常用的密码,一看,果然有个微信分身,打开一看,是一个妖娆头像发过来的,说:"9点老地方,我要,不来走着瞧。"闵颖赶紧将手机放回原处。

蒋伟接了个电话后,跟闵颖说:"老婆,有个客户要谈点事情,出去一下,两个小时就回来了。"

闵颖嗯了声,让路上小心。

蒋伟一路开车到一个酒店门口停了车,进去了。闵颖跟在后面,赶紧在酒店门口不远处也停好车,待在车里,远远看见蒋伟在前台不知道干什么,然后拿着房卡上楼了。不一会,一个熟悉的身影从闵颖车前走过,闵颖怎么都不可能忘了这张脸,没错,就是在自己家里和蒋伟睡过的那个女人,那个被蒋伟说已经开除了的助理刘欣。闵颖看着刘欣也进了这个酒店,轻车熟路直接消失在去电梯的方向。

闵颖心跳有些加速,疼痛,喘气有些困难,缓了十来分钟,给蒋伟打了个电话,故作平静道:"老公,刚才小张找我,和她出去喝茶。估计也一两个小时,你如果跟客户喝酒了的话,我可以来接你。"

蒋伟说不用了,他也在喝茶,一会儿自己回去。

闵颖的心快要滴血了,男人还能相信吗?给小张打了个电话,约了酒吧坐坐。小张赶来前,闵颖已经喝了两杯威士忌,自己也不想来酒吧这种地方,但是很多郁闷和痛苦,茶叶是解决不了的,唯有酒精。小张赶紧让闵颖少喝点,自己叫了杯白开水,问道:"闵姐,发生什么事了吗?"

闵颖脸有些红,微笑还是那么迷人,说道:"小张,没事,心情有些糟糕。真心朋友没几个,所以找你聊聊天。"

"闵姐,上次给你那些资料有用吗?"小张问道。

"我也不知道。我已经拿这些威胁蔡总了,这几天也应该有答案了吧。"闵颖回答道。

"那尹总怎么说?"小张关切道。

"尹姚?别再跟我提他了,我们已经分手了,从此不再有瓜葛。哎,全世界真没好男人了吗?"闵颖说着,干了一杯,小张都来不及阻拦,叫酒保继续倒,"可惜自己也不是个好女人!"说完,莫名的眼泪流了下来。

"闵姐,你是个好人。这么些年来,很多事情我都知道,只是尹总,永远像个局外人,你为他牺牲太多了,真替你不值。"小张安慰道。

两人又聊了会儿,蒋伟发了个微信给闵颖,说到家了,你在哪儿。闵颖回道:我想在哪儿就在哪儿,不要管我。任凭后面蒋伟的微信和电话轰炸,闵颖一律不予理会,只管自己喝酒。小张看时间不早了,自己老公在催,必须要回去了,想顺路送闵颖回家。闵颖喝得有些多,酒劲上来,怎么都不肯,让小张自己先回吧。

小张犟不过,赶紧给尹姚打了两个电话,但都没接,自己离开铭程后换了手机,好多号码都丢了,一时也找不到共同认识的人来关心下闵姐,看闵颖手机亮着,通话记录里有罗军勇。这个小张认识,之前闵颖带小张一起和这个罗总吃过顿饭,胖胖的,谈笑风生,感觉很厉害的样子。赶紧记下电话号码,打过去,罗军勇接了,说一会儿过来。

闵颖见小张老公电话拼命催,赶紧把小张撵回去,说自己没事的。小张让闵姐小心点,罗军勇在过来的路上。

正巧人事晓燕和一帮朋友也在这个酒吧的卡座,远远看见闵颖和朋友在吧台喝酒,对男朋友说:"那个不是闵颖吗?真是冤家路窄,敢扒我裙子,看来老天有眼,报仇的机会到了。"

晓燕男友想着虽然尹姚放了自己一马,但被关了几天,也没少挨揍,想着就火大,想冲上去寻事。晓燕另一个朋友赶紧拦住,说这么漂亮的女人他来处理。她们现在两个女人,大庭广众的,等等时机。

现在见一个女的回去了,闵颖正落单呢,晓燕朋友走了过去。闵颖

第 17 章 争风吃醋　　167

见身边坐下个帅哥，眉清目秀的小鲜肉，也没拒绝。小鲜肉绅士地问可以请喝一杯吗？见闵颖没拒绝，叫服务生倒了两杯，然后抓过旁边的玻璃桶往酒杯里放冰块。说时迟，那时快，小鲜肉将手心的白色粉末也偷偷洒了进去，入水即化，无影无踪，然后将酒杯递了过去，举起自己的，要求跟闵颖干一杯。闵颖喝得有些多，对小鲜肉也没有防备，大家就干了一杯。干完没聊几句，闵颖就感觉头有些晕，肚子开始不舒服，拿起包往洗手间去。

洗手间不分男女，但有隔断。闵颖刚进去，想把门扣上，一双手把门卡住了，原来是小鲜肉，猛地冲了进来，把门扣上，一把搂住闵颖，全身开始上下其手。闵颖有些头昏脑涨，全身无力，想挣脱却使不上劲，呼喊却有些沙哑。不一会胸罩都快被扯掉了，闵颖忍不住了，肚子里的翻涌都溢了上来，像挡不住的泥石流，喷得小鲜肉满身都是。小鲜肉一下火了，挥了闵颖两个巴掌，骂着贱女人。闵颖吐了一通，吃了两个巴掌反倒清醒起来，铆足劲一脚踹向小鲜肉的下体。小鲜肉来不及闪躲，摔了出去，把门都撞坏了，倒在地上，捂着下体，动弹不得。闵颖赶紧拿起包向洗手间外冲去，边跑边整理衣服。出了洗手间，看见后门就在旁边不远，往后门逃。

晓燕和男朋友他们本想跟着去厕所羞辱，见闵颖往后门逃，赶紧追了出来。闵颖跑出后门没多远，又开始晕眩，全身无力，扑倒在地上。

罗军勇此时刚赶到酒吧，见后门那边动静不小，酒吧里又没看到闵颖，赶紧往后门那边跑，看几个小青年在追什么，远远见倒在地上的就是闵颖，赶忙对着酒吧内大喊："后门杀人了，杀人了！"

晓燕男朋友刚给地上的闵颖骂骂咧咧地挥了一巴掌，后面一下哄上来六七个保安，把五六个小青年架住。乱成一片，罗军勇赶紧扶起闵颖，一把抱起往外跑，跑出一段，马路上人开始多了，看后面也没人追了，把闵颖放在路边的石椅上，发现身上臭气熏天，全是闵颖的呕吐物。罗军勇累得瘫坐在石椅上，很多年没这么跑过，何况还扛着人，差点上气不接下气，中间来个断气。闵颖则倒在旁边一动不动，确认还有气后，罗军勇想带去医院，闵颖突然来一句我不回家。那去医院吧，闵颖说不去医院。罗军勇无奈，那就去我家，闵颖回了句好的。

罗军勇开车回到家，把闵颖放在沙发上，自己有洁癖，先冲了把澡，换了身睡衣。闵颖身上也都是呕吐物，罗军勇将闵颖的上衣和裙子脱了下来，丢到浴缸里，回过头来看闵颖，她只穿着胸罩和内裤，曼妙的身材，白皙的肌肤，棒槌不自觉顶起伞来。但看看闵颖被扇了耳光，脸有些肿，摔了一跤，脸上手上几处擦伤，赶紧用毛巾将伤口擦干净，涂上红药水。看看自己，伞还撑着，纠结了好一会，罗军勇去阳台抽了根烟，决定还是抱闵颖睡卧室床上去，自己躺客厅看足球吧。

没一会儿，尹姚的电话来了，劈头盖脸问："罗军勇，闵颖在哪儿？"

罗军勇淡定地回答道："在我家。你就放心吧。"

"我去你家了，你车都不在！快说，你把闵颖绑哪了？"尹姚有些慌张。

"我早就搬新房子了，在我新家，人好着呢，该操心的时候不操心，不该操心的时候瞎操心！"

尹姚还在电话那头呼喊："你敢动闵颖一根毛，我干你信不信！"

罗军勇早就把电话挂了，调静音，任凭尹姚怎么打都不接。泡壶茶品品，看看手机，十几个电话，一半是尹姚的，一半是蒋伟的。人哪，属于他们的时候不珍惜，被人家获得了，却舍不得。给蒋伟回了个消息报平安，后面又是连环电话，不接。为了证明闵颖的安好，罗军勇去给闵颖拍张睡得正香的床照，想想不够解气，把自己上衣脱了，光着膀子，把闵颖搂到怀里，拿出手机自拍两人的床照，谁知闵颖竟然睁开了眼睛笑了笑，一会儿又没了知觉睡下。但刚才的情形全都记录在自拍里了，罗军勇大呼过瘾，把照片发给了尹姚，换来尹姚的破口大骂，真是爽歪歪。

第 17 章　争风吃醋　　　169

尹姚跟朋友在喝酒，本来心情不好，喝得有点快有点多，发现小张的电话，回过去才得知闵颖喝多的事，抓紧找个借口赶到酒吧，没找到人，打闵颖电话也不接，电话问蒋伟，蒋伟也急得热锅上的蚂蚁，赶到酒吧，两人面面相觑，分外尴尬，只能盯着罗军勇打电话。尹姚看到罗军勇发过来和闵颖的床照，一把将手机摔到了地上，借着酒劲一拳挥到了蒋伟脸上，打翻在地，骂道："他妈的你个蒋伟，怎么照看自己老婆的！"

蒋伟还在自责晚上当着闵颖面出去偷腥，想这几天闵颖一直好好的，肯定知道了些什么。现在被一拳打翻在地，缓过神来，起身一拳挥还给了尹姚，骂道："妈的，这是我的老婆，有今天不都是你惹出来的，我今天非要好好教训教训你。"说完，没等尹姚起身，又是三拳两脚挥了过去，打的尹姚满脸是血。尹姚不甘示弱，两人边骂边扭打在一块，吸引得路人抖音都拍了起来。不一会警察来了，被带上警车前，尹姚似乎有些清醒了，让警察帮忙把地上那个屏幕粉碎的手机带上。

罗军勇看完球赛，已经快4点了，当初还商量着和尹姚一起去诺坎普看真的梅西，看来这情分，也基本完蛋了。睡沙发，怎么都睡不着，去卧室看看闵颖，被子蹬掉了，白花花的纤细大腿整个露在外边，走进看看，那美妙的胸，是自己看过最美的半球，然后自己的帐篷又顶了起来，给闵颖被子盖好，赶紧去阳台再抽根烟，思想斗争很激烈。才烧了半根，罗军勇赶紧掐灭，冲进了卧室，脱去上衣，掀开被子，准备去脱闵颖内裤，谁知闵颖突然坐了起来，闭着眼睛，一把抱住罗军勇，哭喊着："尹姚，你别走，你别走好不好！尹姚！尹姚！"

这几声把罗军勇的帐篷支架给震崴了。闵颖又突然躺下。罗军勇想想还是算了，自己虽不是什么正人君子，乘人之危的事情也常干，但大概太晚了，或被刚才惊吓到了，怎么搓揉，帐篷再也没有起来。也许真正喜欢的女人不可亵玩，作为女神的图腾更为合适。

罗军勇在沙发了眯了会儿，没一会儿，突然听到动静，睁眼才发现闵颖裹着被子站在眼前。闵颖问道："我的衣服呢？"

罗军勇惺忪着双眼，指着阳台，说："你吐得全是，我帮你洗掉烘干了，现在晾在阳台。"

闵颖赶紧去阳台把衣服换上，走到沙发边，坐在了罗军勇身边，抓着罗军勇的手，说道："罗大哥，谢谢你。"

手被一抓，又被叫了声从未叫过的"罗大哥"，罗军勇精神一下好了起来，赶紧去泡了壶热茶，让闵颖醒醒酒。喝完热茶，闵颖说多有打扰，自己要先走了。罗军勇有些舍不得，说都这个点了，坐下唠会嗑，待会一起吃早饭一起去上班。闵颖有些犹豫，罗军勇把尹姚的通话记录和聊天记录给闵颖看，然后说："陪我一起去上班吧，我来铭程已经排挤了他，然后昨晚发生的这些事，我怕你不保护我，我到单位，就会被揍的像猪头。"

闵颖清醒了很多，说好吧。罗军勇问晚上怎么回事，为什么喝那么多酒。家丑不可外扬，闵颖笑笑说没什么，就心情不好，多喝了点，然后补充道："其实我躺在床上，有一段意识是有的，特别是你自拍的时候，我第一反应就是配合你，然后气气身边的那些男人。"

罗军勇笑了起来，问："那你记得你喊过什么吗？"

"我喊过什么吗？"闵颖好奇道。

"你喊的都是尹姚。"

"不会吧？"闵颖有些不敢相信。

"是的，"罗军勇说道，"我很想知道你为什么喜欢尹姚，你们是怎么开始的，他不能给你将来，你为什么还一直爱着他。"

闵颖问道："你有兴趣知道吗？"罗军勇点了点头。闵颖看了看时间，才4点半，于是娓娓道来。

那时闵颖刚大学毕业，有个男朋友，一起留在上海发展，闵颖很轻松就找了个大型外企上班，待遇丰厚。男朋友找不到工作，好吃懒做，整天游戏，还拿着闵颖的钱去泡吧。时间久了，闵颖受不了，提出要么去找工作要么分手。后来男朋友找了份工作，可好景不长，嫌累又不肯上班，也不肯分手。闵颖死心了，提出分手，男朋友竟然每天到闵颖的公司去吵去闹，话也说的很难听，闵颖只好辞职。后来又换了两份工作，男朋友死缠烂打，闵颖都做不下去，只好躲。这时，闵颖看到了铭程的招聘广告，离市区较远，公司也小，不知名，于是投简历去面试，遇到了尹姚。与其说是尹姚描绘的宏伟蓝图打动了闵颖，不如说，这个公司够小，才四五个人；够破，租的破厂房，三百多个平方；够偏，不好找。唯一让闵颖有兴趣的是，这个年轻人才创业，二十五六岁，那股冲劲和执着，觉得可以上班试试。

闵颖在公司附近租了个房子，前男友也两个多月没来找过自己。有一晚回家，前男友突然出现，堵在门前，给了不少钱才肯离去。后来，闵颖都会主动加班，加得尹姚都有些纳闷，一个初出茅庐的小姑娘，那么聪明漂亮，还那么能拼，至宝难觅。一次加班有些晚了，尹姚提出开车送，闵颖点了点头，似乎找到了安全感。第一晚没事，第二晚送的时候，前男友又突然出现，问尹姚是谁。尹姚笑笑准备离开，下楼时听到楼上争吵声比较大，就上楼看看，只见前男友打了闵颖一个耳光，闵颖哭了起来，冲下来躲到了尹姚身后。

"我才是闵颖的正牌男友，"尹姚看懂了情势，义愤填膺说道，"现在，请你离开，并且以后不要来骚扰闵颖了！"

前男友像是喝了酒还是嗑了药似地冲过来，被尹姚一脚踹到了地上。一阵厮打，前男友明显不是对手，拿出了一把小刀，扭打中划到了尹姚胸口，鲜血直流。闵颖喊救命，前男友仓皇而逃。

闵颖看罗军勇好像睡着了，就不说下去了。去厨房看看，冰箱里有面条，有灌装肉，好多已经过期了，挑出没过期的，早饭就做炸酱面吧。

第 18 章　最后一天

早上，罗军勇谈笑风生地将闵颖送到办公桌，回到自己办公室时，尹姚已经在里面等着了。尹姚站起身，抓起罗军勇的衣领，狠狠问道："昨天晚上你把闵颖怎么了？"

罗军勇一把推开，回答道："不是截图发给你了，你看不明白吗？"

话刚落地，尹姚狠狠地将罗军勇推倒在地，罗军勇撞到了沙发角，疼得要死，但也顾不得了，赶紧起身反击，挥拳过去，尹姚一个闪躲，连着给罗军勇一个抱摔。罗军勇捂腰躺在地上起不了身，怒火中烧，声嘶力竭地喊着："我操你妈尹姚，我他妈的就是要抢你职位，干你女人！怎么的！"

尹姚火上胸口，冲上去压住躺在地上的罗军勇，正想挥拳，罗军勇一把抱住，两人扭打在一起，地动山摇，引得大伙来围观。闵颖闻躁动，看情况不对，赶紧冲进办公室，大声吼道："你们住手！"

听到闵颖的声音，尹姚先停手，罗军勇趁机还挥了一拳，打得尹姚后退了好几步，刚想还击，被闵颖拉住，喊道："你们够了！"

尹姚只好停手作罢。闵颖让吃瓜围观的同事赶紧散去，把门关上，说："你们不嫌丢人吗？公司领导之间打架！"

罗军勇整了整衣服，坐下，说道："尹姚，最后那一拳，你自己心里清楚，那晚KTV，你是怎么把我搞进派出所的！"

尹姚没回答，对闵颖怒道："昨天晚上你为什么睡罗军勇家？为什么不接我电话？"

闵颖苦笑了声，冷冷道："我睡谁家跟你有关系吗？"

"我不允许你这样糟蹋自己！"尹姚大声道。

"你是我什么人？我要做什么需要你同意吗？"闵颖驳斥道。

尹姚顿时语塞，还是忍不住大声说道："你是我的女人！我不允许你背叛我！"

闵颖笑出了声，炯炯有神地盯着尹姚，说道："好，你有种今天就和吴琳琳提离婚呀。"

尹姚喘着气，接不上嘴。自己现在还真不敢冲动提出和吴琳琳离婚，因为眼前这个闵颖，已经不是曾经清纯的大学毕业生，不是一个真诚有冲劲的销售经理，似乎都不是一个合格的妻子和负责的妈妈，甚至还无情又处心积虑地出卖了自己。

闵颖慢步走到罗军勇身边，拿桌上的餐巾纸擦去罗军勇嘴角的血迹，深情地看了眼罗军勇，问疼不疼。罗军勇瞬时全身筋骨活络起来，微笑着说不疼。闵颖挽着罗军勇的手臂，将头靠了上去，说："老罗为了我离婚了，尹姚，你不敢，所以请不要再假装在乎我，你要知道，我就是那个狠狠出卖你的人。昨天和老罗在一起，是因为蒋伟也背叛了我。这么久以来，我才发现，只有老罗是真心对我的。"

此情此景，尹姚感觉全身都要炸，人也站不稳，自己的一切都快被罗军勇夺走，却也无可奈何，狠狠瞪着罗军勇，"祝你们幸福"当然说不出口，但也不能诅咒，看看手上昨晚摔裂的手机屏幕，也不忍再摔一下，转身想出门，被闵颖叫住。

闵颖说道："尹总，这也是我最后一次这么称呼你了，今天是我在铭程的最后一天，下午的离职手续请帮我签了。还有，你的推理都没错，模拟机的确是我想帮蒋伟，他是我老公；VA 的底价，也的确是我泄露的；邮件的事情也的确是我自导自演的。我为铭程和你付出那么多，什么也没得到，所以，请和蔡总商量好，将该给我的 200 万准备好。谢谢！"

蔡凌云进到尹姚办公室，说道："尹总，早上的事情我也听说了，既然已经开会决定你去负责生产了,下午把这个办公室腾出来给罗军勇吧,你去楼下的办公室。"说完,转身离开,完全就没有商量的意思。

尹姚憋不住了:"蔡总,你这是什么意思?"

蔡凌云转过身,说道:"公司本来就人心惶惶,你和罗军勇作为公司领导,还打架,造成了多大影响你不知道吗?你和罗军勇都在两楼,抬头不见低头见,生产工作都在楼下,你搬下去是理所当然。"

尹姚感到一阵屈辱,怒道:"我退股吧,你这样玩也没意思!"

蔡凌云看了眼,道:"你自己想好,想好了按我们之前谈好的,你拟一份退股协议给我。"

肯定是罗军勇要挟蔡凌云要尹姚的办公室,尹姚才不会主动搬。下午,闵颖找尹姚离职签字。尹姚看了眼闵颖,不假思索地签了,心已经在流血,也没什么想多说的了。

闵颖将一份补偿协议放桌上给尹姚看,说道:"蔡凌云已经签了,一个月内会把钱给我,希望你不要让我失望。"说完,刚转身要走,回头插一嘴,"今天是汤鸣的生日,几天前就约了今天要一起晚饭,你去吗?"

尹姚这才想起汤鸣前两天也约了自己,低声回答道:"再看吧。"

快下班了,汤鸣冲进办公室,跟尹姚说道:"尹总,老地方,306,今天是闵姐最后一天了,也正好是我生日,也当是送送她了,我一会儿先过去点菜,你早点儿过来哦。"

尹姚加了会班,纠结着要不要去,快开出厂门口的时候,都没决定该往哪里转弯。看到闵颖等在门口,估计是叫了车,只是下班这会儿车比较难打,看着她有些焦急。尹姚纠结着是否当作没看见直接冲出去还是让她搭个车。没来得及决定,闵颖回身看到了尹姚的车,赶忙转回当作没看见,往门卫那边闪了几步。

相爱可能往事,再见亦是朋友,尹姚将车停在闵颖旁边,说道:"上

第 18 章 最后一天 175

车吧。"

闵颖对视着尹姚，面无表情，也迟迟站着未动，也许只是十秒，却似久远。闵颖往后挪了两步，不似曾经习惯性地坐上副驾位置，而是坐进后座。车拥堵地开着，两人一言不发，嫌太冷清了，尹姚打开了电台，却播放着《当爱已成往事》，刚想关了，闵颖突然说道："关了，谢谢！"

车继续开着，尹姚想聊几句，却不知从何开口，看看后视镜，闵颖已经泪流满面，不能自已。这时，吴琳琳电话过来了，问什么时候回家，尹姚不再纠结，说晚上有饭局，晚点回。

到了饭店，看闵颖已经收拾好妆容了。汤鸣的生日，公司里就尹姚和闵颖，因为他俩是汤鸣的哥和姐，其他都是汤鸣男男女女的年轻朋友。怕喝不到一块，尹姚坚持不喝白酒，可执拗不过汤鸣一个豪放的女性朋友，正好坐在尹姚身边，黄色长发，浓妆艳抹，穿着低胸，露着乳沟。尹姚想不喝，酒杯已经被倒满了，看坐在对面的闵颖已经斟满了红酒，那就喝吧。

我们国人喝红酒，过了三巡，往往忘了红酒的底蕴和喝法，和喝啤酒无异，闵颖这么多年来，也难免俗。半斤过后，也喝开了，气氛开始热烈。闵颖红酒也喝了不少，红着脸敬向尹姚，说："尹老板，祝你今后恭喜发财，美女常伴。"

尹姚听着别扭，首先语句不通，另外闵颖从来没有称呼过自己"尹老板"。旁边的美女识趣，赶忙拿起杯子赞助。

尹姚纳闷汤鸣怎么会有自己身旁这个豪放的女性朋友，而且看着眼熟，酒过大半，听这个小姑娘说房间订好了，才想起哪里见过，她说认识尹姚，应该是KTV，以前做过凌曼一段时间的助手。

今天这桌，闵颖年纪算是大的，但在酒桌上，美貌和豪爽是大家永远无法拒绝的气质。汤鸣的几个男性朋友都要认闵颖做小姐姐，拼命敬酒，闵颖也不拒绝，越喝越多，尹姚想起车上那张哭花了的脸，实在看不下去了,赶忙去抢过杯子帮忙喝,管他是白酒掺红酒。

闵颖白了一眼,说去阳台抽烟了。尹姚也跟着去,点上烟,说道:"少喝点。我今天不想来,就怕你像昨晚那样喝多。"

"求你不要这样关心我,好吗?给大家一个忘记彼此的空间。"闵颖说道。

"我无法接受你能和罗军勇走在一起!"尹姚大声怒道。

闵颖还是很镇定,淡淡道:"我和罗军勇昨晚根本没有怎么的,即使他想,我也不可能同意。"

"真的?"这可能是这两天能让尹姚唯一开心的事情了。

"真的,我对天发誓。"闵颖认真看着尹姚,"我不可能会和罗军勇走到一块,你放心吧,但我也决定了忘记你,相濡以沫,不如相忘于江湖。"

酒精也能让人看开和想通很多事,尹姚已经不是很纠结闵颖出卖自己的那些事,闵颖会那么做,也许根本的原因在于自己,自己从来不能给她什么,更不要说一个将来。

闵颖继续道:"今天是我们最后一次相见,以后我们就不要再见了。你能撩起上衣吗?"

尹姚心领神会,把衬衫撩到了胸口。闵颖用指尖在尹姚胸口上那条蜈蚣般的疤痕上轻轻滑过,抬头深情看着尹姚,微笑道:"我在你身上留下了一辈子都抹不掉的痕迹,你看到就会想起我,我已经心满意足了。"每次他们私密在一起的时候,闵颖总会趴在尹姚胸口,然后指尖沿着这条疤痕滑动。

回到酒桌,汤鸣笑着说你们孩子都生完了吧。汤鸣的生日蛋糕放在下半场KTV,难却盛情,闵颖也没拒绝,那就一起打车去唱歌。

包间挺大,一会来了一排的女孩子。汤鸣的朋友抓紧各自选了一个。刚刚吃饭时,尹姚旁边的那个低胸女孩心领神会去陪了汤鸣。汤鸣让尹姚也选一个,尹姚看了看闵颖,怎么都不愿意选,说唱唱歌就好了,毕

第 18 章 最后一天

竟还有汤鸣的两个女同学也在，这种不合适。

汤鸣笑着说："大哥，你真的老了。"然后让下一批人进来。下一批进来的，竟然是六个身穿衬衫马甲的帅哥，个个身材高挑，年轻帅气，然后开始自报家门。两个女同学议论着，得意洋洋地各自挑了一个帅哥让坐到了身边。

汤鸣坐到尹姚身边，小声说："哥，你跟闵姐的事情我都知道，闵姐告诉我说她已经跟你分手了，今天让我给她安排一个。"

尹姚看了眼闵颖，她正在认真评判剩下的四个帅哥，于是跟汤鸣说道："这个随你闵姐了。"

闵颖也不遑多让，挑了一个帅哥，其他人散去。正当这个帅哥想要到闵颖旁边坐下时，尹姚赶紧冲了过去，拦住帅哥，说道："帅哥，不好意思，今天这个美女我陪就行了。"

帅哥有些尴尬，汤鸣过来把帅哥拉走。灯光暗下，歌声响起，闵颖一把抱住了尹姚，依偎在怀里。闵颖有些委屈，说道："你知道嘛，这几年，我每天都会想你。"

尹姚郑重其事地说道："我现在还是不敢相信那些事情是你做的，我多想你告诉我你是被迫承认的。"

蜡烛点上，吹灭，切蛋糕，开了两瓶洋酒，干杯，大家庆祝起汤鸣的生日。汤鸣这小子也28了，成天除了工作就想着玩，也不想想该找个女朋友。看看他两个女同学，跟旁边的帅哥搂搂抱抱，喝喝唱唱，真是90后的思想和80后差了一个世纪。汤鸣晚饭喝了白的，又和女同学喝了几杯红的，现在几杯洋酒下肚，本来酒量就一般，直接像风中的树苗，东倒西歪的，要去上洗手间，作陪的女朋友赶紧陪着一起去。包间的洗手间里面有人，门迟迟不开，汤鸣憋不住了，去外边的吧。

洗手间出来，走道里一个黄毛小伙在抽烟，汤鸣不小心踩了人家一脚，被骂骂咧咧推了一把。这下汤鸣不乐意了，酒壮怂人胆，猛地一个飞踹，黄毛小伙捂着肚子躺在地上哇哇叫。汤鸣对着地上骂了两句，大摇大摆地回包间继续唱歌。

暴躁的迪斯科舞曲，昏暗闪烁的灯光，厅中央群魔乱舞。闵颖依偎着尹姚，紧拽着十指，看着这些二十几岁的年轻人释放着荷尔蒙。

蒋伟的电话一个接着一个，微信也来了好几个。闵颖昨晚也没回家，今天这么晚了，不知道什么时候回，蒋伟有些心烦意乱，让女儿婷婷发了个语音过来，说想妈妈了，让妈妈早点回。

闵颖在包间内的洗手间回了句："妈妈很爱你，妈妈一会儿就回家了，你早点睡觉。"

罗军勇被上午那一挽手、一靠头，整得心情好了一天，心里美滋滋，思前想去，晚上发了个消息："要不你和蒋伟离婚，我们结婚吧。"闵颖一直没有回复，罗军勇忍不住打了个电话，闵颖此时正在洗手间回完婷婷的语音，电话就来了。

"颖颖，你在哪呢？"罗军勇问道，声音那是温柔得像是刻意排练过的。

"你不用管我在哪，有什么事吗？"闵颖说道。

"刚才发你的消息看到了吗？"

"什么消息？"

"和蒋伟离婚，嫁给我吧。"罗军勇说道，电话那头迟迟没有回音，继续补充道，"颖颖，嫁给我吧，昨天你住的那套房子，我新买的，加你的名字。还有，我现在卡上还有四百多万的存款，以后全你管。嫁给我好吗？"

闵颖沉默了。一个是再三欺骗自己的老公蒋伟，一个是永远无法给自己明确答案的尹姚，罗军勇或许真的爱自己，不然不会将房子和存款交给自己。闵颖说道："罗军勇，你之前联合莫莉欺骗了我，你还想让我和你在一起？"

"那个备件跟我有什么关系？都是莫莉搞的，我只是按照VA要求，提供了一些数据支持，做个顺水人情罢了，我不提供，他们工程部长陶金陵也会给!"罗军勇委屈道。

"好的,这个事情我就不纠结了。我在铭程发生的很多事情,你应该都听说了吧。今天上午,我跟尹姚承认的模拟机的事情,泄露报价的事情,还有邮件的事情,都不是我干的!"闵颖突然有些歇斯底里,"罗军勇,我离开铭程了,这些事情我再也没办法搞清楚了,你帮我调查清楚,还我清白,我就同意和你在一起!"说完,把电话挂了。

打开洗手间门,尹姚已经在门口等着了,问怎么那么久,发生了什么。闵颖抱住了尹姚,外面比较吵,一手将尹姚拉进了洗手间,锁上。闵颖说道:"尹姚,最近半年来发生的事情,你不觉得很奇怪吗?"

尹姚若有所思。

闵颖继续说道:"大概我今天喝多了,也想多了。从莫名其妙的融资被拒,到被人跟踪偷拍,照片被传播,项目反复折腾被阴,罗军勇又跳槽铭程,你不觉得奇怪吗?"闵颖整了下思绪,"我今天承认的所有事情,其实都不是我干的,我是冤枉的。"

"我也不相信。但现在,这些都不重要了。"尹姚说完,将闵颖紧紧搂住。

突然外边的喧嚣声戛然而止,尹姚和闵颖出洗手间看看。包间内灯亮了起来,一个脑袋锃亮的壮汉,紧身短袖,露出龙虎的花臂,后面跟着五个奇装异服的小伙,大都有文身,都叼着烟,一看就是混混。光头壮汉一只脚踩在茶几上,大声宣布道:"我来这里有些恩怨要解决,不相干的人赶快撤,待会误伤无辜就别怪我了!"

大家有些躁动,见没人动身,光头壮汉不知从哪里拿出一根棒球棍,在茶几上敲了两下,又说道:"我龙三在这里大家都不认识,是哇?"说完一棒子向一对"小两口"挥下去,还好半空收住了,汤鸣的女性朋友吓得尖叫起来,旁边的帅哥赶紧拉着说:"走吧,这个三哥不好惹。"

大家都往外逃,汤鸣也不明所以,想往外溜,被龙三从背后抓住头发往地上一甩,狠狠道:"你个兔崽子往哪里跑?"说完,一脚踹向地上的汤鸣。汤鸣本就喝多了,吐得一地都是,痛得捂着肚子蜷缩成一团。

尹姚在旁边算是看明白了,是来找汤鸣麻烦的,今天是他生日,又是自己的小兄弟,怎能这么窝囊被人欺负了。让闵颖赶快走,尹姚赶紧跑过去扶汤鸣到沙发上,问怎么样。汤鸣不停在呻吟,一吐,全上头了,捂着肚子疼痛难耐。

尹姚看看周围,汤鸣的狐朋狗友经不起惊吓,树倒猢狲散,全走完了,只剩下汤鸣和自己,还有闵颖在后面拨电话,估计想报警,没等拨通,手机就被一个混混抢了,顺便把门也关上了。闵颖想夺回,被混混就是一个巴掌,揪着头发,拉到尹姚这边,摔到了沙发上。

这下尹姚火了,这帮子畜生竟然连女人都敢欺负,何况是自己心爱的女人。瞬时,平时的冷静荡然无存,自己在这一带不管黑白,怕过谁!也不管他人多势众,立马站起身,一脚飞踹向拽闵颖头发的混混,骂道:"你们他妈的想怎么样?想找事也不看看是谁!"

这时,龙三的棒球棍猛地挥向尹姚。尹姚下意识地用左手挡了一下,酒喝多了,也没觉得疼,一个俯身下蹲,迅速起身朝龙三的裤裆猛地踹了一脚,踢得龙三后退了好几步,倒在沙发上一时动弹不得。说时迟那时快,出脚那一刻,尹姚将龙三的棒球棍一把夺了过来,看看身边,汤鸣蜷缩着还缓不过来,闵颖惊恐的眼神,忍不住的泪,躲在沙发角上。现在找人帮忙也没机会了,只好拿着棒球棍和剩余五个混混对峙,想着现在能救自己的也就只有自己或者警察了,KTV的保安永远都会迟到一步。

那个被尹姚踹了一脚的混混第一时间就冲了上来,像个敢死队,任凭尹姚的棒球棍怎么挥,也不闪躲,把尹姚抱摔在沙发上,几个人一下冲上来对尹姚一阵拳打脚踢,尹姚双手抱头,全身蜷缩,只有这样才能保护自己了。不知道谁把包间的音响又开得很大,闵颖喊着救命想往外逃,被一把拉住,捂着嘴,扔到沙发上,"你敢喊就打死你!"

第 18 章 最后一天　　181

这时，对尹姚的拳打脚踢突然停了，尹姚想反击，全身已经不听使唤。龙三忍着疼痛，龇牙咧嘴地从茶几上拿起一个洋酒瓶，朝尹姚走来，抬起臂膀，将瓶子狠狠朝尹姚砸去。

突然，一旁的闵颖猛地朝尹姚扑了过去，紧紧从背后抱住了尹姚，洋酒瓶不偏不倚，正中闵颖的后脑勺。尹姚转过头，身后的闵颖已经不能动弹，后脑勺的血汩汩流出，白色的衬衫，背部已经染得通红。

汤鸣似乎突然醒了过来，声嘶力竭地哭喊着："死人了！死人了！"

龙三他们突然也觉得有些不对劲，朝身边几个混混看了几眼，抓起棒球棍，一溜烟地跑得无影无踪。

第 19 章　没你的日子

尹姚最怕的是小虫子，蜈蚣蟑螂老鼠等都怕，这些闵颖都不怕，小时候都见得多了，她最怕的是高，恐高。情人或者伙伴之间最好的互补就是帮助对方克服心理恐惧。那年在大连，上午开完会，下午去星海公园逛一圈，看到号称世界最高的海上蹦极平台，尹姚提议去试一下吧。他知道闵颖恐高，连高楼上往下看都会晕眩。闵颖听到提议腿就软了，被尹姚连拉带拽拎上了高空平台。闵颖一直闭着眼睛，装备完毕，工作人员将两人双脚绑好，说道："你们小情侣靠那么远干什么？掉下去的时候小心像碰碰球！给我抱住！"

海风有些大，闵颖蹲在地上，双腿站不起来，哭喊着："我不要跳，师傅，我给你 1000 元，不跳了！"

尹姚也怕得哆嗦，只是不能表现出来，一把抱起闵颖，紧紧抱住，说道："抱紧我，前面是万丈深渊，我也陪你一起跳。不要怕，我一直在你身边！"说完，纵身一跃，天海之际回荡着惨叫声。

斗转星移。尹姚走到公主亭，从丈人手中接过美丽的新娘，穿过廊道，接受身边的祝福。看看身边的闵颖，如此端庄美丽，满溢着幸福的微笑。此时，舞台旁边怎么突兀着一块大镜子，朝镜子看去，尹姚顿时脸色煞白，怎么镜子里的人长得和自己完全不像！是谁？怎么是蒋伟！旁边的婚纱怎么成了红色？看看闵颖，满脸是血！

尹姚是被吓醒的，回想着刚才的半真半假。看看周围，自己怎么在病床上。旁边是吴琳琳，正在给自己削苹果，关切地问："你醒了啊。"

尹姚想起身，全身还是疼痛难忍，看看自己的左手，被打了石膏，肯定是昨晚接龙三那一棍伤到了。吴琳琳责备道："让你少喝酒，喝酒容易出事。都给你检查过了，还好没大事，就左手有些骨裂，一些轻微脑震荡，还有就是全身多处软组织挫伤。你昨晚吓死我了，知不知道？"

"闵颖怎么样了？"尹姚问道。看吴琳琳不太想回答，尹姚不知道哪来的力量，竟然起身下床，想去找。

吴琳琳无奈道："她还在ICU，伤得比较严重。"

这下尹姚也不顾吴琳琳的阻拦，颈部挂着打着石膏的左臂，冲出了病房。不知道ICU在哪，赶紧问医生，到了ICU病房，被医生拦住没让进，问闵颖怎么样了，医生赶时间，没有回答快步走开了。尹姚朝旁边的家属陪护区看去，一双眼睛闪烁着憎恨，正盯着自己。尹姚眼泪都流出来了，赶忙跑过去，焦急地问蒋伟："闵颖怎么样了？"

蒋伟正想将拳挥向尹姚，被旁边一个老人呵止了，应该是蒋伟的妈妈。婷婷哭红着眼走了过来，拿自己的小脚拼命朝尹姚的脚上踢，哭喊着："你是坏蛋，是你害妈妈住院的，你是坏蛋！还我妈妈！"边踢边哭，哭得让人心碎。

尹姚没有闪躲，一点都不觉得疼，不利索地蹲下来，看着婷婷，跟她妈妈一样，美人胚子，水汪汪的大眼睛，受尽了委屈，说道："你妈妈不会有事的，我保证。"

"你是个骗子！"婷婷说完，拿小手狠狠在尹姚脸上挥了一巴掌。婷婷哭声太大，怕影响陪护区其他人的休息，奶奶赶忙过来将婷婷往外抱，哭闹声好久才渐渐散去。

蒋伟看尹姚鼻青脸肿，左手还打着石膏，朝上下铺的床上看了眼。尹姚望去，汤鸣正睡得死死的，脸肿得像充气的河豚，张着嘴，打着轻鼾，跟河豚的区别是两颗门牙不知所踪。

找了个座位坐下，蒋伟说道："昨晚救护车把你们送到医院，汤鸣一直陪在这边，不知道你是喝醉了，还是被打傻了，已经不省人事了。医生说闵颖颅骨骨折，脑出血，做了6个小时的手术，现在还在危险期，需要留在 ICU 观察。"

"我能进去看看吗？"尹姚焦急道。

"你当 ICU 是你想进去就能进去的吗？现在是中午，下午才能进去一会儿，而且我也不允许你进去探视！"蒋伟的口气开始变重。

"到时让我进去看看吧！"尹姚乞求道。

"不行！"蒋伟忍住怒气，"闵颖是我老婆，我希望你现在就离开，趁我还不想动手前。"

尹姚没挪脚，蒋伟怒火快要包不住："你给我滚，如果闵颖有什么三长两短，我绝对饶不了你！"

尹姚还是没动，希望蒋伟再将自己揍一顿，来补偿自己对闵颖的愧疚，或者将自己打晕了，幻想醒来后眼前的一切不是真的。昨晚，要不是闵颖舍身挡着那一瓶，很可能现在躺在 ICU 的就是自己。

当蒋伟正想伸手揍尹姚时，陆中华进来了，说道："尹姚，就知道你在这，酒醒了没？"

蒋伟通红着双眼，说道："陆所长，能将你朋友带走吗？我不想看到他。"

陆中华点了点头，说："放心，我一会儿就带走他。"看了看尹姚，"昨晚行凶的几个混混，四个已经抓到了，正关着审问。那个叫龙三的和一个他的小弟逃了，目前还没有归案，我们正在全力抓捕。现在到处都是监控系统，相信不久就能抓到，你们放心吧。"

"我想知道为什么龙三他们来找麻烦？"尹姚问道。

陆中华看了看躺在床上的汤鸣，叹口气道："我们调取了昨晚上KTV 的视频，这个小伙大概酒喝多了，在过道踩到了人家，还把人家踹翻了，人家就纠集了一帮人来寻仇。"

尹姚被陆中华拉着回到自己的病房，陆中华带来的警员做了个笔录。医生让再观察两天，尹姚也应允了，说不定能找机会探视下闵颖。

尹姚打发走了吴琳琳，说自己没事，让她回家照顾儿子东东去。尹

第 19 章　没你的日子

姚下午又睡了一觉，快五点了，小张才姗姗来迟，眼睛还红红的，抽泣道："尹总，我去看过闵姐了，ICU不能进，只能在护士站通过探视系统瞅一眼。闵姐全身插满了管子，目前只能靠呼吸机维持，今天做了六个小时的手术，医生说还没脱离生命危险，如果颅内继续出血的话，不排除要二次手术的可能。"

"医生还说什么了吗？"尹姚紧张得心都快跳出来了。

"医生说目前只能观察，情况不容乐观。"小张继续说道，"我过去遇到罗军勇了，他应该是带了一笔钱去看望了。"

小张走后没多久，吴琳琳送来晚饭。尹姚吃完，就让吴琳琳早点回家辅导东东功课，反正自己明天就可以出院了。尹姚穿过花园来到ICU病区找护士。护士问是陈医生同学？尹姚点了点头，然后走到旁边的小房间，小房间墙壁上挂着几个监控屏，尹姚看到闵颖正昏迷着，头发已经被剃光，人一动不动，呼吸罩几乎快遮住整张精致又煞白的小脸。

尹姚眼泪不自觉地流下，拽紧拳头，暗自决心这个仇不报自己就不姓尹。发了个消息给陆中华，让找找关系，一定帮忙找到龙三。走到家属休息区，尹姚看蒋伟已经不在，里面有个熟悉的身影，像是闵颖，但怎么可能。当转头那一刹那，尹姚似乎认定就是闵颖，热血和热情都快涌上来，但完全转过身后，才发现不是，闵颖没那么老，也没有那么胖。失望开始蔓延，转身想离开，万一蒋伟回来又难免冲突。

"尹姚！"

不知道被谁叫了一声，尹姚回过神，这个女人走了出来，把自己拉到外面走廊。女人说道："你是尹姚吧？"

尹姚有些迷茫，眼前这个女人自己完全不认识："你是——"

女人什么也没说，就是劈头盖脸狠狠给了尹姚一个耳光，没等尹姚的怒火反应过来，女人说道："我是闵颖的姐姐闵娜。"

闵娜早上得知闵颖出事，赶紧向公司里请了假，从长沙飞到了上海，赶到医院已经下午了。蒋伟守了一整天，还有婷婷要照顾，闵娜来换班，让蒋伟带婷婷先回家，明天再来换班。

闵娜和尹姚坐到了楼梯口，尹姚解释着昨天发生的事情。闵娜说道："我已经听说了。"

尹姚含着泪，说道："姐，对不起，是我没保护好闵颖，我真希望你现在好好揍我一顿。"

"揍你？如果能唤醒我妹妹，打死你，我都愿意！"闵娜说道，"还记着刚才挥你一巴掌，不服气？"

尹姚赶紧说没有。

闵娜叹了口气，说："看来你根本就不明白我为什么要给你一巴掌！"

蒋伟带婷婷在外面一起吃了晚饭，回到小区取了份快递，进门往桌上一放，拆都懒得拆。婷婷动画片也不要看，还是不停地哭，问道："爸爸，妈妈什么时候才能醒过来？什么时候才能回家呀？"说完，哭得更厉害了。

蒋伟一把将婷婷抱在怀里，眼泪也唰地落了下来，赶紧背着婷婷用手擦干眼泪，只有坚强的爸爸才能保护自己前世的小情人，说道："婷婷乖，不哭。妈妈在医院住几天就能回家了，到时候我们全家又能快快乐乐在一起了。"

"不要不要，我要去医院陪妈妈！"婷婷哭喊道。

"我们今天睡一觉，明天再去医院陪妈妈，好不好？"说完，蒋伟替婷婷擦干眼泪。

婷婷在蒋伟的肩膀上趴着，感觉好温暖，问道："爸爸，你不会离开我，对吗？"

蒋伟笑了笑："小傻瓜，爸爸怎么会离开你呢，爸爸至少要陪到将来你也成了妈妈以后。"

第 19 章　没你的日子

弄完婷婷睡觉，已经不早了。蒋伟才想起快递的事情，快递里是一份文档，打开一看，瞬时瘫倒在沙发上，感觉全身不能动弹，无法呼吸，好久才缓过来。给自己倒了杯白酒，一口喝完，感觉胸口火辣辣的。跑到阳台抽了两根烟，似乎也无法将心情平复。

蒋伟拿了车钥匙，刚想出去，回过头去婷婷房间看看小家伙睡得正安稳，才放心出门。到楼下启动车，还没开出车位，就把旁边的车给擦了，还好不严重，没有响彻深夜的报警声。这才想起自己喝酒了，不能开车，算是老天给自己一个善意的提醒。

打车到医院，直奔ICU休息区，闵娜和尹姚正坐着，惊诧地看着蒋伟的到来。蒋伟和闵娜打了个招呼，对尹姚冷冷道："我就知道你会在这里，跟我出去谈谈吧。"

走到楼梯间，往下走了两层，蒋伟转身就给尹姚肚子上狠狠一拳，痛得尹姚一屁股瘫坐在地上。这两天挨的揍比过去二十年都多，尹姚有气无力地说："蒋伟，你干什么？"

蒋伟也蹲到了地上，双手抱头，开始号啕大哭。在这ICU病区，每天经历的生离死别实在太多，有多少生离死别就有多少哭天喊地。该伤心也伤心过了，现在是大家期待闵颖能够好起来的时候，是什么能让一个大男人突然之间如此悲痛。

蒋伟将一份纸扔了过去，尹姚赶紧拿起看，标题是《亲子鉴定报告》，后面一堆不太懂的参数标准和数据，到第二页末尾，一排红章大字，写着：确认无血缘关系。

尹姚摸不清头脑："蒋伟，这是怎么回事？"

蒋伟哽咽得说不出话，抽根烟缓缓，吞吞吐吐说出："婷婷不是我亲生女儿！"

"怎么可能？"尹姚惊诧道。

"怎么可能？"蒋伟一阵苦笑，"两三个礼拜前，我收到一个短信，建议我去查查婷婷是否自己亲生。关于这点我从来不会怀疑，但是最近发生的事情太多,那天下班早,我就顺便带婷婷去查了一下,后来也没当回事,一忙就忘记了。今天晚上回家,我就收到了这个!"

"亲子鉴定不一定准的。婷婷就是你女儿,怎么可能不是?"尹姚有些惊慌,"如果不是,可能是谁的呢?"

"谁的?"蒋伟憋着怒气,"谁的?就是你的!尹姚,肯定是你的!"

"不可能!"尹姚喊道。自从闵颖和蒋伟结婚后,尹姚那一年,压根就没碰过闵颖,这点他记得清清楚楚。

蒋伟站起身,朝尹姚冲了过去,狠狠一拳砸在尹姚脸上,歇斯底里道:"你还不承认!我都观察过了,婷婷的两颗老虎牙,跟你一模一样,下面的牙齿,跟你朝一个方向歪,我和闵颖都不是这样的牙齿!还有眼睛,都跟你一样,你还不承认!你他妈的要骗我多少年!"说完,左拳右拳拼命朝尹姚的脸上砸,尹姚满脸是血,毫无招架之力。

这时,闵娜不知从哪里冒出来,冲上去拦住蒋伟,哭喊着:"别打了,别打了!要打死人了!"

蒋伟怒气未停,甩开闵娜,说:"姐,不关你的事,你走开!"

闵娜跪倒地上,哭着说:"蒋伟,是姐不好,怪姐姐当初不好,没能拦着自己的妹妹。求你别打了!"

尹姚已经被揍得昏昏沉沉,有气无力道:"闵姐,你是什么意思?"

蒋伟先回去了,也不管他是回家还是去什么地方释放。尹姚让他回家冷静下,好好想想下一步要怎么样,也让自己好好捋捋思路。

闵娜带尹姚去门诊清理了下脸上的伤口,然后到医院门口吃碗面,闵娜晚饭还没来得及吃。尹姚看着闵娜吃着面,恍惚间想起了自己和闵颖吃面时她那种欢天喜地的场面,闵颖说:"吃什么无所谓,关键是跟谁吃。"说完,将自己碗里的一整个鸡蛋塞进了尹姚的嘴里。

尹姚问道:"姐,你说的是真的吗?"

"是真的。我和闵颖是亲姐妹,我们无话不谈。那年国庆她回老家

第 19 章 没你的日子 189

了,我劝了闵颖好几天,她就是不肯把孩子打掉,还傻傻地说你迟早会回到她身边的。你说我这个妹妹傻吗?说傻也不傻,她读书时候一直是班长,一直是年级前三,谁都夸她聪明又漂亮。说她聪明吧,大概爱情真叫人傻傻地往悬崖跳。"说完,闵娜叹了口气。

回到医院休息区,闵娜说道:"你也回病房休息吧。这两天发生了太多事情了,我知道你也很茫然,一会我发个博客地址给你,有空看看吧。"

加了闵娜微信,地址一会就发过来了,尹姚躺在病床上,点开,手机显示的博主叫"爱箭穿过心",头像照片就是闵颖,尹姚想起来,还是很多年前在三亚,自己给闵颖拍的,那时候闵颖穿着性感的白色吊带衫和短裙,满脸都洋溢着快乐和阳光,像朵花,双手比划着一个心形。

博客写了不少,尹姚往前翻,看到"老妖"两个字,会心一笑,那是闵颖过去对自己私下的专称。

2013年9月17日

老妖啊老妖,你永远是那么扭扭捏捏,摇摆不定,就像你说吃什么,选择太多,就得了选择综合征,哎,视线中的饭店最好只有一家,不用挑。你说做公司,可以算作让子弹飞一会,但对于感情,子弹只能是一个方向。我们一起努力,力往一处使,拿下了VA的第一个项目。我以为,我能成为你的贤内助,但爱情和婚姻永远都不是灰姑娘的故事,我拿不出那200万,可能我也买不起这段爱情。

今天吴琳琳找我谈了,铭程拿了VA的项目,以及还需要运营的投资,最少600多万,老妖你要投200万。我知道你们家也不富裕,不像吴琳琳家那么财大气粗。你跟我说过,你和吴琳琳结婚登记了,虽然没办婚礼,但这一直是我的心结,我凭什么要做个小三?可每当我看到你胸口的那个刀疤,我就原谅你了,虽然你就是个人渣,我就是第三者。我天真地认为，你迟迟不办婚礼是因为我，你没说，我却愿意这样傻傻地认为。

　　吴琳琳她来真的了，你需要继续投入200万，铭程就有希望，心血将来才有回报，她说谁无法支持你200万，谁就退出吧，并且拿出了那份结婚登记书放在桌上，真是亮瞎了我的眼睛。我爸妈从小供我和姐姐读书，已经很辛苦。姐姐为了我读书，自己退了学，她成绩也很好哦。我哪里去找200万这个天文数字？我还是退出吧，我只是从农村出来的小村姑，天真烂漫更是无辜，我学不来你们上海大都市的深深套路。

　　老妖，为了你的事业，加油！那200万我是不能支持了，但我还是可以在你身边支持你。

　　我也要让你吃个醋，你不知道吧，蒋伟这个小伙很不错，我才发现最近几天桌上的巧克力全是他放的，人也挺帅，比你帅哦。

2013年9月28日

　　今天我和蒋伟约会了。我说晚上姐姐来，我是骗你的。

　　老妖，你真是个人渣，我月经一向很准，这次推迟了，验孕棒竟然是两条红线。偶的天！和蒋伟吃完饭，他送我回家的，没让上楼，放心吧。但我觉得自己跟你一样，也是人渣，竟然图谋着让蒋伟做接盘侠。都怪你，全怪你，非说套套不舒服，又没那把控力。当时我也嗨得忘了，哎。

　　既然我答应吴琳琳和你划清界限，我也无法给你经济支持，那就走下去吧，顺其自然，天谴也无怨。

2013年10月3日

　　今天睡了个懒觉，回家的感觉真好，好山好水好悠闲，还有个好姐姐，瞒不住她的唠叨姐姐。

谁说怀着孕就不能和其他人谈恋爱？经过这段时间，我发现蒋伟真的很不错，他很努力，有上进心，对人生有规划，对我拼命追啊追。老妖啊老妖，追你好辛苦，我也要享受下被追的快感。

老妖，前几天跟你好好吵了个架，好爽。让你给我买个 iphone，你买了；让你给我买个 LV，你买了；让你买辆 Mini，还好你没有傻傻地给我买，我知道你没钱，我也不想要，我只想让你觉得我是个物质的女人，为离开你做好铺垫。女人啊女人，也许真是图不到人，只能图物质，物质也没有，那就顺其自然地分手。

我宁愿天真地认为，也许真爱不会介意对方肚子里的孩子是谁的。姐姐一定要我去打掉，但我真舍不得啊，我就算作单亲妈妈，也要生下来。老妖，你不会知道我有多爱你，而你却在花丛中不明所以。

2014 年 2 月 14 日

今天又是元宵节，又是情人节，明天我就将挺着大肚子和蒋伟结婚了。一怀孕，我就和蒋伟在一起了！我突然觉得罪孽深重，一度让我无法呼吸，有点害怕明天的到来。闵娜劝我当初为什么不听她的，现在事已至此，已经无法回头。蒋伟年底也从铭程离职了，应该走的人是我，但我没有，只能蒋伟离开。我幻想着明天如果你来抢婚，我一定跟你走，走到天涯海角，但这只是奢望，你的儿子才出生，我的宝宝将出生。

第 20 章 再见铭程

尹姚一早去看看闵娜，还在睡觉。找小护士，不允许探视闵颖，只好办理了出院，回家洗个澡换个衣服，去了公司，蒋伟约了自己说是要来铭程谈谈。

蒋伟走进办公室，眼睛还是肿的，也平静了很多，说道："我一晚没睡，想了很多，闵颖已经在病床，不知道何时才能醒来，我也不能怪她了，你们整整欺骗了我 6 年！等闵颖醒过来，我就会和她离婚，成全你们，现在的问题是，尹姚，你该怎么补偿我！"

都是自己惹出来的事情，尹姚也想过补偿，说道："对不起，蒋伟，我也不知道会这样。要怎么补偿，你说吧。"

"300 万！"

尹姚吓了一跳："我哪有那么多钱！"

"我被你骗成这样，现在老婆也失去了，女儿也失去了，我现在什么都没有了，我保证我发起疯来，什么都做得出来，尹姚，你到时候不要后悔就行了！"

尹姚倒了杯水递过去，说道："我尹姚不喜欢欠别人的，这件事，是我对不住你，再商量一下吧。"

又谈了半小时，蒋伟终于松口，说道："行吧，你一周内给我 200 万，等闵颖醒了之后，我会跟她离婚，到时候房子等财产一人一半。但今天开始，闵颖跟我再也无关，我不会再去医院。"

尹姚疲惫地点了点头："这件事，等过一段，找个合适的时间再告诉婷婷吧，也请帮我照顾婷婷一段时间。"

尹姚昨晚也一晚没睡，一直在思考，急着今天回到公司，已经不想再那么犹豫不定。

蔡凌云在办公室，见到尹姚，关切地问闵颖怎么样了。尹姚将退股协议桌上一放，说："蔡总，我也考虑很久了，就按照之前的约定吧，我把股权都卖给你。"

蔡凌云一阵惊讶："我以为你都是说说的，你确定要这么做吗？"

尹姚点了点头，说："铭程还是很有希望的，希望能在你的带领下越来越好。我现在已经帮不上铭程太多了，业务方面有罗军勇，我已经不是那么重要了。"

蔡凌云又劝了几句，让尹姚再想想，至少稍微留一部分股份。尹姚已经想了一晚上了，之前也一直在考虑，不控股，也没有话语权，象征性留一些，只会绑着自己，没有意义。这次，真地是到了该离开的时候了，留给自己的还有一大堆事情要处理，铭程这个坑，自己也没有几百万填进去。当签字的时候，尹姚的泪水掉在了协议上。这个公司，自己曾经从办营业执照开始，租了个小房子，招第一个人，拿第一个项目，慢慢做到销售额上亿，花了多少汗水和心血，现在必须说再见了。也许不是再见，蔡凌云说可以继续在这里上班，但是，这个公司已经不再属于自己了，那些冠冕堂皇的话只是桌面上听听的。

尹姚哽咽道："蔡总，请遵守诺言，一周内先把500万给我，剩余的250万，请在股权转让手续办完后给我，没问题吧？"

蔡凌云点了点头，伸出手和尹姚握了下，说道："小姚，股权可以转让，我劝你不用离开，铭程永远都有你的位置，大门永远敞开。"

尹姚微笑着点点头。

在公司吃完中饭，尹姚开始整理自己的办公室，没人知道自己要走，也不需要人来送。曾经和自己一起打江山的铭程老人们，各种各样的原因，也都走得差不多了。一朝天子一朝臣，蔡凌云逐渐替换上自己的人，也无可厚非，都是这么玩的，怪不得谁，只怪自己实力不够，也太单纯，不懂得深深世故。

汤鸣敲门进来,见尹姚在整理,忙问道:"尹总,你要走了吗?"

尹姚笑笑,点了点头,说:"我这不该给罗军勇腾办公室嘛。"

汤鸣泪水唰唰,给自己挥了一巴掌,自责道:"尹总,都是我不好,害闵姐这样,如果你要走了,我该怎么办啊!"

尹姚拍了拍汤鸣的肩膀:"汤鸣,我还不一定走呢,只是这段时间,可能不来上班了,跟着罗总多学学,加油!"

尹姚翻出厚厚的一摞工作笔记,打算全都带回去烧了。翻出了一张VA的出入证,上面有自己的照片,那时的自己好年轻好英俊,现在照照镜子,这几年苍老了好多。闵颖的出入证也在,那张曾经笑得甜美的脸庞,尹姚看得出神,初闻不知曲中意,再听已是曲中人。

下午去医院,视频里闵颖还是老样子,闵娜继续守着。回家路上,马路上开始有树叶,12月的上海,秋风瑟瑟,尹姚不自觉地将车窗摇高点。答应了吴琳琳回家吃饭的,也正好有事要说。

吃完饭,吴琳琳陪儿子做作业,尹姚胸口有些闷,从来不在家里喝酒的,也主动给自己倒了点。东东已经睡了,吴琳琳到客厅看看,尹姚还没喝完。尹姚问吴琳琳要不要也喝点。

吴琳琳磨蹭了一下,说:"我不太会喝,那就陪你喝点吧。我知道你这两天心情不好,如果不是闵颖,说不定现在躺在医院的就是你了。"

"是啊。"尹姚回应道,"琳琳,有几件事我要告诉你。"

吴琳琳喝了一口,辣到了,还是淡淡地说:"你说吧。"

尹姚已经想了很久了,沉默了会,还是鼓足勇气道:"琳琳,今天我签了退股协议,我已经退出铭程了。"

吴琳琳惊讶了下,但是很快也恢复淡定,说:"早知道你在铭程做得不开心了,退出就退出吧。"

"嗯,"尹姚吞吞吐吐道,"还有,闵颖的女儿婷婷,应该不是蒋伟的,是我的。"

"什么？"这下吴琳琳差点惊掉了下巴，"你说婷婷是你的女儿，不是蒋伟的？"

尹姚肯定地点了点头。今天尹姚又翻了以前的工作笔记，对照着婷婷的出生日期，回想起过去和闵颖的博客，和闵娜说的基本吻合。

吴琳琳一把将杯中的白酒洒到尹姚脸上，怒道："你怎么能这样！"

"对不起。"尹姚低着头，"琳琳，都是我的错，当初蒋伟和闵颖结婚的时候，怀的是我的女儿。只是闵颖一直瞒着，这次才知道。"

吴琳琳的泪水唰地落下："尹姚啊尹姚，你怎么能那样对我！"说完，猛地喝完了杯中洒剩的白酒，全身发烫，还要继续倒。

尹姚也没有阻止，鼓足勇气说道："琳琳，我们离婚吧。我净身出户，这房子归你，你爸的200万，我会还给他。"

吴琳琳激动道："你要跟我离婚？就为了那个躺在ICU不知死活的女人？"说完，筷子往地上一摔，哭喊着冲向卧室。

尹姚也不知道今天怎么有那么大的勇气会为了闵颖而勇于提出离婚。不管闵颖今后如何，也许，该在正确的时候做出正确的选择了，这是真情，也是正义。尹姚也不自觉地泪流满面。

客厅收拾完，到卧室看看吴琳琳，吴琳琳已经躺在床上睡着了，肿着双眼，全是泪斑。尹姚将拖鞋脱下，将吴琳琳扶到床中央，盖上被子。然后去东东的房间，看东东睡得很香，摸摸头发，微微笑了笑，低声说："东东，爸爸对不起你。以后要多听妈妈的话。"说完，泪水又不自觉掉了下来。

收拾完自己的衣物，尹姚累得不行，小房间睡下了。迷迷糊糊中电话响了，是闵娜，电话那头焦急的声音："尹姚，闵颖颅内又出血了，需要二次手术，我签了病危通知书，现在要交押金，我没有那么多钱，怎么办？"

尹姚安慰了几句，让闵娜不要担心，拿上行李箱，飞奔去医院。交了 10 万的押金，赶到手术室，闵娜一个人等在手术室外，急得眼泪一直在流，尹姚安慰几句说闵颖肯定没事的。闵娜哭着说："我就怕再也见不到活蹦乱跳的妹妹了。"

闵颖被抬出手术室，已经是三个小时之后了。听到医生说手术成功，尹姚才松了口气，只是医生仍然表示不知道何时能苏醒，不排除将来成为植物人的可能。闵颖被送回了 ICU 病房，尹姚让闵娜睡会儿，自己也坐着打起了瞌睡。

早上，吴琳琳发了一条消息，说："我不要离婚，我要等你回家。"尹姚没回。快中午的时候，财务高姐打电话来说股权转让手续都准备好了，下午到工商局碰面，还需要签一些字、办一些手续。

罗军勇西装笔挺，拿着咖啡，站着望向窗外。搬进了尹姚这个敞亮的办公室，太阳从南边照射进来，格外明亮温暖。吃完饭，和蔡凌云一起开车去 SC，见到肖斌，大家都荣光满面地握手。

铭程和 SC 的签约仪式在一个大会议室里，毕竟是一个多亿的合同。蔡凌云和肖斌签完合同，合影留念，大家鼓起掌来。

回去路上，罗军勇自豪道："这个合同签下，咱铭程的销售额比去年又增长了不少！"

蔡凌云大笑道："老罗，这次你立功了，能说服 JR 的项目让铭程来代理销售给 SC。"

"这也不是什么难事。JR 一样是卖，通过铭程转一手，再配上咱的自动化，对于 JR 又省心又没少赚钱。SC 公司是国资背景，又是上市公司，一个亿的项目，多花个 10%，根本就无所谓。"罗军勇说道。

"CP 那边谈怎么样了？"蔡凌云问道。

"差不多了吧，我没找莫莉，这女人做不了主。我直接找她顶头上司杰森谈的，杰森原则上表示同意。回头我再确认下。"罗军勇胸有成竹说道。

莫莉拿下 VA 的项目，忙得一团糟，进度全都拖延了。VA 的交货期那么紧张，自己部门人手有限，好多新人，效率不行，很多事情还没安排妥当。关键是人事部又裁了三个人，强人迟迟招不进来。老李有些心慌，说道："莫总，这么下去，这个项目有问题啊，根本赶不上进度，还裁了三个人。"

莫莉没吭声。

老李继续说："这几天我已经被人事找了两次了，说考勤的问题。莫总，你说我每天都加班到晚上 11 点，早上晚到一点儿，人事就叽叽呱呱找规章制度，是不是连我也要开了！"

莫莉安慰了老李几句，让他继续加把劲，其他事情她会协调。

莫莉穿过大楼，找到总裁杰森。杰森前段时间从三亚回美国，刚刚从美国正式调往中国任 CP 中国区总裁。CP 中国区今年的业务状况总体一般，公司内部问题不少，需要杰森来主持大局。莫莉汇报了下目前 VA 项目的情况，抱怨了下目前人手紧张，进度可能跟不上。

杰森想了想，说："莫莉，抱歉。可能我刚上任，要主管所有的业务，有些事情还没来得及跟你说。你们自动化公司的裁人，是我同意的。"

莫莉惊讶道："这个 VA 的项目，是我们 CP 年度的战略项目，目前可能会出问题，怎么办？"

杰森淡定回答道："这个你不用担心，我今天刚和铭程公司商量好，我计划将这个项目部分外包给铭程，那我们就来得及了。"

"什么？"莫莉错愕道，"这怎么可以？"

"没有什么不可以。商场没有永远的朋友，也没有永远的敌人，铭程几年内将不是 VA 的供应商，我们不形成竞争关系，为什么大家不能合作呢？这也可以解决我们 CP 目前的问题。我们的人员成本太高，精简一下人手，未尝不可。"杰森说道。

莫莉想要反驳，被杰森呵止。杰森继续说道："你不用说了，这个事情我会安排，你只需要实施，到时听从我邮件的安排即可。"

莫莉在办公室喝着咖啡，看手机，迟迟没消息，也没响声。按惯例，每周三下午，肖斌总会来找她幽会。莫莉也想好好找肖斌聊聊，问问为什么CP要转包给铭程，更重要的是，上周肖斌答应了房子过户给她，现在迟迟没有声音。给肖斌发了个消息，问在干嘛，也石沉大海。到两点，莫莉等不及了，看着桌上的新房广告页，打电话给肖斌，第二个肖斌才接，问莫莉什么事。

莫莉听口气有些问题，还是问道："有没有空，嘉芸小区开盘了，陪我去看看呗。"

肖斌说道："我在开会，改天再说吧。"说完，挂了电话。

动嘴，那是哄，哄骗的哄；动钱，才是宠。莫莉胸中一股气。

晚上，肖斌应酬完回到家，老婆正在敷脸，那张面膜，盖不住整张脸。看了会电视，手机响了，一看是莫莉，立马按掉。没出两分钟，手机又响了，又按掉，调静音。老婆鄙夷地看着肖斌，说："那个狐狸精还缠着你呢？"

"没有，工作上的事情，晚上我不想谈工作了。"肖斌回答道。

"你少来！要不你把我休了，我老了，人又胖，你跟那个狐狸精过好了。"老婆调侃道。

肖斌赶紧上前搂住老婆的水桶腰，说："说什么呢，那个女人只是工作需要，玩玩的，我又不是跟你没交代过。我只有你这个老婆。"

"哼，"老婆转过身，"算你拎得清！肖斌，你心里清楚，你有今天是怎么得来的，别惹我太过分。这个叫莫莉的女人，竟然还想要你的房子，是我该出手的时候了！"说完，抢过肖斌的手机。

肖斌想去拿回来，被狠狠使了个眼色，自己也不敢动。老婆熟练地打开肖斌的微信，找到莫莉，发了个消息：明天早上10点，百达商场西门见。

莫莉收到消息,总算消了消气,赶忙回了个好的,然后电话罗军勇,想问问项目外包铭程的事情。

罗军勇一脸茫然,说自己不清楚,挂了电话,继续搂着旁边的妹子和杰森一起干杯。

莫莉早早到了百达商场,去星巴克吃了个三明治,边喝美式,边研究着嘉芸小区的房型。等肖斌把房子过户了,自己就买套嘉芸小区的新房,付个首付,两年后把肖斌送自己那套卖了,再把贷款还上。

都十点多了,肖斌还没来,莫莉到西门口抽根烟。抽了没几口,有个中年妇女上前问是不是莫莉小姐。莫莉点了点头,没等反应过来,就被抓着头发往地上砸。莫莉一下子摔在了地上,四个中年妇女一拥而上,拳打脚踢,大声嚷嚷着:"叫你再做小三!叫你勾引人家老公!"脚踢了一阵,还不解气,带头的中年妇女指挥道:"把她的衣服都扒了,反正也是个勾引人家男人不知羞耻的女人!"

说完,几个女人一起开始撕扯莫莉身上的衣服,莫莉大声呼救,只是吸引了旁边围观的人议论纷纷,却没人上前帮忙。莫莉想护衣服,结果脑袋被人踢到,想要护头,衣服就护不住。没一会儿,衣服都被扯烂,扔在旁边。几个女人还不解气,把最后仅剩的胸罩和内裤也一起扯下来。莫莉蜷缩着身体,一手护着光溜溜的胸部,一手护着头,下半身只能靠蜷缩搛紧的大腿来遮羞,她大声哭喊,却只能听到周围的嘲笑。

四个女人解了气,匆匆散去,留了句:"快给我滚出上海,不然见你一次收拾一次。"莫莉继续蜷缩在冰冷的地上,痛得无法起身,也不敢起身,余光中还看到路人拿着手机在拍自己。这时,一个保安走了过来,脱下外套,盖在了莫莉身上。莫莉赶紧起身将外套穿上,外套长长的,能遮到大腿。说了声谢谢,抓起旁边破烂的衣服,赶紧往商场地下车库跑。上了自己的卡宴,启动车,开足暖气,头倒在方向盘上,撕心裂肺地痛哭起来。

回到家，莫莉赶紧钻进被子，打肖斌电话不接，痛哭中问候了肖斌全家一千遍。有点迷迷糊糊泪眼婆娑时，突然电话响了，是杰森，让莫莉马上赶回公司，有事情要商议，莫莉想请假，杰森来了句："重要事情，不来你就滚蛋！"

看看时间，已经下午两点了。莫莉洗了个澡，好几处擦伤，全身刺疼，看着镜子，脸蛋浮肿。开车到公司，赶到杰森的办公室，杰森说道："为什么这么晚。"

莫莉回答道："今天家里有些急事，走不开。"

杰森看莫莉脸上好几处擦伤，想必经历了什么，言归正传道："公司决定将你调往广州分公司。"

莫莉满脸诧异，问道："什么？要我去广州？"

"是的。"杰森缓了缓说，"你下周起到广州分公司报到，那边有个副总的职位，你去接任。"

"为什么？VA项目现在是实施的关键期，我不去广州！"莫莉委屈道。

杰森严肃道："这不是商量，这是命令，不去也得去！"

"你凭什么突然要调我去广州？我做错了什么事情吗？"莫莉有些不甘。

"是的。第一，你把VA这个项目管成什么样了，问题一大堆，进度赶不上，我严重怀疑你的能力。第二，我发现你最近一批采购，价格明显高于市场价。还有最重要一点，谁同意你私自花近100万单独购买JR的模拟系统了？我们和JR有全球战略关系，就算有什么问题，你也应该第一时间向我汇报，而不是自作主张，花那么多钱购买！"

"我们的授权已经到期了，JR不同意免费提供，如果我们不买，模拟进度就更加跟不上。另外，100万以内的审批，我是有审批权限的吧？"莫莉解释道。

"不,你没有。我从来没有给过你这么高的审批权,也许我的前任给了,但在我这边就不行!"杰森也不管眼前莫莉已经被气哭,继续道,"好了,我不需要你的解释。VA的项目,后续的工作我会安排人接手,你这两天准备准备吧,下周一到广州分公司报到,如果你不去,那下周你也不需要来这里上班了。"

莫莉红着双眼,木然地坐着一动不动,等到杰森说你可以离开了,莫莉才反应过来,甩门而去。

第 21 章　大牛开大牛

莘迪通过探视系统，看着视频里的闵颖，眼睛瞬时红了起来，泪水也忍不住落下。尹姚送莘迪出医院，莘迪说道："尹姚，你也别自责了，很多事情不是自己能控制的，大家都希望闵颖能够快点好起来。"

"是啊，我现在只希望自己能做出正确的选择。都说了那么多我这边的事情了，我想知道你现在和魏鹏怎么样了？"尹姚问道。

莘迪笑笑，说："就那样吧。他也挺可怜的，蔄娜和他分手后，感觉整个人的状态也不是很好。"

"最近忙，也有段时间没见他了，我知道他是真心喜欢你的。当初你离开他去了美国，那段时间，魏鹏每天都找我喝酒，我从来没见他哭过，而且哭得那么伤心，他是真的在乎你。"尹姚说道。

莘迪笑而不语。两人走到楼下了，一辆黑色的兰博基尼大牛停在医院大楼门口，格外扎眼，车子突然轰鸣了起来，整个医院都有震感。剪刀门打开，里面一个三十来岁的小伙招呼道："莘迪，再不走要晚了。"

莘迪介绍开车的是她朋友吴大牛，打过招呼后车子轰然而去。

莘迪对吴大牛说道："你能不那么招摇吗？来医院这种公共场所，请不要开超跑，招人恨的，知道吗？开开你的 B 汽车就行了。"

大牛笑道："我那辆 B 汽车是 M4，声浪和这个大牛差不多。"

"就你贫，三十好几的人了，能不能成熟稳重点？"莘迪嗔怪道。这时，莘迪的手机响了，一看是魏鹏。莘迪看了眼大牛，接起电话。

打过招呼后，魏鹏说："莘迪，有一段没见你了，今晚有没有空，一起吃个饭。"

"魏鹏，今天我没空啊，改天吧。"莘迪回答道。

电话那端迟疑道:"夜宵也行啊。"

"今晚我真地走不开啊。"

魏鹏有些失落,说道:"我后面就要调往南昌了,以后可能一两个月才能回上海一次。我想走之前跟你再吃个饭。"

"南昌?"

"是啊。"

"什么时候的事?我爸捣的鬼?"

"就前两天。跟你爸没关系,最近 VA 的事多,是该换个岗位去外头好好锻炼下了。"

莘迪说道:"我知道了,明天联系吧。"

大牛调侃道:"老情人魏鹏?"

"是啊,"莘迪说道,"我可老大不小了,做过一次错误的选择,今后的选择,我肯定要多谈几个,然后草丛中优中选优。大牛,你可真不一定能排上号。"

大牛大笑,说:"咱从小就认识了,我绝对是人中龙凤,马中赤兔啊,你若选择我,准没错。"

"你只会臭屁,前妻都守不住,跟我一样,二手货,我真得掂量掂量。"莘迪笑道。

"说正事,我上周刚看了辆 488,知道你喜欢,到时候准备送给你。"大牛一本正经道。

"我可不要!"莘迪说道,"最讨厌你们这种拿豪车来掩盖内心空虚的纨绔子弟。"

"嘿,不要拉倒,我买了自己开!"

到了酒店包间,莘迪挽着大牛的手臂,朝大牛的爸妈吴伯伯和伯母问好。李建军和肖斌都在,李建军也乐开了花,女儿终于能够正正经经谈个门当户对的男朋友了。

酒已经在玻璃瓶里,大牛喝了半杯,偷偷跟莘迪说:"其实我一点都不喜欢喝茅台。我喝酒了，大牛就交给你了，晚上你送我回家。"

莘迪给自己倒了酒，敬向肖斌，说道："肖总，哦不，哥，你把我放在商务部，每天没什么事，也没人差使我做什么事，好无聊。"

肖斌大笑了起来，说："这不给你充沛的时间谈恋爱嘛。"

"都徐娘半老了，还谈什么恋爱，我喜欢充实和努力的生活。我看SC的战略投资部在招人，要不安排我去那边吧？"莘迪说道。

肖斌看了眼李建军，说道："要不你来做我助手吧，学的东西更多。"

莘迪一下子乐了，说："真的？你是说让我做总经理助理吗？"

肖斌看了眼李建军，李建军也乐了，就点了点头。

莘迪又喝了一杯，对大牛得意道："你看，两杯小酒就加官晋爵了。反正我也喝酒了，送不了你回家了。"

第二天晚上莘迪要去看演唱会，跟魏鹏约了一起喝个下午茶。莘迪问道："是不是我爸爸调你去南昌分公司的？"

魏鹏点了点头，说道："这是李总的好意。最近中央第二巡视组在上海，也有小组在我们VA。蔺娜之前赚了铭程不少钱，这是变相的利益输送，在这节骨眼上，离开工程部这个是非之地，未尝不是件好事。"

莘迪点了点头，说道："南昌去的话，你可要保重自己。"

"我只是舍不得你。"魏鹏看着莘迪的眼睛说道。

莘迪犹豫了好一会儿，笑道："有啥舍不得的，我就是喜欢玩嘛。我们从来都是好哥们，不是吗？"

听到"好哥们"三个字，魏鹏的心都碎了，想抓紧逃离餐厅，然后仰天长啸，但还是忍住了，淡淡地说："听说你交新男友了？"

"你听尹姚说的？"

"嗯。"魏鹏点点头，"听说还是开兰博基尼的。"

"这些不重要吧。他是我发小，也离过婚，跟我们家从小就认识。人还不错，就是不够成熟。"莘迪说道。

第 21 章　大牛开大牛

魏鹏送走莘迪后,去看望了闵颖。闵颖还在ICU昏迷中,已经好几天,还没有脱离危险期。尹姚除了眼睛还有点儿神,整个人瘦了一圈,听医生说,家人要做好植物人的准备。蒋伟带着婷婷来看过一次,如果不是婷婷,估计一次都不会来。那天离开家之后,尹姚没再回去过,偶尔会和儿子视频通话一下,告诉东东,爸爸不是不要他,而是爸爸妈妈感情出现了问题,以后每周都会来看他。现在小孩子都很聪明,骗是骗不过的。

尹姚还有套房子,面积不大,这几天收拾好,让闵娜一天隔一天去住,大家一天隔一天守着闵颖。原本想和魏鹏一起吃个饭,送个行,但魏鹏公司里今天举办了送行宴,魏鹏必须要去。快六点了,尹姚的爸爸打电话过来让回家吃饭,必须要回。是有段时间没去爸妈那儿了,最近那么多事,该回去吃顿饭,报个平安了。

回到家,吴琳琳和东东也在。陪老爸喝点酒,聊到闵颖的时候,老爸火气上来了,说:"那个女人就是活该,你敢为了那个女人和吴琳琳离婚,我就打断你的腿!"

尹姚看了眼吴琳琳,没有接嘴,一口将酒干了,盛了碗饭,大口吃完,准备要走,被东东拉住,说:"爸爸,你要去哪里?你不要我和妈妈了吗?"

尹姚蹲下来,摸了摸东东的头,说:"不会,爸爸不会不要你。爸爸只是最近有很多事情要做,东东乖,要理解爸爸哦。"

尹姚刚要走,老爸就冲了出来,一把拉住,一个巴掌狠狠地挥了过来,骂道:"你今天出了这个门,你今后就不要回来了!"

魏鹏到南昌分公司也快一周了,借这个周末,请车间的骨干一起吃个饭是必须的。快下班了,魏鹏看看微信,邀请莘迪周末来南昌转转的消息始终没有回音。把工作装换了,准备晚上好好喝一喝。这时,手下的生产经理拿着一份资料找魏鹏签字。魏鹏看了看,又是JR去年的项目的验收单，有些生气，但初来乍到，和气为主，说道："这是你这周第二次来找我签字了，你是不是今天看我心情还不错，所以想让我顺手可以签掉？"

生产经理忙说："魏总，没这意思。这个已经是去年的项目了，这几个月节拍也慢慢上去了，拖太久了，不验收也不好。"

"JR 的白总前天也打我电话，想让我帮忙验收掉，以便收 30% 验收款，但我告诉他，这个项目的规划是当初我在工程部的时候做的，现在虽然节拍有所提升，但是离规划的节拍还差了 15%，这就意味着一条线就要影响车间 15% 的产能，如果六七条线都不能达到技术要求，那不是 VA 要多花几个亿多买一条线吗？"魏鹏有点生气，"所以，我的上任不签这个字是有道理的。"

"这个，魏总，您如果再不签，就会影响到工程部的 KPI 了，到时候车间和工程部交恶，我们没任何好处，毕竟咱车间很多事情还得求着工程部呢。"

"是陶金陵部长让你来找我签字的吧？"魏鹏瞥了一眼，"之前很多条线，我们工程部，都是我牵头规划的，但是后来验收都归在陶部长那边，他办法多，JR 的好几条线都没达标，都过了，但这次的不行。我是这个车间主管，我必须要对公司负责。如果陶金陵再找你，你就让他来找我吧。"

晚上车间吃饭，大家喝得都比较嗨。酒过三巡，魏鹏看看手机，莘迪才回："对不起，魏鹏，我要上班的。"魏鹏也能接受这个事实，距离产生美也许没错，但交错上时间，时空只能成就他人之美。生产经理跑过来敬酒，魏鹏借着郁闷，半杯白酒一口下肚。

生产经理被吓得翻白眼，领导都干了，自己几乎满杯的二两多白酒该咋办？被周围一起哄，只好一干而尽，反正酒也喝多了，看魏鹏也喝了快一斤了，生产经理小声说道："魏总，这个验收的事情，刚陶部长又打电话给我了，说如果能让您签了，下个月我们车间的一笔七八十万的备件预算，工程部就能帮我们覆盖掉，到时候车间节约了资金，车间里兄弟们的绩效就能涨一级，不然的话，工程部就节约其他项目的资金，备件开销都让车间自己掏钱。"

魏鹏冷笑道："陶金陵是不是每次都喜欢这么威逼利诱啊？"

生产经理笑笑，继续说："魏总，你应该也有所耳闻了吧，我们车间的产能不够，很多零件要外发到SC公司去生产。"

"嗯，听说了。但这个事情不靠谱的，不要当回事。"魏鹏说道。

"怎么不靠谱，陶部长信誓旦旦地跟我说的，这个事情上周刚签了技术协议。据说VA已经和SC公司商务合同都快签好了，明年我们这边要移20%的产量到SC那边去。所以，JR的节拍没有达到当初规划的节拍，根本就不会有任何后遗症。"生产经理说道。

魏鹏甩甩手，说下周再说吧，然后招呼大家继续喝。

魏鹏的助手小吴，本来就是江西人，这次借着魏鹏调往江西的机会，主动申请一起去南昌工厂。她没喝酒，刚刚生产经理说的话，她听得清清楚楚，对魏鹏小声提醒道："魏总，我听说您的上任，刘主任，他就是因为不肯签验收才被调走的。"

莘迪下午看到魏鹏的消息，不知道怎么回，也没去管。被吴大牛拉着坐上他的大牛逛了一圈，莘迪嫌敞篷太招摇，赶紧让大牛把蓬拉起来。两人开到一家4S店，店内装修豪华，陈列着很多辆崭新的法拉利。大牛将莘迪拉到一辆488前，说道："听说你喜欢这辆。"

莘迪有些不屑，说："我是喜欢，但是喜欢的东西，不一定要买啊，我也买不起这么贵的车。"

"我买一辆送你呗。"大牛笑道。

"送我？我们现在是拍拖阶段，又不是谈婚论嫁，凭什么送我？"莘迪说道，"就你那个破公司，叫什么凯拓发展，名字倒挺好听，下面就三四个人，你又成天到处晃荡，你哪来那么多钱？"说完就往外走。

这时，一个服务员走过来想帮忙介绍，被大牛打发走，说我比你更懂法拉利，然后赶忙跟上莘迪的脚步。拉着莘迪去喝咖啡，大牛说道："就算作为朋友，送你一辆又怎么样，也就四五百万的事。"

莘迪呵呵两声，摇摇头说："四五百万，大多人一辈子都赚不到，我很想知道你这个凯拓发展，怎么赚钱的。"

这时大牛开始得意起来，指了指自己脑袋说："有些人赚钱靠双手，很辛苦，但我赚钱可是靠脑子的！"

"那你继续说说。"

看莘迪似乎挺有兴趣，大牛笑道："你可别看我这个公司没几个人，平时也没啥事，但我们都是靠投资赚钱的，还都是高回报率。"

"P2P？"莘迪笑问。

"怎么会，那可是犯法的，低级的庞氏骗局而已。"大牛说道，"咱的投资叫天使投资。你别看我们公司才三四个人，平时也没啥事，但都把未来给铺好路了。我们几年前投资了七八家公司，其中有三四家黄掉了，当时投了一千多万，都打水漂了，但是有几家活了下来，其中还有发展不错的。有一家目前操作差不多了，最近应该能够变现了。你知道，股权这种投资，一旦变现，基本都是冲着10倍20倍去的，投十家，赚一家，就已经成功了。你看软银投的阿里巴巴，几百上千倍的回报呢。所以，最近这笔成了后，送你一辆法拉利又怎么呢？"

"我倒很想知道你的原始资本是从哪里来的。"莘迪好奇道。

"这你都不知道？亏我们还是从小认识，看来我以前读书差，你都没关心过我。"

"是啊，我怎么会去关心你这种经常逃课的差生呢，我当初可是班长呢，只是没想到你现在乌鸡变凤凰，不对，是土狗变金毛了。"莘迪说道。

大牛差点把咖啡喷了出来，说道："光读书没用，人还是要靠眼光。当初 SC 还是镇办企业，快不行了，我们家在 SC 公司改制时入了原始股。谁知道后来汽车行业大发展，SC 公司跟着 VA 集团干，那才是土狗变金毛，还竟然上市了，当初几毛钱一股，趁着两拨大牛市减持就能赚不少。"见莘迪不接嘴，大牛补充道，"班长，只要你开口，我明天就把那辆 488 买回来送给你。"

莘迪摇了摇头说："算了，我现在每天上班，坐坐地铁打打的，也挺好的，我可不稀罕什么 488。我在纽约的时候，也是这么过的，这种跑车，我儿子都没地方坐。"

股权转让办理得很顺利，蔡凌云的 500 万很快就打过来了，电话说剩余的 250 万，资金紧张，下个月给。尹姚突然感觉全身轻松，从今以后，再也不用为铭程操心，无论将来是发达了还是落魄倒闭了，都跟自己再无瓜葛。

那天尹姚带婷婷去做了亲子鉴定，现在报告也出来了。上面是蒋婷婷和尹姚的名字，最后一页的最后一行字格外醒目：存在亲子关系。这也不出意料，尹姚查过那年自己的行程，那是夏末，和闵颖一起去了厦门。

尹姚让蒋伟签了收条，去银行转了 200 万给他，并交代让蒋伟好好照顾婷婷，等闵颖醒了，就来接婷婷。

蒋伟说道："我会视如己出的。我也深爱着闵颖，但我不得不放弃了，我会在闵颖醒后办理离婚，再继续新的生活。今后请你照顾好闵颖吧。"

尹姚点了点头。临走，尹姚伸出了手，蒋伟犹豫了会儿，看着尹姚坚毅的眼神，也伸出了手，两人握了握。

尹姚转了 240 万给吴琳琳，让她还给他爸，200 万是借款，40 万是利息。尹姚受不了老丈人那种债主的居高临下之感。

ICU 的费用之高超出了尹姚的想象，又去补了 20 万，看看自己的账户里，加上自己仅存的积蓄，也就只有七八十万了。其中有十万，还是昨天 KTV 老板送来的，说闵颖小姐的事情发生在他们 KTV，他们也很难过，这个是他们 KTV 的一点心意。后来陆中华打电话过来，才知道原来是陆中华给逼的，否则这个 KTV 就等着每天来查吧。

尹姚坐在家属区的下铺板床上，满脸写着迷茫，已经快两周了，闵颖还是没有醒来。无论要花多少钱，无论要等多久，尹姚都会这样一直坚持下去。突然看到门口有人，熟悉的身影，是蔺娜。尹姚心里一惊，是不是来问自己催债的？但这个是属于铭程的公事，跟自己已经无关，那些未给的钱，也该问铭程去要。

"娜姐，最近还好吗？"尹姚问道。

"就那样吧。"

"鹏哥去南昌了，他和莘迪之间其实没什么的，我听说他们已经分手了。我觉得你们之间还有机会。"

"看吧。等他心里面没有莘迪的时候再说了。"

"娜姐，我会帮你关心的。如果他们真的分手了，我会再撮合你们。但莘迪也是我和闵颖的朋友，感情这种事情，我不会掺和进去。"

蔺娜表示理解，一切顺其自然，说道："昨天吴琳琳找我吃饭了，她哭得很伤心，舍不得你，希望你能够回头。"

尹姚苦笑着说："闵颖的女儿蒋婷婷是我生的，我一直是个混蛋，欠闵颖太多了，她救了我，却很可能将成为植物人，我还能这样混蛋下去吗？我该拾起我的担当了。"

蔺娜看着尹姚，点了点头说："我听琳琳说了，我理解你。"

这时，闵娜过来了，尹姚介绍了下。闵娜打过招呼，说道："尹姚，今晚我值班，你先回去吧。"

尹姚请蔺娜吃个便饭，两人继续聊了会儿。蔺娜说道："闵颖的姐姐就这样放弃自己的家庭，从长沙赶到上海，一直照顾自己的妹妹？"

尹姚点了点头，说："是啊。所以我一直在想，闵娜放弃了自己的工作、家里还有老公儿子，我也过意不去。所以我在想，我是不是该给她发工资，就怕太见外。"

蔺娜说道："闵颖在 ICU，现在和将来的开支都是巨大的。我打电话给铭程，听说你已经退股离职了，我不知道你现在有多少钱，但每天这样将是入不敷出，有没有考虑再搞个公司，哪怕是挣点养家糊口过日子的钱。"

第 22 章　铭晟

蔺娜说她很恨莫莉，当时中了莫莉的圈套，一时冲动，和魏鹏分手了。然后，莫莉承诺的框架采购，除了最开始做的两单，后面都成了空头支票，电话过去，说莫莉已经调职了。

莫莉跟杰森谈，说元旦之后再去广州报到，现在她要休年假。听莫雷说，爸爸肺癌有扩散的趋势，趁这个空当，回一次重庆老家。

回到家，莫莉见爸爸身材消瘦，不间断地咳嗽，坐在沙发上看电视。莫莉坐到了旁边，莫爸看了一眼，也不回声。莫莉给侄子和侄女都包了一个红包，然后帮妈妈一起准备饭菜，莫雷回来，全家一起吃晚饭。

莫莉问道："弟媳呢，不是听说回来了吗？"

莫雷回答道："别说了，回来住了两天，卷了我的钱，吵架又跑了，随她去吧。"

莫爸吃饭还在咳嗽，还是不吭声。莫莉看着心疼，说："爸，我带你去上海看病吧。那边医疗条件好一些。"

"是啊，爸，姐在上海发展得很好，那边专家医生也多，你这个病如果不看就只能等死了。"莫雷说道。

莫爸一听"等死"，马上怒道："等死就等死，我就算等死也不会跟着这个没脸的女儿去上海！"

莫莉脸一下通红，眼泪都快流下了，说："爸，你说什么呢？我又怎么了？"

"怎么了怎么了？你自己心里清楚，我没你这个不要脸的女儿！"说完，爸爸将筷子一摔，饭也不吃了，坐到沙发看电视去。

莫莉眼泪倾泻而出，莫雷赶紧安慰道："姐，没事，吃饭吧，咱爸就是倔,你又不是不知道。"

"莫雷,你跟姐说清楚,到底爸为什么这么说!"莫莉委屈道。

这时,莫妈一旁叨念着:"莉莉啊莉莉,我看那个叫尹姚的小伙子不是挺好嘛,你们到底怎么了?"

"妈,你说什么呢,尹姚都是多少年以前的事情了。"莫莉说道。

莫莉也不想多解释了,妈妈的老年痴呆最近一年来似乎越来越严重了。没想到,快十年了,当初尹姚到重庆,来过自己家一次,妈妈竟然记得那么牢。

吃完饭,莫雷将姐姐拉到小房间,说道:"上个礼拜,两个不认识的人来我们家闹事,说你在上海给人家做小三,拆散人家家庭,说得很难听。我正好在家,把那两人赶了出去,那两人不依不饶,在小区里拿着喇叭到处喊,说老莫家的女儿在上海当小三,不要脸。气得爸爸那天咳了不少血。"

莫莉气得咬牙切齿,肯定是肖斌家的胖女人干的,在上海羞辱了自己不说,还派人到重庆来骚扰自己的家人,立即掏出手机,给肖斌打电话,可肖斌就是不接。

在家待了两天,莫莉觉得爸爸都没有快乐过,总是一脸严肃,也不愿意跟自己说话,问莫雷为什么,回答说爸平时不这样的。也许爸爸还在生自己的气,还是回上海吧,看不到这个糟心的女儿,可能会快乐一些。莫莉给了妈妈三万块钱,虽然知道这个钱最终还是会被拐到莫雷那边,但无论如何也是女儿的心意。

回到上海,莫莉回想最近发生的事情,钻在被窝里,忍不住痛哭起来,事业、爱情、家庭,还有自尊,都受到严重打击。第二天回到公司,老李看到莫总有些惊讶,问道:"莫总,你这不在休假中吗?"

莫莉笑笑,往自己办公室走去,看到自己的办公桌上正坐着一个小青年,看着眼熟。小青年看莫莉进来,有些惊讶,赶忙起身和莫莉握手,自我介绍道:"莫总,您好!我是汤鸣,我们认识的,VA项目投标的时候见过。我新来CP没几天。听说您要调往广州分公司做副总去了,我本来坐在外边,想等你正式去广州之后再搬进来,但杰森执意要让我坐这个办公室。这个抱歉了。"

莫莉说道:"哦,没关系,我本来打算过完圣诞再来整理的,正好有空,今天来整理掉算了。我办公室内的东西呢?"

汤鸣指了指墙角两个打包箱,说:"这个已经帮你打包好了。哦,不是我整理的,是你的助理打包的,我没动过你任何私人物品,请放心。"

莫莉弯腰去拿打包箱,拿两个拿不动。汤鸣打了个电话,让老李来帮忙。

老李进门,问道:"汤鸣,你找我?"

汤鸣说道:"老李,帮莫总搬一下打包箱吧。"

走到地下车库,两个打包箱被搬进莫莉的后备厢,老李叹了口气,说:"莫总,CP这个自动化部门运转起来不容易啊,可惜你要走了。"

"铁打的营盘,流水的兵。老李,和你合作这段时间还是挺愉快的。"莫莉说完,也叹了口气,"汤鸣怎么会来CP?"

"哦,这个汤鸣,是原来铭程尹姚手下的销售,跟我老相识了。你知道的,现在VA的项目大部分我们外包给了铭程,中间需要衔接,正赶上你要去广州任职,杰森马上从铭程把汤鸣给挖了过来。项目急,你休假后没两天就过来上任了。"老李回答道。

莫莉说道:"我有些奇怪。我被决定调往广州,没几天,汤鸣就从铭程跳槽到CP了,CP和铭程是竞争对手,况且这次VA项目,两家应该成死敌了,怎么能操作得这么迅速,就像是事先就安排好似的。"

"我不懂销售,但我知道,在商言商嘛,没有永远的朋友,也没有永远的敌人,只有永远的利益嘛。"老李说道,"汤鸣跟我说,尹总离开铭程了,原以为他来负责销售,谁知道来了个罗军勇。尹总走了,自己留在铭程也没意思了,就来了CP。"

"这些都是骗人的鬼话，汤鸣也是铭程的核心销售，哪有离职放人和到新公司上任那么快的！"莫莉嘀咕道。刚想走人，莫莉突然把老李叫住，问道："你在铭程的时候，VA项目的标书和定价一般都谁来做？"

老李想了想，说："我在铭程的时候，我们技术部只管把方案和技术文档都交给销售，然后销售来定价和做标书。但是VA项目的话，是铭程最重要的项目，从来都是尹总、闵颖和汤鸣，他们三个人一起做的，不会让其他人参与。"

"你确定？"莫莉将信将疑。

"这个肯定确定的，我在铭程那么多年，VA项目从来就是这样，投标价格开标前只有他们知道。"老李说道。

莫莉赶在圣诞节前到了广州。广州分公司在世贸中心大楼，莫莉就在旁边的白云宾馆住下，按协议先住一个月，贵就贵点，反正公司报销。但上海才是自己的家，争取过年前能够找机会调回上海，不行就跳槽回上海。

莫莉把托运的卡宴取了回来，还没回到酒店，肖斌的电话来了。莫莉想众里寻他千百度，到了广州，他才出现在电话处。肖斌先是关心问候了下，然后说："你被调往广州的事情，我找杰森谈过，他新上任，我也不熟，我拿将来的合作做交换，他也不给面子。现在这样子，我也不想啊！"

"你别假慈悲了。我大庭广众之下被你老婆找人扒光衣服的事情，你不知道吗？你老婆找人去我重庆老家大肆宣扬我做小三的事情，你不知道吗？等我到了广州，你才想起回我电话，肖斌你也太假了吧！"莫莉愤怒道。

"对不起，莉莉，我也情非得已啊。那天你打电话被我老婆听到了，我也不知道她会做出这么出格的事情。"肖斌说道。

"你少来，你觉得愧疚，还来得及，跟你老婆离婚啊！"

电话那头沉默了会，说道："还没到合适的时候。"

莫莉冷笑道："不会再有合适的时候了吧！"

肖斌没接嘴，转移话题道："莉莉，在上海，原来你们公司老总跟我熟，我还能帮你。到了广州，你们这种外资企业，关系太复杂，你要小心点。你知道，你被调往广州，不光是因为买了 JR 软件的事情，你是不是还和一家公司签了采购的框架协议？"

莫莉想起了蔺娜，说："对！那又怎么样，这是战略行为，为了拿那个几百万的备件订单！"

"杰森是老外，他们的脑子是方的，你的采购价格明显比市面价格贵了百分之二三十，老外能对你没意见吗？"肖斌说道。

"我也奇怪这么小的事情，杰森怎么会知道的。"

"所以我告诉你外资企业关系复杂，人心隔肚皮，你知道是谁去举报给杰森的吗？"

"谁？"

"原来铭程跳槽来的那个老李，杰森亲口跟我说的。"

莫莉一听是老李，气不打一处来，老李是自己高薪挖来的，出卖自己不说，前段时间刚又加过薪，回过头来，真是什么改不了吃什么。

肖斌说道："既然你到了广州，就安心工作吧，远离上海总部这个是非之地，逍遥自在一些。回头你找个高档的公寓，租金我来，我每个月会给你打两万。"

莫莉一听，似乎话中有话，说道："肖斌，你这话是什么意思？我在上海是有房子的，你每个月给我两万生活费可以，说让我安心工作，给我租金是什么意思？"

电话那头许久没有回答。莫莉继续说道："你是让我别回上海了，是吗？你要甩掉我了，是吗？"

肖斌轻声说道："莫莉，对不起，你住的房子，被我老婆发现了，现在要收回，你的东西我都会帮你打包整理好的。"

第 22 章 铭晟　　217

莫莉一下变得有些歇斯底里，对着电话骂道："肖斌，你真他妈不是人！你不是说好要把房子过户给我的吗？你不是说为了我会离婚的吗？跟你老婆说，她敢动我的房子，我就豁出去了！混蛋！"

再怎么骂，电话那头已经挂了。莫莉头靠方向盘撕心裂肺地哭了起来，突然"嘭咚"一声，回过神，才发现追尾了前面的车。前面的车主下车来敲窗，莫莉神情呆滞。

那个车主示意把窗摇下来，说道："你怎么开的车？"

莫莉看了看前车，是国产的，说道："不就碰一下嘛！什么怎么开的车！"

前车车主说道："开保时捷了不起啊？"

莫莉只想现在早点回房间安静安静，懒得较劲，问："修修多少钱？"

前车主开始琢磨起来，算算喷漆加误工，怎么也得1000块，莫莉从包里掏出2000递过去，问："够不够？"

回到酒店，把车停好，看看自己车只擦掉一点点，忽略不计，人生地不熟的，懒得修了。回房间躺一会儿，听到支付宝的声响，一看是肖斌转了5万过来，带了句：对不起，以后每月2万。莫莉回了一句："你当我是被你包养的小姐吗？"

尹姚和蔺娜的新公司核名，很快出来了，叫铭晟。后面的流程，现在都一站式，很快就能办好，那么业务可以准备起来了。股权尹姚七，蔺娜三，毕竟尹姚浸淫这个行业十年，手头上还是有不少资源的。当然，目前就两个人，远远做不了铭程那么大的自动化项目，尹姚也不会去做铭程的竞争对手，自己是有原则的，但是凭一些资源和关系，做些贸易和代理还是可以的。

蔺娜问铭程要剩余的款项，也只要了一小部分，大家协议把单子就此完结。要到了点总比没有的好。蔺娜原来的公司就此搁置，办公室也搬掉了，免得被经常来催债。现在最新的办公室离医院不远，虽然不大，但是照顾闵颖方便。

蔺娜私下问道："你真地要和吴琳琳离婚吗？你放弃了一切，选择生死未卜的闵颖，真的值得吗？"

尹姚笑笑，肯定地说："值得。我亏欠闵颖太多，虽然也亏欠吴琳琳，但我觉得我的选择无愧于心就好。我不能再做个犹豫不决的无耻混蛋了。"

在医院家属区，尹姚将自己的联系方式给了临床的一个小伙，他女朋友电瓶车出车祸，也在ICU待了有段时间了，大家同病相怜，心爱的人都咫尺天涯，所以比较聊得来。尹姚其实内心挺羡慕他们小俩口，每天能够骑着小电驴，谈着简单浪漫的爱情。尹姚告诉他如果医生找他的话，请马上联系他。然后拉着闵娜一起去吃饭，看闵娜有些犹豫，尹姚说："我跟隔壁小伙已经交代了，有事会联系我们，闵颖在ICU，我们就出去吃个饭，不会有事的。"

吃饭就在医院旁边的小饭店，蔺娜已经点好菜了，招呼大家过来。闵娜还要看夜，喝点雪碧，尹姚和蔺娜倒了点白酒。尹姚已经有段时间没好好喝酒了，拿起酒杯说："今天是平安夜，这个景象有点同是天涯沦落人的感觉，但很快我们就将是一个大家庭。第一杯，敬闵颖，她是个好姑娘，值得一辈子珍惜，很可惜，以前是我不好，她为了我才这样的，我会用下半生去守护她，希望她能快快醒来，无论我花多少钱，要我做什么，我都会等到她醒来的那一天！"说完，大家都拿起酒杯，对着医院的方向，一起干杯。

才第一杯，尹姚已经眼眶湿润，赶紧擦了擦，强颜欢笑，说："哎呀，不好意思。平安夜应该是快乐的日子，我们快乐起来，闵颖如果看到我们快乐，她肯定也会快乐。"

蔺娜也红了眼，大概同时想到了魏鹏吧。那么多年的感情，说散就散，尹姚能感觉出来她的不舍，只是他们都太倔。

第22章　铭晟　219

"第二杯,大家庆祝一下,我们的新公司铭晟,今天宣告成立了!"尹姚说完,和大家一起又干了一杯。

闵娜向尹姚又敬了一杯,说:"尹姚,恭喜你,加油!"

尹姚回答:"不要恭喜我,恭喜大家,还有你自己!"见闵娜有些茫然,尹姚反敬一杯,继续道,"闵娜姐,这段时间,辛苦你了,我知道为了妹妹闵颖,你工作都放弃了,所以,今天,你是我们铭晟成立后的第一个员工。"

闵娜笑了起来,说:"什么呀,我会做什么呀!"

尹姚也笑了笑说:"闵娜姐,你现在的工作就是帮铭晟公司的老板照顾闵颖,这可是一项艰巨的任务。我发你一万一个月的工资,等公司的税务这些都办好了,我到时候给你交社保。如果闵颖醒了,能正常生活了,我就给你真正在铭晟安排具体职务,会有到岗培训,这个你不用担心。"尹姚喝了口酒,继续说,"闵颖在ICU已经快三周了,开支比较大,当然,花再多钱都不是事。我虽然离开铭程,拿了笔钱,但不能坐吃山空啊,我必须要挣更多的钱给闵颖治疗和维持生活。闵颖也不知道什么时候能醒来,闵娜姐,你也需要生活呀。"

尹姚之前跟闵娜谈过要给她钱,她怎么都不接受,借公司的名义去操作,这样闵娜照顾闵颖是工作,自己有更多的时间去做业务来维持闵娜的工作,自己也能够心安理得。当然,这个事情和蔺娜私底下打过招呼,这些钱名义上是公司支付,实则还是尹姚来贴。

尹姚接了个电话,告诉了位置。蔺娜问谁,尹姚神秘地不说。不一会儿,饭店门口进来个人,蔺娜看着眼熟,是魏鹏。尹姚招呼着过来。魏鹏一屁股坐下,打趣道:"尹总,你这个格局是越来越小了,我以为开张宴能请我去大酒店,请我吃鲍鱼鱼翅呢。"

尹姚笑道:"家道中落,排场从简。我只知道你最爱和我去排档,喝白酒,啄花生米呢。"

魏鹏赶紧解释开玩笑,大家能聚就好,喝白开水都开心。

尹姚介绍说:"这是我们铭晟公司新成立后的第一个客户哦。"说完,对蔺娜说,"这就是为什么我催着注册,比较急的原因。"

魏鹏说道:"既然你有新公司了,我这边那个小备件订单也差不多了,你现在进不了 VA 的供应商名录,我会安排第三方来采购。订单不大,估计 20 万左右,系统价格很贵,你只要比我们系统价格便宜 10% 就可以了,这样,我也是替 VA 公司省钱,不违规。"

大家喝了几口后,蔺娜眼睛有些红,魏鹏问道:"娜娜,最近还好吗?"

蔺娜哼了一声,说:"好,当然好,不过就是没你和那个富家千金过得好!"

为避免气氛尴尬,尹姚说道:"蔺娜姐,今天我没事先通知你,是我不好,我自罚。"说完,深深咪了一口,"魏鹏是我的好兄弟,我觉得有必要让他知道现在这个公司是我和蔺娜姐你一起操作的,这样对大家比较真诚。"

吃完饭,魏鹏和尹姚一起去医院坐了会儿,问了问闵颖的近况。尹姚送魏鹏出医院,两人在路边抽起了烟,尹姚问道:"和莘迪怎么样了?"

"分手了。"

"怎么回事?"尹姚不解道。

"莘迪现在的男朋友是个富二代,开兰博基尼呢,我怎么跟人家比。"魏鹏叹气道。

"莘迪不是这样的女人啊,他们家本来就不缺钱。而且跟你那么多年,分分合合的,这次好不容易走到一块。"

"也许离过婚了,才知道油盐酱醋贵吧。当然,婚姻都是讲究门当户对的。"

"蔺娜姐也没有交新男友呢。"尹姚说道。

魏鹏笑了笑,说:"现在跟蔺娜,能先做朋友就已经不错了。不谈这

第 22 章 铭晟　221

些了,我自己心里都没搞清楚。说工作吧,我觉得一连串事情都有些奇怪,你不觉得吗?"

"你是指什么?"

"我也说不上来,但我冥冥中觉得,最近半年来发生的很多事情都有些蹊跷,总觉得有些阴谋在背后。"

"发生了什么吗?"

"比方说我这边,我发现陶金陵这个人不简单。他和 JR 的关系很密切。最近我们要上一条新线,现在车市开始有些萎靡,美国总部划了个子品牌的车型过来。这条新线,我联系过,除了 JR,另外两家都兴趣不大,他们言语中的意思,VA 肯定买 JR 的。之前我觉得我是在负责工程部,现在发现我似乎就是个傀儡。等我要做老大了,陶金陵就想方设法把我干掉。"魏鹏说道。

"是的,我也看出来了。"尹姚又点了一根,"我也是类似的状况,最近我沉下心,仔细回想过去发生的这些事情,觉得都不简单,此中必有关联。包括我退股,可能是我冲动了,但也已经发生了,就那样吧。"

"闵颖的事情恐怕也不简单吧。"魏鹏看着尹姚,严肃地说。

尹姚点了点头,说:"综合来看我身边发生的那么多事情,肯定不简单。我只是还没理出头绪。陆中华告诉我,伤害闵颖的凶手龙三,那天连夜落地签逃往泰国了,现在还没抓捕归案,其他几个跟班都没有什么有价值的信息。现在所怀疑的,都只是推论,只能等那个龙三什么时候落网了。"

第 23 章　恩怨相了

　　CP 的广州分公司，工厂在番禺，主要生产电气元件，办公在世贸中心，主要是销售和项目。莫莉圣诞后一天，早早到了办公室，习惯性将车钥匙桌上一丢，整理了一番。一会朱迪进来了，她是广州分公司的老大，四十多岁，与莫莉之前在总部一起开过会，早认识了，那时左一个妹妹右一个妹妹，好不热情。互相打过招呼，朱迪看了看桌上的保时捷钥匙，说："莫莉，广州这边的业务想必你也了解了，今年汽车行业总体不好，大家压力都比较大，今年我们的销售目标是 1.8 个亿，目前完成了 1.4 个亿，还有几天就元旦了，年度目标肯定完不成了。我跟总部申请了延期一个季度，就是说，到 3 月 31 日前，我们需要完成至少 4000 万以上的销售额。你这边有问题吗？"

　　莫莉觉得 3 个月 4000 万的销售额应该不难，毕竟 CP 自动化业务也上来了，一个项目就能完成，华南地区正好有两三个项目正跟着，也快要启动了。可朱迪又泼了一盆冷水，说这个 4000 万仅仅是指广州分公司的业务范围，主要销售电气元件，自动化的业务归上海管，莫莉不再负责。今年 2 月份就过年了，1 月份很多主机厂都会提早放假或者人员请假，2 月下旬才上班，流程走走一个月，第一季度能否做 4000 万还很难说。

　　过了一会，朱迪拿了一份文件，丢在莫莉桌上，说："你看下，没问题就签了吧。"

　　莫莉拿起看看，是一份 PIP，言下之意就是如果第一季度没完成业绩就滚蛋。莫莉说道："我才刚上任，为什么要签这个？"

　　"你在上海那边的事情，杰森都跟我说过了，所以你必须要签。"朱迪坚决道。

"如果我不签呢?"莫莉尽力克制自己的不满。

"你现在属于我管,我说了算,你觉得呢?"说完,朱迪转身要走,补充一句,"签完拿到我办公室来。"

莫莉打了个电话给杰森,说了PIP的事情,杰森来一句:"你现在归朱迪管,我不便插手。"莫莉气得将PIP扔在地上,真是虎落平阳被犬欺,落毛凤凰不如鸡。想想几个月前,自己还是CP的红人,物是人非真是转瞬即逝。

才没几天,莫雷就打电话过来,说爸爸身体不太好,经常咳血,医院都不愿收了。莫莉赶紧趁着元旦回重庆一次,回家后父女俩又吵了起来,莫爸怒道:"我的病不要你管,我要死也死在家里,不去上海!"

到最后,莫莉也没辙了,含泪离开了家。

医生建议莫雷带莫爸去上海的大医院,说不定还有救,莫雷想来想去,只想到了尹姚,也只认识他了。

尹姚接到莫雷的电话,说自己最近也忙得不可开交,更不认识什么好的医院,婉言拒绝了。莫莉如此阴险毒辣,还帮忙,这不脑子有病嘛。

晚上,闵娜身体有些不舒服,回家先睡了,尹姚过来接班。跟隔壁小伙唠了会儿,突然一个人闯进来了,看着眼熟,竟然是莫雷。看到尹姚,莫雷双腿一跪,哭道:"大哥,你就救救我爸吧。"

尹姚一下有些手足无措,赶紧将莫雷扶起来,拉倒楼梯口,问道:"你怎么找到我的?"

莫雷红着眼,说道:"我昨天就来了,查信息找到你公司,你公司里的人说你已经不在了,问到了你可能在这个医院,然后昨天晚上我就来找,没找到。今天又守了一天,终于找到你了。"

尹姚叹口气,说:"你找我也没用,我也帮不了你啊。我又不认识治疗肺癌的医生。"

"哥，你在上海人脉广，肯定能帮忙联系到的。我之前联系过，要么不肯接收，要么排很久，到时候恐怕我爸都已经没了。哥，你帮帮我吧。"说完，莫雷又跪了下来，"虽然很多年过去了，你是我姐唯一带回家过的，我爸妈都记着你。你不帮忙我就不起来了。"

尹姚哪能受此大礼，但怎么扶莫雷都不肯起来，只好答应，让莫雷起来说。尹姚说道："这不还有你姐莫莉吗？自己爸都那样了，还没心没肺！"

"我爸都不愿意认这个女儿了。我姐提出要帮爸找上海医院，但我爸倔，就是不愿意。现在恐怕只有你才能说服我爸了。"莫雷说道。

跟莫雷聊了会莫莉和他们家的事情，尹姚在附近订了个酒店，让莫雷先去休息。自己回到陪护区，旁边的小伙问是什么事情。尹姚简单说了下，小伙说道："如果是我，能帮就帮呗，救人一命，胜造七级浮屠呢。善良的人运气不会太差。"

尹姚让莫雷将莫爸的病历及情况微信发过来，趁晚上有空，找了不少同学和朋友的关系。第二天早上，一朋友回消息说联系好了，专家医生就在闵颖这个医院，周二和周五有专家门诊，可以插个号。今天周三了，莫雷一早就过来了，听到尹姚的消息，欢欣鼓舞。

正好尹姚也有去重庆的计划，那边很多汽车厂，现在离开铭程了，有些关系需要重新打理和跟踪。于是帮莫雷也一起订了张机票，下午就飞重庆。当天的机票有些贵，莫雷说："哥，等我有钱了，都还给你。"

尹姚笑了笑，说："我正好也有事要去。再说，可能我去了，多个说辞，你爸就同意来上海治病了。"

到了江北机场，尹姚让莫雷先回家跟老人沟通下，准备准备，自己先去找朋友，一起吃个晚饭，联络下感情。跟汽车厂的朋友吃了个火锅，沟通得不错，但是业务需要时间。看看时间才8点，还早，去超市买了

第23章 恩怨相了 225

点礼品，按莫雷发过来的地址，打车去莫雷家。

莫雷家是个老小区，跟十年前去的时候差不多，只是周边高楼都林立起来。刚进门，莫妈一下就认出来了，热情地倒水，问长问短，尹姚有些受宠若惊。莫雷说他妈妈有些痴呆了，但竟然还能认识尹姚。跟莫爸聊了会儿天，金牌销售和普通人的区别，就是能在短时间内让对方认可和信任自己，大家相谈甚欢，不管对方是什么性格，总能摸透套路投其所好。

尹姚让莫雷安排好莫爸，今晚做好准备，明天一早就飞上海。回到酒店，尹姚落实好了专家，明天上海住一晚，后天一早就可以看医生。

魏鹏也奇怪工程部这几天怎么也不催验收的事情，找生产经理一问，他已经签了字交给工程部了。魏鹏初到车间上任，不知水深，也不好发作，说道："以后没我同意不准签字！"

"我也没办法，陶部长说让我先签，后面他会找你。"生产经理说道。

魏鹏打电话给原来自己工程部的手下，手下说道："JR 这个项目昨天已经验收上传系统了呀。"

"不需要我签字吗？"魏鹏问道。

"陶部长说你刚上任，不了解情况，这次验收只要生产经理签字就行，上面能说通。"

魏鹏想骂娘，忍住了，问道："新线的项目，整线的厂家舒达帮我联系好了吗？"

"联系好了，明天就到南昌来了，我也明天到。"

"JR 和陶部长不知道吧？"

"应该不知道，陶部长不会关心前期交流这么小的事情。JR 也不会在意，因为他们觉得项目肯定是他们的。"

魏鹏又跟舒达的销售确认了下，这才放心。第二天的交流很顺利，舒达公司在技术和质量方面确在 JR 之上，但因为是外资企业，最大的问题是价格，采购永远是在技术质量都达标的情况下，选择最优的价格，但技术质量能否达标可以是一个很玄乎的操作。

魏鹏拉着舒达的销售总监托尼去生产线走了一圈，问了很多技术问题，托尼说道："整线节拍差一些，无非就是零部件的质量和装配工艺，以及控制系统这些问题。我原先也是 JR 的，他们的产品质量跟我们舒达还是有比较明显的差距。这个你可以去 M 汽车 B 汽车看看我们舒达的生产线。"

魏鹏点了点头，说："不过我看你们对我们 VA 的项目也不够重视啊。"

托尼笑了起来，说："魏总，你说笑了。一条线，两三个亿的项目，谁会不重视呢，只是肯定拿不到，老是陪标，谁能有兴趣呢？这个你原来在工程部，你应该很清楚啊。"

"哎，全怪我，之前把项目完成了，却没关心后续的运行细节，汇报的情况都是达标，产能都 OK。我是现在到了车间，才知道有那么多问题。这次请你来，这不就是为了想办法能改变现状嘛。"魏鹏无奈道。

"我也是因为魏总你到车间了，知道你很真诚，我才带两个技术特地过来做做交流，但这种大项目，操作起来太麻烦。有人会指定这儿指定那儿，我们外资企业，在欧洲都是签反腐败条约的，谁都不敢操作，这是丢饭碗的事情。"

"你的意思是——"

托尼顿了顿，说："这么说吧，我以前不是在 JR 工作过嘛，他们的标准件都是从凯拓发展这家贸易公司走的，每个项目都一两千万。"

"凯拓发展？"魏鹏疑问道。

"走账的公司叫什么不重要，关键是我们舒达根本操作不了。强拿项目，验收不了，处处刁难，资金脱期，这又何苦呢？"托尼笑笑道。

魏鹏晚些时候打电话给尹姚，问道："你知道凯拓发展这家公司吗?"

尹姚回答道:"知道啊,这家公司是铭程的股东,有40%的股份,就是个财务投资者,从来没人来过铭程,更不要说参加董事会了,都全权委托给了蔡凌云。有什么情况吗?"

"也没啥。据说,JR在VA的每个项目,里面的标准件,一两千万,都会从这家公司买。"

尹姚笑笑说:"这有什么奇怪的,中国式运营,很正常的。"

周五看过专家门诊,后来又进行了会诊,莫爸的手术是在周一做的,还算成功,暂时生命无虞。尹姚不仅好事做到底,佛也送到西,连大几万的手术费都是自己垫的。莫雷没钱,家里的钱早给糟蹋完了。尹姚说道:"你以后再赌钱,我让人剁了你的手,你信不信?"

莫雷赶紧说以后再也不赌了,钱都是给自家的女人给骗走的。

铭晟新成立,百废待兴,很多事情要做,尹姚是莫爸手术后两天才去看望的。跟自己非亲非故,也怕莫雷又要让自己垫钱,不必那么积极。

拿着花篮,到病房门口,尹姚看到一个熟悉的身影,是莫莉,这是个令他极致讨厌的女人。尹姚转身就想走,被莫莉叫住。尹姚往走廊多走了两步,还是停下了。虽然自己很讨厌这个阴险狡猾的女人,但想想自己给莫爸垫的钱,恐怕也只有她能还了。毕竟也近十万了,不是小数目。

"这么讨厌我吗?"莫莉问道。

"是的。"尹姚转身回答道。

莫莉笑笑,说:"谢谢你。"

"不用谢我,谢你弟弟吧。还有,我垫了你爸的医药费和机票的钱,总共10万不到点,就9万吧,麻烦你这两天转给我。"尹姚说道。

"钱我会转给你的,不用担心。不想和我聊聊吗?"

"我们有什么好谈的吗?我不是在帮你,如果不是莫雷跪下来求我,我也不会帮。"

"你不想知道一些真相吗？谁在跟踪你，谁在想方设法拆散你和闵颖？"

尹姚进病房看了看莫爸，莫爸已经醒了，但还不能动弹。尹姚和莫莉找了个医院附近的小咖啡馆坐下。

"你知道些什么？谁在跟踪我，谁在寄照片？"尹姚问道。

"是我。"莫莉淡定地回答道。

尹姚气得将桌上的水一把浇到莫莉的脸上。吓得旁边的服务员赶紧拿来一叠纸巾。莫莉却很淡定，纹丝不动，问道："你还想听吗？"

"那你说啊！"尹姚怒道。

莫莉拿起纸巾将脸和头发擦干，吸了吸身上的水，继续说道："之前给蒋伟和吴琳琳'生活大爆炸'标签的照片都是我派人跟踪偷拍，让人送过去的。"

"我早该想到是你干的！"尹姚忿忿道。

"但那天我觉得有些奇怪。那是 VA 项目刚开始的时候，你们应该是去艾希投资谈融资的事情，但应该没成功，具体原因我不知道，后来你们就去了假日酒店，很可惜，你们没有去开房，在餐厅吃饭，所以我的人就走了。我的人告诉我竟然在假日酒店大堂看到了你老婆吴琳琳。她应该是去捉奸的，没成功，但这个事情不是我和我的人干的。"

"等等，有几个问题。"尹姚说道，"首先，你为什么要偷拍跟踪我和闵颖，拆散我们？第二，你怎么知道我是去谈融资的事情？我老婆去酒店捉奸，是因为她收到有人给她发的信息，这是我那天晚上发现的，不是你干的吗？"

"跟踪偷拍你和闵颖，是为了扰乱你们的家庭，赶走闵颖，她是 VA 项目的关键人物，你的得力助手。知道你们去艾希投资，是因为我的朋友是私家侦探，他跟着你们上了楼，就在你们不远处，他听到了你们的交谈，你们只是没发现而已。吴琳琳捉奸的通知消息，我保证不是我发的,所以,当时,我就意识到,想要搞你的,不止我一个。"

"我当时也意识到这个问题了,但为什么是两拨人呢?"尹姚疑问道。

"我也想过,根据目前你的状况,我暗中搞你,是为了 VA 的项目,但另一拨要搞你的人,是要让你离开铭程。"

"你觉得为什么有人要搞我离开铭程?"

"这个我不确定,创始人之间的内斗很正常。但是很显然,你退股了,他们的目的已经达成了。"

尹姚若有所思,继续问:"那出卖投标价格的,真的是闵颖吗?"

"不是。"莫莉肯定道。

"你为什么这么肯定?"

"因为据我观察,闵颖真地很爱你,不然也不会替你挡那一瓶。投标前,有人跟我联系过说会将投标报价给我,是个男人的声音。"

"你觉得这个人是谁?"

"汤鸣。因为,据我所知,你们的报价最终只有三个人参与,你和闵颖,还有汤鸣。你知道汤鸣现在去哪了吗?"

"我听说和罗军勇不对付,离开铭程了。"尹姚说道。

"去 CP 了,接替我的位置。你应该也听说了,CP 将项目外包给了铭程,我也被排挤去了广州。我怀疑,是汤鸣通过闵颖的手机,将报价发给我的。"

尹姚想了想,说:"我也有过对汤鸣的怀疑,但没有证据,这个小伙是我一手带起来了,不至于这么险恶吧。"

"险恶不险恶,真相只有一个。"莫莉说道。

第 24 章　探寻真相

　　上海湿冷的天气，闵娜还不够适应，感冒还没好，尹姚守着闵颖。这么多年来，终于能够沉下心，坐在床边，靠着墙，能看会书，《飘》。闵颖喜欢这部名著，尹姚一直尝试着找出郝思嘉的爱情逻辑对闵颖有何深刻的影响。

　　一会儿微信响了，是莫莉发过来的一段视频。视频里，汤鸣和陶金陵面对面在吃火锅，各自身边坐着女孩子，彼此相谈甚欢。尹姚放下书，一抬头，莫莉已经出现在门口。

　　尹姚到楼下小超市买了咖啡，一杯递给莫莉，找了个地方坐了会儿，问道："你爸爸怎么样了？"

　　"已经睡了，人比较虚弱，还得住院观察一段时间。"莫莉回答道，"看你在看《乱世佳人》，什么时候变这么文艺了？"

　　"闵颖一直推荐我看，一直没时间，我也不喜欢这种老古董。讽刺的是，现在有时间看了，这时间却是闵颖给我争取的。"尹姚无奈道。

　　"每个女人在少女时期，内心都有个艾希礼，到后来，才明白自己真正爱的却是班瑞德。"莫莉说道，"言归正传，视频你看了吧？"

　　尹姚点点头，说道："没想到汤鸣和陶金陵的关系很不错。据我所知，陶金陵位高，汤鸣从来没直接打过交道，最多拜访时有过照面，两人不至于能一起吃火锅，还一起带着女孩子。况且，陶金陵的老婆儿子都在加拿大，能带着妍头一起吃饭的，关系肯定不一般。"

　　"陶金陵是汤鸣的叔叔。"莫莉说道。

　　"什么？你怎么知道？这几年来，我从来没听汤鸣说过。"

　　莫莉笑笑，说："拍这个视频的人，和之前跟踪偷拍你的是同一个人,叫金军。他以前是刑队的,后来出了体制自己做私家侦探了。他已经跟踪汤鸣几天了,今天晚上正好拍到这个。金军跟着汤鸣进了火锅店,路过陶金陵这桌,故意碰掉了一个菜,水洒在了陶金陵身上,弄脏了。汤鸣赶紧关切道:'叔,你怎么样?'"

"看来汤鸣藏得很深啊。"

莫莉点了点头,说:"是的。陶金陵一直是CP的背后支持者,CP加入VA自动化项目的竞争,也是陶金陵一手安排的,所以几个月前让魏鹏和采购去底特律考察。备件项目,没有陶金陵的全力支持,我也很难从你口中虎口夺食。只是没想到现在,自己的职位也被陶金陵的侄子给夺走了。"

"为什么广州不做了?"尹姚问道。

莫莉忽然想到自己光天化日被欺凌的景象,有些难过,说道:"我已经厌倦了自己被作为一颗棋子,一不小心就羊入虎口粉身碎骨。也正好知道爸爸来了上海,我就赶紧辞职了。这两天在爸爸身边,可能我这几年的关心,加起来都没有这两天多。"

尹姚微微笑了笑,说:"也是啊。最近这段,觉得生活简单多了,有时候觉得'采菊东篱下,悠然见南山',真是一种境界。你多照顾下你爸是对的,子欲养而亲不待,那就后悔莫及了。"

莫莉笑了起来,说:"你还是那么文绉绉的嘛。对了,你把你新公司的抬头发给我,我晚饭时费了不少口舌,终于搞定了北方的一家主机厂的备件订单,20多万。那采购跟我关系很好,答应用新抬头,就是要中转一下。这些零备件,你用你的抬头从CP订购,CP那边我虽然离开了,人心还在,已经打好招呼了,我不方便出面,你让蔺娜明天联系下,清单和联系方式我发给你。"

尹姚犹豫了下,问:"这么一转手,能有多少利润?"

"10万。"莫莉看尹姚也不拒绝自己的好意,继续说,"我现在失业了,如果这个订单成了,让我加入你公司吧?"

第二天早上,莫莉8点就来找尹姚,拉着尹姚先去吃了个早饭,然后又让尹姚上车,问去哪也不说。车到假日酒店门口停下,尹姚再次问道:"来这干嘛?"

"你不是一直和闵颖来这里吗?我们就不能来了?"莫莉回答道。

尹姚不肯下车,说:"对不起,我心里除了闵颖,再也容不下其他人了。别以为你给个订单,我就相信你了。我们回吧。"

莫莉扑哧笑了出来,说:"一起开个房呗,大家都有生理需求嘛。"

尹姚义正词严道:"莫莉,我们没有冰释前嫌。闵颖还躺在病床上没有醒来,我不会做对不起她的事情。"

莫莉笑得更大声了,早饭都快要喷出来,说:"跟你开玩笑呢,谁跟你开房,跟我来,正事!"

进了大堂,莫莉拿出照片,跟前台两个小姑娘比对了下,嘟哝着:"对,是这个!"然后走上前去,看胸口的标牌,对着一个小姑娘说道:"王小姐,你好,能跟你聊聊吗?"

"您好!有什么可以帮您的?"王小姐职业性地礼貌问道。

"能借个地方,私下聊几句吗?"莫莉问道。

"对不起,我现在上班呢,我跟您也不认识,恐怕不方便。如果您入住或者退房,我这边都可以给您办理。"王小姐微笑着说道。

莫莉看看身后的尹姚,尹姚瞬间都明白了,对王小姐说道:"小王,你应该认识我吧,能跟你咨询点事吗?"

"哦,尹总,您最近好久不来了。"王小姐说道,"您有什么事,就这里说吧,我正在上班,不方便离岗。"

尹姚表示理解,拉着莫莉到大堂沙发上坐会,打了个电话。不一会,凌曼走了过来,笑容满面,说道:"尹哥,好久不见,今天怎么来了?"说完,看了看身边的莫莉。

"凌曼,我是随手打个电话,想这个点你应该肯定还睡着,竟然在,太阳从地下钻出来了,昨晚没喝酒呢?"尹姚说道。

第24章 探寻真相 233

凌曼笑道:"没,这不最近中央扫黑除恶督导组在上海嘛,KTV全歇业了,这样也好,我落得轻松。我要不给你去整个房间?"

"不不不,"尹姚赶紧指着莫莉,解释道,"凌曼,这是我朋友莫莉,今天过来,想找你帮个忙。你还记得那天我和你闵姐在这边吃饭,然后我老婆吴琳琳也来了。"

"对对对,那天我好尴尬,吓死我了。"凌曼的反应真是快,"1620,对不对?我还琢磨着这是哪一出。"

"你果然把你尹哥的事情放在心上。为什么有人知道房间号是1620,肯定不是你透露的,那就另有其人。"尹姚说道。

"我怎么可能干这个事情!尹哥,我们认识那么多年,我是那种人吗?"凌曼激动道。

尹姚让凌曼别激动,拿出莫莉那张照片,上面一个前台小姑娘正在打电话,下面的日期是7月22日。尹姚指着照片说:"这个小姑娘是小王吗?"说完,往王小姐的方向看去。

凌曼拿起照片看了看,点了点头。将尹姚两人安排进旁边一个小房间,凌曼说:"我这就去把小王叫过来。"

不一会儿,小王拿着两瓶水进来,问道:"两位找我有什么事情吗?"

尹姚让小王坐下,问道:"最近和汤鸣怎么样了?"

小王朝尹姚看了眼,莫名写在脸上,也不作声。

"听说汤鸣要结婚了。"尹姚继续说道。

"真的?"小王突然开口道。

"昨天我还看到他和他女朋友一起吃饭呢。"说完,尹姚接过莫莉递过来的照片,递给小王看。

照片上,汤鸣和一个美女坐在火锅台旁,亲昵的样子。小王看着照片,脸色开始发黑,将照片往桌上一丢,怒道:"难怪这家伙最近对我爱理不理!"

尹姚看小王缓过气来，说道："小王，我只是让你知道汤鸣不可能跟你在一起。他骗了很多人，包括我。所以，我想向你确认一件事，为什么 7 月 22 日，你要泄露我开的房间号 1620。"

小王有些心慌，默不作声。

尹姚笑笑，说："小王，没事的，我不是来找你麻烦的，我保证也不会说出去，不会对你造成任何影响，我是想知道真相。"

小王还是不敢接话，莫莉补充道："小王，姐姐在这儿，我们不找你任何麻烦，你只要告诉我们怎么回事就行。你回答了，什么事都不会有，不回答，你会真的有事。"

小王看了莫莉一眼，低声说："那天汤鸣打电话给我，说怎么联系不上尹总，有急事，问我是不是在我们这儿，让我告诉房间号，我就说了。"

莫莉嘴角邪笑，说："尹姚，那天发生了那么多事情，你应该记得很清楚，后来汤鸣找你有事了吗？"

尹姚摇了摇头。

"你想想吧，我没骗你。"莫莉说道。

出了假日酒店，尹姚若有所思，说道："莫莉，能让你朋友金军帮个忙吗？"

"什么事？"

"帮我查一下 11 月 23 日，鹿鸣路星巴克中午 12 点到下午 18 点的监控吗？"尹姚说道。

莫莉点了点头，到一边打电话去了。

莫莉把尹姚放到新公司，想先回医院。尹姚问："要不要上去坐坐？顺便交代下昨晚你说的项目？"

莫莉有些犹豫，吞吐着说："我还是不上去了吧，蔺娜在。"

"你们 CP 的人都认识我，这个备件项目只能蔺娜来操作，你我都不

第 24 章 探寻真相

方便出面。你总归要面对蔺娜的,你自己考虑清楚。铭晟是初创公司,只要是项目,都很重要。"尹姚说道。

莫莉迟疑着点了点头,说:"首先申明,不允许蔺娜拿水泼我。"

上楼走进办公室,莫莉一直躲在身后。蔺娜说道:"尹姚,你来了啊。"然后面无表情地朝身后的莫莉看了眼。

莫莉主动叫了声娜姐,问了会议室在哪,直接进了小房间打电话联络项目。

尹姚其实昨晚早跟蔺娜打过招呼,简单说了下这几天的事情。蔺娜说道:"尹姚,你可小心点,这个女人阴险毒辣得很。"

吃完盒饭后,莫莉水也没喝到一杯,气氛有些怪异,事情反正也交代完了,先回医院。蔺娜联系了CP那边,报价很快就过来了。快下午的时候,有家贸易商来联系,直接递了个合同,说:"盖完章,给下你们公司的账号,马上把50%的预付款打过来。"

尹姚苦笑着摇了摇头,说:"莫莉这个女人是有两把刷子,效率那么高。"

五成的预付款到账,蔺娜似乎并没开心起来,问道:"那个女人要拿走多少?"

尹姚摇摇头,说:"她没谈钱的事情。"
"那她到底今后和我们铭晟是什么关系?"
"她想加入铭晟,可我没答应。"尹姚说道。
"嗯,你绝对不能答应,不然将来怎么死的都不知道!"蔺娜说道。

蔺娜有事先走了,尹姚处理一些手头上的工作。等有人敲门,已经快5点了。是莫莉,手上拿着个U盘,说:"星巴克的监控视频拿到了。"

尹姚伸手去拿,被莫莉一个闪手,没拿到。莫莉说道:"晚上请我吃饭吗?"

尹姚笑笑,说没问题。

视频是从12点开始的，星巴克里的人有些多，每张脸都得关注，看着累，看到1点多，尹姚眼睛疼，想抽烟，被莫莉呵止，说："上海市规定室内不准抽烟，有害我的健康，你去阳台抽。"尹姚只好让莫莉帮忙盯着。

尹姚一下抽了两根，突然听到莫莉呼喊，赶紧进去。莫莉倒放回去一些，指着屏幕上一个人影，只见这个人背着包，买了一杯咖啡，然后到座位上，放下包，拿出笔记本，开始操作起来，终于这个人转了转头，莫莉赶紧暂停，镜头停止在这个人的正脸。放大些，这个人不是别人，正是汤鸣。视屏里汤鸣对着笔记本捣鼓了近20分钟，然后合上，放进背包，走人。时间定格在11月23日14点20分。

尹姚赶紧打开自己的笔记本确认，翻出那封"邮件门"，日期相同，时间是14点21分。

尹姚也不管莫莉了，自己点上烟抽了起来，陷入了沉思。过了几分钟，突然猛地从桌上抓起一个茶杯，往地上摔得粉碎。

许久，尹姚的心情平复些了，看莫莉把摔碎的茶杯也打扫完了，说："走，吃饭去吧。"

车上，尹姚默不作声，莫莉打开话匣子道："我知道你心里很难过，闵颖的事情不是那么简单的，我们越来越往真相逼近了，不是吗？"

"谢谢！"尹姚说道。

莫莉笑笑说："不仅你需要真相和交代，大家都一样。不是吗？"

"你发生了什么？"

莫莉摇摇头，转移话题道："走，我们吃好吃的去！"

车到一家熟悉的米线店门口停下。这家米线店是尹姚最爱吃的米线店，吃了有超过20年了，那始终如一的味道，那闻到味道就能流下的口水，让人欲罢不能。

两人吃着米线，尹姚问道："你还记着这家店呢。"

第24章 探寻真相

"是啊,上次我们在这里一起吃米线,要追溯到10年前了吧。"莫莉看尹姚吃得津津有味,继续道,"我其实也经常来这家,有一次我还看到你和闵颖在这里吃,只是你每次吃这家米线店都太过专注,没有注意到我而已。"

尹姚笑笑说:"是吗?这家店见证了我的成长吧,第一次来,是初中。这家店周围的一切都在变,高楼开始林立,但不变的是我的热爱。"

莫莉的手机消息响了,一看,是金军发过来的地址。转瞬,金军电话打过来,说:"来吧,我等你,他们娘俩都在。"

抓紧吃完,尹姚稀里糊涂地上了车,问去哪。莫莉神秘地说:"去找龙三的老婆孩子聊聊。"

"你怎么知道龙三的事情?"尹姚问道。

莫莉苦笑了两声,说:"尹姚,你这是埋汰我咯。闵颖的事情闹这么大,我是行业里的王牌销售,这些事情我能不知道吗?而且龙三在这一带混黑社会还是有点小名气的。"

"嗯,这个龙三,真名叫张龙山,事发当晚就买了机票逃往泰国了,现在警察已经让泰国警方通缉。"尹姚说道,"他和他老婆离婚有几年了,平时不怎么联系,警察都去盘问过,没有任何实质性的信息。"

"那我们就去试试呗。"莫莉说道,"如果警察什么时候都好使,那苏格兰场为什么要找福尔摩斯帮忙?"

车开进了一个不错的小区,两人下车。旁边一辆车里走出来一个人,一身黑衣,身材挺拔,短发精干,笔直地站着,一声不响。莫莉向尹姚介绍道:"这个就是我向你说起的金军,原刑警队的,现在自己在做私家侦探。"

尹姚边握手边自我介绍。金军面无表情地说:"不用介绍,我都知道。"

"进楼和坐电梯有门禁吗?"莫莉问道。

"有门禁,不过已经坏了,我弄的。你可以直接进去。坐电梯要刷卡，不过在 4 楼，走上去就行，406 室。"金军说道，"他们娘俩都在，我就不上去了，看见我肯定不会开门。"

莫莉笑了笑，说："你就不能穿朴素点嘛。"

上楼，找到 406，莫莉敲了好一会儿门，才有人应答。里面人却不开门。莫莉说道："哎，姐，你好，我是张龙山的朋友，我们可以聊聊吗？"

"我不认识你，有什么好谈的。"门里传出声音。

"你先开门，进门说吧。"莫莉说道。

"有什么事情，门口也可以说。不方便进来。"门里人说。

"张龙山最近联系你了吗？"莫莉问道。

"我们离婚了，他是死是活跟我没有关系，再见！"门里人说道。接下来，任凭莫莉怎么说怎么敲门，里面再也没有了回音。尹姚尝试了下，也一样。

莫莉有些生气，大声对着门内说道："快开门。你儿子叫张翼捷，14 年出生，在龙阳幼儿园中（2）班。"

"你这是恐吓吗？"一会儿，门内又传出声音，"我儿子有个什么事，我跟你拼命！"

"姐，我不是这个意思。"莫莉说道。接下来，真的是完全没有了声响。

尹姚也无奈，只好打电话给陆中华。过了半个多小时，陆中华赶来了，他正好在值班，穿着警服。跟尹姚在楼梯口唠了几句，陆中华说："这不是我辖区，不过龙三的女人我好像认识，以前是个小太妹，打架什么的被抓过两次。"

尹姚说："中华，你帮我试试，真的有事情要了解下，闵颖的事情很不简单。"

陆中华拿出证件，晾在猫眼处，一边敲门。过了许久，门终于开了，一个年轻女人抱怨道："陆警官，这两个人老是在我家门口骚扰我，你帮我赶走吧。"

陆中华看着这个女人眼熟，严肃道："这两个人我认识，不是坏人，他们只是想问你了解些事情。你前夫差点杀了人家女朋友，现在还在ICU没有醒来，你开个门沟通下又怎么了？"

"陆警官，我前夫就爱惹事，道上仇人一大堆，现在又犯了大事，我这孤儿寡母的，晚上敢开门吗？人家来寻仇怎么办？"女人说道。

进了门，很大的房子，装修也不错。女人说道："我该说的都跟警察说了，我前夫逃往泰国都是警察告诉我的。你们还要了解什么呢？"

"你前夫犯事前跟你说过什么吗？"尹姚问道。

"没有。"女人回答道。

"你前夫最近联系过你和你儿子吗？"陆中华问道。

"没有，是死是活我都不知道，关我什么事？"女人回答。

这时，莫莉看小朋友在看电话，坐了过去，对小朋友说："姐姐陪你一起看会儿电视，好吗？"

小朋友怯怯地说："好吧。"

看了一会，莫莉问道："想爸爸吗？"

小朋友点了点头。

"爸爸跟你打过电话吗？"

小朋友摇了摇头。

"你爸爸去哪了，知道吗？"

小朋友回答道："去了很远很远的地方。"

"你怎么知道的？"莫莉好奇道。

"是爸爸跟我说的。"

"是怎么跟你说的呀？"

"他抱着我说的。"小朋友回答道。

尹姚聊着这边，听着那边，一下反应过来，对女人说道："龙三逃跑前一天来过这里，对不对？"

女人迟疑了会，说道："他只是来看看儿子，我把翼捷送到小区里的游乐场，也就半个小时，他就把儿子送回来了，龙三门都没踏入过。我跟他一句话都没说过。"

出了楼，陆中华走过金军的车，朝里面看了眼，把尹姚拉到一边，说道："你现在在找私家侦探帮你查？"

"你是指刚车里的金军？"尹姚问道。

陆中华点了点头。

"我其实才刚刚认识他一个小时，是莫莉的朋友。"尹姚说道。

"刚才那小孩说的，你听明白了吗？有可能是有预谋的，早就想好了要跑路。"陆中华说道，"不过小孩子童言无忌，今天这么说明天那么说，不能成为证言的。还有，抓到的那几个，听说局里又盘问过，应该是真的不知道什么事情。这种事情警察暂时帮不了，可能就要靠私家侦探了。"

尹姚点了点头，问道："你认识金军？"

陆中华点了点头，说："这个金军，以前是我们区刑警队出名的干将，以前碰到过几次。后来酒驾，警服被剥了，去干私家侦探了。你应该找对人了。不过这家伙做事情很野，当然，我也只是听说。"

陆中华走后，金军从莫莉那边过来，问道："你认识陆中华？"

尹姚点点头，说："我高中同学。你也认识？"

金军微微一笑，说："怎么能不认识，警察圈的红人，有背景能力又强，还得继续往上升。"

这时，莫莉补了一句："金军，你的皮，不就是他帮忙剥的嘛。"看大家不接嘴，莫莉问道，"尹姚，刚才楼上的情况，你听清楚了吧？"

尹姚嗯了声，说："闵颖的事情，根本就是有预谋的谋杀，而汤鸣是个关键人物。"

第24章 探寻真相　　241

金军说道:"再给你个信息,那天晚上,龙三他们是6个人,却只叫了两个小姐。"

"你怎么知道?"尹姚问道。

"你没看过KTV的监控吗?前前后后,从他们的包间,进出的就只有两个女的,连公主似乎都没叫。这种人,你应该了解,去唱歌不是这么消费的。"金军说道。

"你的意思,他们根本就不是真正在唱歌抱小姐,而是有预谋地等待时机?"尹姚说道。

金军点了点头,问道:"很可能。下一步,你们有什么想法?"

"我们这是建立起合作关系了吗?"尹姚伸出手问道。

金军看了尹姚一眼,没有伸出手握上,说道:"我没有在帮你,我是在帮莫莉。这个事情先说清楚。"

尹姚有些尴尬,说道:"你是私家侦探,不会白帮忙,我这边会支付酬劳。"

金军笑笑,说:"如果谈钱,很多事情再多钱,我也不一定愿意做。"

莫莉赶紧说道:"说什么呢,尹姚,钱不用你考虑,我们谈的是正义和真相。"

第 25 章　努力探寻

尹姚一直认为，创业是个游戏，看谁能玩转；但现在认为，创业还是游戏，但为了寻求此中的正义。

莫莉早上直奔铭晟办公室，将包往办公桌上一放，见蔺娜在，问道："昨天订单都处理完了？"

蔺娜好不自在，回答道："你说话的口气怎么像老板质问下属？不要以为你给铭晟订单，我就要像佛一样供着你！尹姚也许会，但我不会！"

莫莉赶紧道歉，从包里拿出一盒茶叶，泡了壶茶，送到蔺娜桌上，说道："娜姐，喝茶。过去那些对不住的事情，我真心抱歉。在其位，谋其职，很多谋略虽然很阴险，但箭在弦上，不得不发，销售这行，都有阴暗面，请理解啦。"说完，又从包里拿出一瓶 Lamer 的面霜，放到蔺娜的桌上，"这个不错，姐，你试试。"

蔺娜往边上一推，说："我不敢用，怕毁容。"

莫莉笑道："姐，没事，就放在你桌上，等你不怕的时候再用。"

不一会，尹姚来了，见到莫莉也很奇怪，说："我还没同意，也还没和蔺娜姐商量了，你怎么就私自来了？"

莫莉说道："有一单我还在联系，有四十多万，争取一个礼拜内搞定。现在我没个办公场所，也不方便，借用你这边了。"

"那你给铭晟做了订单，我们该怎么支付你酬劳呢？"蔺娜问道。

莫莉看了眼尹姚，说道："你们看着给吧，反正我还欠着你 9 万的医药费没给呢。现在只是起步，我才不会看眼前这些蝇头小利。"

尹姚是大股，独立办公室，忙了会儿，莫莉进来了，说："汤鸣的事情,金军会去处理,我们等消息吧,看他能问出点什么。"

"金军他会怎么做?"尹姚问道。

"他自有办法。不过,我告诉他了,凡事有进展,必须第一时间通知我们,并且需要我们的全程参与。"莫莉说道。

尹姚点了点头,问道:"我挺想知道你和金军是什么关系。"

莫莉笑着说:"你是不是有点对我刮目相看了呢?"

尹姚摇了摇头说:"我只是好奇。"

"他跟我有过一段,那时候他已经自己做私家侦探了。"

"你们为什么分手了?"

"他那方面不行。"

莫莉干净利落的回答一下子惊到了尹姚。尹姚有些惊喜,看起来比自己威武强壮的人,能力方面却比自己欠缺。尹姚问道:"怎么回事?"

"他酒驾发生了事故,伤到了肾。"莫莉说完,出去忙事情了。

下午莫莉终于有空可以回家看看。肖斌说的没错,房子被收回了,锁换了。莫莉气得将门踹了两脚,蹲坐在地上,眼泪不禁流了下来。她想打电话跟肖斌大吵一顿,但还是忍住了。回到上海,住了酒店而不是回家,就是不想让肖斌知道自己回上海了。昨天肖斌问怎么离开广州了,莫莉回复说辞职回重庆照顾爸爸去了,估计这也是肖斌最想要的结果。

尹姚去医院,顺道去看看莫爸。莫爸嘶哑着声音说道:"哎,我知道自己时间不长了,这次来上海,只是延长些日子罢了。"

"伯父,哪儿的话,医生说这次的手术挺成功的呢。"尹姚说道。

"自己的身体自己知道。"莫爸说道,"哎,我那个不争气的女儿,三十多岁了,还没着落,好想在闭眼前看到她结婚生子,看来难了啊。"

"莫莉聪明漂亮,又能干,只要眼界别太高,找个老公有啥难的。"尹姚安慰道。

莫爸摇了摇头说:"我这个女儿,从小就聪明,就是聪明用错了地方,聪明反被聪明误。"

这时,莫莉进来了,娇嗔道:"爸,你说什么呢。"

莫雷放心不下有些痴呆的莫妈和自己两个孩子,昨天先回重庆了。现在莫爸也就留给了莫莉。还好请了个专职的护理,这样,莫莉可以轻松些。莫雷走前给尹姚打了个电话,挂前补了一嘴:"我爸昨晚睡不着,跟我叨念着你姐夫怎么不来看我。"

找到汤鸣,对金军来说不是什么困难的事。汤鸣用了莫莉的办公室,也用了莫莉的车位。VA 的项目着实费神,汤鸣又刚接手,忙完手头的事情,已经晚上 8 点了。整理完下楼,去开车,刚打开车门,就被人从身后用手帕捂住了嘴巴,一下子晕厥过去。

像是跳水,头冲进了泳池,汤鸣醒来,上半身已经湿透,原来被人浇了一盆水。一月的天气,实在寒冷,不禁寒战起来,只听见自己牙齿打架的声音。自己被绑在一张铁椅上,双手反绑,呼喊了两声救命,马上被一个黑头套的人将嘴上贴了一大块胶布,只能发出呜啊呜啊声。

这是一个昏暗的小房间,房间亮着微弱的灯,似乎连玻璃窗都没有,旁边有张木桌,望去,是一排小五金工具。房间里有两个黑头套的人,一个人拿了一个立式台灯放在汤鸣身前,调试,打开,闪亮的灯光照得汤鸣睁不开眼,隐约看到那个黑头套在灯架上安装了一个摄像头。

晚上 9 点,尹姚到酒店接莫莉,按照莫莉发过来微信上的地址导航,开车出发,越开越往远郊。尹姚问道:"怎么住酒店,不回家呢?"

"没有家。"莫莉回答道。

"你怎么没有家了呢?"尹姚奇怪道。莫莉迟迟不回答,尹姚也没好意思追问,回了句:"跟我一样。"

开了一段小路,没有路灯,终于慢慢看到一个破旧的厂房,像是待拆迁的样子,里面有些许微光。车到门口,一个戴着黑头套的黑衣人招

第 25 章 努力探寻

呼着把车停好。这里荒郊野外，尹姚着实有些紧张。

黑衣人将头套摘下，是金军。金军用手机照亮，沿着楼梯，将两人带到楼上一个小房间。昏暗的灯光中，尹姚才发现小房间里有个破桌子，桌子上有台笔记本，旁边有两把破旧的椅子，满是灰。金军打开笔记本，输入密码，屏幕上显示着一个狼狈的男人被反绑在椅子上，嘴上贴着胶布。尹姚仔细一看，是汤鸣。

金军说道："我现在去楼下房间。这里不通电，黑点儿别介意。楼下的直播是同步的，我戴着蓝牙，有什么想问的，直接跟我说就行。"

一会儿，视频中多了一个戴黑头套的人。黑头套把汤鸣嘴上的胶布给揭了，只听见汤鸣大喊救命，迎来的是黑头套猛地一记摆拳，打得汤鸣鼻血直流，呜啊呜啊的。

黑头套说道："这里很偏，现在也晚了，你再喊也没人会来救你，所以省省吧。"说完，揉了揉自己的拳头，"别让我的拳头再疼一次了，懂了吗？"

汤鸣不再发声，大声喘着问："你们想干什么？我得罪你们了吗？你们要钱我给你们！"

黑头套笑笑说："我们不要钱，要真相。你老实回答问题，我就不会为难你，可以吗？"

汤鸣点了点头，说："你们想知道什么？"

"闵颖，你认识吗？"

汤鸣点了点头，大声喊道："你们是尹姚找的人，是不是？他给了你多少钱？我双倍你给，你放我走！"

黑头套又是一拳，打得汤鸣满口是血，怒道："行有行规，不要再给我来这一套，听懂了吗？"见汤鸣默认，黑头套继续说道，"既然你认识闵颖，你也知道她现在很悲惨地躺在医院。我问你，铭程公司群发的那封尹姚和闵颖的艳照门邮件，是谁发的，是你吗？"

汤鸣摇摇头，有气无力地说："我看过邮件，但不是我发的。"

246　创业的游戏

"不是你发的，那是谁发的？"

"我怎么知道？我还替我闵姐鸣不平呢！"汤鸣辩解道。

这时，黑头套拿出手机，给汤鸣播放了一段汤鸣在星巴克发邮件的视频，视频底下有日期，并展示了视频里一张汤鸣的正面截图，说道："艳照门邮件的时间，和你发邮件的时间是一致的。发件人跳转出来的IP地址就是这个星巴克的网络地址，你敢说不是你发的？"

"真不是我发的！"汤鸣继续狡辩。

黑头套朝另一个黑头套看了眼。另一个黑头套从桌上拿起一把小钳子，走到汤鸣身后，一把抓住汤鸣的手。只听到一声惨叫，接下来就是哭喊声。另一黑头套的小钳子上夹着一片血淋淋的东西，走到镜头前晃了晃。

尹姚才看清原来是片掰断的指甲，心里一咯噔。莫莉吓得也一声惊叫，紧紧抓住了尹姚的手。

黑头套说道："汤鸣，我跟你说过，你如果老实回答，也不至于这样！接下来知道该怎么做了？"

汤鸣撕心裂肺地哭喊着点了点头。

"用嘴巴说，会不会老实回答？"黑头套严肃道。

"我会老实回答的。"汤鸣口齿不清地说道。

"好，这样就好，大家都轻松点。"黑头套点了根烟，"邮件到底是不是你发的？是就是，不是就不是，老实回答就行。"

汤鸣回答道："是我发的。"

"为什么要这么做？"

汤鸣没有回答。

"行，现在不说也没关系。现在回答第二个问题，投标前一晚，给CP公司的报价是谁泄露的？是你吗？"

汤鸣点了点头。

"详细说明下泄露报价的事情。为什么是闵颖的手机发出去的？"

第 25 章 努力探寻　　247

"我知道闵颖的手机手势密码,她爱把手机放在桌上,我趁她上洗手间,用她的手机跟莫莉聊天,然后就删除了。"汤鸣说道。

"谁告诉你6600万底价的?"

"是陶金陵,VA的工程部老大。"

"邮件里的艳照哪来的?"

汤鸣说道:"闵颖手机的回收站里翻出来的,一般手机都能把删除的照片保存两三个月。"

黑头套笑笑,说:"很好!就这么回答问题不很好嘛。现在回答第三个问题,几个月前,你是不是跟踪过尹姚和闵颖,怎么知道他们开了1620的房间?"

"我跟闵姐和尹总那么多年,都很熟。我猜到了那天他们不在,多数去了假日酒店。所以那天我就蹲守在酒店门口的停车位。果然他们来了,我就问前台小姑娘要他们的房间号。"

尹姚通过电话让金军继续问。

金军说道:"你为什么要这么做?你对闵颖和尹姚是有多大仇多大怨?"

汤鸣转头看旁边的黑头套手上还拿着那把钳子,回过头说:"也没有多大仇多大怨。陶金陵是跟CP公司关系很好,VA的项目要让CP中标,要我一定要帮忙。帮忙的方式就是争取赶走闵颖,因为闵颖是尹姚的左右手,然后投标前要告知报价。"

"你的回报呢?"

汤鸣说道:"CP拿到项目后,我就可以跳槽到CP做主管,他们开了3万元的工资。"

"CP的主管不是个女强人吗,你要取代她的位置很难吧?"

汤鸣挤出一丝笑,说道:"你说的那个婊子叫莫莉吧?除了会扒开双腿,还会干什么。只要陶金陵打个招呼,第二天她就得滚蛋。"

屏幕前的莫莉将尹姚的手抓得更紧了,脸上弥漫着怒气。

"陶金陵是你什么人？"

"我叔叔。"

"好，还有一个最重要的问题，你为什么要布局生日那天在KTV里伤害闵颖？"金军问道。

"我没有！"

金军就是一拳，打得汤鸣血都喷了出来，哽咽着吐出了一个牙齿，说道："你还敢不说实话！龙三他们都没叫小姐，龙三都提前准备好要跑路的！"

"我真的不知道。那天我生日，吃晚饭的时候，我叔打电话给我，说KTV包间已经订好了，带上尹姚闵颖一起去。我当时喝多了，也没有多想什么。我没有骗你们。真的！"汤鸣哭喊道。

尹姚敲门，金军在门外给了一个头套让带上。进门后，尹姚看到地上已经躺着第二个指甲盖了，沾着血，让人头皮发麻。看着汤鸣狼狈的惨状，血和鼻涕糊在脸上，混成一块。金军递过来一个带金属的半指拳套，说："接下来的时间留给你了。"

尹姚摘下了头套。

回去的路上，莫莉开车，汤鸣侧倒在后座，不停地呻吟。尹姚坐在旁边守着。到医院已经一点多了，尹姚把汤鸣拉下车，问道："还走得动吧？"

汤鸣用愤怒地眼神看着尹姚，点了点头。

"你自己去看医生吧。多行不义必自毙，我一直告诉你，销售可以用手段，但不可以害人！"尹姚忍着怒气说完，回到了副驾驶。

"如果不是闵颖，现在躺在ICU的应该是你，金军都给你准备好拳套了，为什么不狠狠揍他一顿？"莫莉奇怪道。

"冤冤相报何时了呢。他已经被金军折磨得那么惨了。后来我又问了

第25章 努力探寻 249

一些情况，感觉他也只是一个受人指使的木偶。你不是说过吗，我们都是棋子，后面还有更大的虎狼呢。"尹姚说道。

"KTV这件事难道不是他策划的吗？"

"我感觉汤鸣没有说谎，他的酒量我知道。他在铭程一个月就拿七八千，在上海不算多，当有一个月3万的机会时，谁都会心动。这个动机是否充分，我不确定，但这个小伙这几年来，我是一路带着他成长起来的，以前一直觉得他很阳光，我也一直很看好他，但说到底，这可能也只是陶金陵布的一个局而已。"

"你为什么把头套也摘下来了，不怕汤鸣将来报复吗？"

"咱们又不是ISIS全球直播的斩首行动。带不带头套，都能猜到是我，何不光明磊落些呢。"尹姚按下窗，点了根烟，"真相开始接近了，我们还得努力一把。"

"是的。从铭程赶走闵颖和伤害闵颖的解释，有些牵强，我预感整件事恐怕没那么简单。"

"肯定。"尹姚点了点头说。

第 26 章　第九巡查组

中央第九巡查组进驻上海有段时间了,特别工作小组派驻 VA 集团进行专项巡视,所以每个食堂门口都张贴着布告,上面明示着举报电话、邮箱和办公地址。

VA 内部的党风廉政大会也适时召开,VA 所有中高层全部参加。马老师作为 VA 纪委主持人,说道:"任何部门,如果需要工作组的配合,请积极履行配合义务,不许推脱和怠慢。最后请大家一周内上交各自的护照。如果遇到要出国的,写好报告,请领导签字和纪委批准。"

魏鹏开完会直接回家了,工程部里自己的办公室也一直空着。回家看看,空荡荡的,看着墙上还挂着自己和蔺娜的照片,拿布擦掉点灰。睡了一会儿,像是听见莘迪在楼下喊自己,赶忙跑到阳台往下看,没有任何人,更没莘迪的喊声。看看时间快 7 点了,赶到饭店,罗军勇已经在那边点菜了。

罗军勇是春江水暖鸭先知,早就打听到 VA 南昌工厂要上新线,虽然工程部已经不是魏鹏主管,但是车间还是魏鹏做老大,他的意见也相当重要。作为铭程的新任副总,总归要比尹姚做得出色才行。

魏鹏坐下后问道:"罗总,听说你最近是春风得意,一到铭程,铭程就起死回生,一下拿下 SC 的大单,又从 CP 那边分了杯羹,真是厉害啊。"

罗军勇大笑,说:"魏总,你这又取笑我了。我只是顺势而为,运气加持而已。"

魏鹏赔笑,说:"南昌工厂要上条新线的事情又被你知道了,你们铭程不是五年内不能再参与 VA 的项目了,你这么积极做什么?"

"哈哈,魏总,咱这么多年了,明人也不说暗话了。铭程是做不了,但是 CP 可以啊。CP 根本消化不了 VA 的项目,他们拿了你们新线的自动化,也不就等于铭程在拿嘛。"罗军勇说道。

"你真够精的啊。听说你们那个汤鸣,跑去 CP 做销售总监了。将来的规划就是联合起来垄断 VA 的项目了嘛。"魏鹏笑道。

"目标是这个啦。咱自己人说说就算了,但不能放台面上说的。"罗军勇轻声道。

"看来我们陶金陵部长规划得井井有条啊!"

罗军勇看了眼,没有接嘴,但魏鹏仍然盯着罗军勇。罗军勇只好接嘴道:"可能是吧,这背后的事情太复杂,我也吃不准,我刚说了,我就是顺势而为。"

"让你准备的东西弄到了吗?"魏鹏问道。

罗军勇赶紧从包里拿出一份文件递了过去,说道:"这是这几年 JR 从深圳凯拓采购零部件的合同复印件和价格清单。我看了下,的确是比市价要高百分之二十多。还有,JR 每个项目都会支付一笔咨询费给凯拓香港,这个合同我就没有了。"

魏鹏拿出文件看了看,说道:"老罗,还是你有办法呀。"

老罗笑笑,谦虚道:"这算什么事,我可在 JR 做了十几年了,这些都没难度。"说完,看看周围,把头伸近魏鹏,低声道,"我顺便还查了查这个凯拓发展,里面有四个股东,各 25% 的股份,人我都不认识,但有个人的名字有点耳熟,叫吴敏。"

"吴敏?"魏鹏感觉也有些耳熟,想了想,"吴敏不就是陶金陵老婆吗?现在加拿大。"

魏鹏吃到 8 点多,早早离开了,明天还得回南昌,今晚还约了舒达的托尼。到了茶庄,点了壶茶,托尼姗姗来迟,赶紧道歉说加班到现在。

魏鹏说道："前两天说的，我们 VA 生产线的改造，可行性如何？"

"这不刚才还在忙这个事情嘛。"托尼喝了口茶，"我让技术部门帮忙加班模拟，改进程序和算法，更换更好的零部件，增加 10% 的节拍，还是很有可能的。"

"那就好。我们 VA 现在总共十几条线，就算每条线提高 5%，也能节约出一条生产线的产能。这样一算，每年可以给公司节省不少的资金，也不用产能不足而外发了。"魏鹏说道。

"SC 不是特地买了一条线来承接你们的外发业务吗？听说合同都已经签好了，明年开始供货，你这不是断人财路吗？"托尼说道。

"这些你不用管了。你将这个改造的方案、模拟、成本核算，还有可行性分析，最近都帮我准备好吧。我这边会研究后上报，如果批下来，你们不就多了一笔业务吗？就拿我这边车间的一条线来做试验，如果成功了，就证明你们比 JR 强，接下来我这边还有一条新线，我有足够充分的理由来推荐你们舒达。价格虽然要比 JR 贵一些，但贵有贵的道理，拿效率的提高来说，贵的这些也就不值一提了。"魏鹏说道。

托尼点了点头说："好的，我会去操作的，我们也希望能真正参与到 VA 项目的竞争，只要公平公正公开就行了。"说完，又叹了口气，"不过，陶部长那边总归有点难处理。"

"最近不是中央巡视组在 VA 嘛，到处都是举报信箱和电话，难保陶金陵这次不出事，就算没事，也会收敛很多的，所以这次是最好的机会。"魏鹏说完，从包里拿出一份资料递给托尼，"你自己看着办吧。"

陶金陵下班回到家，电话响了，是个陌生电话，想挂掉，已经响了第三次了，就接了，问道："哪位？"

"我是老马。"电话那头说道。

"马老师，你怎么换号码了？"

"你不用管。这次巡查搞挺大的，VA 的销售公司已经好几个人被带

第 26 章　第九巡查组　　253

走了,下一步就是其他部门了,我已经收到好几封关于你的举报信了。你自己小心点。"说完,马老师把电话挂了。陶金陵还想多问些,再打过去,怎么都打不通。

陶金陵瘫坐在沙发上,苦思冥想,突然起身去卧室,打开抽屉,自己的护照在里面,翻开看看,加拿大的签证还在有效期,赶紧拿出手机,订了张机票,明天一早飞温哥华,老婆孩子在那边,甚是想念。

陶金陵打电话说道:"帮我转100万美金到吴敏的美国账户。7点到老地方来取现金。"说完,把房间里的窗帘全部拉上,开始收拾行李。没多久,电话来了,一看,是尹姚,不接,又响了两次,还是不接。收到尹姚的短信,看看,上面写着:陶部长,已私刑逼供你侄子,掌握了你的证据,希望见面聊聊。

陶金陵换了个手机,回电话过去,说道:"尹总,电话不多说了,我发给地址给你,晚上9点见。"说完,就把电话挂了。

一会儿,尹姚收到一个陌生号码发来的短信:"心悦花园,27号,九点。"尹姚一看便知是陶金陵发过来的。金军问道:"你确定不需要汤鸣那种方式处理?"

尹姚回答道:"人家是领导,那种方式有些过了。汤鸣说的是真是假,我需要确认。我先好好跟陶金陵谈一下吧。"

"那行吧,今晚我本来就约了女儿去看电影,你们自己小心点。"说完,金军跟莫莉打了个招呼,先走了。

"既然陶金陵敢安排打手这样对闵颖,我们晚上去找会不会有危险?"莫莉说道。

"陶金陵是个文明人,不至于自己动手。"尹姚说道,顺手拿起桌上一支钢笔,"我会把钢笔别在我胸口,上面有摄像头,你在楼下不远处等我,通过手机能监控到我,一旦发生什么事情,马上报警救我。"

莫莉笑道:"你还真有一套。你不怕你出事了,我不管你吗?"

尹姚哈哈笑了起来，说："这不你爸还在医院的病床上呢，我监控着呢，你能跑得了吗？"

陶金陵收拾完行李，往后备厢一放，看看周围没有人，往心悦花园开去。开进别墅小区，停好车，进门，陶金陵将行李箱往门后一放，叫了个外卖，然后往地下室走去。打开灯，走到墙角，拆下墙体护板，露出一个衣橱大小的保险箱。转了几圈密码，保险箱打开了，拿出里面两个行李箱，打开，满满的一叠叠百元人民币。数了 75 沓放到另外一个行李箱，关上，将旁边那个行李箱放回保险箱，锁上。

陶金陵看看表，才 6 点 50，打开客厅看会儿电视。7 点准时有人敲门，陶金陵猫眼看看，打开门，一个中年男人进来，问道："钱呢？"

陶金陵把行李箱推了过去，着实有点重。中年男人打开看了看，合上。

"750 万，不点一下吗？"陶金陵问道。

"不用，"中年男人说道，"我们都老朋友了，这点信任还没有吗？"

"那你可以转账了。"

中年男人点了点头，拿起手机打了个电话，完了，想拿钱箱准备走。陶金陵说道："等等，喝杯茶吧，我老婆那边儿还没给我通知呢。"

中年男人看了眼，往沙发上一坐，抽起了烟。一根烟抽完，问道："我这边打钱只要 3 分钟，你老婆收到了没有？"

陶金陵看看手机，摇了摇头。

"陶老板，我外面车里的兄弟，如果我十分钟还没出去，说不定就拿着枪或刀进来咯，怕我出事。"说完，中年男人推着行李箱径直出去了。

还好，没几分钟，老婆 OK 的短信过来了，陶金陵长吁一口气。不一会儿，外卖也送到了，刚没吃几口，门铃又响了，想会是谁呢，尹姚不是约了晚上九点嘛。猫眼一看，是肖斌。

打开门，陶金陵问道："肖斌，你怎么来了？"

肖斌直接进了门，说道："最近事多，这不来看看你嘛。"说完，扫视了一圈，眼光在门后的行李箱上停了一秒。

"你怎么知道我这里有房子的？"陶金陵好奇道。

"刚去了你家，你家没人，我猜你就在这儿。"肖斌看陶金陵还有些不解，继续说道，"你家这个别墅小区，有一半的土地是建在我们 SC 当初的老厂区上的。后来，拆迁后，原来你们 VA 的一家供应商投资了地产，开发了这里，据说还是半卖半送了这套别墅给你。快十年了吧？当初有没有 200 万？"

"差不多吧。"

"现在至少值 4000 万以上了，你还真有眼光。"肖斌说道。

陶金陵笑笑，说："你看，这只是简装而已，我也不住，等将来我儿子加拿大回来，当做婚房用的。"

肖斌笑了起来，说："你儿子可真幸运，有这么个老爸。我过段时间也想在这个小区买一套这样的别墅，你带我参观下吧？"

这别墅真不小，总共有四百多平，加地下室和阁楼，超过六百。到了阁楼，周围挺开阔，视野不错。阁楼外边有块小平台，也没有围栏，肖斌走到边上，往下看看，有个游泳池，只是没有水。陶金陵赶紧说道："肖斌，小心点，这边的围栏还没做呢，别摔下去。"

肖斌往回蹬了几步，说道："怎么不做个围栏呢，看着有点危险。"

"这里将来打算弄个阳光房，反正现在也不住，将来等我儿子回国后好好装修的时候一起弄。"陶金陵笑道。

回到客厅，肖斌抽了个烟，说道："老陶，老白最近在美国，你知道吗？"

"听说了，他老婆孩子也在那边，去看看挺好。"陶金陵说道。

"老白 7 月份刚去过，这次为什么又去，你心里没点数吗？"肖斌问道。

"巡查的事？"

肖斌点了点头,说:"现在中央巡查组和中央扫黑除恶督导组都在上海,虽然不一定会找老白,但这种时候出去避避风头,也是对的,以防万一嘛。"

"是啊,老白这家伙平时横行霸道惯了,出去避避也是对的。"陶金陵说道。

"你没这个打算吧?"肖斌问道。

"我?我要出去干嘛,人家是国企的老总,我只是VA的小领导而已。"

肖斌点了点头,说道:"那就好。陶部长,VA外发给咱SC的项目都是你操刀的,每年几个亿的产值啊。你如果跑去加拿大不回来,VA查起来,很可能这件事情就黄了,我们SC可可已经投了快两个亿了。"

陶金陵有些心事重重,皱着眉头说道:"我听马老师说,有人开始举报我了,过段时间就要查到我了。怎么办?"

"你就顶着呗,到你这里结束,你全部承担下来,不能再牵扯其他人,懂了吗?"肖斌炯炯有神地瞪着陶金陵。

陶金陵一下跳了起来,怒道:"凭什么?现在连铭程的尹姚都开始查到我了,我只是替你中间联络了下而已,那个叫闵颖的小姑娘,是你叫人干的吧!"

肖斌冷笑了一声,说:"我希望所有的事情,到你这边结束,可以吗?"

"不行!"陶金陵大声道,"如果巡查组查到我,他们手段多,我万一顶不住也没办法。"

"你收各种供应商的钱还少吗?交代一部分就可以了,不要涉及和我相关的,那么难吗?"肖斌说完,拿出一个手机,递给陶金陵。

陶金陵不明所以地接过手机,上面正在播放一段视频,视频里的地方不像国内,仔细一看,是加拿大,再仔细一看,远处是自家在温哥华的别墅,老婆儿子都住在那边。视频里一个黑人男子趴在楼顶,突然拿

第 26 章 第九巡查组   257

出一把狙击枪，瞄准远处自家别墅内的一棵小树。砰的一声，树枝应声折断。黑人男子站了起来，用英语对着视频说："这次，是树，下次，可能是里面的人。"

陶金陵才明白昨晚老婆打电话回来，说发生了件奇怪的事，有枪声，院子里的小树怎么突然折断了。陶金陵站起身，一下把手机摔到地上，骂道："他妈的肖斌，你好狠！"

肖斌面无表情地走过去，将地上的手机捡了起来，说道："没事，这个是我的备用手机，不值钱，你摔多少都行。你要保证你家人的安全，只要做到两点就可以了。一，如果查到你，你交代其他什么都可以，不要乱说和我或者我的业务相关的事情，JR的也不行；二，不要逃往任何地方，逃了就是畏罪潜逃，VA会暂停或者取消你经手的业务，我会受很大影响。你听懂了吗？"

陶金陵默不作声。

肖斌突然将嗓门提高："听懂了吗？"

陶金陵点了点头。

"很好！"肖斌拍了拍陶金陵的肩膀，"那我先走了。"走到门口，肖斌又朝门旁的行李箱看了眼。

陶金陵走到窗前，看着肖斌上了车开走，抓起一盆假花往地上摔。突然全身有些发抖，头有些涨，赶紧跑到沙发边，拿出包里的胶囊吃了两粒。在沙发上躺会，才慢慢平静下来。

陶金陵隐隐约约听到手机响，跑到厨房，记得手机放在厨房了，和外卖放在一块，怎么都找不到，手机又响起来了，感觉在楼上。陶金陵扶着扶梯往楼上走，到了阁楼，才发现手机在阁楼外没有栏杆的平台上。哎，怎么会落在那边，真是老了，越来越糊涂。陶金陵走过去俯身捡起了手机，铃声已经不响了，陌生号码也懒得回。这时，陶金陵没来得及转身，只感觉背后两只手将自己往外面一推，随着自己一声惊叫，从阁楼临空摔了下去。

陶金陵一动不动地趴在游泳池里，地上一摊鲜血，慢慢流开。

尹姚赶到陶金陵家别墅的时候，已经围了一圈人，红蓝的灯光不停地闪耀着，格外刺眼。一个女居民跟警察解释着："我正好在厨房洗碗，突然看到对面的楼顶一个黑影掉了下来，吓死我了。我过去一看，就看见一个人这样了。"

警察问道："看到其他异常吗？"

"没看见。楼上比较暗，而且有阁楼挡着，我也不知道。"女居民说道。

不一会儿，救护车来了。尹姚凑到隔离带边上，从背影上看，真像是陶金陵，和莫莉面面相觑，说道："莫非陶金陵自杀了？我们先走吧。"

第 27 章　双重跟踪

这两天也没陶金陵那边的进一步消息。尹姚打电话给魏鹏，魏鹏回道："我也听说陶金陵的事情了。现在 VA 内部传得很厉害，据说是自杀，陶金陵本来就有挺严重的抑郁症，一直在吃药。更多的说法是，陶金陵背后的事情一大堆，这不中央巡查组收到了很多关于陶金陵的举报，陶金陵这是畏罪自杀了吧。"

尹姚问陆中华，陆中华说道："兄弟，我打听过这个事情，基本就是自杀了，出事那会儿，也没有人进出陶金陵家，现场也没有任何他杀的痕迹。只是听说他准备了行李，原来打算坐隔天一早的飞机去加拿大，不过自杀前把机票已经取消了。"

挂了电话，尹姚看着手机上陶金陵给自己发的短信，陷入了沉思。

莫莉这两天都见不到尹姚，电话短信都没回，到办公室和医院，也没见尹姚在，给尹姚发了个语音："莫非你怀疑我在背后捣的鬼吧？我没有！"

尹姚回道："只有我们几个知道陶金陵约谈的时间和地点，真是太巧了！"

莫莉气得将手机往沙发上一摔。一会儿电话来了，赶紧拿起，一看，不是尹姚，是肖斌。

莫莉赶到自己曾经住了五年却已经不属于自己的家，还想这个房子如果是自己的，该多好。门没锁，推门而入，里面布局什么都没有变，只见肖斌从洗手间出来。

"你找我什么事？"莫莉问道。

肖斌让莫莉坐下，说道："这个房子我已经卖掉了，不在我老婆的掌控下了，然后又从买家那边买回来了，就等过户给你了。你看，你的东西我又都给你搬回来了。"

莫莉没有显现出一丝兴奋，冷冷说道："你找人来欺凌我，又把我调往广州，费尽心机好不容易把我甩掉，我也不再找你了，怎么突然就对我这么好？不会是因为昨天我给你发的消息吧。"

"不是。"肖斌点了根烟，"我答应过给你这套房子的，我不能食言啊。之前那些对你做的事情，真的跟我没关系。"

莫莉苦笑道："昨天给你发的消息，戳到你痛处了吧！"

"什么痛处？你说陶金陵是我杀的，我没有！我不想你这样误会我！"

"误会？"莫莉笑道，"你那晚7点多的时候去陶金陵家了，我想办法调阅了小区的监控，别跟我说你只是去做客。"

肖斌双手一摊，说道："我是去了，他约我谈点事，一会儿就走了，监控中应该也有，陶金陵是晚上8点多自杀的。这些我已经跟警察交代过了，我不想再做无谓的解释。"

"肖斌，你肯定说了什么，人家才会自杀。你什么人，我不知道吗？哼，自杀和他杀还不一定呢！"莫莉说道。

肖斌有些愤怒，说道："我辛苦操作，为了你，终于把房子的事情搞定了，你却开始质疑我？"

"哈哈，你早不找我晚不找我，偏偏给你发了条'陶金陵是你杀的'短信，看你就紧张成这样，还把房子给我准备好，你葫芦里到底卖的是什么药？"莫莉反问道。

这时，肖斌一巴掌打向莫莉，狠狠说道："你这个女人怎么不识抬举！这套房子现在值大几百万，你想要，明天我安排人去给你过户，不想要，现在就可以滚！"

第27章 双重跟踪　　261

莫莉捂着脸，大笑道："肖斌，我跟了你五年，这房子我为什么不要？我知道你还爱我，不然也不会给我房子，对不对？"

肖斌看了看莫莉，没有回答。

莫莉将屁股挪了过去，挽着肖斌的手，说道："肖斌，跟你们家那个老女人离婚吧。"

肖斌回答道："再说吧。"

"我可以等你，三个月，够不够？最多三个月！"

肖斌恶从胆边生，推开莫莉的手，说："不可能。"说完，将门钥匙往茶几上一扔，转身想走。

"站住！"莫莉喊道，"肖斌，我没几个五年可以等了。这次，如果你不和你老婆离婚，我不能好好过，你也别想好好过！"

肖斌转身说道："你这话什么意思！"

莫莉不卑不亢道："你过去那些乌七八糟的事情，你以为我不知道吗？你怎么做上 SC 总经理职位的，你心里没底吗？陶金陵他爸，陶国宏，原 SC 总经理，真的是出车祸死的吗？你真狠，他们陶家对你不薄，你要将他们陶家全家灭口！"

肖斌抓紧拳头，满脸写满愤怒，然后拳头又松开了，轻描淡写道："陶国宏是我的老领导，他的死我很难过，但跟我无关。今天下午我刚参加完陶金陵的追悼会，他是我好朋友，他走了，我更难过，所以，不要把这些莫须有的罪名按到我头上！"临走前，肖斌又说道，"听说你去尹姚那边上班了，那边没前途，我在 SC 已经安排好职位了，你想通了，就联系我，过来上班。年薪 double。"

莫莉驶出小区，一路往家开，这两天租了套房子，老是住酒店也不是事。看看手机，尹姚还是没有回音。驶过几个街区，莫莉路边停下，去超市买了瓶水，上车前，往后看了眼，一辆车似乎跟了自己一段了。莫莉继续行驶了两条街，趁着红绿灯，甩开那辆车，后面那辆车就不见了，或许人家只是顺路。又开了一段，离家不远了，后面那辆车又出现了，莫莉隐隐觉得不对，看旁边正好有个小区，一拐弯，驶了进去，小区里开了一段，后面那辆车似乎看不到了，赶紧找个车位停下。拿上包，下车，往弄堂里走，边走边给尹姚发了个位置，写道："我被人跟踪，救我"。

　　拐弯处，莫莉停下，看到地上有根铁棍，赶紧捡起，拽紧了，就等跟踪的人拐弯过来，趁其不备砸过去。跟踪的人左右看看，继续往前，刚一拐过弯，突然一根铁棒砸了过来。说时迟，那时快，跟踪的人身手了得，一把挡住莫莉的手。

　　此时已经快晚上8点了，小区内灯光有些昏暗，莫莉一看，要砸的人竟然是金军，赶紧松手，奇怪道："怎么是你！"

　　金军吓了一跳，还好自己眼疾手快，不然就要进医院了，说道："不是我还有谁？"

　　"你为什么要跟踪我？"莫莉问道。

　　"谁要跟踪你！"金军长吁一口气，"我这不在保护你！"

　　"我为什么需要保护？"

　　金军笑了笑说："你觉得陶金陵真是自杀的吗？反正我觉得不是。幕后势力一开始动了闵颖，现在连陶金陵都敢杀，我觉得你现在很危险。最近我会一直偷偷跟踪保护你，我不希望你受到任何伤害！"

　　莫莉不解道："为什么有人要伤害我？"

　　"我也不确定。我只能确定你帮尹姚做事，就会有危险。"

　　莫莉感激道："谢谢你，金军。有你在，我就放心了。"

　　金军点了点头，说道："你现在房子租在这里呢？"

　　莫莉点了点头，指了指前面那幢楼，说道："对的，不能总住酒店，现在在看新房子，这里先租一段过渡。"

　　"要不去你家坐坐吧，我多了解一些信息，可以多关心你一些。"

　　莫莉尴尬地笑道："这么晚了，不太合适吧，我也就去拿些东西，马

第27章　双重跟踪　　263

上要出门去医院了,毕竟我爸还在那躺着呢。"

金军盯着莫莉,说道:"那行吧,我先回了。"

刚没走多远,金军转身问道:"我们还有机会吗?"

莫莉有些茫然,说道:"什么?"

金军走近些,说道:"我们都没结婚,我们有没有机会在一起?"见莫莉不回答,金军补充道,"肖斌不会离婚的,我知道你刚才找他去了,你们不会有将来的!"

"你怎么知道肖斌?"莫莉奇怪道。

金军呵呵道:"我是私家侦探,你忘了啊。"

看金军走远了,莫莉在车里等了好一会,确定金军不会跟着自己,刚准备发动,副驾驶的门被打开了,吓了一大跳。原来是尹姚。

莫莉在尹姚身上狠狠拍了一下,嗔怪道:"你这两天去哪了,怎么都联系不上你!"

"开车吧,金军走远了。我们去喝杯咖啡。"尹姚说道。

找了个星巴克,尹姚将一杯热美式递了过去。莫莉问道:"这两天你都在跟踪我吗?"

尹姚点了点头,说道:"还有金军。"

"你不信任他?"

"是的。只有我们三个人知道晚上约了陶金陵,陶金陵就提前一步自杀了,你不觉得奇怪吗?肯定有人走漏了风声。况且,陶金陵的家在哪我知道,那个别墅,装修很简单,陶金陵肯定平时不住,应该是个隐秘的场所。所以,泄露时间和地点的,不是你就是金军。"尹姚说道。

"你告诉我这些,你相信我,但不相信金军,是吗?"

尹姚哼哼两声,说道:"比起你,我更不相信金军,因为我不相信你会拿自己的亲爸爸开玩笑。金军说了吗,为什么跟踪你?"

"他说我有危险,跟踪我是为了保护我。"莫莉说道。

"跟踪你？想加害于你也说不准呢！"

"这个不可能吧？我们那么多年的朋友，他一直对我很好。"莫莉奇怪道。

"你肯定知道不少肖斌的内幕吧？"尹姚问道。

"你这话是什么意思？"

尹姚喝了口咖啡，不紧不慢道："我昨天就开始跟踪金军了，我比较谨慎，开的是摩托车，戴着头盔。在写字楼的地下车库，我看到金军上了肖斌的车。那辆车和陶金陵遇害那晚，肖斌驶离的车是同一辆。不一会儿，金军就下了车，开车走了，我很奇怪，他们俩关系应该不一般。你今天回原来自己的家了吧，你和肖斌在一块儿，肖斌先开车走了，然后你也开车离开，金军跟着你，我开着摩托车跟着金军，一路就到了刚才那个小区。而那个小区根本不是你租房子的小区，想必你应该也发现金军的跟踪了吧。"

莫莉点点头，说道："果然是金牌销售，做事情胆大心细。"

"我可不可做个大胆的假设。你要破坏肖斌的家庭，肖斌不愿意，然后你又知道肖斌很多内幕，你们闹翻了。金军很可能是肖斌的打手，所以跟踪你，然后到你家，将你杀人灭口。"

莫莉突然咖啡掉到了地上，说："不会这么凶险吧？"

"你没看见金军跟踪你的时候，手上拿着一个方方正正的手提箱吗？"

"怎么了？"

"你没见过这个手提箱吗？"

"没印象呀。"

"我似乎见过，汤鸣被逼供那晚，桌上就是这个手提箱。"尹姚说道。

莫莉一下子脸都绿了。

尹姚笑笑说："咖啡别捡了，一会儿我再给你买一杯。联想到最近发生的事情，一切皆有可能，但我不知道接下来会怎么样。你最近还是别来我公司了，我们保持距离吧，不然对谁都不好。"

尹姚又给莫莉买了一杯咖啡，莫莉将自己在 CP 和尹姚争项目到被当众羞辱和调往广州的事情，以及和肖斌的关系，都和尹姚说了一遍。尹姚问道："你和肖斌那么多年，就没掌握他什么违法乱纪的事情吗？"

莫莉想了想，摇了摇头，说道："陶金陵是暗中帮了我们 CP 不少，但是肖斌没直接参与过，只是当时要求我一定要抢下后面那个备件的项目，你知道，当时我是想让给你们的。"

"铭程已经不能参与到 VA 今后五年的项目了，为什么连一个备件都一定要赶尽杀绝呢？"尹姚问道。

"不知道，可能就是要让铭程一蹶不振吧。"

"还有，陶金陵为什么要拿闵颖下手呢？莫非是闵颖手上掌握着让铭程倒闭的行贿及逃税漏税的证据？"尹姚自言自语道。

"闵颖的行贿名单上，有陶金陵吗？"

"我之前都大大咧咧，送钱送礼的事情都让闵颖记着，备案用。我自己倒没有留存，更不要说公司以前的逃税资料了。但那份记录我仔细看过的，里面没有陶金陵，就算感谢过陶金陵，也是蔡凌云去操作的，不会记录在闵颖的表单里。这些资料对我没有实际用处，倒都是风险，因为当时公司是我在负责，很多事情都是在我的主导下操作的。这些一泄露，对我也是个麻烦事，我都离开铭程了，何必去惹那些骚呢。"

"所以，陶金陵和蔡凌云是朋友，肯定知道行贿名单上没有自己，但为什么要加害闵颖？而且，既然陶金陵和铭程关系一向不错，为什么一定要把项目给 CP 呢？现在他死了，线索都断了。"莫莉疑问道。

"我想过这个问题，可能要赶走我吧，让我离开铭程。但我离开，也要我自愿。离开，对于铭程也是损失，跟所有这些事情是何关联呢？我也没理清楚，但所有的事情之间肯定有必然的联系，我们多留意一些。那晚 KTV，肯定是针对我和闵颖的，我侥幸没事。现在陶金陵也出事了，你我都小心一些吧。我一定要调查清楚真相！"

莫莉点了点头，说："我支持你。接下来怎么做？你有什么办法吗？"尹姚摇摇头，也没有头绪。

送莫莉回家，到了楼下，尹姚准备下车，莫莉拉着尹姚不肯放手，说道："我一个人害怕，你能陪我吗？"

"这么多年，你一直一个人，有什么好害怕的呢？记得把门锁好，窗关好，有事给我电话，24小时随时，以防不测。"尹姚说道。

莫莉隔着两人之间的车子中控，侧身一把将尹姚别扭地抱住，贴着尹姚的耳朵说道："我害怕孤单，更害怕有人来害我，上楼陪我吧，求你了。"

尹姚轻轻将莫莉推回主驾，微笑道："不会有事的，现在到处都是监控。说不定再几天闵颖就能出ICU了呢，我还有一堆事情要处理。你知道，她在病床，我不能做对不起她的事情。我们是好朋友，闵颖才会是我未来的老婆。"

第 28 章 闵颖醒来

这两天,尹姚最开心的事情,就是闵颖已经度过了危险期,可以自主呼吸,身体机能也恢复到正常值,可以从 ICU 转到普通病房了。看到闵颖推出 ICU 的那一刻,尹姚激动得热泪盈眶,恨不能狠狠地将闵颖抱住。尹姚求医生一定给找个单人病房,钱不是问题,闵颖一定要拥有最好的病房条件,但被拒绝了,找关系也不行。医生回复:"医院的病房资源太过紧张了,而且,闵颖只是度过了危险期,现在是植物人状态,不知道何时才能醒来,三人的病房,可能嘈杂点,但是对唤醒病人的意识是有帮助的。"

闵颖的病床,是最里面靠窗的位置,闵颖脸有些浮肿和湿疹,让她多照照阳光。闵颖的眼睛已经会睁闭,但任凭尹姚怎么呼喊,她都没有反应。尹姚红着眼眶,说道:"闵颖,很高兴你还活着,从今天开始,我每天都会来陪着你,永远都不分开,好不好?我每天都会陪你说话,给你讲我们以前的故事,只求你能快点醒来,好不好?你醒来后,你就和蒋伟办离婚,我已经和吴琳琳离婚了,就等你了。不管等几个月,几年,甚至一辈子,我都会等你醒来,娶你为妻,好吗?"

隔壁病床下午也新进来一个中年男子,说是胃癌中晚期了,下午老婆送来一盆花,花挺好看,但这个男子的老婆脸色不是很好看,花放在了病床边的柜子上,人待了没半小时,就走了。说是找了个护工,那个护工也没个人影,直到晚饭时候才送饭过来,中年男子打电话给自己老婆,电话也没人接,看尹姚一直陪着病床上的闵颖,还一直说话给她听,中年男子鼻子一酸,说道:"兄弟,你对你老婆真好。我也听说了,多说说话，就算植物人都能很快醒来。"

尹姚笑笑说："谢谢！我当然也希望我老婆能快点儿醒来。"

尹姚一个人照顾着闵颖，话说多了就是自言自语，就和中年男人闲聊起来。这个中年男人才四十出头，姓董，尹姚管他叫老董，瘦瘦的，半秃着头。劳动最光荣，年轻时老董就拼命劳动，有一顿没一顿的，还爱喝酒。后来沾上了赌，没日没夜地赌，输了不少钱不说，吃饭更没规律，搞得现在年纪不大，却得了胃癌，老婆还嫌弃自己。

尹姚也好赌，之前去过澳门输了十几万，后来工作忙就没再去，但是朋友间也会玩玩麻将、21点和德扑。老董对这些是如数家珍，告诉尹姚各种技巧和千术，听得尹姚神乎其神，才一晚上，两人算不上朋友，也算投机。

尹姚将闵颖出 ICU 的消息第一时间告诉了蒋伟。第二天放学后，蒋伟带着婷婷来探望。婷婷一看见妈妈正躺在病床上，冲上去一把抱住闵颖，说道："妈妈，妈妈，你终于可以出院了，婷婷好想好想你呀！"但任凭婷婷怎么抱着闵颖，怎么摇动闵颖的身体，闵颖始终没有任何回应，睁着眼像是看不到自己最亲爱的女儿正在拼命地呼唤她一样。

尹姚赶紧将婷婷抱开，让婷婷坐在自己身上，说道："婷婷，妈妈还在睡觉呢，还要睡一段时间才能醒来，我们陪着她，但不打扰她，好吗？"

"叔叔，你骗人！妈妈眼睛睁着呢！"婷婷说完，两只大大的眼睛泪水就开始流下来。

"你妈妈眼睛虽然睁着，但她还没醒。"尹姚说完，自己的眼睛也控制不住了闸门。看着自己怀里抱着玲珑可爱的小姑娘，是自己的亲生女儿，只是现在还不方便告诉她真相。

婷婷又叫了两声妈妈，还是没回音，哭声开始变大，尹姚真想紧紧抱住女儿，两个人一起哭，然后说："爸爸和你一起等妈妈醒来。"但话

第 28 章 闵颖醒来

没说出口,看了看一旁站着的蒋伟,蒋伟走出了病房。

"妈妈是不是永远也不会醒来了?"婷婷哭着说。

"不会的,妈妈不久就会醒来了。"

"不久是多久?"婷婷问道。

"不久是两个月吧,到时候我们全家就能团聚了。"尹姚说完,婷婷转过身,尹姚才意识到说错话了,改正道,"到时候你们全家就能团聚了。"

等婷婷平静下来,让婷婷陪一会儿妈妈,尹姚出去找蒋伟。蒋伟在应急楼梯口,像是抽完一根烟了,尹姚又递上去一根。

蒋伟和婷婷走后,尹姚发现床边放着蒋伟刚刚拿来的一束鲜花,上面有张纸条,生疏的汉字写着:"妈妈,婷婷永远爱你"。刚上大班的婷婷为了妈妈已经开始练起了汉字,真是有心。尹姚把纸条贴在了闵颖的床头,鲜花没地方插了,早上自己刚给闵颖买了一束大大的鲜花,放在床头柜上,想着隔壁床的老董那束花昨天就不够鲜艳,今天估计是萎了,要不插他那边吧。尹姚拉开隔帘,老董还在睡觉,刚才估计被婷婷哭闹吵着了,现在鼾声都出来了。尹姚看看老董那束花,跟昨天没任何变化,坚挺依旧,好奇地上手一捏,这个花竟然是假的。人家估计也是省钱吧,真花还得打理,没几天也就萎了,更不好看。当尹姚想拉上隔帘的时候,觉得这束花中间有个黑点很难看,小心翼翼地靠近,从上往下看,扒开几片绿叶,叶枝上一个摄像头正对着闵颖的床。

尹姚赶紧不动声色地将花恢复原状,拉上隔帘。不一会儿,老董的护工来送晚饭了,老董惺忪着双眼问道:"兄弟啊,你女儿走了?"

尹姚点了点头。

"我没整明白,那带你女儿来的那个男人是谁?"老董奇怪道。

"哦,这个事情比较复杂,下次有机会再跟你说吧,你先吃晚饭。"尹姚微笑道。

吴敏将陶金陵的骨灰就放在了别墅里，哭红着双眼坐在边上。旁边坐着吴大牛，吴大牛安慰道："姐，姐夫已经走了，你节哀顺变，姐夫这几年也一直受到抑郁症的折磨，这也许对他来说是种解脱。"

肖斌带着哭肿的双眼给陶金陵的牌位磕头，磕了足足有两分钟，完了站起身，走到吴敏面前，双腿一屈，直接跪了下来，哭道："嫂子，你骂我打我吧，是我肖斌不好，没能保护好金陵哥，我就应该多留一会儿，也许哥就不会这么走了。"说完，继续号啕大哭。

吴敏一脚就把肖斌踢翻在地，狠狠说道："肖斌，你就少在这边装蒜了。这一幕，五年多前，我公公没有的时候，你就演过了，现在还给我演！你敢说金陵的事情跟你无关？"

肖斌站起身，低着头说道："嫂子，跟我有关，真跟我有关，都怪我不好，才让金陵哥想不开，你打我好了。"说完，又跪了下来。

吴敏正想起身挥巴掌的时候，被一声"住手"呵止。吴敏和大牛都叫了声爸。吴伯叫肖斌起来，对吴敏说道："金陵已经走了，警察也已经定性为自杀了，你为难肖斌做什么？"

"爸，你真相信金陵是自杀的吗？金陵都跟我联系好要来加拿大了，机票都已经买好了，行李也准备好了，然后肖斌出现了，金陵就自杀了，你能信吗？"吴敏哭道。

"金陵自杀的时候，肖斌已经离开半个多小时，有监控也有人证，现场也没有任何搏斗的痕迹，你为难肖斌做什么？"吴伯说道。

"爸，五年前，我公公发生车祸，肖斌趁机坐上了SC总经理的职位，现在轮到金陵了，接下来是不是要轮到我和我儿子了啊！"吴敏哭喊道。

肖斌马上解释道："嫂子，金陵哥没了，对我有什么好处呢？是的，五年前陶总发生不幸，我坐上了SC一把手的位置，但我这几年来一直兢兢业业，克忠职守，将SC一步一步带上新的台阶，我也是完成陶总的遗愿啊。"

"好了，你们别争了。"吴伯说完，对旁边说道，"平平，带你妈上楼

第 28 章 闵颖醒来　　271

休息会儿。"

吴伯到后院,掏出一根烟,还没点上,旁边就伸出一个打火机。点完,肖斌点上自己的。吴伯说道:"金陵走得很可惜,我也知道他抑郁症挺严重的,我女儿从来不从自己身上找原因,一直待在加拿大,也很少回来陪金陵,更不要说陪我了。金陵的抑郁症能好才怪!"说完,看了一眼肖斌,"你保证金陵的自杀跟你无关?"

肖斌吓了一跳,抬起右手,说道:"吴伯,我向天发誓,真跟我无关。据我所知,金陵自杀,抑郁症不是主因,主要还是巡查组已经查他了,他也知道这次逃不掉了,所以——"

吴伯挥手示意别说了:"这些我知道。这次中央是真下狠手了,全国一处不落。你这边一切都顺利吗?"

肖斌点了点头说:"下周就开董事会了。"

魏鹏坐在自己熟悉的办公桌上,对面坐着托尼。托尼说道:"陶部长自杀没几天,您就被紧急召回上海,任工程部代部长,整个国内也找不出第二个人适合来坐这个位置了。"

魏鹏笑道:"托尼,你就少恭维我了,我猜到陶部长会出事,没想到这么快,而且是这种方式。咱长话短说,改造方案已经通过了,预算没那么快,你这边能先改造起来吗?"

"这个——"托尼尴尬道,"您知道,我们外资企业从来都是不见兔子不撒鹰的,没合同和预付,公司内部也通不过呀。"

"几百万的改造,这么扭扭捏捏,几个亿的项目,你们趋之若鹜。这样,JR 知道你们一直在谈改造的事情,最近也在找我,你们不改,JR 巴不得免费来改呢,他们最近的改进方案也不比你们差多少。何况我还会给你们商务合同,只是我们 VA 流程长,你又不是不知道。"魏鹏说道。

闵颖的手指开始动了,尹姚好不兴奋,双手紧紧握住闵颖的手,说道:"亲爱的,快点醒来吧,我等这一天等了很久了,你知道我每天都在想你,每天都希望你能够突然站在我面前。你醒后,我们不去马尔代夫不去夏威夷,我们就去三亚办婚礼,好不好?到时候我开着敞篷车,你穿上洁白的婚纱,我们在沙滩上接受亲人朋友的祝福,好不好?闵颖,快点醒来吧。"

这时,闵颖的嘴巴竟然真地动了一下,发出了"呃"的声音。

"闵颖,你醒了!快跟我说说话呀!"尹姚兴奋地说道。尹姚耳朵贴近闵颖,可是闵颖有些吃力,说得不是很清楚。"U盘?"尹姚说道,"是不是名单和证据的U盘?"

闵颖没有回答,估计只是一时的清醒,尚无力大声说话或者点头。

"是,你就眨两下眼睛,不是就不用表示。"尹姚说道。

闵颖眨了两下眼睛。尹姚说道:"亲爱的,我明白了。其实我也已经猜到了,那些想伤害你的人,就是因为你手里的那些证据,不想让你公开,那会影响很大一批人。我知道,当时你没有继续拿这个来要挟,是因为我也是铭程一员,不想波及我,但现在我已经退股离开了,我就算自己身败名裂也要让那些伤害你的人付出代价!那些资料都放你这边了,我当初太大意,自己没留档,你能告诉我,你把U盘放哪里了吗?"

闵颖嘴巴动了几下,尹姚根本听不明白。尹姚说道:"亲爱的,我现在听不明白你说什么,今天下午给你做了全身的体检,医生说了,你大脑的创伤愈合得很快,也许明天你就能更清醒了,到时候你再告诉我吧,我一定会为你报仇,不管付出多大的代价!"

隔帘拉开着,老董在看手机,看尹姚不说话了,插话道:"小尹,你老婆醒过来了?"

尹姚面露喜悦,说道:"是啊,不过还没完全恢复,医生说快了。这不下午又重新做了检查,医生说这种案例他见多了,很快就能醒过来的。但愿医生没有骗我吧。"

老董也替着高兴,说道:"嗯,你们全家终于能团聚了。"

第28章 闵颖醒来 273

"是啊,老董。你放心,这是上海最好的医院之一了,也就是全国最好的医院之一了,相信你的病也能很快好起来。"尹姚说完,对闵颖说道,"亲爱的,你先休息着吧,今天晚上我还有重要的事,不能过来了,你姐姐前两天回了一次湖南,今天晚上能到上海,到时候马上会过来陪你。"

一月中旬的上海,有些湿冷。临近过年,马路上的车流逐渐稀少,光秃秃的梧桐树贪婪地吮吸月光的明亮。尹姚对着窗口抽着烟,圆满的月光照在自己身上,想象着闵颖精致的脸庞在月光下,像是女神,然后冲着自己微笑,也期盼着春节的身边自己不会是孑然一人吧。

这些月光也同样洒在病床上,老董拉开隔帘,呆呆地欣赏着月亮。护工早已没有了身影,老董看看手机。湖南飞上海的航班,因为管制,大面积晚点了,都凌晨两点多了,闵娜还没有来。老董吃力地起身去上了个厕所,看看病房楼道空无一人,最里面病床是空着的,晚上被家人接回家了。老董走到闵颖的床前犹豫了会儿,病房里关着灯,但窗帘拉开着,月光足够的明亮,照在闵颖的脸上,多俊俏的一个女人,素颜却像化着精致的妆容。

老董转身看了看自己那盆假花,他把假花拿了出来,扔进了旁边的垃圾桶,然后拉上了隔帘,左手食指横着堵住了闵颖的两个鼻孔,右手轻轻将闵颖的嘴巴捂住。就在这时,闵颖感到无法呼吸,突然尖叫着坐了起来,大喊"救命啊!"

就在刹那间,陆中华和尹姚冲进了病房,一把将老董按在了床上。陆中华拿着对讲机说道:"赶快到位,抓捕嫌犯。"

不一会儿,两个民警冲进了病房,押着老董离开,老董一脸惊恐,挣扎着呼喊:"为什么抓我!"转头莫名地看了看尹姚。陆中华说道:"我也先走了,问出点什么,我马上告诉你。"

闵娜惊慌地站在床边,满脸地木然和惊慌。

尹姚抽出垃圾桶里那束假花中的摄像头，用刀片割断，装进了塑料袋，然后说道："娜姐，没事了。你还好吧？"

闵娜这才缓过神，摇摇头说没事。

尹姚微笑着说："娜姐，这几天辛苦你了。你一锻炼，瘦下来，化个淡妆，还是很漂亮的。"

闵娜心有余悸，急忙问道："好恐怖！他们为什么要杀闵颖？我妹妹得罪了什么人？"

尹姚长吁了一口气，说道："娜姐，我一定会查清楚，还闵颖一个公道。具体我还没完全搞清楚，你还是知道越少越好。闵颖现在在6楼的病房，606，你快去吧，她现在也没人照顾。"

闵娜点了点头，开始整理闵颖的病床。尹姚走到闵颖的床头柜，从鲜花里也抽出一根摄像头，塞进了口袋。

尹姚赶到陆中华的所里，老董已经在被审讯。陆中华走出审讯室，说道："你来了啊。审了半小时了，他还是什么都不肯说，还装病。"

"我之前问过医生的，他的确有胃癌。也是替人卖命，没那么轻易松口。"尹姚说道，顺手将装着老董假花里的那根摄像头的塑料袋交给了陆中华。

"是啊，一开始还狡辩说隔壁床的女人好看，他只是去欣赏的，幸好你放了摄像头，我们才能及时制止，视频也放给他看了，他没办法抵赖了。"陆中华说道，"刑警队的人在赶过来，他们会接手这个案子。"

"我想知道这背后到底是谁那么狠，杀人灭口的事情都能干出来！"尹姚愤怒道。

"还好你机灵，设了这个套，一开始我还不相信这事那么复杂呢。下午闵颖体检时换成闵娜，这个主意也只有你能想出来了！"陆中华说道。

"现在只是冰山一角。我感觉这个事情远比想象中的复杂。"

"嗯，接下来刑警队接手，你就放心吧。闵颖也在单人病房了，全

第28章 闵颖醒来　　275

天候被监控着,你可以安心等她醒过来。"陆中华说道,"你都守了一晚上了,早点回家休息吧。"

尹姚是感觉有些累,但还是没有睡意,回到家,又赶紧给陆中华打了个电话,问有什么消息。陆中华说道:"你走没多久,那个老董就发病了,现在刑警队的人带他去了医院,估计暂时也问不出什么来。"

"那怎么办?"尹姚有些焦急,"那个老董的床边有摄像头,一直监控着闵颖的病床,现在摄像头被我毁了,监控的人肯定知道事情不对劲,正想办法脱身或者毁灭证据,再抓人,恐怕已经晚了吧。"

"兄弟,这个我也没办法呀!"

"那个被我剪断的摄像头查出点什么了吗?"尹姚问道。

"送刑警队了,哪有那么快有结果的。"陆中华叹气道。

第 29 章 冰冷的机场

快凌晨 5 点了,莫莉打电话给金军,电话响了好久才有人接。那头感觉没睡醒的样子,惺忪道:"莫莉,才几点,你打电话给我,什么事啊?"

"董孔被抓了。"莫莉说道。

"董孔是谁啊?"

"你少装了,人家已经把你供出来了,警察说不定很快就要找你了,你还有心思说风凉话!"莫莉说道。

"我不知道你在说什么。"金军回道。

"你还装!你在那盆假花里放了摄像头,现在还有信号吗?"

电话那端迟疑了一会儿,说话声音开始郑重其事:"你还知道什么?"

"尹姚拿闵颖的姐,闵娜,做了个局,董孔往里面钻了,现在已经被抓,供出你是迟早的事情。你还不抓紧跑!"莫莉说道。

"你为什么要告诉我这些?"

"带我一起走,去美国。我知道你有假护照,我的签证也在有效期。"莫莉严肃道。

金军笑笑说:"你在开什么国际玩笑?"

莫莉有些气急败坏,怒道:"那天晚上,你跟踪我,应该是肖斌要让你来杀我吧?你拿的工具箱,以为我看不出来吗?我相信你对我是有感情的,你下不了手。但你下不了手,不等于肖斌不会让其他人来下手,我还能在国内待着吗?现在,一旦董孔供出你,你也就没有任何价值了,肖斌这个人心狠手辣,你自己也危险,这个道理你不懂?如果你不走,你就是自寻死路，等着警察来找你吧。"

金军又开始迟疑，好一会儿才说："你确定要一起走？"

"对！我相信你心里还有我！"莫莉说道，"你不带我一起走，我就报警来抓你！我发起狠来，什么都会说！"

金军看了看桌上另一个手机，今天下午1点去旧金山的机票已经出票，说道："你把你的护照号告诉我，我帮你订票，订完我会告诉你。还有，一会儿我会发你碰面的地址，早上7点来找我。"说完，把电话挂了。

金军的笔记本显示屏上，一个画面已经显示"no signal"，另一个显示屏上还显示着病房的一切。闵颖的病房，中央空调出风口内还有一个摄像头，董孔布置的。刚刚病房里发生的一切，金军看得清清楚楚。

金军收拾了一下出租房，把抽的烟蒂、泡面盒等丢进了垃圾袋，合上又厚又笨重的笔记本，装进包里，拿上包，穿好外套，拿上垃圾桶里的垃圾，顺手把灯关上，出门，门合上。

金军回到家，简单收拾了行李，然后把女儿叫醒，女儿有些懒，朦胧着说："爸爸，几点了，我还想睡会儿呢。"

"彤彤，快6点了，你快点起床吧，这几天爸爸要出趟远门，一会爸爸把你送妈妈那边去，你要在那边住一段，今天让妈妈送你上学去。"金军说道。

"我不要，妈妈那边的弟弟，我不喜欢！"彤彤说道。

金军走到彤彤床边，握住了彤彤的手，彤彤大喊好冷，一下就清醒过来。金军说道："彤彤乖，快点起床，爸爸给你整理衣服。"

金军提前跟前妻联系好了，车到前妻家，一个女人已经在楼下等了。彤彤下车，女人拉着彤彤往楼里走，彤彤依依不舍跑到金军跟前，说："爸爸，你什么时候回来接我？"

金军蹲下亲了彤彤一口，说道："很快，估计一个礼拜吧，你在妈妈那边一定要听话哦。爸爸一回家就来接你。"

那女人拉着彤彤往里走，不忘说一句："我真希望你出事了，不要再回来!"

金军看看时间,6点半,用备用手机发了个消息:"票已定,康威路1678号,7点。"

莫莉收拾完行李,看到备用手机收到的消息,下楼出小区,赶紧打了个车过去。康威路在老城区,莫莉进了弄堂,拖着行李走了好一段,才看到这个门牌号,敲了半天门,没应答,看看这个破屋子,也不像有人住,赶紧打电话给金军,问到底在哪。

金军正在不远处的屋顶拿望远镜看着莫莉,金军再扫视一下周围,周围也没什么人。金军说道:"再打个车,到人民广场边,你知道那边有个书报亭。"

"你不相信我?"莫莉怒道,可是电话那头已经挂了。莫莉只好到路口继续打车。

到了书报亭,莫莉又按照指示到了来福士门口,打电话破口大骂道:"金军,你他妈再忽悠我,我现在就报警来抓你!"

确定没人跟踪,金军微微一笑,说道:"放心吧,你现在打车去康园小区36号403,钥匙在地毯下,我一会儿就到。"

赶到康园小区,莫莉已经气喘吁吁,门口地毯下,果然有个钥匙,插进去,真的能打开。这是个不大的房子,装修一般,莫莉到里面看了一圈,估摸着六十几个平方。沙发上没坐几分钟,门开了,金军进来了。这时短信响了,金军看看手机,上面写着:"正在审讯"。

金军放好行李箱,说道:"对不起,我要确认下你没出卖我。职业习惯,请理解。"

"几点的飞机?"莫莉站起来问道。

金军没有回答,走近一把抱住莫莉,疯狂地亲起来。莫莉有些拒绝,想推开金军,却怎么也推不开,与其被迫不如接受,渐渐莫莉也配合起金军,只是金军当初酒驾出车祸,伤了肾,也就三下五除二的水平。

第29章 冰冷的机场

莫莉穿上内裤，扣上文胸，问道："都安排好了吗？"

金军已经穿好了衣裤，点了点头。

"你准备了多少钱？"莫莉问道。

"40万美金。"金军说道。

"40万美金，你觉得够吗？"

金军看了莫莉一眼，笑笑，随手拿起电话拨出了号码。

"哪位？"

"是我。"金军说道。

"什么事？"

"我今天走，你往我美国账户再打40万。"

"不行，我们说好的，之前已经给过你不少钱了。"

"情况变了，现在是两个人。"

"那也不行！"

"她跟我一起走，不再是你的威胁。所以再打40万，1个小时内我要收到回执短信。"说完，金军把电话挂了。

莫莉问道："你为什么不问他多要点儿？"

金军说道："我女儿还在国内呢，何必把人逼急了。盗亦有道。"

"你这么急着穿好衣服要去哪里？"莫莉继续问。

"我还有点事情要处理，预计10点前回来，然后我们一起去机场。"说完，金军拿上公文包，匆匆离开了。

莫莉洗了个澡，好好清洗了自己的下半身，刚才也没做安全措施，可不想把不该留的东西留在自己的身体里。

金军一路开车到心悦花园附近的弄堂里，将车停好，带上鸭舌帽，低头往心悦花园走，到后门不远处，抬头看了看前后摄像头，这一段正好是空白，他熟练地翻过了围栏。

往里走了两分钟，前面是陶金陵家的别墅。金军拿望远镜看看，里面有人,吴敏和她儿子都在。金军绕到别墅后门,熟练地打开一扇窗,翻了进去。吴敏他们都在客厅,熙熙攘攘似乎还有几个人。陶金陵过世没多久,来看望的人自然不少。

金军轻手轻脚地朝地下室走去。地下室比较昏暗,金军也不开灯,按了下帽子的边缘,鸭舌帽上的灯亮了。走到墙角,熟练地拆下墙体护板,露出一个大大的保险箱面板。金军调试了几次,都不对,没能打开,突然隐约听到楼上有人喊:"你拿几瓶酒上来!"然后就是下楼梯的脚步声。

金军赶紧往楼梯下的阴暗处躲,把帽子上的灯关了,从小腿处拔出一把匕首,紧紧拽在手里,额头上流下了一滴冷汗。

这时灯亮了,一个小年轻走到柜子那边,打开柜子,里面好几箱的茅台,都用标签备注着年份。小年轻朝楼梯口喊道:"妈,拿几几年的?"

"2008年的!"楼梯口传来声音。

"好!"小年轻说完,捧了四瓶准备上楼,突然看到墙角的护板怎么有点怪异,和周围不是严丝密缝,正准备走过去看看,突然楼上喊道:"快点儿,我们要出去了!"

小年轻停下了脚步,直接往楼上跑了。

金军怕小年轻会打个回马枪,躲在楼梯下迟迟不敢动。看了看时间,半个小时过去了,听楼上也没了声响,赶紧过去移开护板,继续尝试。这下很顺利,捣鼓了几下,就打开了。里面有两个行李箱,一是空的,另一个拿出来,行李上有密码锁,金军用匕首撬开,里面堆满了一叠叠厚厚的百元人民币和美金。

金军从背后拿出一个布袋,装满,行李箱里还有一半,算了,不装了,也背不动。护墙板复原后,金军开始一本本地扫视旁边的书架,终于找到那一本,抽出来,翻开,原来不是书,里面是空心的,拿走了里面的摄像头,揣进裤兜。

第29章 冰冷的机场

莫莉正看着电脑上的地图，屏幕上的红点已经慢慢开进小区了，赶紧关了电脑，放进行李箱。不一会儿，金军开锁进来了。房间里装了地暖，很暖和，莫莉正穿着镂空的睡衣，激凸全现，问道："时间来得及，要不要再来一发？"

金军笑笑说："来不及了，我们到美国有的是时间。你去房里换衣服吧。一会儿有人来，你不用出来。"

不一会儿，真有人来了。莫莉在房间里只听见金军说道："这里是130万人民币和35万美金。"然后也没听到回答，只听见关门声。莫莉赶忙出去问什么事，哪来那么多钱。

金军说道："我刚是去我存钱的地方取钱了，那些钱是让转到美国账户的。你说得对，到了美国，没有足够的钱，怎么生活，不知道要在美国待多少年呢。"

"刚刚进来的人是钱庄的吗？"莫莉问道。

金军点了点头。

"你不怕他们把你的钱黑了？"

金军笑笑说："他们还没这个胆。"

莫莉换完衣服，看已经10点了，两人收拾好行李打车去机场。车上，金军看短信过来，额外的40万美金已经到账，松了口气，问道："你的豪车和你爸怎么办？"

莫莉看了看表，说道："这个点估计我弟弟已经到浦东机场了，我的车钥匙和我的存款，包括我爸，我都交给他了。等肖斌垮台了，我们就可以回来了。"

到了机场，莫莉是天合金卡，一路顺畅地过了安检，看看金军护照，名字竟然叫金天明，忍不住笑了出来，说道："你可真厉害啊，成香港人了。"

进了贵宾休息室，找了个角落坐下。莫莉问道："告诉我，陶金陵是不是你杀的？"

金军看了眼莫莉，没有回答，反问道："你怎么知道我病房的计划？"

莫莉笑笑说："尹姚早就发现了在假花里的摄像头，而且那个叫董孔的老头有些话痨，热情得过头了，肯定有什么不可告人的秘密。你跟肖斌的关系不一般吧，或者说你是他的杀手吧。他为什么要布那么大一个局，为了什么？"

"这不是我所关心的事情，我只是收钱办事，至于为什么这么做和这么做为了什么，我还是不想知道。但我为了你，背着肖斌帮尹姚追查汤鸣和陶金陵，这个事情已经做过头了，肖斌对我很不满意。"金军继续说道，"你是不是爱上了尹姚？"

莫莉笑出了声，又严肃了起来，说："前一段时间我真地有那么一点爱上了他，但是他告诉我，他只爱闵颖，一个在病床上不知道什么时候能够醒来，甚至永远都不可能再醒来的女人。我开始恨他，连同恨那个叫闵颖的女人，我真希望你的计划能够成功。"

"你什么时候开始怀疑我的？"

"约见陶金陵的事情，只有我们三个人知道，不是你透露的，还会是谁呢？陶金陵跟我们一样，只想逃往加拿大。肖斌去了之后就跳楼自杀，谁会信？这件事，除了你做的，还会有谁？"莫莉说道。

金军笑而不答。

"我想知道五年多前，原SC总经理陶国宏的死，跟你有关吗？"莫莉继续问道。

金军摇了摇头，说："你为什么说陶国宏的死是肖斌策划的呢？"

莫莉严肃道："因为五年前，有一次，我和肖斌刚开车要走，一个人突然冒出来缠着肖斌要钱，肖斌有些慌乱，拉着那个人到角落去谈。而我，清清楚楚地记得，那个问肖斌要钱的人，就是开土方车追尾陶总那辆奥迪的司机。"

金军没有接嘴，过了会儿，问道："你既然觉得很多事情背后都是我

第29章 冰冷的机场

操作的,那你还敢和我在一起,跟我一起走?"

"肖斌,我一直想跟他结婚,我等了他五年,他却反过来要找你来杀我。尹姚,他又只爱闵颖。我只能离开了,我为什么不能选择一个爱我的人和我过下半辈子呢。"说完,莫莉把头靠到了金军肩膀上,"你会爱我和我结婚吗?"

金军搂住了莫莉,说道:"到美国,我们重新开始吧,我们有钱,足够可以买一幢带泳池的私家别墅,到时候我们结婚。我也已经厌倦了现在的生活。"

休息室内漂亮的地勤小姐走上前来,说可以准备前往登机了。莫莉挽着金军的左手走向检票通道,抬手看看表,离起飞只有40分钟了,不自觉地往后看了看。突然,周围五六个人猛地合围过来,将金军和莫莉狠狠按在地上,从背后戴上了手铐。一个便衣说道:"我们是警察,你们涉嫌盗窃、洗钱及持有假护照,被批捕了,请配合我们调查,不要反抗。"

金军盯着莫莉,嘟囔着:"是不是你?"然后一前一后被带出了机场,分别坐上了前后两辆警车。

警车沿着外环往市内开,便衣和莫莉在后座。便衣将莫莉的手铐打开,说道:"莫小姐,辛苦你了。"

莫莉笑笑说:"应该的。只是你们来的也太晚了吧?都差点上飞机了!"

"不会的,扫到你们的机票,会报警,通不过。而且我们在背后的网已经张开了。"便衣笑道,"这次多谢你,还让我们抓获了一个涉嫌洗钱的钱庄。"

莫莉说道:"钱庄的人走后,我从窗口往下看,他们那辆车,我在陶金陵家小区的监控中看到过,是同一辆车。"

陈警官笑而不语。

"陈警官，你们非要拖到最后一刻抓，恐怕是还想要多听听金军会说些什么吧？"说完，莫莉从口袋里掏出一个黑色的小物件交还给陈警官。

陈警官笑道："是啊。那个董孔还在医院接受治疗，到现在还没开口，没有你的协助，也没有去陶金陵家盗窃、洗钱，金军说逃就逃了，我们一点办法都没有。我代表我们刑警队，谢谢你。"说完，陈警官伸出了手。

莫莉握了握，说："你们可别发我什么奖章或者宣扬大名什么的，我只想做个不知名的小市民，平平淡淡多活几年呢。"

陈警官大笑说："这个不会，这个案件牵扯的面有些广，目前是绝对保密阶段，你放心吧。"

"你们怎么知道金军去盗窃的？我只从地图上看到他把车停在心悦花园不远处。"莫莉奇怪道。

"你不是把GPS放他包里了嘛？我们也调整了监控的机位。"

"这么说，这些钱是从陶金陵家偷的吧？你们也认为陶金陵应该不是自杀的吧？"莫莉追问道。

陈警官笑着说："好了，我不能透露太多了，剩下的事情就交给我们警方吧。"

第 30 章 真相来临

莘迪推开肖斌办公室的门,问道:"肖总,你找我?"

肖斌赶紧让莘迪坐下,说:"莘迪,今天你生日怎么过呢?"

莘迪笑着说:"哥,你还记得呢?我都不记得你的生日。"

肖斌大笑,说:"我可是看着你长大的,当初你爸带我出道的时候,你只是个十几岁的小姑娘,我一直把你当小师妹看待,怎么会忘呢。"

莘迪乐了,说道:"今天回家就陪老爸吃饭,老爸下厨。那师兄,你要来不?"

肖斌笑着说不来了,晚上还有重要的事情,继续说道:"我送你份礼物吧?"

"什么礼物呀?"

肖斌笑着说:"就一句话。"

莘迪期待地说:"那我就洗耳恭听了。"

"这两天抓紧买 SC 的股票,有多少钱买多少。"肖斌认真说道。

"为什么?要涨了?"

肖斌神秘地说:"不要问,也不要对任何人说。最好也不要通过自己的账户买,亲戚朋友的都可以。"

莘迪谢过准备走了,肖斌问道:"最近有没有跟魏鹏联系过?"

"魏鹏?我为什么要跟他联系啊?"

"你们不是——"

"早分手了,我现在跟大牛谈恋爱呢。师兄,你什么意思呢?"

"哦,我只是随便问问。"

"放心啦,我也不小了,可不是那种脚踏两只船的人。我现在很讨厌魏鹏，你知道，当初他和我在一起，其实就是因为我爸是领导，攀富贵往上爬呗。最恶心的是，我回国后，他明明结婚了，还隐婚来接近我，骗我，不就是为了能够转正当工程部一把手嘛。"

肖斌点了点头，说："大牛人不错，又有前途，我希望你们能够走到一起。对了，我听说大牛要给你买辆法拉利？"

莘迪鄙夷地说："我不需要法拉利。我自己会挣钱，哪需要他买。"

肖斌笑着说："嗯，你很快就能轻松买法拉利的。"

下午，SC 的董事会如期召开，七名董事会成员悉数到场。肖斌作为董事长兼总经理对过去一年的工作进行了总结和汇报。说完，大家都给予了掌声。

殷伟说道："看来今年终于能把 ST 的帽子给摘掉了。"

肖斌笑道："是啊，上个财年亏损那么多，虽然最终的年报还没出来，但今年肯定是盈利的，而且会大幅增长。多年来，艾希投资作为我们 SC 的战略投资者，很快就能看到曙光了！"

"那肖总，你对新的财年，有什么规划呢？"吴大牛说道。他是 SC 的独立董事。

肖斌说道："上个月，我们刚跟 VA 签署了未来三年的代工合同，每年的产值在 5 亿左右。大家可以看到，我们的新线也在紧锣密鼓地实施中，这是一个投资巨大的项目，将是我们 SC 未来发展的基石和引擎。"说完，对旁边董秘说道，"赵秘书，年报预增和代工大单的事情，可以慢慢披露了。"

吴大牛笑道："看来 SC 股票接下来要迎接一波涨停潮了。"

"但愿是吧。"肖斌笑笑，"接下来还有一件重要的议题需要大家进行表决。想必大家都收到并且看过前几天我发出来的计划书，就是对铭程公司的收购，大家有什么疑问，可以提出。"

"3.6 亿收购，这个价格也太高了吧？"吴敏说道，"况且据我所知，铭程已经上了 VA 的黑名单，几年内都不能做 VA 的业务。"吴敏也是 SC 的独立董事。

"这就是为什么我们 SC 要收购铭程的原因之一，铭程不能做，我们 SC 能做啊。"肖斌补充道，"最近，我们派出财务和审计团队对铭程进行了仔细的调研，也对这个行业进行了分析，铭程有工业 4.0 的概念和机器人自动化概念，业绩也连年稳定增长，并且具有全国范围内主机厂一级供应商的资质，这对我们 SC 进一步打开全国市场有很大的帮助，所以我看好这笔收购。如果说 VA 的代工业务将是未来三年内 SC 增长的右腿，那么收购铭程，将是 SC 未来发展的另一条左腿。"

徐副总补充道："我们 SC 现在最大的局限是一直立足于长三角，这个是远远不够的，北方还有 M 汽车 B 汽车这些国内最优质的客户，是我们将来的目标。"

吴敏说道："且不说这个收购价格是贵还是便宜，我们 SC 有那么多的资金来支持这个收购吗？目前投资的新线已经花去很多的流动资金，再去收购铭程，将会对 SC 未来的发展产生流动性问题。我也看了铭程的财务报表，他们的现金流也非常紧张，我认为这是收购一个包袱，我反对。"

这时，吴大牛对姐姐吴敏使了个眼色，吴敏扭头跟旁边的 SC 财务总监窃窃私语起来。

肖斌说道："吴董说得没错，现金流的确对 SC 是个难题，但别忘了，我们是上市公司，我们有足够的融资渠道，特别是在具有行业热点和风口的时候。我已经和殷总的艾希投资在内的四家投资机构谈过了，他们非常支持 SC 此次的定向增发，只等董事会和证监会的批准。毕竟对于一家有良好发展前景的上市公司来说，年报大幅预增、高转增、大额订单加持以及收购行业风口公司，股价必将大幅上涨，稳赚的买卖，谁会不做呢？"肖斌看大家没有回音，继续说道，"如果没有异议，我觉得可以进入投票环节了。"

莘迪安排完工作上的事情，转身看到有人从肖斌办公室出来，西装笔挺，斯斯文文，戴着一副眼镜，看着眼熟，走近一看，是殷伟。殷伟看到莘迪，上来打招呼，问道："莘迪，你怎么在这里，你不是在美国吗？"

莘迪打过招呼，回答说："我一年前和托宾离婚了，所以就回国了。殷伟，你怎么来SC了？"

"哦，这不你们肖总又在大展宏图嘛，我们嘛，你懂的，资本来逐逐利，看看能有什么好操作的空间嘛。"殷伟说道。

莘迪邀请殷伟到办公室坐坐，叙叙旧，让小姑娘倒了两杯咖啡进来。

殷伟说道："我跟托宾那么多年的好朋友了，当初我跟人合伙的这个私募，托宾可是帮了不少忙，给了不少他们外资投行的经验和人脉。可这家伙，真没眼光，想你这么好的中国姑娘，都不珍惜。"

"殷总，你说得太好听了。怎么样，从我们肖总那边做到生意了没？"莘迪问道。

"没，今天是来开董事会的，我可是你们公司的董事和股东。生意的事，正在谈呢。"殷伟说道，但没详说下去。

"你们这行嘴风那么紧呢！"莘迪笑道，"都不肯跟我多说，我和托宾一起的时候，我们多好的朋友。但我现在可是总经理助理，说不准后续工作还得由我跟你展开。那我就问你，我最近想布局SC的股票，后期你怎么看。"

殷伟笑笑，问道："想投入多少？"

"几百万吧。"莘迪回答道。

"真有眼光！恐怕有消息吧？"殷伟大笑。

莘迪跟着大笑，说："近水楼台先得月呗。"

殷伟喝了口咖啡，夸赞咖啡不错，又说道："你们肖总野心可真不小。你知道，你们现在想收购的这家公司，当初来找过我融资，被我回绝了，我现在真是肠子都悔青了。当初500万就可以拿10%的股份，现

第30章 真相来临

在呢,才几个月时间,这家公司就值三个多亿,10%就是三千多万,六七倍的收益啊!"

"那你当时为什么拒绝人家?"

"还不是你们肖总!我原本都答应人家第二天来签合同了,可那天晚上,肖总特地请我吃饭,说这家公司内部问题很大,不值这个价,让我不要参与。原来是你们SC自有打算,不想让我赚那个钱,哎。"殷伟说道。

"SC集团每年都会收购小公司。你说的,几个月前来找你融资的那家公司,应该是铭程吧?"莘迪问道。

殷伟看了莘迪一眼,也不回答,像是默认。

莘迪继续说道:"所以这不我们肖总来找你弥补嘛。SC这么大金额的收购,需要定向增发,也需要有人来接这个盘。这是个优质盘,收购工业4.0的公司,机器人概念,而且SC今年业绩预增,又将高转增,并且SC接了VA汽车的大单,股票不上天就奇怪了。今年SC股票是历史低位,谁进来都会赚翻。这也是我为什么想布局SC股票的原因。"

殷伟听得哈哈大笑,夸赞莘迪果然从前夫那边学到了真传,补充道:"我们如果接盘只是赚点小钱,真正的赢家还不是你们肖总!"

尹姚进病房的时候,看到莘迪正陪在闵颖身边。莘迪说道:"我刚下班,顺道过来看看。我这个好姐妹还会醒来吗?"

尹姚笑笑说:"会,肯定会。最近偶尔还会动下手指呢。"

到楼下,尹姚给莘迪买了杯咖啡。莘迪自言自语道:"有些人的成功往往就是踩着人家的尸体上去的。"

"说什么呢?"尹姚莫名其妙道。

莘迪回过神来,说道:"尹姚,听说你从铭程退股了?"

尹姚点点头,说:"是啊,做不下去了,那么多年,也想换换环境了。"

"你知道有公司要收购铭程吗？"莘迪说道。

"这个破公司能卖什么钱，还真有人有钱没地方烧啊？"

莘迪严肃道："铭程值三到四个亿。"

尹姚一听，瞬间木然了，手上的咖啡停在嘴边流向了口外，好一会儿才说："三四个亿，怎么可能？"

"为什么不可能？"

"那你说是谁家那么傻要收购铭程？"

莘迪看了眼，慢慢说道："SC，肖斌。今天开的董事会，投票，6比1，通过了。"

晚上7点多了，罗军勇捧着鲜花进了闵颖的病房。聊了会儿闵颖的状况，罗军勇诧异道："这不我听说闵颖醒过来了，现在看来，白高兴一场。"

尹姚笑笑说："我有段没喝酒了，走吧，一起去喝一杯。"

医院不远的小饭店，罗军勇倒了杯白的，和尹姚喝了一杯，说道："兄弟啊，走前打的那一架，别往心里去啊。"

尹姚说道："是我不好，我先动的手。大家都是为了闵颖，现在想来，闵颖今天这个样子，都怪我。她好好的时候，我没有珍惜，还错怪她，现在想珍惜的时候，却不知道她何时才能醒来。我真是个混蛋！"

"兄弟啊，你知道，我也喜欢闵颖，这样的女孩子谁会不喜欢呢？"罗军勇喝了一口，"跟你实话实说吧，那晚，我真地没有和闵颖发生关系，骗你是畜生。只是我当时都懒得跟你解释，你想怎么想就怎么样吧。"

"我知道，闵颖跟我说了。我相信她。"尹姚说道。

"但真是差一点儿，"罗军勇说道，"那晚闵颖迷迷糊糊的时候，把我当成了你，如果不是叫你的名字，我就不会痿，我们还真可能发生了，那么我真地会娶她，也许也就不会现在躺在病床上了。"

第 30 章 真相来临

尹姚想着罗军勇这么说，真是欠揍，但现在自己心态已经平和太多，自己得不到或者没有决心得到的，为什么也不允许别人追求呢，也许当初任着罗军勇追求闵颖，结局也不会比现在差。尹姚问道："你今天来看闵颖，从哪里听到闵颖醒了？"

"蔡凌云啊，"罗军勇说道，"前几天正好聊起，蔡凌云说了一嘴，我再问，他又说不清楚。我今天刚出差回来，这不就抓紧来看望看望。"

"蔡凌云怎么知道闵颖醒了？"尹姚疑问道。

"我怎么知道，他又不肯多说。我还特地发消息问你了，你又没回。"罗军勇说道。

尹姚翻看下手机，果然有这么一条，可能自己当时没注意，继续问道："铭程最近这么样？现金流问题解决了吗？"

"还行，这次的律师函挺给力，华睿那边支付了一千多万的货款，现金流基本没啥问题了。"罗军勇说道。

"听说有人家要收购铭程？"尹姚问道。

罗军勇想了想，说："最近是有点奇怪，代理 JR 的订单和 SC 签完，SC 的肖总又带了一伙人来考察铭程，其中应该有几个财务和审计人员，在铭程待了好几天，做财务审计的事情。前段时间，晚上和财务高姐他们吃饭，高姐挺兴奋的，也喝起了酒，还喝得有点多，我私下问起，她说可能铭程要卖了，但又没多说。"

尹姚沉默了好一会儿，独自猛地喝了两口，然后将酒杯狠狠往地上摔，吓到了旁边吃饭的人。罗军勇赶紧帮忙道歉，问道："兄弟，怎么回事？"

"这一切都是阴谋！都是阴谋！"尹姚气愤道。

"兄弟，你说什么呢？"

尹姚有些激动，说道："这一切都是蔡凌云的阴谋，就算不是他主使，也是幕后真凶之一！闵颖变成植物人，就是蔡凌云干的！"

"老蔡虽然精于算计，但他也不像是那种谋财害命的人啊！"

尹姚冷静下来，说道："老罗，你给蔡凌云打个电话，套套他在哪，我要找他好好聊聊。"

"你可别干出什么出格的事情啊！"

"放心吧，我不会的。"尹姚说道，"你赶紧打电话问吧。别说我找，你只要套出在哪就行。"

饭店里比较吵，罗军勇去外边打电话了，一会儿进来说道："他现在在青松大酒店和朋友吃饭呢。"

"嗯，我知道了。这顿饭你请。"尹姚说完就想走。

罗军勇拉住尹姚，说道："你可别干什么傻事！还有，我也觉得有些奇怪，你走后，SC 的订单也来了，CP 的外包也来了，华睿的款也进来了，其实就是为了——"

"没错，他早就计划着要赶我走！"说完，尹姚快速离开了。

尹姚在青松大酒店的马路对面等了一个小时，快 10 点了，才看见蔡凌云从里面出来。跟朋友们分手道别后，蔡凌云看看表，司机怎么还没来。尹姚走了过去，说道："蔡总，有空聊聊吗？"

蔡凌云有些惊讶，说道："尹总，好久不见！"犹豫了下，说司机马上来了，下次有空聊。

尹姚从包里掏出一张纸，在蔡凌云面前晃了晃。

到了对面的咖啡馆，进了小包间，蔡凌云问道："小姚，刚才那个你哪来的？"

"什么东西？"尹姚明知故问道。

"借条！"

尹姚笑笑说："大哥，你不用关心这张借条是哪里来的。总之现在我这，我可以将它撕了，你就省了 500 万。虽然陶金陵已经死了，如果我将这张借条还给他老婆吴敏，意味着你要还吴敏 500 万，可以这样理解吗？上面似乎还写着一年 15% 的利息呢，看时间已经快一年了。"

金军从陶金陵家取出了钱，回到家，发现钱里面还夹着一张纸，也没关心，往桌上一扔。莫莉准备出发去机场前，无意间看到桌上这张条，就顺手放进了自己包里。那晚机场回来，第二天顺手就交给了尹姚。

"你想找我聊什么？"蔡凌云问道。

"真相！"

"什么真相？"

尹姚冷笑了声，说道："这一切，都是阴谋，对吗？只是，你是策划者，我是受害者。"

"你说什么呢？我怎么听不太懂。你想谈这些虚无缥缈的东西，那我就不奉陪了。"说完，蔡凌云拿起外套，拎起包，准备想走。

"收购成功了，500万对于你就是个小数目，你也不会在乎了，但我可以百分百确定，我不仅可以让收购失败，也可以让你身陷囹圄！"尹姚不紧不慢道。

这时，蔡凌云停下了脚步，转身说道："你都知道了？"

尹姚点了点头，说道："对，你可以直接离开，也可以坐下我们慢慢聊。"

蔡凌云犹豫了会儿，还是回到了沙发上，说道："你继续说吧。"

"相信你应该欠了不止这个500万吧？"

蔡凌云没有回答。

"行，"尹姚说道，"我现在就想搞清楚所有真相，如果你能配合，我就考虑将这张借条撕掉，反正这个钱我也拿不到，但你可以不用还钱了。"

"我给你100万，买你这张借条，怎么样？"蔡凌云说道。

"你说笑呢，不行！真相是无价的，500万也不卖。"尹姚说道，"你要知道，我不仅有这张借条，我还有铭程最怕的东西。"

"我知道你在说什么，但这些对你有什么好处？何必呢？"

"没有好处，我也不怕担责，现在闵颖是个植物人，在病床上躺着，我愿意付出一切代价给她一个公道，就算自己千刀万剐。但，也会让有罪之人付出代价！"尹姚坚决道。

"你想要知道什么，你说吧。"蔡凌云面不改色道。

"行，就从一开始说吧，去艾希投资谈融资的事情，你早就知道了会失败吧？"

"对，"蔡凌云说道，"艾希投资的殷伟和肖斌都是SC董事会的成员，他们是朋友，所以你谈的融资不可能成功，肖斌不会同意。"

"好，VA的自动化项目从一开始就注定了会失败，因为你想通过丢这个项目，赶我走，对吗？"

蔡凌云想了会，说道："是的，是我告诉陶金陵我们的底价是6600万，他是否将这个价格告诉CP，我就不知道了。收购铭程，是从你找我一起建立铭程的时候，就和凯拓发展谈好的计划。谁知道铭程能发展得不错，具备被收购的条件，而你占了30%的股份，这是一大笔钱，所以就想方设法要赶你走，所以丢VA的项目是最好的办法。"

"那闵颖呢？为什么想方设法要赶她走？"尹姚有些激动，但刻意地按捺住了自己的情绪。

"闵颖是你的左右手，能力很强，如果她在，一不小心万一拿了铭程的项目，计划就会落空，赶走她，也可以乱了你的心志。"

"闵颖都已经决定要走了，你为什么还要杀她？甚至我？"尹姚开始有些歇斯底里了。

"我不知道你在说什么。但闵颖拿铭程行贿和逃税的证据要挟我，如果举报出去，这会让多少年来的计划功亏一篑。KTV的事情我很抱歉，但不是我计划的，我根本不知道会发生这样的事情。"

"那是谁策划的？"

"肖斌，"蔡凌云说道，"不管你信不信，跟踪偷拍你和闵颖的，后面计划KTV要对闵颖不利的，都是肖斌。CP的莫莉是肖斌的女人，CP抢项目，都是肖斌的策划。"

"呵呵，"尹姚冷笑道，"你现在什么事情都怪到肖斌头上，搞得自己好像很清白，骗谁呢？我把铭程30%的股份转让给你，加上你原来的30%，那么现在一共有60%的股份。SC计划三四个亿收购铭程，你将拿到两个亿，是最大获利者，现在把事情全推给肖斌，好轻松啊！"

"这是你的认为。"蔡凌云说道，"我本想保留一些你的股份，但你自己决定退股。我也想将收购的事情告诉你，但是肖斌不同意，怕横生枝节，参与的人越多，越无法掌控，所以，我配合他而已，但我告诉他，我只做我能力范围内的合法的事情，所有其他的事情我不参与。闵颖，多好一个姑娘，我根本没想过要伤害她。但肖斌做事一向心狠手辣一意孤行，我也没办法。"

尹姚站了起来，一把将蔡凌云推倒在地，狠狠道："事到如今，你还不说实话，你明明是最大获利者，还不停推诿不肯承认事实！"

蔡凌云站起身，整了整衣服，将沙发移回原位，平静地坐下，淡淡说道："我要骗你，也不会将事实全部告诉你了。我不是最大的获利者，我只是台前的代言人而已。"说完，蔡凌云打开手机，将几张借条的图片给尹姚看，说道："你仔细看吧，陶金陵的借条，只是其中一张而已，我还借着肖斌1600万。"说完，将图片又翻了一页，"这是我和肖斌之间的协议。我表面所持有的60%的股份，其中50%是给肖斌代持的，协议上说得很清楚，这50%的权益及收益全部归肖斌所有。"

尹姚仔细看了下手机，也确如蔡凌云所说，问道："你为什么借了那么多钱？"

"澳门！"蔡凌云说道，"我这几年澳门去得太多了，总共输了三四千万，把我的积蓄搭上了，又问肖斌和陶金陵借了很多钱。如果这次收购成功，我可以保留10%股份的收益，欠肖斌的1600万也不用还了。只需要将10%的股权收购款里拿出500万还给陶金陵就行。这次收购是个大买卖，真正的赢家是肖斌，所以他不会允许任何人来破坏他的计划，不惜任何代价。"

"你手中的50%股份那么值钱，才1600万就转让给肖斌了？"尹姚问道。

蔡凌云笑了起来，说道："你以为铭程真地值那么多钱吗？竞争激烈，效益不行，流动资金枯竭，并没有什么核心不可替代的技术储备，为什么能值那么多钱？还不是靠包装？为什么有人愿意买？因为肖斌是SC的老大，他有这个权限和能力将不值钱的公司高价收购以便自己能够从中谋取暴利，这点常识你应该懂吧！"

"好狠啊！布了这么大一个局！"尹姚说道，"为了钱，什么不择手段的事情都做得出来！肖斌要杀闵颖，想必陶金陵也是他杀的吧？"

"我不知道，但凭我这么多年对肖斌的了解，他会为了目的，不计代价清除一切拦路虎。"蔡凌云平静地喝了口茶，继续说道，"尹姚，这次收购对我很重要，我的债务都靠这个翻身了。该告诉你的，我都告诉你了，所以，现在轮到你开条件了，我不希望那些名单和税务文件外泄，一旦外泄，后果不堪设想，这个你也懂，对任何人都没有好处。"

"是的，我外泄了，铭程被查，收购就黄掉了，这就是我想要的目的。"尹姚说道。

"不，你不会这么做。那些事情的时候，你是铭程的主管，不仅你自己会被牵涉，你身边的人也会遭到疯狂的报复。何不你开个条件，我会和肖斌谈，比方说给你5%的股份，最终3亿的收购价格，你就可以拿到1500万，那是普通人一辈子都赚不到的钱，而你一下变得富有，大家又可以相安无事。"

尹姚想了想，说道："那行，你把今天的事情告诉肖斌吧，我想跟他当面谈。"

第 31 章　暗黑协议

林律师提着厚厚的公文包进了房间，不一会儿，金军穿着看守服从铁栏栅后走了进来，坐下。看守警走了，林律师说道："以前你送别人进去，现在自己在里面，滋味不好受吧？"

金军看了眼林律师，林律师肥肥的大脸带着方正的眼镜，冷冷道："把你的嘴皮子留在替我辩护上吧。"

"好了，不跟你说笑了，你什么都没说吧？"林律师问道。

金军摇了摇头，说："我一张口，就怕你忙不过来了。"

林律师笑笑说："董孔的日子不多了，他不会开口指认的，你放心吧。他女儿的事情我已经安排妥当了。言归正传，说你盗窃，陶金陵家没有缺任何东西，你最多就是私闯民宅。你听得懂我的意思吗？"

金军冷笑道："他们家被盗的东西，见得了光吗？这个道理我不懂？"

"跟你交流很轻松，"林律师哈哈笑道，"还有洗钱的事情，警察抓了人，根本没发现什么现金，现在人都已经放了。"

"那些人果然够精明。"

林律师说道："早就兵分两路，拿上车的箱子里面只剩几万块了。放心吧，你去挣来的钱，最终还是归你的。"

"那假护照的事情呢？"金军问道。

"这个是没有办法了。"林律师说道，"抓现行还想赖啊。不过不要紧，我会操作，最多关两个月就出来了。"

金军也算是坦然接受现实了，目前状况，已经算是最好的结果。

这时，林律师拿出手机，将一张金军女儿在学校操场上玩耍的照片展示给金军。金军顿时火冒三丈，起身一把揪住林律师的衣领，怒道："你这算什么意思？"

林律师一把挣脱了金军的手，整整衣领，淡定回复道："你激动什么！我只想告诉你，你女儿很好，我们会保护她，也跟她说了，你爸爸要出差两三个月。"

"你不就是不想让我乱说话吗？"金军怒道。

林律师嘴角斜斜一笑，说道："你果然明知事理。放心吧，两三个月之内你就可以继续陪女儿了。"

莫莉回到自己原来的住处，插入钥匙，门打开。那天和肖斌在这里吵完，莫莉没忘记拿桌上的钥匙，说房子没诱惑，那是假的。

刚进门，房间里暖气打得很足，只见肖斌光着身子，仅穿着一条裤衩坐在沙发上喝茶。莫莉问道："你怎么知道我肯定会来？"

肖斌笑笑，说道："我还没见过跟钱过不去的人。不管你爱不爱我，至少你肯定爱这套房。"

"协议带来了吗？签完你就可以走了。"莫莉说道。

肖斌指了指茶几上的文档，说道："不要急，我还想跟你聊聊呢。聊完我就签。"

"好，你想聊什么，说吧。"莫莉说道。

"我说了不要急！"肖斌严肃起来，"你看我就穿了一条内裤，我希望你也能坦诚相见。去洗手间把衣服全脱了，衣服和包放在洗手间，你全裸着出来。"

"不行！"莫莉义正词严道。

"这里没有外人，我们睡了那么多年，有什么好害羞的！快去！"肖斌说道。

莫莉就是直直站着不动。

肖斌继续道："放心，我不想做什么，只是接下来的聊天比较敏感，我不想你身上带着窃听器录音笔什么的。不去的话，你房子还想不想要？"

莫莉犹豫了会儿，进了洗手间。不一会，莫莉赤裸着走出了洗手间，肖斌让她过来，沙发上坐会儿。肖斌揪了一把莫莉的酥胸，说道："没结婚就是好，身材保持得完美。"

莫莉厌恶地挪开了肖斌的手，说道："先让我问你一个问题。"

"说吧。"肖斌说道。

"那天晚上，你让金军跟踪我，是不是想让他杀了我？"莫莉严肃道。

肖斌突然哈哈大笑，说道："怎么可能？你是不是有妄想症呢！"

"那你为什么让金军跟踪我，手上还拿着工具箱。"

肖斌停止了大笑，说道："我只是想让金军好好给你洗洗脑子，不要那种态度跟我说话，也不要威胁我！你应该知道，跟我作对，没什么好处。不过，你也真聪明，看明白了我和金军的关系，还狠狠地把他送进了看守所。看来，之前都是我小看了你和尹姚啊！"

莫莉也冷笑起来，说道："我和尹姚，怎么能和你这个大阴谋家相比。现在，我是想明白了，过去几年，你其实根本就不爱我，你跟我好，就是为了让我当你的小三，做你的玩物。更重要的一点，是你知道我和尹姚以前的关系，就是想借我来对付尹姚，以便实现你的宏图伟业，是不是？"

肖斌喝了口水，冷静了会儿，说道："随便你怎么想。但有一点，你应该很清楚，我可以给你房子给你钱，给你好的工作机会，但我不可能和我老婆离婚。我也劝你别再去惹我老婆了，你吃的亏应该不少了，别再以卵击石。"

"放心，我也看明白了，所以我也不再爱你，更不会对你心存任何幻想。"莫莉说道。

"很好！"肖斌说道，"房子赠予协议，一会儿我就给你签掉，不管你将来还想不想住这里或者卖掉，都是你的事情了。但签之前，我有几个条件，请你遵守。"

"你说吧。"

"好！"肖斌说道，"一，以后你不要再来骚扰我和我的家庭。二，陶国宏的事情，跟我无关，以后也不允许跟任何人提起这件事。三，不要再去帮尹姚做伤害到我的事情。最后，我会让人给你一支口红，你打开后给病床上的闵颖闻一闻，只要五秒即可。"

"这是什么口红，为什么要让我做这个事？"莫莉问道。

"只要让闵颖闻五秒，她将再也不会醒来。"

"你是要让我杀人？"莫莉说道，"前几件事情，我可以做到，但最后一件，我绝对不干这种事情！"

肖斌说道："放心，这支口红气味很淡，闵颖闻了之后，气味就会消散，永远都不会查得出来闵颖是怎么过世的，因为本来谁也不指望闵颖会醒来。你只要确保闵颖的床边没有摄像头就可以，你能撇清关系就好。"

"不行，这种事情我做不来！"莫莉激动道。

肖斌将莫莉一把搂住，轻声说道："我已经去中介那边打听过了，这套房子目前市值700万，你卖了之后，可以加钱买新房子，大大的新房子，可以让你爸妈还有你弟弟他们都住在新房子里，把你的侄子侄女接过来，接受上海的教育，你爸妈可以接受上海的医疗。最重要的一点，闵颖走了，你就可以和尹姚在一起，听说他已经离婚了，你们可以再续前缘。当然，尹姚到时候应该也是千万富翁了。"

莫莉拿开了肖斌的手，没有回答。

肖斌继续说道："估计两个月后，金军就会被放出来了。你欺骗了他，害了他，你觉得他会怎么对你，你自己考虑清楚。但只要我说一句话，他一根寒毛都不敢动你！"

莫莉内心无比挣扎，不知如何抉择，木讷了好久，说道："闵颖已经是个植物人了，你为什么非要她死？"

肖斌点上一根烟,说道:"闵颖虽然是植物人,但我不知道她什么时候会醒来,永远是颗定时炸弹,我不希望自己的计划有任何闪失。闵颖死了,可能尹姚就不需要背负更多的心理压力和愧疚,也更容易接受我开给他的条件。"

"我想知道,那陶金陵是不是你杀的?"莫莉问道。

肖斌看了眼莫莉,说道:"你不该知道的事情,就不要知道,不该问的问题,就不要乱问。我想确认下,尹姚手上确实有铭程行贿和逃税漏税的证据吗?"

"他是铭程的主要负责人,怎么会没有呢?"莫莉回答道。

莫莉回到自己租住的家,快晚饭了,外卖送到,却吃不下。打开酒瓶,喝了一杯,在床上躺了会儿。对爱情、财富和家庭都不缺的人,坚持原则是自己引以为傲也容易实现的目标,但是三样都缺呢?也许肖斌说得对,只要一件很容易的事,自己的爱情、财富甚至家庭,短时间内都会接踵而至。莫莉给尹姚发了个信息,然后洗了个澡,给自己化了个精致的妆容,穿上新买的风衣。

一个小时后,门铃响了,尹姚进门就问:"你今天去哪了,妆化这么漂亮。"

莫莉一把抱住尹姚,说道:"尹姚,我好害怕啊,你会保护我吗?"

尹姚感觉到莫莉全身都在发抖,还发出抽泣声,说道:"怕什么呢?发生什么了?"

"今天肖斌找我了。"

"他找你做什么?"

"他要我离开你。"

尹姚攥紧拳头,怒道:"肖斌,这个卑鄙无耻的人,我一定要亲手将他送进监狱!"

"你搞不过他的。"莫莉说道,"他有钱有势,黑白两道通吃,他能朝闵颖和陶金陵下手,差点也对我下手,那对你下手也是迟早的事情,我们别跟他对抗了。如果你能从收购的事情中分到一杯羹,那么皆大欢喜,何乐而不为呢?"

尹姚推开了怀中的莫莉,冷冷道:"那病床上的闵颖怎么办?"

这时,莫莉解开了风衣的腰带,风衣慢慢从身上滑落,里面什么都没穿,丰满的胴体白花花展现在尹姚的眼前。莫莉再次抱住了尹姚,两人疯狂地亲吻了起来。亲了几分钟,莫莉在尹姚耳根说道:"亲爱的,我好久没做了,好想要,你也应该很久没做了吧。"

尹姚的荷尔蒙完全被激发了出来,但理智还是战胜了情不自禁,轻轻将莫莉推开,说道:"对不起,我还没准备好。当和你亲吻的时候,我满脑子都把你想成了闵颖。"

莫莉光着身子,直直站着,眼珠开始滑落。拿纸巾擦了擦,然后拿起地上的风衣,披上,说道:"我点了披萨,一起吃点吧。"说完,莫莉坐到了桌边,开始大口大口地吃起了披萨。

临走前,尹姚问道:"莫莉,对不起。我们还是好朋友吗?"

莫莉挤出笑容,说道:"是,为什么不是?"

"你还会像之前那样义无反顾地帮我吗?"

莫莉犹豫了下,点了点头,补充了一句:"尹姚,小心点,金军很快就会被放出来的。"

尹姚下了楼,夜色昏暗,打开车门,准备开车去医院接闵娜的班,突然,嘴巴被一块毛巾捂住,然后没有了知觉。

莫莉吃完披萨,换了身黑衣,带了个黑帽,打完电话,准备出门。出租车到了老城区,下车自己走,这里弄堂多,穿来穿去,找不到电话里的门牌号。莫莉到了个角落,这里灯光昏暗,有些阴冷,一个女孩子,有些害怕,随手打了个电话,气愤道:"我找不到你给的门牌号!"

"那你在哪儿,把你旁边的门牌号告诉我,我来找你。"电话里说道。

第 31 章 暗黑协议 303

莫莉将门牌号告诉了对方，一会儿，一个戴着个帽子的黑影过来了，莫莉根本看不清对方正脸，黑影从口袋里掏出一个口红样子的东西，递给莫莉，说道："拧开，靠近鼻子闻五秒就可以。今晚是最好的机会。"说完，黑影就想走。

"等等，"莫莉说道，"今晚尹姚在病房。"

黑影转身看了眼莫莉，脸上一大块胎记展现在眼前，看得莫莉有些瑟瑟发抖。黑影压低帽子，说道："尹姚今晚不在，至少半夜前不会在。你抓紧去办吧。"

"他说他去医院了！"莫莉说道，转念一想，"你们把尹姚怎么了？"

黑影哼哼两声，说道："你做好你的事情，你的男人自然会归还给你。完事后，明天晚上老时间老地点，来拿赠房协议。"说完，黑影从衣服里拿出一份协议展现在莫莉眼前，上面有肖斌的签字，但很快收了回去。

黑影走后，莫莉打尹姚电话，怎么都没人接，打肖斌电话，电话也不接，不由地捏把汗，祈祷尹姚不要跟肖斌反抗，何必以卵击石。出租车到医院，进病房，闵娜在。

闵娜看到莫莉，说："莫莉，你怎么来了？"

莫莉微笑道："娜姐，尹姚还有点事，估计要半夜才能过来，让我来先接你班，你先回吧，我看着就行。"

闵娜不好意思道："没事没事，我就多看几个小时也没关系的。"

莫莉扶起闵娜，说道："娜姐，你就放心吧，有我在呢，一会儿尹姚就来了。我知道你晚上还有网络教育课，所以尹姚才叫我来的。"

闵娜看看莫莉热情的样子，也不推辞了，说道："我上课的事情你都知道啦，我也想多学点技能，看看将来能不能在上海立足。"

莫莉看了会儿手机，确定闵娜不会打个回马枪，然后走到闵颖床边，看看床头柜上的鲜花，不由有些羡慕嫉妒恨。她知道，尹姚每两三天都会给闵颖换上鲜花。莫莉装作不经意,斜视着仔细查看这束花,果然有摄像头,于是刻意不小心右手带到了花瓶,摄像头一下变了位置,照不到自己和闵颖了。莫莉在房间里转了转,在看得到闵颖病床的角度仔细查看还有没有其他的摄像头,确保没有了,才长吁了一口气。

莫莉看着病床上的闵颖,轻声嘟哝道:"闵颖,你真的很漂亮,如果我是男人,也会为你心动。但对不起了,爱你的男人,我也爱上了他。如果你还活着,我会离开,成全你们,但你现在是个植物人,对所有人都是个折磨,你为何不痛痛快快地离开呢?"莫莉从口袋中掏出那支口红,继续嘟哝道,"闵颖,对不起了,希望你不要怪我,将来我和尹姚每年都会来看你。"

莫莉的眼泪开始哗啦哗啦地流下,双手已经开始颤抖,自己阴谋诡计用了很多,但是从来没做过杀人的勾当。不要说杀人,自己都没有在肉体上伤害过任何人,连小猫小狗都不会。莫莉的泪水还是停不下来,牙齿在打架,双手颤抖得已经抓不住口红,口红掉在了床上。莫莉突然瘫坐在地上,撕心裂肺地闷声抱头痛哭。

声响不大,还是引起了路过护士的注意,护士冲了进来,赶紧查看闵颖的呼吸,一切正常,对莫莉说道:"女士,你朋友没事,呼吸正常呢。"

莫莉控制住情绪,点了点头。

护士说道:"你有什么事可以直接按铃或者到护士台来找我。"

莫莉看着床上的口红,发起呆来。

尹姚醒过来,自己是躺在一个沙发上。房间灯光明亮,但空空荡荡,除了这套沙发,还有一个茶几,窗帘关着。尹姚起身去打开窗帘,想看看在哪儿,谁知窗帘后竟然也是墙。脑子有些晕晕乎乎,摸摸口袋,手机也不在了,自己的公文包也不见踪影,看到一扇铁门,赶紧去敲,大声喊道:"有人吗?有人吗?"

不一会儿,铁门打开了,尹姚退了几步。肖斌进门了,伸出手,说道:"尹总,好久不见!"

尹姚没有伸出手去握,怒道:"你把我绑架到这里来做什么?"

"绑架?"肖斌大声笑道,"哪有什么绑架,我是请你过来。你看有什么东西绑着你吗?"

"你找我做什么?"

肖斌微微一笑,对旁边戴着墨镜的保镖使了个眼色,然后拉着尹姚到沙发上坐下。不一会儿,肖斌的保镖送进来两瓶水,出去后把铁门又关上了。

"尹总,对不住了,以这种方式请你来。你精于使用摄像头窃听器这种玩意儿,所以我不得不防啊。我已经让人搜过你,你是干净的,手机和包,我们谈完,我都会还给你,并且会送你回去,你就放心吧。"肖斌说道。

"我们有什么好谈的吗?"尹姚不屑道。

肖斌大笑,搞得房间里都是回声,有些恐怖,说道:"我们可以谈的事情太多了,工作、女人、事业,我们有太多的共同点了,我们如果方向一致,可以做很好的朋友,不是吗?"

尹姚摇了摇头,说道:"我们没有太多的共同点,你的阴险狡猾和心狠手辣,我做不出来。"

肖斌冷笑道:"不跟你扯这些没用的了。现在什么事情,蔡凌云应该都告诉你了,也是你跟蔡凌云说要跟我单独谈谈的,现在机会来了,你谈吧。"

"好,那我问你,你打算多少钱收购铭程,你占了多少股?"尹姚问道。

"3亿左右吧,具体还没定下。"肖斌说道,"我占了50%的股份,40%是凯拓发展的,蔡凌云占了10%。"

"蔡凌云不是60%吗?"

"重复的问题就不要问了。"肖斌说道,"蔡凌云跟你解释过了,他赌博欠我很多钱,那50%是我让他代持的,权益在我,律师对协议做过公正。"

"好。那闵颖的事情是不是你干的?"尹姚问道。

肖斌说道:"这个事情不重要。"

"到底是不是?"尹姚有些歇斯底里。

"开门见山吧!我给你铭程5%的股份,没有对赌,没有限制条件,现金全资收购,三个月后你可以拿不少于1500万。"肖斌说完,从衣服里掏出一份协议,继续说道,"我已经签完了,你只要上面签字,协议就生效。"

尹姚拿起协议仔细看了起来。

肖斌说道:"1500万,你一辈子可能都赚不到。快过年了,过完年证监会就会审批通过收购事宜。到时候,你拿到钱,可以带你心爱的女人去美国治疗,我相信她很快就能醒过来。"

尹姚将协议丢在了桌上,说道:"我原来有30%的股份,现在只有5%,我当时如果不退股呢?"

肖斌笑了起来,说道:"男人有野心是好事,饿死胆小的,撑死胆大的。你以为我50%的钱到时候都会进自己口袋吗?中间环节太多了,人也太多了,我要送出去一大笔。还有,你以为铭程真值那么多钱?不是我来操作和包装,铭程就是个垃圾,和一大堆小企业没什么区别!"

尹姚也笑了起来,说道:"你就怕我的资料外泄嘛,我知道对我也没有任何好处,但是5%对我没有任何吸引力。事情我都清楚了,证据我也收集得越来越多,5%和正义,我宁愿选择正义。"说完,尹姚起身往铁门那边走去。

"没有我的指示,你以为你走得出去吗?"肖斌说道,"尹姚,你创业,你做销售,为了是什么,就是赚钱,现在这个机会就摆在你的面前,你考虑清楚。另外,拒绝我没问题,只要你能承受拒绝的代价就行。"

第31章 暗黑协议

尹姚转过身，说道："你什么意思？"

肖斌大笑了起来，说道："我的能量和手腕，你不会没见识过吧？说威胁的话，不是我的风格，你自己心里应该很明白。现在简单点，你开个价吧，我能接受就 OK，不能接受，悉听尊便。"

"10%。"尹姚说道。

"太多！"

"一点儿也不多！"

肖斌想了想，说道："可以。但我要申明，这是一口价，将来不允许再来要挟，并且过去的任何事情，一笔勾销，不再追究。也不允许做出对铭程不利的事情。如果你违反了，后果自负。明白吗？"

尹姚点了点头，说道："给我两天时间考虑，两天后，我需要在我律师在场的情况下，签订协议。"

"可以。"肖斌说完，打了个电话。铁门突然打开了，保镖手上拿着一个黑布袋进来，套在了尹姚头上。肖斌继续道："尹总，委屈一下，现在送你回去。"

尹姚赶到医院，进了病房，看莫莉正蹲坐在地上，泪眼婆娑，有些肿，说道："我跟闵娜打过电话了，谢谢你帮忙照看闵颖。"说完，将莫莉扶起。

莫莉一把将尹姚抱住，哭得更厉害了。

"怎么了？发生什么事了？"尹姚关切道。

莫莉哭哑了嗓子，说道："我怕你再也回不来了。"

尹姚笑了出来，说："怎么可能，不就是和肖斌谈了谈，他敢拿我怎么样呢？我一旦出事，肖斌的收购也就完蛋了。走吧，去外面吃点东西，我肚子也饿了。"说完，拉着莫莉往外走，看到床上有支口红，提醒莫莉带上。莫莉赶紧收起。

第 32 章 自杀之谜

尹姚很早就醒了过来，头脑有些晕晕乎乎，不知道昨天晚上发生了什么。掀开被子，床边坐了起来，回头一看，身边睡着的是莫莉。摸了摸脑袋，实在想不起昨天晚上干嘛了，只记得离开医院带莫莉去吃了夜宵，大概喝了不少酒。尹姚拉开窗帘，天还没亮，看看手表，不到 6 点。赶紧穿上衣服，想跟莫莉打个招呼先走，想想还是不打扰她睡觉了，看见床头柜上有支口红，像极了昨晚莫莉掉在闵颖床上的那支。

尹姚开着车，满脑子的负疚感，他一直告诉自己要等闵颖醒来，但昨天晚上竟然睡在莫莉的床上，不知道有没有干出对不起闵颖的事情来。开车到医院，赶紧上楼，走廊上空空的，只看见两个护士低头在护士台忙着什么，露出两顶帽子。走进病房，此时明媚的朝阳已经初升，窗帘拉开着，阳光照进窗户，满眼的金黄色，一个金色的背影转过身来。光线慢慢没有那么强烈，眼前越发清晰，那张熟悉久违的笑脸跃满尹姚的双眼。

"闵颖，你醒了！"尹姚惊呼道，然后冲了过去，一把将闵颖抱紧在怀里，"闵颖，我等了你好久，我好怕再也等不到你醒来！"说完，尹姚的眼泪落了下来。

"我为什么会死？"闵颖问道。

尹姚一惊，说道："你这不醒过来了吗？让我好好看看你！"说完，尹姚看着闵颖，刚才那张微笑的脸庞不见了，面无表情，开始发黑，眼中流下了两行血泪。

"尹姚，你醒醒！"

尹姚睁开双眼,看到魏鹏正在旁边。魏鹏说道:"你怎么了,怎么叫你都不醒。"

尹姚看看病床,闵颖正安静地躺着,窗帘拉开着,阳光洒满自己全身,昨晚应该就在病房里,睡在这张躺椅上。尹姚缓过神来,想起刚才闵颖流着血红眼泪的脸庞,冲闵颖喊了两声,完全没有回音。尹姚说道:"鹏哥,你怎么这么早就来了?"

"我上班正好路过,来看看闵颖怎么样了。你正好在,刚才叫不醒你,是不是做噩梦了?"魏鹏笑道。

"应该是吧。"尹姚说道,"大概太想闵颖了,你不叫醒我,我和闵颖在睡梦里还能多待会儿。"

魏鹏笑了出来,询问了近况,然后说道:"明天上午要上会,关于上新线和外发生产的会议。"

"南昌工厂上新线,无非就是买 JR 的,还有,外发 SC 部件生产的合同不已经签了吗?"尹姚说道。

"不一定。"魏鹏说道,"现在已经 2019 年了,车市不好,去年 VA 的销量并未达到预期。如果原先生产线的效率提高了,可以节约出产线,就不一定上新线了。就算上,也不一定就买 JR 的,虽然舒达贵,毕竟舒达的效率更高。最近舒达在南昌的改造很成功,就用了一个多礼拜,就将 JR 的产线效率提高了 7%,将来有可能提高到 10%,这就意味着,因为产能和效率的提升,我们 VA 不一定就将部件外发给 SC 生产。这就是明天上午会议的主题,我会提出各地工厂生产线的全面改造,全面提高产能效率,反对外发。"

"你们 VA 已经和 SC 签了合同,你这么做不会得罪 SC 吗?"尹姚问道。

"得罪就得罪了,为公司降本增效是我们工程部的职责。"

"你这是在得罪肖斌,别落得陶金陵一样的下场。"尹姚关切道。

魏鹏笑了笑,看了看病床上的闵颖,说道:"你应该知道闵颖到底发生了什么吧？"

尹姚看了看闵颖，说道："是我对不起她，都是肖斌干的。SC要超高溢价收购铭程，捞取巨额利益，我的股份就成了绊脚石，必须要把我赶走，闵颖只是牺牲品罢了。我离开铭程，CP就将VA的项目外发给铭程，SC也将JR的代理交给铭程，应收款也进来了，铭程一下就活过来了，销售额和流动资金没了问题，再包装下，达到SC高价收购的标准。"

"这么说来，陶金陵很可能不是自杀的，他多数也成了绊脚石！"魏鹏感叹道。

"所以，鹏哥，算了吧，不要跟肖斌斗了，他有钱有势，你要多为自己的安危着想。舒达改造成功了，暂停或者取消和SC的合同，消息一传出，股价必然暴跌。SC遭受重创，必然影响后续的收购铭程的计划，动人奶酪，你到时候会成为众矢之的，何必呢？"尹姚说道。

魏鹏狠狠看了尹姚一眼，问道："尹姚，你这么说，是认真的吗？"

尹姚闪躲着魏鹏的眼神，没有接嘴。

"是不是肖斌找你谈过了？分你利益了？"魏鹏追问道。

"没有！"尹姚说道。

"没有就好！"魏鹏说道，"尹姚，闵颖还躺在病床上，甚至有人还想让她不再醒来。陶金陵死得不明不白，你也被坑得这么惨。我记得你喝酒的时候跟我说过，创业是个游戏，现在的你，追求的只有一个，创业的正义！我现在想办法阻止VA外发SC的业务，一方面是在帮我自己，但也是在帮忙寻找你要的正义！现在SC的股票，连续涨停，一路直冲，肖斌的计谋正在实现的路上，我不希望看到你退缩！"

莘迪的办公室里放着个布绒大熊，肖斌进来，一眼就看见了这个大熊，说道："好可爱的大熊啊。"

"师兄，哦，肖总，你怎么来我办公室了？"莘迪笑着问道。

"我是老板，我来检查工作，不可以吗？"肖斌笑着说道。

"可以，可以，老板，你需要我汇报什么？"

肖斌想了想，指着熊说："汇报下这个熊吧。"

莘迪无奈道："我们家小莘佑昨天晚上看到这个熊，特别喜欢，非要买。那就买吧，晚上忘了拿上楼，今天早上送他上幼儿园，看到这个熊，就突然不喜欢了，说不要，赶紧扔掉。我可真气死了，放家里，那小家伙肯定要嚷嚷，就拿到办公室吧，有人喜欢就送人。"

这时，电话铃声响了，肖斌转身走开接电话。

莘迪忙完手头的事情，抱着大熊去了肖斌办公室，肖斌正好在。莘迪说道："肖总，我这不刚刚说了，想送给有缘人，我看你这个办公室，这么大的地方，装修虽然豪华，但缺点生机，这个大熊就送给你吧？"

肖斌笑道："真送给我了？小莘佑又要了怎么办？"

莘迪说道："送给你了！本来就想好好感谢你，你又什么都不缺，就送这个熊吧。"

"为什么要感谢我？"肖斌奇怪道。

"哎，你现在是贵人多忘事啊。你前几天让我买SC的股票，你看，你说完第二天就连续涨停到现在，接下来还不知道要多少个涨停呢，这下发财了！"莘迪兴奋道。

"哈哈，师兄没有骗你吧？"肖斌说道，"你买了多少？"

莘迪想了想说："沉默是金，仓位，保密！"说完，将大熊放在了墙边的书架上。

莘迪下午请了个假，到尹姚的新公司来找尹姚。聊了会儿，尹姚问道："说正经事，今天怎么突然想到来我这里看看呢？"

"尹总，你忘了啊，你前两天托我想找陶金陵老婆吴敏好好谈谈，今天我约到了，今天下午到他们家别墅，现在走吧？"莘迪说道。

车在陶金陵家别墅门口停下。莘迪敲门，叫了声敏姐。吴敏去倒水了，尹姚看陶金陵的遗像就放在客厅边上，走过去鞠了三躬。不管陶金陵以前做过什么，死者为大，况且铭程这几年的发展，陶金陵也的确帮了不少忙，至少作为正职，也没反对过。虽然汤鸣将闵颖在KTV的事情指向陶金陵，但现在看来，也只是一个中间环节罢了。

就算尹姚是装着鞠躬，但在吴敏看来，也算是拉近了一些距离。尹姚说道："敏姐，您也不相信陶部长是自杀的，对吗？"

吴敏看了眼尹姚，没有回答。

莘迪插话道："敏姐当然不信。本来陶哥都计划好去加拿大和敏姐相聚的，怎么可能突然自杀呢？这也是敏姐为什么同意见你的原因。"

尹姚点了点头，说道："敏姐，我肯定陶部长不是自杀的，哪有那么巧？"

这时，吴敏有了兴趣，问道："你为什么这么说？"

尹姚拿出手机，将陶金陵遇害那晚的通话录音放了一遍："尹总，电话不多说了，我发地址给你，晚上9点见。"

的确是陶金陵的声音，通话记录的时间正是那天下午。尹姚也把"心悦花园，27号，九点"的短信给吴敏看，虽然是陶金陵的另外一个手机，但是知道心悦花园27号的人没几个，时间上也和通话记录的时间吻合。

尹姚说道："那天本来约了陶部长晚上9点见面的，但我赶到的时候，陶部长已经从楼上掉下来了。而之前刚刚见过肖斌，怎么能那么巧呢？金军就是肖斌的杀手，我觉得凶手就是他。金军后来又来过你们家，你却告诉警察你们家什么都没缺，金军没有偷东西。但事实上你们家缺东西了，对不对？"

尹姚盯着吴敏的眼神，吴敏眼神中有些慌乱，但她故作镇定，说道："我们家没有被偷东西。"

尹姚苦笑两声，说道："你们家丢东西了，丢了130万人民币和35万美金的现金，还有一张500万给蔡凌云的借条，不是吗？"

吴敏没有作声，眼神仍直勾勾地盯着尹姚。

尹姚补充道："敏姐，我不知道你们家的钱藏在哪里，也不关心这些钱从哪里来，更不会跟任何人，包括警察，去说这些钱的问题，这个你放心吧。我只关心，你明明丢了钱，却不敢说，现在金军，这个很有可能是杀害您丈夫的凶手，很快警察就会因证据不足将他放出来。真凶，逍遥法外，您丈夫，被谋杀，蒙冤而死却被说成自杀，您能接受吗？"

吴敏突然抽泣了起来，莘迪赶紧拿餐巾纸去抚慰。吴敏擦了擦眼睛，缓了缓情绪，说道："人民币被偷了多少，我算不清，但的确少了35万美金和蔡凌云的借条。尹姚，你有办法还我们家金陵一个公道吗？"

尹姚摇了摇头，说："我也没办法。我今天来，只想确认下陶部长不是自杀的，并想到现场看看，有没有什么线索。"

吴敏带尹姚到楼顶，尹姚仔细看了看陶金陵跳楼自杀的现场，也没什么新的发现，唯一的变化是现在装了栏杆，不装还真的挺危险。尹姚在楼顶仔细转了一圈，看到隔壁别墅楼顶正好有摄像头，问道："敏姐，隔壁楼顶装了摄像头，能不能去调阅下？"

吴敏回答道："警察对小区内每家楼顶装有摄像头的，都去调阅过，隔壁家也是，都没有对准这个角度的。隔壁家的摄像头那么明显，我也知道去调阅，警察能不知道吗？"

尹姚点了点头，从包里拿出一个望远镜，朝四周仔细扫视。

魏鹏整理了半天的PPT和技术资料，下午拉着部门的人和车间的技术人员一起开会，详细研讨目前舒达给南昌工厂做的改造，论证扩大改造范围的可行性和稳定性，大家都表示可行，并且对舒达的改造表示满意。魏鹏站了起来，感谢大家的配合，说道："明天我们总经理会主导这次的技术改造会，争取能够通过，明年VA就能降本增效，大家的绩效就能更上一个台阶！"

魏鹏有些兴奋，明天的会议很重要，如果能够得到VA总经理的认同和赏识，也实实在在为公司做了贡献，那么，至少也能坐实工程部部长的职位。当然，如果能够取消SC的外部代工，那就更完美了。

快3点了,魏鹏收到一份邮件,是总务部发过来的,邮件写道:"因明天陈总经理临时需要外出,明天下午的技术改造会议临时取消,后续会议时间另行通知。"

很快又跳出第二封邮件,是人事部专门写给魏鹏的,写道:"因南昌产线处于改造的关键时刻,为保证产线改造能够顺利进行,不出现因设备问题而出现停产的状况,南昌车间负责人一职暂且空缺,请魏鹏于后天前往南昌继续任职车间经理,并及时向相关部门汇报产线改造进度,直至改造达到预期并且稳定运行。"

魏鹏看完,气得将口中的水喷了一桌。想起总经办的小姑娘平时关系不错,打电话问小姑娘陈总明天去哪。小姑娘说道:"陈总明天要去SC公司视察,没叫你吗?"

魏鹏真想骂娘,改造的事情,大力支持的是陈总,现在万事俱备,取消的也是陈总,还去视察外发生产的新线。

魏鹏打电话给李建军,李建军说道:"哦,我明天也要陪陈总去考察SC新上的产线进度,以及是否符合我们的生产需求。"

"要不明天我也去SC吧,我是专业的,顺便可以跟陈总汇报汇报目前改造的情况。"魏鹏说道。

"不用了,"李建军说道,"你明天准备准备,后天你不是要出发去南昌了吗?把那边的改造搞搞好就行了!"

"李总,人事的邮件没有抄送您,您怎么知道我又被调去南昌了?"魏鹏疑问道。

"是我安排的,南昌的改造目前还不够稳定,希望你去亲自主持。"说完,李建军把电话挂了。

魏鹏有些愤懑,他每天都关注着南昌的生产报表和现场运行情况,明明一切都很好,产量还提升明显。

莘迪在旁边问道:"尹姚,你这是在看什么呢?"

第32章 自杀之谜

尹姚很久才放下望远镜，指着马路对面那幢楼，说道："莘迪，对面那幢楼，17楼，有一户也装着摄像头，我看那个摄像头挺高级，应该是高分辨率的夜视机型，虽然比较远，但有可能能看到我们这里的情况。"

这时，莘迪的电话响了，走到一边去接电话，好一会儿才回到尹姚身边，说道："是魏鹏的电话，明天早上总经理参加的技术改造会取消了。"

"为什么取消了？谁取消的？"尹姚问道。

"应该是我爸。"

莘迪先回家了，尹姚也向吴敏告辞，说会尽力追查真凶。

尹姚找到那幢楼，乘着有人刷门禁上楼，自己也溜了进去。到了17楼，敲门。门没开，里面传来男人的声音问道："你找谁？"

尹姚说道："兄弟，我是你们马路对面那个小区的。想必你听说了前段时间有幢别墅里有人跳楼自杀，但我觉得是有人推下去的，正好看到你们家阳台有个摄像头，能帮我查一下那天的摄像记录吗？"

"我们家阳台没有摄像头，你找错了。"门里说道。

"不会的，我看到你们家阳台有摄像头，我反复确认过，就是你家。能帮帮忙吗？还原真相，胜造七级浮屠啊！我带着U盘，你只要把1月4日那天的视频拷贝给我就行。"尹姚说道。

"跟你再说一遍，我家阳台没有摄像头。你快走吧！"

"我只要那一天晚上6点到9点的视频，拷给我，我给你5000块。"尹姚说道。

尹姚以为没有什么问题不可以用钱去解决，开价到1万，门里还是说没有摄像头。尹姚越来越纳闷，想着1万也不是个小数目，况且这幢楼离陶金陵家其实有点远，事发时间而且是晚上，拍摄的质量也未必清楚，最可疑的是，这家人明明有摄像头偏说没有，这种种理由反倒激起了尹姚的好奇。思前想后，尹姚打了蒋伟的电话。

出去了再进楼又得等时机,尹姚在楼梯消防通道里抽了快半包烟,蒋伟才姗姗来迟,尹姚下楼去开安全门。

"装备都带了吗?"尹姚问道。

蒋伟点了点头,说:"你确定这家摄像头里面的东西跟谋杀闵颖的事情有关吗?"

"如果摄像头那天正好能涵盖陶金陵家楼顶的画面的话,肯定和闵颖的事情有关。"尹姚说道。

蒋伟看着尹姚,说道:"希望你能够将伤害闵颖的人绳之以法!我也不希望婷婷没有妈妈。"

"你计算机专业毕业的,也是个电脑专家,相信你能搞到那天的视频。"

到了17楼,两人坐在消防通道的楼梯口,蒋伟打开厚厚的笔记本,选取信号最强的WIFI,插上一个像U盘的物件,过了十来分钟,说道:"我们跟他家就隔着一堵墙,信号最强的WIFI应该就是他们家的,密码破解了,我已经登录他家的无线网络,我现在就登录他家的路由器,看看能不能接入他们家摄像头。"

捣鼓了近半个小时,突然电脑屏幕上弹出一个视频窗口。视频内,画面正对着楼对面,一个女孩子光着身子在浴室内洗澡,窗帘没拉,可以看到上半身。不一会儿,女孩子洗完澡,裹着浴巾又出现在画面旁边的一个房间。突然,画面拉近了,窗户似乎近在眼前,连房间里男子的脸都能看清,女孩子把浴巾脱了,露出洁白的胴体。房间里的男子看了眼窗户,走过去把窗帘拉上。

蒋伟翻了好几页,终于找到1月4日那天的视频,想下载,突然网速没了,摄像头的地址没了。蒋伟摇了摇头,说道:"估计我们登录摄像头,被发现了,线路被掐了。我才下了4%都不到。"

"那怎么办?"尹姚问道。

正当尹姚想再去敲门时,蒋伟叫住了尹姚,说:"等等,我刚才翻

第32章 自杀之谜 317

页找那天视频的时候,顺手下了几个容量小的视频,有百分之五六十了,估计能打开,先看看都是什么玩意儿。"说完,蒋伟打开了视频,画面如出一辙,都是对面楼里小姑娘洗澡光身子进房间的影像。尹姚看得仔细,说道:"你有没有发现,还不是同一层?"

"现在小姑娘都那么开放?洗澡都不拉窗帘任人拍摄?"蒋伟说道。

"应该没那么简单,你把视频发我手机上,快点儿!"尹姚说道。

尹姚接收完视频,又开始敲门。敲了好久也不开,尹姚继续敲,终于里面不耐烦了,隔着门说道:"我没有你们要的视频,快走吧,再不走我就报警了!"

尹姚故意大笑起来,说:"行,你报警吧。不过你报警之前先通过猫眼看看我手机,看看警察会抓谁。"说完,将刚才的视频展示在猫眼前。

视频播放完,见门里没有声响,尹姚继续说道:"你快点儿报警吧,你不报警的话,我来报警,报警前面那幢楼里面是卖淫嫖娼窝点,还有你有偷窥癖。"说完,在手机拨号界面按了110三个数字,展示在猫眼前。

不一会儿,门开了,是个中年男子,笑呵呵地将尹姚和蒋伟迎进门,说道:"误会误会,你们请坐。"

"你的癖好很别致啊,对面那些女孩子也很开放嘛!"尹姚调侃道。

中年男子笑道:"兄弟,对面楼里面是我养的几个楼凤,摄像头只是为了监工。你们平时来,随时打我电话,我把最漂亮的给留着,再打折。"说完,将名片递给了尹姚和蒋伟。名片上除了风骚的美女图片,就只有一个手机号。

尹姚说道:"名片就不需要了,你做什么行当,有什么癖好,跟我也井水不犯河水,我只求你帮个忙,我只要下载1月4日那天晚上6点到9点的视频。下完我就走,你这里做什么的我什么都不知道。"

"1月4日,有点久了,我怕视频已经被覆盖了。"中年男子为难道。

"我刚还看到了,你装什么呢。你如果不让下,我们就告辞了,后面发生什么,你自己掂量掂量吧。"尹姚笑道。

"行，行！那我去开网关。"说完，中年男子进了卧室。

不一会儿，蒋伟说道："连上了，下载速度挺快。"

回到车里，尹姚赶紧打开视频仔细观看。6点到8点那时，摄像头完全对着前面的楼，有两个房间在"上钟"，看来生意不错。到8点出头，摄像头才回归到马路上和对面的别墅区。陶金陵家的楼顶在画面中只是很小一块，看不太清。尹姚赶紧将画面放大，整个屏幕只剩下陶金陵家的楼顶，满满的马赛克既视感。

画面中，8点一刻左右，一个黑影来到了楼顶，像是弯了个腰，又直了起来。突然，又一个黑影靠近了前一个黑影身后，然后前一个黑影就消失在画面中。

尹姚兴奋说道："这个视频已经很清楚了，陶金陵是被推下去的，是被谋杀的！金军就是凶手！"

第 33 章　项目暂停

　　李建军边吃饭，边问道："肖总的助理不好当，最近工作应该挺忙吧？"

　　莘迪无精打采地吃着饭，似乎没有听到。保姆张姨正给小莘佑喂饭，提醒了下，莘迪才说道："哦，还行，原先那个助理还在，我只是打打杂而已。"

　　张姨洗着碗，莘迪走上前去帮忙，张姨赶紧拒绝好意。莘迪执意要帮忙，边洗边问道："张姨，你跟我爸那么多年了，你觉得我爸怎么样？"

　　张姨没有说话，继续洗碗。莘迪继续追问，吓了张姨一跳，手上的碗滑到了池子里，回答道："莘迪，我跟你爸只是雇佣关系，你可别乱想啊。"

　　莘迪笑了出来，赶忙道歉道："张姨，我不是这个意思。我的意思是，我在国外好几年，这几年跟我爸沟通也比较少，我爸身居要职，你觉得他正派吗？"

　　"正派，肯定正派，你是女儿还不知道吗？"张姨说道。

　　"哦，"莘迪说道，"张姨，你觉得我爸腐败吗？"

　　张姨放下手中的碗，看着莘迪，说道："你爸一点儿都不腐败，多少次，我见你爸的朋友来家里做客，都拿着名酒字画的，你爸都让我第二天送回去。最夸张的是有一次，家里的一个转角沙发坏了，第二天就有人送了套名牌沙发过来，我坐着感觉怎么都不舒服，从沙发底下拉开拉链，你知道是什么吗？全是钱！你爸爸当天就让那个什么总的过来，把沙发给拉回去，还说以后再这样，项目就一个都别做了！所以，你爸爸一直是个很正直的人。"

莘迪给李建军泡了杯热茶,坐到沙发上陪着看了会儿电视,说道:"爸,这么多年,你一个人,辛苦了。"

李建军有些莫名其妙,说道:"今天你是怎么了,有些魂不守舍的样子?"

莘迪摇了摇头。

李建军说道:"最近和大牛怎么样了?爸一个人习惯了,但不希望女儿也跟自己一样,孑然一身。"

"就这样吧。大牛也忙,最近联系不多。"莘迪欲言又止,想了想还是鼓足勇气说道,"爸,是你把魏鹏又调去了南昌,也取消了明天下午的会议,是吗?"

李建军看了眼女儿,缓缓说道:"跟魏鹏还在联系呢?"

"爸,他好不容易回到上海,你为什么又调走?明天下午的会议,他准备了很久了,你为什么就取消呢?"

"明天陈总有其他的安排,取消不很正常?南昌车间还需要魏鹏去主持大局呢。"李建军喝了口茶,继续说道,"莘迪,大牛什么都好,这几年也变了很多,现在顾事业,也越来越踏实,爸真希望你们能走到一块,你可不要再给我找个外国女婿或者不靠谱的,不然我老了就有得苦了。"

莘迪苦笑道:"不会再找外国女婿了,但大牛肯定不是。他姐夫陶部长才过世没多久,上个礼拜我打电话给他,就知道他在夜场,半夜他说找代驾回家了,可我一个小姐妹拍了张照片,他的车还停在夜场门口,第二天早上才从酒店下楼,还搂着个女孩子。"

"这个不会吧,肯定你们之间有什么误会。"李建军说道。

"这个已经不重要了。"莘迪一本正经道,"爸,肖斌能拿到 VA 的大合同,你是主管,应该帮了不少忙吧?"

李建军有些惊讶,淡淡说道:"忙肯定帮了,VA 有需求,SC 是供应商,能接单,正常的业务往来而已。"

"魏鹏正在技术改造,效果不错,现在 VA 的产量下来了,改造提速后完全能自给自足,为什么还要外发呢?"莘迪说道。

李建军生气道:"这是 VA 的公司行为,你也是供应商的重要员工,你这么胳膊肘往外拐,合适吗?"

"里面有不可告人的秘密吧?"

"你爸没有从中拿一分钱,你爸也不是这种人!"李建军怒道。

"那你为什么取消会议,为什么调走魏鹏?你以为我不知道?SC 获得大单,股票市场拉高股价,又可收割散户,又可高价增发收购铭程,谋取暴利,不是吗?"莘迪说道。

李建军没有回答,喝了口茶,换了几个频道,没有自己喜欢看的节目,起身说想去睡觉了,看看坐在沙发上一动不动的女儿,又坐下了,拉着女儿的手,说道:"莘迪,爸爸所做的一切都是为了你好。"

"哪好了?让我和大牛在一块,但大牛就是个花花公子!我心里只有魏鹏!你不能取消明天的会议,也不能把魏鹏调走!"莘迪红着眼说道。

"不可能,"李建军缓缓说道,"莘迪,你有凯拓发展 25% 的股份,是当初我帮你安排的。"说完,李建军头也不回,上楼睡觉去了。

肖斌看着客厅墙上的《春丽荷花图》,说道:"这幅画,其实我一直没明白到底哪里画得好了,当初竟然花了我几十万。"

肖斌老婆还是贴着盖不住整张脸的面膜,说道:"名家之作,你不需要看明白,你那点文化也看不明白,你只要知道现在的价值是当初买的时候三倍,就可以了。"

肖斌大笑说:"是啊,当初就后悔没多买几幅。这画家老先生当时都已经八十多岁了,我早该知道应该没几年了。可惜啊,我抢到的这唯一一幅,明天也得挂在别人墙上了。"

"听说你还要把那套房子送给那个狐狸精?"老婆说道。

"送就送呗,就一套房子而已,只要她不要给我惹麻烦就行了。"

"好像她也没帮你把那事给办成啊,小心狐狸精把你心给迷惑了,还把你肉给吃了!"

"放心,"肖斌说道,"她不敢的。"

"多留点心吧,别把计划给搞砸了。"老婆起身去洗脸,补充道,"反正我们是离婚状态,你搞砸了,我可不给你兜底!"

"刚才莘迪电话我了,她也没办法让她爸改变心意。兄弟,我机票已经订好了,明天上午就飞南昌,会议取消了。"魏鹏电话里说道。

"鹏哥,就没办法了吗?"尹姚说道。

魏鹏摇了摇头说:"你那天说得对,动太多人的奶酪了。我也知道这个会议很重要,陈总也支持,但我觉得自身的安危才是最重要的,马蜂窝捅太深,会蜇到自己,何必强求呢?"

"你知道莘迪心里一直有你吗?"尹姚问道。

"跟这个事有关系吗?她有大牛了,高富帅,我只是一个外地来上海的打工仔,要我去哪只能去哪,要我干嘛只能干嘛,命运都拿捏在人家手里,拿什么去跟人家争莘迪?"

"先从这件事情上开始争呗。"

"莫非你有什么办法?"

尹姚看了看电脑屏幕上 VA 食堂门口布告的照片,发给了魏鹏,说道:"发你手机上了,打电话试试,24 小时的。"

一大早,魏鹏赶到浦东机场,在大厅坐了一会儿,看看表,等了快一个小时,莘迪还没有来。莘迪本来说好要来送机的,看来也不会来了。魏鹏拿出手机,想拨莘迪的电话,犹豫了会儿,还是放弃了。离起飞只有一个小时了,还是抓紧去取票吧。身份证一刷,自助取票机显示的目的地是成都,不是回南昌吗?赶紧打电话问助手小吴,小吴说很奇怪,明明让总务订的是南昌。不一会儿,李建军电话来了,说道:"小魏,昨天晚上，跟领导商量后，决定还是派你去成都。成都工厂今年的任务都完成了，现在年底比较空，改造的事情放在成都比较适合，那边都帮你联系准备好了。南昌那边太忙，不一定有充分的时间给你。你老家在绵阳，马上过年了，你在成都工厂待一段，调研下，过年你直接回老家也比较方便。"

魏鹏询问半天，会议临时取消就算了，凭什么连赴职的目的地都临时改了？李建军说这是公司的安排，没办法。魏鹏顺口问道："莘迪在家吗？"

"今天莘佑有些不舒服，莘迪带去医院了。"李建军说道。

安检完，进候机大厅，托尼打电话过来说："魏总，这改造是没法改了，你不在南昌，我们现在连上线时间都没有，你那南昌的生产经理，尽说赶生产。昨天才改了一个小时不到，就被赶出了生产线，后来生产线出了问题，我们连续帮忙维修了4个小时，到凌晨2点才能重新生产，我们被骂了个狗血喷头，你那生产经理还扬言要赶我们现场的兄弟出去，不让我们改造了。你说我们1个小时，重新匹配都来不及，怎么可能有效果？这次的改造，我可是在公司内部承担了很大的压力，免费给操作的啊！"

魏鹏不知道该如何回答，只好说自己先了解下。其实魏鹏一早就知道这个事情，现场有手下兄弟已经汇报了情况，想着自己今天就会去南昌，到时候主持协调下，谁知道竟然目的地改成了成都，分明是有人不想让自己这次改造成功。改造放在成都，改造资金肯定批不下来，这次舒达已经投入那么多，自己不在南昌，又开始重重设阻。再让舒达免费给成都改造？怎么可能。也许就像昨天自己跟尹姚说的，马蜂窝，捅两下就得了，捅深了，全部跑出来蜇你。

魏鹏看登机时间差不多了，排上了队，反正行李拿在手里，去南昌和成都又有多大区别，今年过年好好回绵阳老家陪陪爸妈吧，已经两三年没回去了。带着莘迪一起回老家看父母，那是痴心妄想，别到最后连工作都丢，那就得不偿失了。

突然来了个电话，是座机，想挂，觉得多半是垃圾电话，看看号段，是公司内部打过来的，赶紧接了，是个女孩子的声音，对方说道："魏部长吗？您还没登机吧？陈总让我打电话给你，让您赶紧回公司开会，下午 1 点。"

"陈总今天不是去 SC 了吗，会议不是取消了吗？"魏鹏奇怪道。

"陈总行程改了，今天不去了，会议照旧。您没登机的话，赶紧回公司吧。"小姑娘说道。

魏鹏有些纳闷，看看有条短信，还是半个多小时前发过来的，看号码有些熟悉，原来是昨天打的举报电话那个号码。短信写道："下午 1 点，我们巡查组也会参加会议，望你准时参加。"

工作人员催促着登机，广播里也正喊着魏鹏的名字。魏鹏不假思索地拖着笨重的行李箱往候机大厅外跑。

魏鹏打车到公司，小吴已经打了饭放在桌上，魏鹏简单吃了口，整理整理思路，带上电脑和记事本，往远处恢宏的办公大楼跑。路上遇到李建军，打了个招呼，也没见李建军说什么。

会议上，魏鹏用精心制作的 PPT，演示了最近的改造成果和运行视频，人手一份分发了改造后的生产报表，上面显示效率提高了将近 9%。魏鹏说道："如果最后一个阶段顺利改造完成，运行效率提高 10% 也不是没有可能，谢谢大家！"

陈总带头鼓掌，稀稀拉拉的掌声也跟了上来。

生产总监说道："看报表是不错，但是今天早上我收到南昌的报告，报告上说运行很不稳定，改造效果不佳，昨天晚上到今天凌晨，造成了 4 个小时的停线，导致很大的损失。强效药可以让人缓过来，但是能不能消除病根，我还是持保留意见。"

魏鹏将电脑上的邮件打开，投影在大屏幕上，说道："这封邮件是昨天上午舒达发给南昌车间的,大家看车间的回复是同意给予舒达4个小时的改造时间。"说完,又打开一个视频,开始快放,放到昨晚8点处暂停。魏鹏继续说道:"大家可以看到,昨晚8点,舒达的人员进入产线准备进行改造。"继续快放视频,魏鹏补充道,"8点55分,大家就可以看到,我们的人员已经将舒达的技术人员全都赶出了产线。本来舒达4个小时的计划就很紧张,现在只用了55分,而且是匆忙被赶出来的,在这么短的时间里又要改造、又要恢复原状去生产,难免会出纰漏,这就是为什么舒达忘记接回那几根通讯线,从而造成停机4个小时的原因。"

陈总点了点头,问道:"魏部长,我之前也听过你的汇报,觉得你的建议可行,因此才有今天的会议。你从事工程规划那么多年,陶部长离开了我们,我相信整个VA对生产线规划工作最熟悉的应该就是你了,你对下一步的工作有什么建议?"

"我觉得需要进一步配合舒达完成接下来的改造工作,我这边有南昌工厂每天的生产报表,我昨天也发邮件给过大家。过去两周,南昌的效率都在持续提高,并且是稳定地提高,除了昨晚的事件,并没有出现过任何停产的状况。如果持续下去,几个工厂的20条产线都能逐步都进行改造的话,可以提高平均的10%效率,这对VA来说可以实现很大的降本增效。"

陈总说道:"那如果照你所说,我们那条新线的规划,也没有必要了吧。"

"是的。"魏鹏坚定地说道,"甚至都不需要外发生产,VA自己的产能就足够了,甚至有富余。"

这时,偌大的会议室开始议论纷纷。

陈总说道:"各位,我其实也一直在考虑这个问题。刚过去的一年,车市下行,下半年开始,我们VA的销售公司勉强通过大幅降价,才完成了全年计划的89%。明年的车市行情,有进一步下行的趋势,再投资一条产线,又将是至少几个亿的采购支出,如果能通过改造,节约出这条生产线，那是再好不过。"

大家纷纷表示同意。李建军也说道："是啊，过去一年，我看了下采购部的报表，有好几百亿，也只是勉强完成了年降的计划。今年已经开始计划着怎么去缩减支出了。"

陈总点了点头，说道："回到刚才魏部长说的第二点，如果产线悉数改造成功，我觉得外发生产的计划是否可以暂停？"

大会议桌的角上，坐着两个陌生的面孔，一个中年男人，穿着羽绒服，戴着眼镜，跟陈总点头示意。旁边坐着一个正装的小姑娘，边听边做着笔记。

李建军说道："我们外发部分的供应商是SC，我们采购部已经和他们签订了外发的合同，人家已经投资了2个亿新建生产线，如果暂停外发，恐怕不太合适吧？"

陈总笑笑道："据我所知，我们和SC签订的应该是框架合同，是一个总的外发计划清单。按照框架合同上所说，具体合同是将根据框架合同再重新制定新的订单合同。"

李建军点了点，说道："是的。具体订单，需要我们内部重新根据产能计划来确定哪些零部件外发给SC生产。"

"那就对了，"陈总说道，"框架合同依然有效，如果VA需要，我们自然会外发给他们生产，给他们订单，我们不终止合同，但我们可以暂停合同。当然，一切取决于改造的效果。我决定，明天魏部长仍然赶赴南昌主持改造工作，并且春节过完，成都工厂及上海本部也将改造工作同步进行。"

魏鹏低声说道："陈总，南昌的改造纯属人情和舒达的帮忙，我们没有支付费用。现在成都和上海本部都需要同步改造——"

陈总笑了起来，说道："谁说不给钱了？只要金额合理，VA从来都是很支持供应商的。"转而对李建军说道，"李总，如果南昌改造效果不错，还请给予魏部长采购和资金方面的支持，而且一定要快！"

第33章 项目暂停

莫莉爸爸的肺癌没有想象中那么乐观,而是有恶化的趋势,癌细胞开始往其他脏器上扩散,医生也束手无策。莫莉这几天一直陪在爸爸身边,眼睛始终都是红红的。尹姚看看账户上的钱,只剩下几万块了,抽空算了算,在闵颖身上的治疗费已经花了一百多万。

尹姚让蔺娜从公司账户上取了10万块,准备带给莫莉爸爸。莫莉已经帮铭晟赚到了30万的利润,给个10万,也不过分,况且,今天是她爸爸的生日。坐飞机的时候,尹姚看过她爸的身份证。

尹姚到莫爸病房的时候,莫莉正给她爸爸削苹果,看到尹姚,切了一半给尹姚。莫爸的精神状态还算不错,坐了起来,把尹姚拉到身边,说道:"小姚啊,这段时间真是谢谢你了,还带我来上海治病。"

"伯父,都没帮上你,我真是惭愧啊。"尹姚说道。

"是我自己的身体不争气,怪得了谁。如果没来上海,恐怕这段时间都坚持不住了。"莫爸说道,"我决定下周就回老家了,已经让莉莉订好了机票。我知道自己的身体已经不行了,有个万一,也算是落叶归根,我可不想倒在上海。"

"爸,你别乱说!"莫莉说着,两行热泪又流了下来。

"莉莉,你过来,坐到爸爸身边来。"莫爸说道。

莫莉坐到了床边,莫爸拿起莫莉的手,放在了尹姚的手上,将两只手裹得很紧,叹口气道:"莉莉,爸爸临走前最大的希望,就是你能够成家,找一个好男人保护你珍惜你。爸爸好想看到你和小姚能够修成正果,那么我也能走得安心。"

莫莉一下哭成了个泪人,抽泣着说:"爸,你不会走的,你还在呢,女儿这几年一直在外打拼,一直没有好好照顾你,下周我跟你一起回重庆,我要给你养老!"

"不行!"莫爸严肃说道,"我如果真快不行了,你弟弟雷雷肯定会通知你,你再回来也不迟。现在小姚有很多事情需要你支持,虽然我不知道什么事,但他现在肯定需要你!"

莫爸继续对尹姚说道:"我这个女儿,年级虽然大了点儿,但从小就是个美人胚子。我不知道你们中间发生过什么,但莉莉其实是个心地善良的女孩子,我希望你能够照顾好她。"

VA采购部给SC暂停框架合同的消息,传得很快,SC的股票火箭上窜后,接连三个跌停,而且几十万手抛售,后面几天肯定也是凶多吉少。如果要收购铭程,增发募集的资金恐怕远远不够。VA的框架采购合同,是未来SC发展的基石,更是股价往上的动力,现在这个业务很可能要没了,资方都不是傻蛋,无利不往,不可能去定增购买没有上涨前景的股票。

肖斌正在为这个事情发愁,本来加了5倍的杠杆,想着妥妥地稳赚,现在已触及平仓线,手头没有闲余资金补仓,问蔡凌云要钱,对方转了几十万过来,杯水车薪,还好李建军帮忙,打了200万过来应急。电话谢过李建军后,肖斌继续说道:"哪个兔崽子把暂停项目的信息传得那么快,害得我一下子损失了一千多万。"

"知道这个事情的人太多了,VA内部传,你们SC也传,都有可能,何必去纠结,不如让你们董秘发澄清函,是'暂停'不是'终止',三个月后项目会继续。毕竟你们SC的利好还在,过两天股票也就稳定了。"李建军说道。

"魏鹏这小子可真有两下子,竟然把巡查组都给搬了出来,陈总都没来我这视察,还让我白准备了两天。陈总会上都那么说了,你说这个项目不会黄吧?"肖斌想想有些愤懑。

"不会,毕竟中央巡查组在,凡事必定需要小心。你没看新闻里各地的巡查组都让大家风声鹤唳,查出一大堆问题?我劝你还是小心为上,收购的事情可以慢慢来。"李建军说道。

"这事不能再等了!"肖斌说道。

不一会儿,有人插钥匙进门,是莫莉。肖斌笑道:"我相信,你愿意过来，房子的魅力比我大吧？"

莫莉回敬道："你还是挺有自知之明的。"

"交代你的事情，你还是没有替我办好嘛。"

"我永远不会狠毒到你这个地步，为了钱而去杀人，就算这个人是个植物人。"莫莉说道。

肖斌大笑了起来，说道："行，这个也不重要了，反正我已经和尹姚谈好了，他妥妥地拿钱，大家相安无事即可。"

"我不相信尹姚会为了钱做出妥协。"

肖斌继续大笑，说道："你记住，钱不一定能让人妥协，但足够的钱一定能让人妥协。就像为了这套房子，你还是会乖乖地过来。放心吧，我明天上午和尹姚签完协议，下午会有人联系你办理房屋过户。"

"对不起，我今天过来不是为了房子的事情。我今天过来，只为了将这个房子的钥匙还给你。"莫莉说完，将门钥匙往桌上一放，冷笑道，"从今以后，我们再无瓜葛，你在我心里，就是Shit！还有，我不再觊觎你的房子，也不再需要你的房子，你也不需要再用房子来引诱我或者威胁我，再见！"

"等等！你到底想要什么？"肖斌怒道。

"我只想要你为你所做的一切，付出代价！"

第 34 章 宣战

闵颖爸妈也来看闵颖了,在上海待了三天,二老一直陪在闵颖身边,经常以泪洗面。下午二老依依不舍跟闵颖告别回岳阳。闵妈临走前紧紧握住尹姚的手说:"小姚,保护好我的女儿,一定要找到凶手!"

尹姚安抚了很久,掏出厚厚一叠钱塞进了车里。上午莫莉怎么都不肯收这些钱,塞给莫爸,莫爸也不要。本想那就交闵颖的住院费吧,看看卡上的余额,最后还是刷了信用卡。闵颖每个月都会给爸妈寄钱,过年都会多给上一些,今年看来不行了,这个职责还是尹姚来代劳吧。

闵娜老公这次也来了,跟闵娜告别时让闵娜安心照顾闵颖,家里的事情有他来安排,然后催促着爸妈抓紧上车,开回岳阳要凌晨了。

到了病房,闵娜将那叠钱还给了尹姚,说道:"你的钱也紧张,你自己留着吧,闵颖的住院费贵着呢。"

尹姚有些惊讶,说道:"我不缺钱,对我来说,赚钱的机会多得是。娜姐,这钱你收着吧。"

"尹姚,姐知道你想要赚钱不难,虽然姐没钱,但姐知道,赚钱要赚自己该赚的钱,绝对不赚不义之财。"闵娜说道。

"娜姐,你这话是什么意思?"尹姚有些纳闷。

"没啥意思,姐只是随便说说。"

"娜姐,你肯定知道什么,有话直说吧。"

"没啥,"闵娜正给闵颖擦脸,"莫莉她有时候也来找我聊天。"

"她说什么了?"

"没啥,这个女孩子不错,我们挺聊得来。"闵娜说道,"她说,每个行业都有每个行业的水深水浅,黑幕遍布,君子爱财,取之有道。她只让我告诉你这些。"

"她还说什么了吗?"

"也没什么,她还说闵颖是她见过最漂亮最勇敢的女人。"闵娜说道。

第二天早上,尹姚接了好友何律师赶到咖啡馆的包间,肖斌和他的律师已经在了。肖斌的律师将文件递给了尹姚,说道:"一份是我们肖总让蔡凌云代持股份的协议副本,一份是给你 10% 铭程股权的转让协议,上面包含了你的所有权益,都有蔡凌云和我们肖总的签字,最后一份是我们律师事务所出具的公证函。你仔细看下,没有问题的话,你可以签字了。"说完,又递了一份给何律师。

何律师仔细看了十来分钟,跟尹姚点了点头。尹姚看完之后,将文件往桌上一丢,闭眼沉思起来。

肖斌掏出一只金笔,递了过去,说道:"今天下午我还有一个重要的会议,会落实收购的细节。你签完,预计三个月之后,你有两三千万可以拿,可以这辈子无忧了。但是我们的约定,你必须遵守,违反的后果,你自己心里清楚。听说你离婚了,钱拿到了,女人你也可以随便找,只是劝你别被身边的狐狸精迷上,把你骗个人财两空。"

正义,大家都想维护,只是这个代价会有多高;背叛,大家都在鄙夷,只是给你开的筹码够不够高。尹姚拿起了笔。

马路对面的不远处,还有一家茶馆。莘迪招呼着殷伟进来坐下,说道:"殷总,不好意思,这么早约你。"

殷伟手上还拿着一杯咖啡,往桌上一放,说道:"昨晚喝到凌晨,这么冷的天,非把我拉起来。什么事情这么急?"

"下午你要来 SC 开投资会议,所以我怕赶不及,早上就想跟你谈谈。"

"谈股票吗?"殷伟说道,"跌停几天了,看昨天的表现,今天估计还是跌停。但昨晚发业绩预增的公告和 VA 合同的澄清函了，今天估计会报复性反弹。我知道你买了不少，估计也跌到肉里了，不用担心，后面会涨回去的。"

莘迪笑了起来，说道："我其实根本就没买，所以我根本不关心涨跌。"

殷伟惊诧道："你怎么没买呢？你不是告诉我说你买了吗？"

"我根本不看好 SC 的发展，我为什么要买？"

"你可是近水楼台先得月啊，可以及时掌握第一手的消息，在我的帮助下，你可以稳赚不赔！"

莘迪笑笑，说道："言归正传吧，今天找你，想让你帮我一件事。"

"什么事？"

莘迪点了两杯热茶后，说道："下午和肖斌一起开的投资会，我希望你否决定向增发的议案。"

殷伟笑了起来，说道："这个需要董事会决定的，又不是我说了算。"

"你是 SC 的董事，艾希投资也是这次 SC 的两家募资对象之一。你的决定很重要。"

殷伟回答道："据我所知，这次 SC 的增发融资，一方面是为了补充公司的现金流，更重要一点，就是为了收购铭程。收购铭程的计划在 3 个亿左右，铭程的股东里有一家是凯拓发展，而你本人，持有凯拓发展 25% 的股份，那就意味着，如果收购成功，你有近 3000 万的收益。我搞不懂，你竟然会让我否定增发？"

"是的，"莘迪说道，"这件事的前因后果，是用血和生命的代价在换取巨额利益，拿那么多钱，心不会慌、不会痛吗？"

"这个跟我有什么关系，我只是一个投资者，做合法的生意、合理的事情。"殷伟不以为然道。

"你知道我和托宾离婚的真正原因吗？"

殷伟摇了摇头，说："说说看吧。"

第 34 章 宣战　　333

"我在纽约那几年,隔壁住着一对老夫妇,是百万富翁,跟我们家关系很好,经常一起聚餐。你知道托宾一直做投行业务,相熟以后,托宾推销了一份投资计划给这对老夫妇,才一年,这份理财就让这对老夫妇几乎血本无归,而托宾却赚了一大笔佣金,但这对老夫妇没有责怪没有报警。前年一天晚上,我透过窗户,还见他们在家里一起跳交谊舞,可第二天早上,却发现一起服药死在家里,没有遗书,没有抱怨。我看着他们两人慈祥安静的面容,我整个人都崩溃了,没有人知道他们为什么自杀,但我心里清楚。托宾明明知道那份投资是坑人的,却还是为了业绩和钱去那么做了。所以,我选择了离婚,选择了回国。"

"那托宾现在怎么样了?"

"在监狱。"莘迪淡淡地说道,"我报的警。"

殷伟一声叹息,过了一会儿,又说道:"但是一码归一码,如果SC增发的价格合适,将来的发展可期,艾希投资为什么不参加SC的增发呢?资本是逐利的,我也需要对艾希投资的股东负责。"

"SC的发展并不可期,我相信你心里应该也清楚。我不知道你参与定增或者收购铭程,对你个人而言还有什么利益纠缠,但我希望你能够提出反对,长远来看,这是一个正确并且正义的选择。"莘迪说道。

"不行!"殷伟坚决道,"我没做什么不合法的事情,而且这件事情已经运作很久了,现在正是开花结果的时候,我不能因为你个人的感情因素而去做违反商业利益的事情。"

莘迪微微一笑,说道:"你真的没有做不合法的事情吗?当初如果没有托宾的帮助,你能入股SC,然后在SC上市的时候大赚一笔?你又是怎样成为艾希投资合伙人的?这些我都很清楚,不需要我来解释了吧?"

尹姚拿着金笔悬在手上,"咚"一声笔掉在了桌上,尹姚微笑着说:"肖斌,对不起,我今天不是来跟你签协议的。"

"这么大一笔钱,你不要吗?"肖斌说道。

尹姚拿起协议，慢慢地将协议撕得粉碎，看得肖斌咬牙切齿。尹姚说道："我说了，我今天不是来跟你签协议的。"

"那你来做什么？"肖斌狠狠问道。

"宣战。"

肖斌回到了办公室，跟手下说道："尹姚这家伙像是跟莫莉说好了，你安排下，给尹姚点颜色看看，也不要太过分，再给一次机会。"手下去办事了，肖斌准备手上的事，也快要开会了。

殷伟和另一家投资公司的老总也过来了。会议上，肖斌简单介绍了最新的情况，董事会也已经批准，商议好定增的细节，在过年前申报到证监会等审批。

轮到殷伟发表意见时，殷伟想了想，喝了口水，清清嗓子，说道："我中午和林氏投资的林总商量过了，我们两家退出这次的增发，你们再找其他投资机构吧。"

"什么！"肖斌一下子气急败坏，"都这个时候了，你竟然突然说退出？早干嘛去了？"

"我跟林总分析过了，"殷伟说道，"SC 获得 VA 的大单，属于框架性质，并不能保证未来几年的订单能够稳定，何况目前又爆出暂停合同的新闻。过去一年汽车销量在萎缩，VA 也不能幸免。听说 VA 产线的改造很成功，产能提升，连自己原本向 JR 采购新线的事情都搁置了，给 SC 的订单何时可能恢复呢？其次，这次募资的主要资金是用来收购铭程，而铭程的业务，今年的增长主要得益于代理的项目，具有不可持续性，并且五年内不再是 VA 的供应商，汽车行业在萎缩，如何保证增长和发展呢？所以，收购铭程的价格过高，可能会拖垮 SC。第三，定增的价格过高，SC 已经连续四个跌停，今天虽有企稳，也得益于昨晚的两个公告。但后续没有持续性的利好公告，股价我并不看好，况且我还对 SC 财务报表的真实性表示怀疑。最重要一点，中央巡视组和扫黑督导组都

第 34 章　宣战　335

在上海，VA 是被巡视企业之一。我听小道消息说，陶金陵的事件并不是自杀，而是他杀，已经开始彻查。如果波及 SC，将是非常大的投资风险。"

回到办公室，肖斌猛地将杯子往地上砸得粉碎。董秘问道："快过年了，这件事为何不等等呢？"

肖斌看了眼，说道："过年上来，好好做事，就快 3 月份了，4 月份股东大会，董事会改选，我还能保证自己在这个位置上吗？"说完，给财务副总打了个电话，一会儿人就过来了，肖斌问道："银行的贷款怎么样了？"

"上周就已经下来了。"财务徐副总说道。

肖斌点了点头，说道："还好我留了后手，启动自有资金收购铭程的事项吧。过两天我组织开董事会。老徐，你是副总，分管财务，也是我提名的董事，你这边没问题吧？"

老徐点了点头说："肖总，我这边没问题，肯定以你马首是瞻。收购铭程是笔好业务，我看好。"

尹姚是个摩托车爱好者，前年花三十多万整了张沪牌，摩托车停在地下车库，天冷，再不发动，电瓶容易坏。尹姚上午拒绝肖斌时，自己都惊讶哪来的胆魄说出"宣战"这两个字，感觉是挺爽的。

发动摩托时的轰鸣声，似乎让自己忘却很多的烦恼。戴上头盔，往医院开，没穿骑行服，速度一快，疾风吹来，全身有些瑟瑟发冷。那种穿破时空的爽劲让尹姚越开越快，突然一声"哐当"，车子不听使唤，尹姚和车子都滑出了十几米远。

尹姚躺在病床上，摸摸头，绑着纱布，好不别扭，看看窗外，天已经黑了。一会儿莫莉进来了，赶紧让尹姚躺下，倒了杯热水给尹姚喝。尹姚问道："什么情况？"

"你自己开摩托车摔了二十几米远,你自己忘了?"莫莉说道。

"后来呢?"

"后来你给我发了个定位,打我电话,我接了,你一直没声音,估计你是晕倒了。我看定位你就在医院附近,我赶紧过来,发现你倒在地上,又赶紧把你送医院来了。你开车怎么这么不小心的!"莫莉嗔怪道。

"摩托车怎么样了?"

莫莉戳了下尹姚的额头,说道:"都什么时候了,不问问自己怎么样,还问摩托车!"

"怎么样了嘛!"

"还好你没撞到人,摩托车也没带到人,不然就麻烦了,你运气真算好的!单车事故,我让朋友把你摩托车送到修理厂去了。修理厂的朋友刚打电话过来说你这车基本报废了,等你好了再去走保险程序吧。"莫莉继续说道,"你人现在怎么样?"

尹姚晃了晃头,还有点晕晕的,抬了抬手脚,除了痛,感觉也没骨折,说道:"我感觉没啥问题,你看我怎么样?"

"你知道你睡了三个小时了吗?你进医院的时候,全身都做了CT,没有骨折,只是擦伤,医生说你有些轻微脑震荡,需要休息。"说完,莫莉在旁边坐下,边削苹果边说,"还好你戴了头盔,如果没有的话,我怀疑我现在已经哭死了。"

"怎么会,不就摔了一跤而已。"

莫莉哼了一声,说道:"你还记不记得,你第一辆摩托车是辆踏板车?那是很多年前了,我们还在一块儿的时候,你非让我坐前面,还不肯戴头盔,说喜欢我的秀发在风中轻抚你脸上的感觉。现在想想真有些后怕,摩托车这东西太危险了。"

尹姚笑了出来,说:"危险什么呢,我还有很多事情没做,仇还没报呢,老天怎么会轻易让我死呢?"

"上午,你和肖斌签协议了吗?"莫莉严肃道。

第34章 宣战　　337

"没签,我还和他宣战了。"尹姚笑道。

莫莉突然脸竖了起来,没有说话。

尹姚感觉有些不对劲,赶紧问道:"有什么事吗?你拒绝了肖斌的房子,也找闵娜给我带话,不就是不希望我跟他们同流合污吗?"

"不是这个意思。"说完,莫莉拿出手机,将一条短信给尹姚看,上面写着:"劝劝你男人"。莫莉说道:"刚修理厂的朋友打我电话,说这个摩托车撞得很奇怪,大梁要么之前被撞过,要么被人为损坏过。"

"我从来没撞过啊!"尹姚说道,"短信已经很明显了,肖斌已经开始有动作了。"

"现在该怎么办?"莫莉有些害怕道。

尹姚摇摇头说:"我还没想好。"

又躺了会儿,可能是运气,也可能自己身体基础不错,尹姚感觉恢复得很快,已经能够下床上厕所了。不想让莫莉陪,可莫莉不放心,看尹姚走路歪歪斜斜的,硬是陪着进了洗手间。

尹姚说道:"你转过去,我小便呢。"

"好好好,我才不要偷看呢。"莫莉笑道。

尹姚的两只手擦伤严重,都包着纱布,弯曲都困难,怎么整也没办法把大前门的拉链拉下,更何况进行下一个动作了。喝了那么多水,还吃了个苹果,憋了那么久,实在是憋得慌。转身拍了莫莉两下。莫莉心领神会,蹲了下来,操作起来。

尹姚无奈道:"小时候不懂事,我妈会给我把尿。三十多年来,也从来没这么耻辱过。"

莫莉扶着尹姚走出洗手间,病床边站着吴琳琳和儿子东东。东东好久没见爸爸了,一看见尹姚就冲了过来,扑抱着尹姚的双腿,问道:"爸爸,你怎么了呀?"

"爸爸没事,摔了一跤。"

莫莉见吴琳琳一直盯着自己看,有些尴尬,松开了双手,拿上床边的外套，说道："你们一家人聊，我先出去了。"

吴琳琳把尹姚扶到床上躺下，问道："这个女人是谁？"

尹姚轻声道："我们已经离婚了，这个女人是谁跟你没关系吧。"

吴琳琳走到床边，给尹姚一记耳光，说道："尹姚，你这个人好阴险！我一直以为你跟我离婚是为了闵颖，现在闵颖没醒来，你又跟其他女人厮混在一块，你真是厉害啊！"

尹姚倒不在意这记耳光，只是本来头有些晕，现在更晕了，轻声说道："她叫莫莉，我跟她只是朋友关系，她现在只是顺便照顾我。她帮了我很多忙，今天就是她来救我的，若不是她，我也不知道现在我怎么样了。"

不一会儿，闵娜也进来看望尹姚，看看里面女人小孩这阵势，赶紧退了出去，说一会儿再来。

尹姚赶紧解释道："刚才那是闵颖的姐姐闵娜，现在主要是她在照顾闵颖，也在这个医院。"

"放心，尹姚，不用解释了，我也不相信有那么多女人愿意围着你转！"吴琳琳说道。

尹姚缓缓道："你怎么知道我在医院？还能找到病房？"

吴琳琳将一个包装精美的盒子丢到了床上，说道："今天下午接儿子放学，儿子刚上车，门还没关上，一个陌生人从门缝里就塞进这个盒子，说'送给你们家的礼物'。我还没反应过来，那人就跑得无影无踪了。我赶紧从儿子手里抢过盒子。回家吃完饭，儿子作业做完了，就赶紧过来了。"

尹姚打开盒子，里面有张条，写着医院的名字和病房号，纸下面有个小金手枪和小金玫瑰的饰品。

吴琳琳走后，不一会儿，莫莉进来了，尹姚将刚才的事情说了下，然后将盒子递给莫莉看。莫莉把玩了下金手枪和金玫瑰，用牙齿咬了咬，

第34章 宣战　　339

说道:"是纯金的,但上面有血迹。"

尹姚点点头说:"这里面信息量很大,金手枪是威胁,金玫瑰是利诱,上面的血是预示结局吗?"

"似乎是这个意思,"莫莉说道,"他们故意把东西给你儿子,是让你知道如果不服软,那么你儿子就有危险。竟然还特地给了地址,让你前妻和儿子过来,就是赤裸裸的挑衅。"

"是啊。而且,我们已经被监视了。接下来的一举一动都要小心了。"尹姚心事重重地说道。

第 35 章　主动出击

尹姚醒得很早，莫莉一晚都没回去，趴在病床上还睡着。陆中华8点不到就冲了进来，说道："你这小子真是摊上事了，真他妈事多！"

尹姚赶紧做了个轻声的动作。

陆中华看着趴在床上的女人，问道："闵颖醒了？"

"没，"尹姚说道，"这是莫莉。"

"莫莉？哦，想起来了，那个卑鄙阴险的女人。"陆中华小声道。

尹姚尴尬地点点头。

"你小子，我跟你说，钻女人堆里，迟早惹下杀身之祸！"

"少啰唆，都不关心我伤怎么样，倒关心我的杀身之祸了。"尹姚继续道，"资料查到了吗？"

陆中华把文件床上一丢，说道："你小子好自为之哦，不该惹的人别惹，不该做的事情别做，不缺钱不缺女人的，安安心心过日子不行吗？闵颖的教训还不够深刻呢？"

"该做的事，我不会放弃，该惹的人，我不会饶恕。反正我知道你肯定帮我就行了。"尹姚笑道。

陆中华早上要开会，先走了。一会儿，莫莉醒了，看尹姚在看文件，问道："干嘛呢？头不晕了？"

尹姚将资料递了过去，莫莉看到资料上的照片，惊呼道："就是他！我亲眼所见他找肖斌要钱，我清楚地记得当时肖斌有些慌乱，下车拉着这人到旁边的角落去了。"

"嗯，这个叫钟建国的，就是当时开土方车撞死陶国宏的人。这个事情当时被认定是意外，但哪有那么巧，陶国宏才撞死三个月不到，就去找肖斌要钱。陶国宏死后，获益最大的就是肖斌，直接升任 SC 的总经理。所以，这个事情恐怕没有那么简单。"尹姚说道。

"那你想怎么做？"

尹姚想了想，说道："与其坐以待毙，不如主动出击，一举击破。"

"是的，"莫莉说道，"你被监视了，恐怕不能再抛头露面，肖斌到时候会进一步威胁你家人。文件上有地址，我先去勘察一下情况吧。"

"嗯，你先跟踪下这个钟建国吧，看看地址是否正确。一旦有什么情况，及时打我电话。"尹姚说道，"记着，千万不要轻举妄动，等我过来，一定要小心。你拒绝了他给你的房子，也等于是和他宣战了。"

莫莉走后，尹姚又躺了会儿。昨晚辗转反侧，彻夜难眠，一早让陆中华帮忙查找当初陶国宏这个交通肇事案件的资料。

快 11 点了，尹姚被叫醒了，睁开眼，见莫雷拖着行李箱站在床边。尹姚说道："这么快就到了？"

"是啊，哥，昨天接到你的电话，我就订了一早的飞机从重庆直接过来了。哥，发生啥事了？你伤成这样。"莫雷关切道。

"我没事，"尹姚坐起身，继续说道，"叫你来，一为了保护你姐姐，恐怕你姐姐也遇上事了，我也在替她担心，二来，你要帮我个忙。"

尹姚让莫雷把隔帘和窗帘都拉上，然后自己吃力地站了起来，换下病服，让莫雷换上自己的衣服，然后又把自己头上的纱布全摘了，从抽屉里拿出一卷纱布，在莫雷的头上缠了起来。莫雷好不纳闷，尹姚让他别说话，然后又让莫雷躺到床上，看起来就像活脱脱一个刚才的自己，然后轻声对莫雷说道："你姐姐在外面，可能有危险，你帮不了她，只有我可以。但是我可能被监视了，必须躺在这个病床，所以现在开始，你就是尹姚，医生问起来，也这么回答。问你怎么样了，你就说头还有些疼，需要继续住院观察。当然，你放心，我会去跟医生打招呼，不会来巡视你。坚持个两三天就可以，怎么样？"

"可以是可以，不过我看你伤得手脚都不利落，你出去帮我姐，行吗?"莫雷问道。

"你不用替我担心,你扮演好我的角色就可以了,没问题吧?"尹姚说完,拍了拍莫雷的手。

尹姚戴上帽子,艰难地走到了医院门口,边走边打电话:"莫莉,你找到那个钟建国了吗?"

"找到了,中午他刚回家,进了家门后就一直没出门。"莫莉说道。

"好的,你发位置给我,我现在就过来。"

"你过来干什么,你行吗?我知道你想要做什么,我可以找帮手的!"

"我没事,你发我位置,然后就在车里等着,不要轻举妄动。"尹姚说道。

尹姚拦了辆出租车,司机问去哪里,尹姚回答道:"心悦花园。"

"吴姐,你就在心悦花园门口等我吧,二十分钟。"

车到心悦花园,尹姚下车,按莫莉发过来的地址重新叫了辆车。车到了,吴敏正好从大门出来。车一路疾驰着,吴敏有些好奇,问道:"你急急忙忙要带我去哪里?"

"寻找真相,"尹姚说道,"我前几天发你的视频看到了吧?"

吴敏有些难受,说道:"看到了,我们家金陵不是自杀的,是被谋杀的。"

"是的,吴姐,不要难过了,陶部长已经走了,现在我们要做的,就是要寻找真相,还陶部长一个公道。"尹姚继续说道,"这个视频我那天就交给了警方。据我所知,陶部长出事那天,金军在你们家附近出现过,现在到处都是摄像头,天眼系统还是很管用的。有了这个视频,金军就可以继续被关押着接受调查。另外,这个金军还涉嫌指使他人谋杀我最心爱的人,所以真相迟早会浮出水面。"

"你说我公公陶国宏也是被谋杀的？"吴敏问道。

尹姚点了点头，说道："所以我带你一起去探寻真相，很多事情，只有亲眼所见才能相信。不管会不会成功，总归要努力尝试。"

莫莉发的地址在城郊，有些远，路况不好，晃着晃着，尹姚头又开始疼起来，眯了会儿。一会儿莫莉电话过来了，问道："你们到哪了？"

"快到了，你在车里等我们就行。"尹姚说道。

"不是啊，刚才我看到三四个人进了钟建国家，然后把门关上了，我要不要上去看看？"

"不行，跟你说多少遍了，你就在车里等我！"

"我怕会不会是肖斌也意识到了这点，先我们一步下手？"莫莉有些急，"钟建国是我们目前唯一的突破口。"

"不管是不是肖斌的人，你的安全，对于我来说，目前是第一位的，懂了吗？"尹姚吼道。

莫莉欣慰地笑了，说道："谢谢你这么在乎我。"

"都什么时候了，还说这种话！"

"我不管，我知道你心里有我，那就足够了！反正我爸已经把我托付给你，你也没有反对。"莫莉微笑着说道。

开到莫莉的车旁，尹姚带着吴敏赶紧上了莫莉的车。简单介绍下，莫莉跟吴敏打了个招呼，说道："这个钟建国，就在前面那幢房子的二楼第二间，应该是租的，旁边几间都是不同的人家。我刚打听了一下，这个钟建国是个赌鬼，没正经职业，不知道有没有老婆孩子，反正没在这里出现过。刚才四个人进了钟建国的房间，到现在还没有出来。"

"那我们走吧。"尹姚说完想起身，腰疼得半死，感觉都没办法直起来。

莫莉一把压住了尹姚的手，说道："你伤成这样，就在车里待着吧，我知道该怎么做，相信我，况且你最好不要露脸，保护家人第一位。我跟吴敏姐去就行,光天化日之下,没人敢对我们两个女人怎么样。"说完,用坚毅的眼神看着尹姚。

吴敏也一路看尹姚这疼那疼的,说道:"是啊,我跟莫莉去就行,我们以前都见过这个钟建国,如果有事,我们就喊,你再来救我们或者报警,也来得及。"

尹姚只好点了点头,从包里拿出三叠人民币交给莫莉,说道:"不管什么情况,毛爷爷护体总归管用的。"

临下车前,莫莉不忘在尹姚的脸上亲了一口,说道:"等我消息。"

莫莉和吴敏上楼,听里面都是嚷嚷声,又传来打砸声,吓了一跳。吴敏说道:"要不我们报警吧?"

莫莉摇了摇头,鼓足勇气,敲了两下门。里面传出:"找谁?"

"我找老钟啊。"

"你是谁?"

莫莉不假思索地说:"我是他侄女。"

不一会儿,门开了,屋里四个男人,手上都拿着棍子,地上坐着一个半老头子,破衣褴褛的,鼻青脸肿,鼻子还汩汩冒血。一个大胡子男人说道:"钟建国,既然你侄女来了,今天也不能放过你侄女了。"

吴敏和莫莉一眼就认出了钟建国,只是钟建国有些不明所以,一脸木然,自己哪里有侄女,竟然还找上门来。

"你们为什么要打我叔?"莫莉毫无惧色道。

"为什么?"大胡子狠狠道,"你叔借了我8万,到现在还不肯还,那就只能自讨苦吃了。"说完,给钟建国腿上就是一棍,打得钟建国哇哇直叫。

钟建国忿忿不平道:"哪里有8万,我只借了2万!"

"几万?"大胡子拿起棍子又想打,吓得钟建国蜷缩成一团,"两年多了,加上利息不就是8万?"

"哪有那么高的利息，这个不合法！"钟建国嘟哝着，说完，又挨了一棍，忙改口说合法合法。

莫莉算是看明白了状况，大声说道："欠债还钱，天经地义，你们如果再打我叔一下，我马上报警，到时候医药费都够你们赔8万！"

"哪来的娘们这么拽？"大胡子说完，就想挥手来扇莫莉。

说时迟，那时快，还没等手挥到，莫莉已经将3万现金悬在了空中，淡定道："这里有3万，你们先拿去，你们打了我叔，打个折，6万吧，后面的3万再给我叔叔一个月，他自然会还上，怎么样？"

"他妈就是8万，还钱还有打折啊？"大胡子说道。

莫莉将钱收回包里，说道："那你们就打死我叔吧，你们一分都拿不到。"

"不给钱你们两个女人也别想走！"大胡子拦到了门口。

莫莉拿起电话说道："把双跳灯打起来。"说完让大家从窗口看，双跳灯果然闪了起来。莫莉继续说道："楼下那边那辆卡宴是我的，一百多万的车。你们现在谁敢惹我，你们也不会有好果子吃，不如先拿着3万走，剩下的后面再说。"

终于，大胡子拿着3万，带着人走了，临走前，狠狠说道："钟建国，下个月的今天，你他妈的把钱准备好，不然就断你一条腿！"

莫莉丢了一包餐巾纸过去，钟建国擦了擦，笑道："侄女，今天多亏你了。"

莫莉鄙夷道："谁是你侄女！下个月你不还钱，不会有今天这么好运气了！"

"你们是？"

吴敏说道："你不认识我了吗？5年多前的事情忘记了吗？"

钟建国怎么都想不起来。

"5年多前，你开土方车撞死了我公公，你还假心假意地来我们家参加过追悼会,我怎么都不可能忘记你这张脸!"吴敏怒道。

钟建国这才想了起来,突然大哭道:"对不起啊!对不起!那天我也是大意,我反应慢,刹车没刹住,土方车惯性太大,撞得你公公的车瘪得不成样了。"

"少装蒜,"莫莉说道,"为什么后来你去找肖斌要钱?我当时正好坐在副驾驶位置,我清清楚楚记得你的脸!"

钟建国有些莫名其妙,说道:"肖斌是谁?我没有要钱啊?"

莫莉看了看钟建国的家,十几平的房间,家徒四壁,说道:"你就不要装蒜了,今天我出于人道,救了你,但一个月后,你还不出钱,断腿断胳膊也不关我们的事了。可如果你今天告诉我们真相,我卡上还有20万,今天都归你了。你如果承认是受人指使的,也就判你几个月,说不定还缓刑,但这些钱恐怕你得挣几年。你考虑一下吧。"

钟建国考虑了许久,说道:"我要先见到钱。"

莫莉看了眼吴敏,说道:"吴敏姐,过来时,我正好看到旁边有个工商银行,我现在去取钱,这里帮忙照看下吧,反正这个钟建国看着四肢也不方便。"

吴敏点了点头,说道:"没事,你去吧,他不敢怎么样。这些钱我回家后给你。"

差不多20分钟,莫莉拎着一个重重的手袋回来。打开拉链,将钱在钟建国面前过了眼,然后拉上拉链,说道:"你可以说了,把这件事情说清楚,这些钱就是你的了。"

钟建国寻思了会儿,说道:"大概五六年前,那时我还在开土方车,有个人找到我,让我办件事,说追尾一辆车。他先给了我20万定金,我心动了。他给了我时间表和车牌号,我观察了两天,每天都是同一个点经过同一条路,终于第三天我找到一个机会,车刚开过,我就跟了上去,到了红灯,我没减速,就撞了上去。你知道土方车威力大,我清楚记得那辆奥迪车直接被撞成了两厢。后来,我又收到了30万的现金。"

"你拿了50万后,为什么又去问人家要钱?"莫莉问道。

"那时候每天和工友喝酒,喝完还开车,就出了事故,又撞死人。驾照被吊销不说,钱全赔了进去,还欠了一屁股债。我只能想尽一切办法去搞钱。"钟建国无奈道。

"那个找你追尾的人是谁?"莫莉继续问道。

"叫什么我不知道,我只知道他开个沪牌的B汽车,尾号我记得是5273。"

莫莉对吴敏说道:"5年前肖斌开的就是B汽车,现在换车了,车牌没换,到现在还是5273。"

吴敏点了点头,拿出手机,翻出一张肖斌的照片,给莫莉看了看,展示在钟建国面前,问道:"是不是这个人?"

钟建国定睛一看,说道:"对对对,就是这个人,我不可能忘的。"

吴敏嘟哝道:"我就知道是这样。"

钟建国看两位女士没有什么想问的了,指着地上的钱袋,说:"这些我可以拿走了吗?"

莫莉笑了笑,摇了摇头,拎起钱袋,说道:"你告诉我们的这些太关键了,我觉得20万太少,至少值100万!"说完,从包里拿出一张肖斌的名片,扔到了地上,继续说道,"明天去这个地址找这个人,他至少给你100万。但千万不要提今天的事情,如果提了,你一分钱都拿不到。"

回到车上,莫莉将钱放到后座上。尹姚焦急地问情况如何,莫莉摘下胸口的钢笔,丢给了尹姚,说道:"全在里面了,我开车,你连上手机慢慢看。只是,你的3万块没有了。"

回去的路上,莫莉从后视镜看到吴敏一直在流泪,安慰了几句,说道:"陶部长人很好,就这么没了,我们也很伤心。敏姐,你当时和陶部长怎么认识的?"

吴敏擦了擦眼泪,说道:"哎,那要从头说起了。那时,SC还只是个村办企业，后来 VA 进入中国，在上海建厂，SC 才跟着发展起来。当时，我爸、陶国宏和李建军，是 SC 的三驾马车，但毕竟是公办企业，李建军后来去了 VA，我爸去了区政府，留下我公公来掌管 SC。那时候我在 SC 工作，金陵在 VA，但他经常来 SC 找我，我公公也很喜欢我，毕竟家族关系在那边，后来我就和金陵走到了一起。但随着金陵在 VA 掌管的职权越来越大，和 SC 的业务正好又与我对接，为了避嫌，我就带着儿子离开去了美国。"说着说着，吴敏的泪水又掉了下来，"真没想到，我公公竟然是被肖斌害死的！为了坐上一把手，肖斌真地什么事情都做得出来！"

"吴敏姐，你别哭了。"尹姚已经看完了刚才的视频，说道，"今天的事情，你就当什么也没发生，后续的事情，我会安排妥当。因为肖斌的罪行何止于此，我会一件件揭露出来。您先忍忍，配合我，可以吗？"

"你都已经伤成这样了，你行吗？他可是什么事情都做得出来啊！"

尹姚笑笑说："我们一步步来，不能急于求成。"

送完吴敏，莫莉说道："尹姚，你可想得真周全啊，带上吴敏。"

尹姚说道："让她眼见为实，站在我们这边，接下来还需要她帮忙呢，这样我们才有对抗肖斌的资本。"

"我弟弟在医院顶替你，不会有事吧？"

"应该不会，他昨天亲口说要来保护你这个老姐的。现在肖斌失去金军，少了把武器，绝不敢像上次那样贸然让董孔去伤害闵颖了。"尹姚说道。

"你今天应该不能再回医院了吧？"

尹姚摇了摇头，说："不回了，风险太大。"

"那你去哪儿？"

"不知道去哪儿好。"

莫莉笑笑说："你不介意的话，我把你送回我家，虽然是借的房子，

第 35 章 主动出击

也不大,但有一只大床应该也足够了。"

尹姚不置可否。

莫利笑道:"我家比较安全,不要想太多,就你全身的伤,能干嘛呢。我把你送回家后,我去医院看看我爸,明天就要回重庆了,顺便看看我弟。你放心,我会帮你去看看闵颖怎么样了。"

"谢谢,你今天真勇敢。"

莫利到了医院,莫爸一个劲儿地问:"都最后一晚了,小姚为什么没来看我?"

安抚好老爸,明天一早办理完出院手续,就可以直奔机场,莫莉也不在乎来回的机票钱了,心想送老爸回到重庆家里安顿好,自己再飞回上海。轻声轻脚去看了看莫雷,莫雷头上缠着纱布,真地和尹姚一个造型,忍不住笑了出来。

最后去的是闵颖的病房,已经不早了,闵娜趴在病床上睡着了。莫莉看了看闵颖,吓了一跳,闵颖眼睛睁得大大的,正直勾勾看着自己,眼珠还在转动。莫莉坐了会儿。

闵颖的嘴巴开始一张一合,像是想说话的样子。莫莉不自觉地摸了摸口袋,拿出里面的东西一看,竟然是那支口红,手一哆嗦吓得把口红掉在了地上。莫莉的眼泪快要掉下来了,捡起口红,出了门,跑到走廊尽头的洗手间,将口红丢进了抽水马桶。

莫莉洗了把脸,看着镜子中的自己,已经泪流满面。

路边带了点儿夜宵,回到家,尹姚衣服也没换,躺在床上还没睡。莫莉也躺了过去,说了说老爸和老弟的情况。尹姚问道:"去看闵颖了吗?怎么样了?"

莫莉摇摇头,冷冷地说:"没醒,还是老样子。"

第 36 章　背后博弈

钟建国骑了个电驴，吹着口哨，按地址找到了 SC 公司，想直接朝着门口开进去，被保安一把拦下，狠狠道："你干嘛去？"

钟建国说道："我去找你们肖老板。"

"有没有预约？"

"预约什么？"钟建国怒道，"我可是你们肖老板的老朋友了，你让我进去或者你去通知下！"

搞了半天，保安还是不让进。钟建国拗不过，拿出名片，拨了肖斌的电话，怎么都不接，这下钟建国不乐意了，开始嚷嚷起来。保安没办法，给肖斌秘书打了个电话。秘书查了查，没有预约，说肖总也不认识这个人，让保安赶紧打发走。

钟建国没办法，坐在电瓶车上等了半个小时，有些不耐烦了，想昨天死皮赖脸的话，还能多拿个几万，这可是 100 万，不管怎么样，都要争取下。于是冲着厂区大声喊道："肖老板，老朋友有事找你，让我进去！"

保安扬言要报警，钟建国继续喊道："你不出来见我，当初的事我要在大门口喊咯！"

肖斌开完会，秘书赶紧说大门口有个叫钟建国的找他。肖斌没有理会，说赶走就行。秘书补充道："他还在说什么当初的事要在大门口喊。"

肖斌突然警觉了起来，问道："说什么了吗？"

秘书摇摇头。

"你亲自去把这个人带到我办公室，路上让他闭嘴。"肖斌说道，"对了，给他个安全帽，戴上再进来。"

钟建国进厂路上还在嘟哝着戴什么安全帽，又不是去车间上班。上楼进了肖斌办公室，赶紧说道："哦，肖老板，是你呀，原来你公司那么大！"

肖斌赶紧示意秘书出去，把门关好，然后问道："你找我什么事？"

"没啥事，没想到你公司那么大，要不给我安排个坐办公室的职位吧！"钟建国笑道。

"可以啊，"肖斌冷笑道，"你想要什么职位，想开多少钱工资呢？"

"嗯，"钟建国想了想说道，"啥职位都行，你看我能干啥，每个月开个2万就行了。"

肖斌忍不住笑了出来，说道："要不我这个位子让给你算了？你来坐吧。"

钟建国赶紧推却，尴尬道："您说笑呢，我就图个工作，能养家糊口就行。"

肖斌将手里的鼠标往地上一摔，吓了钟建国一跳，狠狠说道："你想得美！当初怎么着也给了你不少钱吧。我们说好的，现在竟然还敢跑到我公司里，你找死啊！"

钟建国索性往沙发上一坐，抓起茶几上的水就喝，怯色慢慢散去，说道："肖老板，当初你给的钱也不多，早花完了。我现在还欠着一屁股债，被人打死也是死，被你打死也是死，与其这样，还不如找你帮帮忙。"

"你要多少？"肖斌问道。

"100万。"钟建国不假思索地说道，"我也不会多要，就100万，这个事情算是了结了，今后我再也不来找你。"

"你当初也是这么说的，今天还找到我公司来，你让我怎么相信你？"肖斌冷笑道。

这时，钟建国从口袋里摸出一把菜刀，将左手放在茶几上，狠狠地一刀下去，只见小拇指和左手分离，茶几上瞬时鲜血淋漓，忍着剧痛，艰难说道："肖老板，你也看到了，我说到做到！"

眼前景象，肖斌一目了然，但仍然正襟危坐在老板椅上，脸上没有任何表情，冷冷说道："你这是逼我咯，还准备好了道具，看来我不给钱也不行？"

"哈哈哈，"钟建国大笑了起来，"肖老板，你自己看着办吧。"说完，捂住被切掉的伤口，面露痛色。

肖斌想了想，拿起电话说道："徐副总，到我办公室来一下。"

徐副总一进门，看到茶几上的情形，吓了一跳，赶紧把门关上。

肖斌说道："这个人我记得叫钟建国，你还有印象吗？"

徐副总瞅了眼，点了点头，问钟建国："你来做什么？"

钟建国瞄了眼，不认识徐副总，说道："我来找你们肖老板的，跟你没关系。"

肖斌对徐副总说道："这个人来问我要一百万，不然会口不择言，他说是最后一次，切了自己的小拇指为证。我也没有那么多现金，需要去几个银行才能凑齐。这样吧，徐副总，你带这个钟建国去取钱吧，我就不出面了。"

徐副总神秘地点了点头，对钟建国说道："那走吧，带上你的小拇指。"说完，丢了块手帕过去，让包一下。

肖斌点头示意了下，徐副总似乎心领神会。出门前，肖斌补充道："钟师傅，我想问一下，是谁让你来这里找我的？"

"没人。"钟建国说道。

肖斌笑了笑说："好，没事，去取钱吧。你会告诉我怎么回事的！"

没多久，秘书敲门，肖斌让进来。秘书问道："刚才那个人是谁？"

"以前认识的一个朋友，现在变成臭要饭的，来找我帮忙，我给点钱打发走了。"肖斌继续说道，"你这边什么事？"

"哦，肖总，我这边都已经约好了，两天后就召开董事会，商议现金

第 36 章 背后博弈

收购铭程的事情。"秘书说道。

"好的,我知道了,你安排接待好。"

"快过年了,股东大会恐怕来不及了。"

"没事,"肖斌说道,"董事会 OK 即可,股东大会就走个流程。"

晚上,肖斌约了大牛和殷伟吃饭,喝了点酒,肖斌问道:"殷总,定增的事情被你否决了,我能理解你,你作为投资人,肯定要为公司的收益着想。我想知道,当初没让你入股铭程,是不是还怀恨在心呢?"

殷伟品了品手上的酒,说道:"这个路易十三可真不便宜啊,估计二十年的茅台还没这个贵。"

"我家里还有好几瓶呢,明天我让秘书给你和大牛每人送两瓶过去。"肖斌笑道。

殷伟也笑了起来,说道:"那天晚上,你让我别碰铭程,我喝着你二十年的茅台,喝多了。第二天我记得尹姚和那个叫闵颖的小姑娘来找我,我没在,在电话里拒绝了他们。现在想想,你那晚的茅台可真昂贵啊。"

"你要投资铭程,那天才说起,太晚了,已经在我的布局之下了,我只能求你放过一马。"肖斌说完,罚酒表示抱歉。

殷伟大喝一口,笑了起来,说道:"没事,肖总。现在想来,那个时候如果没听你的话,执意投资,那说不定我也会像闵颖这个小姑娘一样躺在病床咯。"

肖斌神情一下有些难看,马上转成笑脸,说道:"哪的话,我哪是这种人。当初你如果还是投资了,我顶多溢价先问你这边回收部分呗。"

没多久,肖斌秘书来到包间,拿了殷伟和大牛的车钥匙,分别将两箱路易十三放到了后备厢。

酒过三巡,殷伟借口有事要先走了。肖斌留不住,说道:"过去的这些小事就不多谈了,后天就要召开董事会,重点商议现金收购铭程的事情,你是董事,你这边不会反对吧?"

殷伟看了眼大牛,他明白这顿饭和路易十三的道理,没有接口,打了个招呼,先撤。

"殷伟似乎有些问题啊。"大牛说道。

肖斌摇了摇头说:"没事,他肯定投赞成票的。大牛,咱把剩下这些喝完,去唱歌,有一批新人,其中几个据说是十八线的小明星,介绍你认识,你考察考察,你投资的网络大电影不是在找演员吗?"

"就咱俩去?"大牛问道。本来今天大牛组织了朋友一起吃饭,临时被肖斌硬拉着来到这里,朋友那边也不好交代。

"你叫上你朋友呗,人多热闹。"

两人来到KTV的时候,大牛的三个朋友已经在了,看来也喝了不少,已经唱得嗨起来了。不一会儿,进来四个花枝招展的小姑娘,四个人各个身材暴露妩媚,都是电影里女二女三那种水平,拍个网络大电影都不是问题。这四个小姑娘乐呵呵地商议着什么,然后各自挑男人在身边坐下。

肖斌看安排妥当,跟大牛说有事先走了,签单就行。自己岁数大,跟他们一块不合适,况且自己什么没玩过,这也只是小打小闹而已。

嗨到9点多,大牛的一个朋友刘俊虽然喝了不少,但脑子还算清醒,拉着大牛到洗手间,将自己的手机递了过去,说道:"兄弟,你看,嫂子电话都打到我这里了,肯定打你你没听见。"

大牛看看自己手机,果然有三个莘迪的未接电话。洗手间还算安静,赶紧回电话,说道:"你找我?"

莘迪说道:"干嘛呢?打你那么多电话都不接!"

"这不和刘俊他们几个唱会歌嘛。"

"哪儿唱歌?"

"就天地汇。"大牛有些不耐烦。

第 36 章 背后博弈

"刘俊他们在,为什么不叫我?我也要来唱歌。"莘迪说道。

"还来干嘛,一会儿咱就走了。"

莘迪有些不依不饶,说道:"我就在天地汇楼下,告诉我包间号,我上来。"

大牛出了洗手间,包间内昏暗,音乐震耳欲聋,赶紧走到旁边,按下暂停,打开灯。瞬时,大家都安静了,只见两个小姑娘光着上身,也停下了扭动的蛮腰。大牛说道:"女孩子们,快把衣服穿上,赶紧走!"

大牛一朋友问怎么回事。大牛回答:"嫂子在楼下,要上来一起唱歌。"

大牛和刘俊那两女孩子上衣还在,穿好外套,扫兴地出了门。另两个衣服刚穿好,正想出门,大牛想着不对,赶紧说道:"你们俩留下,继续陪我这两兄弟。"

莘迪进包间,打过招呼,在大牛和刘俊中间坐下。

"没找姑娘?"莘迪问道。

"没。你看,总共两个姑娘,都被那两兄弟勾去了,我和刘俊就傻傻地喝酒唱歌,顺便聊聊正事呢。"大牛笑道。

"所以我来陪你嘛。"莘迪说完,倒了三小杯洋酒,丢在啤酒杯里,算是深水炸弹,拉着大牛和刘俊一饮而尽。

喝了不少,一开始的尴尬烟消云散,既然逢场作戏,就玩开点儿。莘迪去叫了两个姑娘进来陪大牛和刘俊。莘迪身边竟然也坐着个少爷。

快半夜了,刘俊去洗手间吐了两回,已经不行,在沙发上睡着了。莘迪看看时间也不早了,大家还在嗨,也不想打扰大家的雅兴,对大牛说道:"你们再玩会儿,我先回了,顺便把刘俊先送回去。"

大牛也喝多了,和旁边的小胡娘还你依我依缠着喝,点了点头。

车到刘俊家楼下,刘俊才开始有些清醒,摇摇晃晃勉强站直。莘迪说道:"听说你新买的房子,很大很漂亮,借我上个洗手间。"

刘俊听成了想去他家喝一杯，都这个点了，喝成这样，孤男寡女，不是赤裸裸的暗示嘛，万万使不得，赶紧说："嫂子，你都和大牛快修成正果了，我们如果做那事，就对不起大牛了！"

莘迪故意轻轻扇了个耳光，说道："想什么呢！我也喝多了，尿急，就去你家上个洗手间！"

莘迪颤颤巍巍地将刘俊扶进了客厅，一把将他推倒在沙发上。上完洗手间，把灯全打开。好大的客厅，客厅中间的景象比较壮观，硕大的办公桌上密密麻麻放着两层大大小小二十来个显示器，好多还亮着屏幕，屏幕上闪动着股票的曲线。莘迪走过去仔细看了看，有三个屏幕上面显示着 SC 今天的股票走势图。很可惜，今天往上冲了下，还是被打在跌停板上，换手率奇高。

莘迪想打个电话给大牛说安全送到，可是手机信号不是很好，便问道："我想连 Wi-Fi 给大牛打个微信电话。可你这边有几十个 Wi-Fi，不知道连哪个。"

"随便哪个，密码都是 a123456b。"刘俊半睡半醒道。

莘迪连接完，也没了给大牛电话的兴趣，继续问道："你这边怎么这么多无线信号？"

"工作需要。"

"有一个 Wi-Fi 不就够了吗？"

"不行，我有上百个账户呢。"

"你一直不说你是做什么的，原来你是专业炒股的呀！"

"嗯。"

"你买了 SC 股票吧？都跌成这样了，你不亏死了。"莘迪好奇道。

"怎么会？不是涨就赚钱，跌就亏钱的。"刘俊有些清醒，得意道，"明天上午 SC 还是会跌停，你抓紧买吧，下午会有地天板。"

"你怎么知道？"莘迪更加好奇。

"我怎么能不知道，想让它上就上，想让它下就下！"刘俊说完，晃晃悠悠站了起来,"嫂子,拜,我不行了,睡觉去了。"

莘迪等到下午1点,都没见到徐副总的人影,助理说他今天不会进公司了。去找常务蒋副总,人也不在。明天就要开董事会了,这两个人都是董事,沟通一下非常关键。

莘迪赶到咖啡馆,见尹姚已经在了。尹姚问道:"徐副总和蒋副总都谈过吗?"

莘迪摇了摇头,沮丧道:"人都没见到。明天董事会决议现金收购铭程的事情,现在敏姐肯定反对,我有一定的把握让殷伟和大牛投反对票,但是就算争取到这两票,也只是三票,其中两票还不够保险。他们四票就能赢。"

"哎,如果决议通过了,肖斌就赢了。"尹姚叹息道。

"徐副总主管财务,是肖斌的左右手。肖斌坐正SC后,连拉好几级,把徐副总拉上来,前年还成功提名为董事,毫无疑问,肯定站在肖斌这一边。蒋副总是常务副总,是SC的老人了,据说跟肖斌的关系非常好,基本也会站在肖斌这边。接下来还有一个关键人物,他的投票非常关键。"

"SC总共七个董事,最后一个应该是你爸,李建军,对吧?"尹姚说道。

"对,你的功课做得不错。"莘迪说道,"大牛和殷伟那边,交给我,今晚,你到我家来吃饭。"

"你跟你爸说了吗?"

"说了,但没说你,说是一个朋友。到家了,我爸总不至于赶你走吧。"莘迪笑道。

"嗯,我要理一理,看看怎么说服你爸。"尹姚说道,"总之,真地感谢你,帮了我这么多忙。不管明天决议结果怎么样,我还是会有办法继续和肖斌斗下去。"

"不用谢我，大家都是朋友，我们不都是为了正义和真相吗？"莘迪微笑道。

好一个"正义和真相"。在追逐这些的路上，真正的朋友自然会聚拢，尹姚有些欣慰，随口问道："谈谈你自己，如果魏鹏回上海了，和大牛之间，你会怎么选？"

莘迪笑了笑，说道："如果之前对大牛还有一些期望的话，昨晚之后，我对他已经完全失去了信心。"

"发生什么了？"尹姚追问道。

"他在操纵 SC 的股价。"莘迪继续道，"这个问题暂时不适合谈下去，对了，如果是你，闵颖醒来后，和莫莉之间，你会怎么选？"

尹姚笑着摇了摇头，说："闵颖的仇没有报之前，我还不会考虑这个问题。"

莘迪提到了莫莉，尹姚已经快两天没见到她了，甚是想念，打电话问问，关机。昨天一早，莫莉送老爸回了重庆，说是当天就回，估计回来晚了，肯定累了。但今天发的消息莫莉也没回。也有可能是莫爸时日无多，莫莉想多陪老爸几天，过几天清静日子。莫雷今天回重庆，尹姚看这个点儿，应该人已经在飞机上了，晚点儿再联系他吧。

晚上，尹姚赶到莘迪家，李建军开的门，对这个"莘迪的朋友"有些惊讶，就算不是很欢迎，也不好拒之门外。尹姚怎么也不会空手去人家家里做客，于是拿出一副卷好的字画递给了李建军。

这是一副张大年的山水画，李建军拿着看了好久，才回过神来，问道："这是哪里来的书画？"

尹姚笑笑说："这是吴敏让我带过来送给您的。"

"为什么不是她亲自送过来，而让你带过来？"李建军问道。

"可能陶部长过世不久，不宜出门吧。"尹姚说道，"她说您和她公公陶国宏是挚友，早年在 SC 打天下的时候，你们都看中了这幅画，然后您将这幅画让给了陶国宏,陶国宏车祸后,这幅画就留给了陶金陵,现在陶金陵也不在了,这幅画应该也算物归旧主了吧。"

李建军嘴角露出一丝邪笑,将画卷了起来,放在了茶几上。

晚饭没有喝酒,莘迪见大家有些沉默,说了点笑话,可没人笑。尹姚见有些尴尬,说道:"李总,今天来访有些冒昧,请见谅。我还是有话直说吧。"

李建军没接嘴,莘迪说道:"姚哥,你有话就直说呗,我爸一向通情达理,能帮上的忙,他肯定会帮。"

"行,那我就直说了。"尹姚放下手中的筷子,"李总,明天就是SC的董事会了,您虽然当初离开了SC,但你一直是独立董事。明天会议的主题是收购铭程,我希望您能够投反对票。"

李建军放下手中的饭碗,看了眼,问道:"这件事情有利于SC的长远发展,我为什么要反对?"

"这件事情根本不利于SC的长远发展。"尹姚说道,"VA暂停甚至可能取消SC的代工业务,对SC是一个很大的打击,SC并没有足够的资金去现金收购铭程,并且溢价那么多倍,虽然现在SC可能拿到了银行的贷款,但凭SC近几年的业务水平,偿还银行债务将对现金流是非常大的打击。更何况收购的铭程并不能给SC带来任何改变,甚至可以说是一个累赘。我之前还是铭程的股东,这个我很清楚。肖斌执意收购铭程,这些收购的资金都会落入他的口袋,因为他占了这次收购股份的50%。为了这次的计划能够成功,他想方设法将我从铭程赶走,企图谋害我的助手闵颖,甚至杀害了陶金陵。"

李建军似乎对尹姚说的很有兴趣,反复询问了很多细节。尹姚说得口干舌燥,李建军来了句:"你说得像是那么回事,但肖斌是我一手带出来的徒弟,我不相信他是这种人。"说完,独自走到花园去抽烟了。

莘迪说道:"你说的,我都跟我老爸说几回了,他就是不相信,也不听。你说该怎么办?"

"我会跟你爸说些他不爱听的,我们是朋友,你是他女儿,到时候别怪我哦。"尹姚说完,去花园陪李建军抽根烟。

尹姚又递了一根烟跟李建军续上,说道:"李总,我想吴敏让我送您这幅画,是不是有其中的深意呢。当初您将这幅画让给了陶国宏,就像是你把 SC 让给陶国宏,然后你去了 VA。现在陶国宏和陶金陵都死了,SC 和这幅画都最终回到了您的手中?"

李建军看了眼尹姚,说道:"你这是什么意思?"

"我没什么意思。"尹姚说道,"是肖斌杀了陶国宏,是他找人故意制造的交通事故的假象。据我所打听到的,当初您离开 SC 去 VA 的时候,您跟陶国宏已经大吵了半年,双方都已经斗得容不下对方了,您是不得已才去了 VA。您去了 VA,因为经验丰富,也因为国资背景匪浅,后来平步青云。当时肖斌还只是个黄毛小子,你让他代表 SC 从 VA 这里拿了很多订单,也凭着你在 SC 内仍有很大的影响力,一步步扶着肖斌往上走,谁知遇上了陶国宏,这个肖斌无法逾越的坎。"

"然后呢?"李建军问道。

"然后嘛,陶国宏就被肖斌谋杀了。肖斌坐上了总经理,然后又成了董事长。"

李建军哈哈大笑起来,说道:"你想象力真够丰富的,我负责任地告诉你,陶国宏的死,跟我没有关系。你说这么多,你到底想做什么呢?"

"历史故事,我没有兴趣去钻研,我只想明天您能够投反对票,仅此而已。"尹姚说道。

"好,我会好好考虑和研究下。"李建军说完,往屋里走。

此时,大牛正在刘俊家,破口大骂道:"你他妈的能不能长点心,带人来这里!我同意了吗?"

刘俊怯怯地说:"我想嫂子嘛,只是上来用下洗手间,有什么关系呢。"

大牛拿起桌上一个杯子扔了过去，骂道："没关系？关系大了！现在你嫂子威胁我操纵股价，我不听她的，她就去举报！她还留了照片等证据。"

"那现在怎么办？"刘俊害怕道。

突然，大牛笑了起来，说道："该怎么办怎么办呗，屁大的事，让他们去斗吧，一切尽在掌握。只是你，以后他妈的小心点，别出这种岔子！"

离开李建军家，尹姚打了个电话给莫雷。莫雷已经到家，尹姚问道："你姐没事吧？"

"我爸说姐她昨晚上就回上海了呀。"莫雷惊讶道。

"什么？那我昨天到现在都联系不上她！"尹姚焦虑道。挂了电话，又打了莫莉几个电话，都处于关机中。

尹姚边开车边给周围认识莫莉的人打电话，没有一个有价值的信息。去莫莉家看看，灯是暗的，敲了半天门也没有回音。回到家，尹姚隐隐感觉不对劲，发了个文字微信说道："莫莉，你在哪里？11点前，你不回信，我就报警了。我会查你的航班号，查你可能路过的所有监控，不管是哪条路哪个弄堂，你知道我有办法的，非把你找到不可。"

不一会儿，消息竟然回了，说道："我出去几天就回，勿念。"

尹姚赶紧回道："那你爸怎么办？"

等了好久，消息才回："帮我照顾下。"

尹姚又问到："你到底在哪儿？"

接下来，不出尹姚所料，到12点，消息都没回，电话过去，也没有人接。那家伙真笨，莫爸早已回重庆，哪需要帮忙照顾。

尹姚打了个电话给莘迪，说道："莘迪，你把下载的监控资料都传给我吧。莫莉被绑架了，明天就是决战之日。"

第 37 章　最终会议

吴敏上次留了钟建国的手机号，尹姚早上要了过来，打过去，没人接，意料之中。吴敏有些焦急，问道："莫莉真被肖斌绑架了？那你还不快报警？"

"很可能被绑架了，"尹姚回答道，"报警需要满 48 小时，就算报警也一时找不到，反而容易打草惊蛇。敏姐，你别担心，我肯定会把莫莉找回来，你今天就安心开董事会，按计划投票吧。"

尹姚其实比谁都紧张，自己深爱的闵颖还躺在床上，现在连莫莉都被绑架，为什么自己身边的女人总是如此不幸。

下午的董事会如期召开，七位董事悉数到场。董秘主持了会议，肖斌按惯例对公司过去一年的业务进行了总结，现金流状况进行了说明。定增收购的方案被投资人否决，重谈融资方案的流程也太长，既然贷款已经下来，那么现金收购铭程的阻碍已经排除。

肖斌阐述了收购铭程的意义及价值，并对长远发展进行了规划，一番激情澎湃的演讲完，终于到了投票环节。

第一个投票人是殷伟。肖斌原本认为殷伟是自己人，但早上到公司后，看到办公室里放着昨天送殷伟的那箱路易十三原封不动地躺在办公室，就一切明白了。果然，殷伟的手没有举起，投了否决票。

肖斌笑道："感谢殷总，公司的发展需要不同的声音，但如果专业的人士能给予专业的意见和肯定，那么我相信 SC 能发展得更快，对股东也会有更大的回报。这个议案是我本人提出的，我本人绝对有信心通过此议案后，我将带领 SC 走向更高的平台。"

董秘示意现在的投票为1比1，轮到吴敏小姐投票。

吴敏严肃说道："这个收购已经并不是简单地为了SC的发展了，背后的肮脏交易，懂的人自然能懂。所以，我反对。"

肖斌有些不悦，插话道："吴敏小姐，请注意你的用词。您虽为我司的董事，但你离开SC太久，在国外那么多年，也才刚回国吧，你了解公司多少？请不要用不雅的词语来评论公司的运作！"

"你有本事就撤销我董事的席位啊！"吴敏冷笑道。

肖斌忍住怒火，没有发飙，想着没有你爸吴伯通，你早就被轰出去了，下次董事会，看不把你这个董事席位给撤了。

董秘原本想让下一位吴大牛接着表决，肖斌接过话筒，说道："也不一定要按顺序，徐副总，您是SC的财务总管，也是SC的专业人士，你先表决下吧。"眼下，是1比2落后，不先挽回些颓势，就怕后续有的表决不想得罪人，顺着人情投票。

徐副总咳了两声，说道："作为最了解SC财务状况的董事，也在SC十多年了，目前SC业务状况良好，现金流充沛，但主营业务有下滑的趋势，所以必须要有新的增长点。我也去铭程考察过几次，发现这个公司充满朝气，自动化行业也是未来的趋势。经过几轮商谈，铭程也同意降价至2.7亿，价值也开始凸显。所以，我非常赞同收购铭程，而且要迅速。我也听说有人家在和铭程谈，并且出价更高。"

董秘看了眼肖斌，肖斌给了个眼色。董秘说道："下面有请李总表决。"

尹姚的车停在SC公司门口不远处，正紧张地盯着手机屏幕。吴敏大衣的胸口有颗别致的纽扣，正是摄像头。不一会儿，莘迪打开车门上了车，说道："昨晚你走后，我又跟我爸说了好久，不知道今天会怎么表决，相信他会反对的。"

"看吧。你爸应该是关键一票了，如果他否决，那么你能控制大牛的话，收购就告吹了。"尹姚说道。

只见手机屏幕上的李建军，清了清嗓子，说道："我赞同收购。"

尹姚一把将手机丢到了中控台上，满脸的无奈，叹息道："结束了，现在3比2了，SC的蒋副总和肖斌是一伙的，收购通过了。"说完，双手抱头。

李建军继续说道："我虽然离开SC多年，但我一直回想当初在SC的时光。那个时候，SC的发展和壮大，就是靠当时力排众议，收购了周边的几个小工厂，才逐渐壮大起来。这几年我一直关心着SC的发展，主营业务单一，已经是目前SC遇到的最大瓶颈。我们不要在意眼前的代价有多大，必须要跟随上潮流和行业将来的发展方向，全面的工业自动化才是出路。"

肖斌带头鼓起掌来，说道："还是老同志能够站得高，看得远，能跟上社会前进的步伐。"

董秘说道："目前的投票是3比2，下一位有请我们SC的常务副总蒋总来表决，如果同意，这次董事会将通过现金收购铭程的议案。"

蒋副总快五十了，是SC的老臣，这么多年，在副总的职位上他一直兢兢业业地辅佐着肖斌。他看完手上的资料，摘下眼镜，说道："我们SC最近花了很大的代价又投资了一条新线，专为VA服务，但据我了解，VA的业务因为各种原因，目前会暂停的可能性很大。"说完，蒋副总停了下来。

这一停，搞得肖斌有些着急，赶紧说："老蒋，你说的大家都知道，现在咱就需要一个你的表态嘛。"

"我反对！"蒋副总轻声说道。

这下肖斌急了，有些怒火中烧，又只能故作镇定，问道："老蒋，你反对？什么意思？"

老蒋缓缓道："因为VA项目的暂停，我有非常不好的预感，将是对

第37章 最终会议 365

SC新的一年非常大的打击。现在去收购,公司的资金链肯定会断,银行借款又不是不用还,这笔账,我不做财务都能算得出来。"

徐副总一下就急了,说道:"老蒋,你这是什么话呢,现金流问题一直是我负责的,我觉得没问题就肯定没问题,你叽叽歪歪担心个什么?"

肖斌赶紧呵止徐副总别说了,眼前这个会,还是要保持风度和儒雅,心想就算老蒋投反对票,也只是3比3,还有吴大牛呢,他肯定支持,所以结果都是一样。只是这个老蒋,一直和颜悦色,凡事都没问题,说好的事,怎么会突然变卦。肖斌让蒋总再考虑一下,得到同样的答复,只能作罢。

会场恢复了安静,这下大家的目光都落到了吴大牛身上。

尹姚正和陆中华打着电话,说道:"早上我已经把证据都传给你了,你们警察怎么还不来呢?"

"兄弟,你给的资料是可以证明肖斌内幕交易、泄露内幕信息,但又不是谋杀绑架或者抢劫,我已经交给经侦大队了,他们也要走立案审批等环节,哪有那么快!"陆中华说道。

"钟建国昨天去找肖斌了,视频为证,肯定跟当初的陶国宏车祸案有关,也可以以这个名义啊?"尹姚焦急地说道。

"那个视频我看过了,什么也没说,就是问肖斌要钱,这个能说明什么呢,不是直接证据呀。"

"直接证据是,现在我可以确定,不仅莫莉被绑架了,钟建国也被绑架了!"尹姚吼道。

"兄弟,你不要急,你现在怀疑肖斌内幕交易、谋杀绑架,但没有直接证据可以让警察去抓人,警察也不是想抓人就能抓人的,况且那个肖斌还是区人大代表呢。"陆中华说道。

"不是说那个董孔,已经交代了是受金军指使杀害闵颖吗?"

陆中华回答道:"董孔是交代了,但是那个金军不肯交代幕后主使,就算你知道是肖斌也没用。"

莘迪一阵惊呼,尹姚才知道蒋副总投了反对票,松了口气,问道:"你对大牛有把握吗?"

莘迪微微一笑,拿起手机发了个信息。

大家的目光都在大牛身上。大牛光顾着看手机,发来的消息上说:"投反对,不然我按110。"

大牛回道:"你这个女人真歹毒啊。"

莘迪马上回道:"歹毒的是你这个肖哥。"

大牛抬起头,吞吞吐吐说道:"我对SC的情况也不是很熟,作为董事,只能从财务角度去考虑。我觉得收购铭程没有问题,但是SC来收购,资金压力太大,所以,我反对。"

这下会议室开始骚动起来,肖斌坐不住了,站了起来,说道:"大牛,你这一票事关重大,你再考虑考虑清楚,别有什么难言之隐。"

大牛思忖了会儿,坚决道:"我没有难言之隐,我也考虑清楚了,我反对。"

整个会议室安静了。好一会儿,董秘说道:"经过今天第一次的投票,现金收购铭程的议案未通过,请大家继续做调研和论证,开年之后的第二次董事会再行商议。谢谢。"

只见肖斌涨红了脸,似乎怒火正要喷发,心想开年真得好好清理下董事会了。正当肖斌打算宣布董事会结束时,吴敏站了起来,说道:"先慢点结束。借这个董事会,我有新的提议需要大家表决。"

肖斌说道:"今天董事会到此为止吧,新的提议下次再说。"

"我是董事,我有这个权利,为什么要下次再说?"吴敏大声道。

肖斌有些尴尬,想反驳却被大牛接了嘴,说道:"肖总,我敏姐既然也是董事,总归有发言的权利,就让她说呗。"

肖斌看李建军也点了点头,也不好再阻止,说道:"那就请快些,我

第 37 章 最终会议

还有事。"

吴敏跟大家点了点头，说道："作为董事，我提议罢免肖斌董事长和总经理的职务！"

这下惊到了大家，空气开始凝结，一会儿大家又开始交头接耳。

肖斌突然哈哈大笑起来，说道："你有什么权力罢免我？"

吴敏也跟着笑了起来："我为什么没有权力，跟刚才一样，超过半数的董事通过，就可以罢免！"

李建军有些搞不清楚状况，好好一个收购莫名其妙没有通过，现在又搞出罢免的事情，赶紧问道："小敏，你为什么要提罢免肖总呢？"

吴敏大声回答道："两件事。第一，肖斌操纵SC的股价并进行内幕交易，使SC的中小股东蒙受重大的损失。第二，我公公，也就是原SC的老总陶国宏，当初根本不是意外身亡，而是涉嫌谋杀。昨天，那个当初撞死我公公的司机，叫钟建国，竟然来公司找肖斌要钱。我一会儿就把相关视频证据都发到大家手机上。"

"你这些都是胡说八道！都是诽谤！"肖斌有些歇斯底里。

"是不是真的，大家自己评判！"吴敏不依不饶道。

这时，楼下突然响起了警笛声。肖斌往窗外看看，公司大门口来了辆警车，警灯闪得有些刺眼。手机上跳出个短信，说："快跑，金军已承认。"

肖斌借口上洗手间，离开会议室，赶紧回到自己办公室，突然恍然大悟，抓起架子上那只莘迪送的布熊，仔细看看，的确很可爱，但是在布熊眼睛里，隐约看到了一个摄像头。肖斌狠狠骂了一句，将布熊扔出了窗外。肖斌努力使自己平静下来，看看那个短信，也看不出是谁发来的，打回去，是个空号。这时，秘书过来了，说道："肖总，董事会催你回去开会。"

"好的，我知道了，你帮我跟他们说下，等我十分钟。"说完，肖斌赶紧整理了下自己的包，看门卫已经将警车放了进来，赶紧打了个电话，对方好久才接。

"嗯?"电话那头的声音。

"兄弟,金军已经承认了?"肖斌问道。

"嗯。"

"我办公室被人监控了!"

"嗯,视频我们已经收到了。"

"我操!"肖斌骂完赶紧挂了电话,拿着公文包匆忙从后门下楼,跑到自己的 A8 前,刚解锁,想想不对,看看后面有一辆自己不常开的帕萨特,钥匙正好在包里,赶紧上车,戴上鸭舌帽,压低,快速驶出了公司的后门。

尹姚早就把车从前门停到了后门,看一辆车驶出,里面的人戴着帽子和口罩,根本看不出来是谁,突然收到莘迪的电话:"快跟上,是肖斌。"此时莘迪正在办公楼的后窗,看得真真切切,肖斌故意没开那辆自己的专车,而是挑了辆不起眼的大众。

尹姚赶紧将车发动,跟了上去,顺手也从旁边座位上拿起一顶帽子,戴上。

肖斌边开车边打电话说道:"帮我订张今晚的机票,两个护照都订,一个去美国,一个去法国。行李和资金帮我准备好。"

肖斌刻意拐了一些弯,绕了一些路,怎么隐隐觉得后面那辆车一直跟着自己,急忙又打了个电话,说道:"我被跟踪了,我发个位置给你,那边等我。"

肖斌公开常用的主手机电话不断,一会是秘书的,一会是李建军的,肖斌索性关了机,边开车边把卡拔了出来,丢出了窗外。绕了快 30 分钟,看前面转弯灯的时间所剩不多,肖斌一个加速转了过去。在肖斌和尹姚之间刚刚插进来的那辆车,中规中矩,稳稳地停了下来,尹姚气急败坏,骂了两句,眼睁睁看着肖斌的车转弯开进了一条小路。

等了快两分钟,尹姚终于能够左转开进小路,却怎么也找不到肖斌的车。看旁边还有条小路,边上都停着车,尹姚骂骂咧咧地下车查看,完全没有肖斌的迹象。路边也不能停太久,正当尹姚想上车时,不经意间看到肖斌的车不正停在路边那排嘛。赶紧跑过去看,车没错,可是人没在里面。尹姚打电话给陆中华,想找刚才的监控,但警用资源也不能滥用,被陆中华拒绝了。

几位董事都在会议室等着肖斌回来,等了快半小时,电话也打不通,徐副总抽起了烟,一根接一根,搞得会议室烟雾缭绕。吴敏受不了了,说道:"不能到外边去抽烟吗?"

徐副总板起了脸,怒道:"这里是SC,我抽烟碍你什么事了?我想抽就抽!"

吴敏不想起争执,莘迪的电话来了,说道:"肖斌不会再回来了,门卫那边说他已经开车走了。"

徐副总冷笑道:"既然董事长走了,那就散会呗。"说完,拿起水杯想走。

吴敏站起身,说道:"不管肖斌走没走,我刚才提议罢免的事情,可以正常进行投票。"

"董事长都不在,还投什么票!"徐副总说道,"大家解散!"

这时,殷伟站了起来,说道:"会议解不解散,还轮不到你说了算,是董事会说了算!"

金军走进看守所的会见室,满脸的胡茬,眼神有些迷离。林律师说道:"现在警察不仅掌握了屋顶有人将陶金陵推下去的视频,而且还找到了更多的监控视频,证明你那天进出过心悦花园。董孔也已经承认是你指使他去谋害闵颖的。估计你逃不掉了。"

金军冷笑了声,问道:"我女儿还好吗?"

"很好!"林律师说道,"你可以都承认了。"

金军一下有些懵,问道:"承认什么?"

"承认你所犯的所有罪行,警察的证据很快都齐了。你承认了,我争取让法官酌情减刑。"

"什么?"金军暴怒起来,"承认了我只有死罪一条!我都是受人指使的!"

林律师冷笑了起来,说道:"我知道,所以我让你承认所有你知道的事情。"

金军一下子警觉起来,把头凑了过去,小声问道:"你不是肖斌的御用律师吗?之前不是要求我守口如瓶,还拿我女儿来威胁吗?"

"纸是包不住火的,你知无不言言无不尽就行了。"林律师说完,起身要走,回头补充了句,"你女儿很安全,放心说吧。"

下午的太阳很好,有些射穿尹姚落寞的背影。他点了根烟,拿起手机打莫莉的电话,仍然关机。不知道肖斌去哪了,不知道莫莉现在怎么样,边想边朝自己的车门猛地踹了一脚,车门妥妥瘪了进去。这时莘迪打来了电话,问道:"跟到哪了?"

尹姚低声说:"肖斌甩开我,中间换了车,跟丢了。"

"丢了?那你不早说?"莘迪嗔怪道,"肖斌太精了。我昨天在他包里放了个GPS,我发链接给你,你试试还有没有信号。不排除被发现后丢了。"

尹姚这下如获至宝,点开链接投射到手机地图上,定位还在闪烁,正往上海西部移动,看来GPS没被发现。赶紧一个地板油,朝着定位方向开去。

罢免的决议投票完成,吴敏、殷伟还有大牛都投了罢免,蒋副总犹豫中也选择了同意罢免,四人都在决议上签完字。接下来轮到徐副总签字,不耐烦道:"我反对,为什么还要签字?"

董秘说道:"这是会议纪要,签字表示你参与投票了。"

徐副总看了看决议,猛地将会议纪要撕得粉碎,扔在了地上,骂道:"什么狗屁纪要,肖总不在就无效!"

吴敏眼疾手快,冲上去抢也已经来不及,气得猛推了徐副总一把。徐副总差点倒地,还好慌乱中扶住了椅子,站直后反手就给了吴敏一个耳光,那力道,直接把吴敏打翻在地。大牛看自己姐被人欺负,哪咽得下这口气,一下子冲了过去,边骂边跟徐副总扭打在一块儿。

这时两个警察进来,赶紧呵止。大牛和徐副总也被拉开了。警察说道:"你们不好好在开会嘛,打什么架?"

蒋副总赶紧回答道:"警察同志,没事,开会发生了点小摩擦。你们怎么来我们公司了呢?"

一个警察说道:"哦,我们在消防巡查,最近消防事故多发,顺便走访一下你们企业,拜访下公司的负责人,加强消防意识。看你们在开会,我们就在门外等了会儿,谁知你们竟然动起手了。"

徐副总赶紧朝门外走,打电话给肖斌,仍是关机,只好发个消息说:"是消防检查而已。"

第38章　决战之时

尹姚跟着定位，一路出了上海，开到了平湖，接着越开越偏，往九龙山方向了。尹姚严重怀疑莘迪给的定位是否准确，但也没有别的选择，死马当活马医了。定位停止不动了，尹姚在山里的小路折腾了半个多小时，开过一个村庄，终于离定位点就几百米的距离了。

此时快下午5点多，天已经暗下来。刚才那个村庄灯火开始逐渐亮起来。眼前不远处，一幢孤零零的乡间别墅亮着灯，看地图，应该就是那里。尹姚赶紧将车子的灯关掉，停在路边，远远走过去，尽量别被发现了。

走近那套独栋别墅，才发现这哪是简单的别墅，简直就是庄园。外面一圈围墙，透过墙上的镂空看，里面的空间很大，大门口有个中年男人坐在小门卫室里抽着烟，大门里面停着好几辆车。尹姚看围墙上，十米一个摄像头，不敢靠近，沿着旁边的树林绕了一圈，终于发现有一段是铁栅栏，有些生锈，而且摄像头好像照不到这边。

尹姚轻声轻脚地走了过去，看看四下无人，扳了扳生锈的铁栅栏，还是挺牢固的，而且还有些高。大冷天的，自己伤没好，身体也不灵活，穿得也不少，估计自己翻不过去，于是朝铁栏杆踹了两脚，没想到栏杆还真弯了，赶快多踹几脚，把弧度搞大，刚够钻进去。

尹姚偷偷摸摸地走到别墅旁的窗前，往里偷瞄，好大的客厅，里面有三个男的正在划拳喝酒，和电视声混在一块儿，有些嘈杂。尹姚绕着别墅走了一圈，也没发现什么，想上二楼去看看，但怎么上去呢？自己可不是007。报警吗？以什么理由呢？或许肖斌根本就不在这里，更不要说莫莉。正当尹姚愁眉不展时，后院的草丛里怎么隐隐透出一些亮光？

走近一看，果然是光，只是比较微弱。光是从地面的玻璃中微微透出来的，玻璃虽然被报纸都贴住了，但报纸之间的缝隙显然没有粘好。天下没有不漏风的墙，也没有不透光的报纸。尹姚趴在地上，从报纸间细微的接缝处，使劲往里面瞄。

这玻璃下，是个地下室，这玻璃实际上是地下室的天花板。尹姚使劲瞄着，终于瞄出个人影。揉了揉眼睛，继续瞄，终于有些看清了，是个男人，被绑在椅子上，歪着脑袋，好像挨过揍的样子，但是实在看不清到底是谁。从发型上看，有些眼熟，尹姚断定是钟建国，因为钟建国那个"地中海"的形象，令人过目难忘。如果猜得没错，这家伙去SC找肖斌，肯定少不了一顿收拾。恐怕莫莉也被绑在这里了。

尹姚拿出手机，正准备报警，无意间抬头四处看看，发现远处的树上竟然还有一个摄像头，正对着自己。报警电话没打通，尹姚突然感觉脑后被狠狠地重击了一下，人立刻倒了下来，没了反应。

肖斌正在自己装修豪华的房间内闭目养神，行李箱已经在他的桌旁。这时进来了一个黑衣男子，将一个档案袋放到了桌上，说道："大哥，你要的东西全在里面了。"

肖斌睁开眼，点了点头。

"该不该出发了？我去下面准备车。"黑衣男子问道。

肖斌站起身，伸缩一下筋骨，说道："小苏，这次看来，我不得不走了，警察已经查到我了。你妹现在还好吧？"

"还好，上午刚联系过。"小苏说道，"她在美国下个月就生了，就等你过去呢。"

"我先不去美国，我会跟你妹妹解释的。你一会儿送我去海盐码头，去日本的船安排好了吧？"肖斌问道。

"嗯，安排好了。护照也在档案袋里，美国和法国的机票也都订了，你去哪里都可以。"

肖斌点了点，拍了拍小苏的肩膀，说道："我走后，这套房子就留给你和你妹妹了，将来她如果回来还可以住。"

小苏笑了笑，但马上收了起来，说道："大哥，你这一走，就没人关照着我们了。"

"你来管就行了。"肖斌说道，"尹姚在哪个房间？我去看看。"

等尹姚醒来，才发现自己被绑在一个铁椅上，结结实实的，怎么晃都纹丝不动，嘴上被贴着厚厚的胶带，喊也喊不出声来。房间内一片漆黑，没开暖气，感觉浑身发冷，一个鼻孔慢慢也不通了，感觉有点儿呼吸困难。也不知道现在几点了，只知道，如果再这样冷下去，可能生命也走到了尽头。

不知道挣扎了多久，当尹姚快要放弃的时候，门开了，灯也点亮了，门口站着肖斌。

肖斌示意小苏先出去，让他单独待会儿，肖斌关上门，不由分说，直接先给尹姚脸上狠狠来了一拳。这一拳打得尹姚鼻血直流，本就呼吸不畅，这么一下，鼻腔的鲜血喷得肖斌身上都是。肖斌刚换的新衣服，现在都是血，气得又给尹姚来了一拳。

尹姚这下有些神志不清，眼神开始迷离，脑袋晃悠晃悠，呼吸越发急促，上气不接下气，只等断气。

肖斌看情况不妙，将尹姚嘴上的胶带给揭了，说道："不用喊，这套房子是我设计建造的，墙和门都很厚，这里方圆一公里之内也没有人家。"

尹姚大口喘着气，脑袋慢慢有些清醒，看到自己坐的这张铁椅，脚上都新打着膨胀螺丝，挤出笑来，说道："你都要跑路了，看来，我不一定能活过今晚了。"

肖斌大笑了起来，说道："你很聪明嘛，知道我要走了。"

"新大衣新皮鞋，围着新围巾，我看得明白。你谋杀陶国宏、陶金陵

第 38 章 决战之时　　375

和闵颖的证据，警察正在收集，很快就会有结果。你操控股价，内幕交易的视频，我已经把证据给警察了。收购应该也失败了，估计董事长的职位也被罢免了吧。你还有什么留下来的理由呢？"尹姚笑道。

肖斌大笑道："我果真还是小看你了。之前我劝你拿两三千万的收购款，大家相安无事，不是皆大欢喜吗？你非要和我对着干，现在后悔了吧。现在，我反正要走了，没有人能找到我，将来还能换个身份回来，但你的生死可能就只在我的一念间，快求我饶命吧。"

"嗯，我求你饶命。"尹姚一本正经说道。

肖斌继续大笑道："你不是很倔强吗？那叫我爸，叫我爷爷吧！"

尹姚也大笑了起来，突然眼泪哗哗地流了下来，鼻涕和血混在一块，嘶哑着哽咽道："爸，爷爷！我求你放过莫莉吧！你怎么对我都可以，求你放过她，我知道她也在这里。"

"你果然是个聪明人，连莫莉在这里都知道！"肖斌说道，"你们真是对苦命鸳鸯啊！"

"调查陶国宏的事情，都是我指使的，跟莫莉无关。你们好歹也在一起那么多年，我相信也是有感情的，你就放过她吧。你反正也要走了，多伤一个人，又何必呢。"尹姚乞求道。

"哼！"肖斌怒道，"这个婊子，出卖了我，也出卖了金军，我为什么要轻易放过她？尹姚啊尹姚，人不风流枉少年，可你竟然会去爱一个为了利益轻易就出卖自己身体的女人，你知道她为了利益跟多少男人睡过？"

"人都有过去，人都会身不由己，她的心只要是善良的，能够改过自新，谁没有过去？为什么要纠结于过去呢？听说你曾经不也爱上过她吗？"尹姚说道。

"哈哈，她跟我在一起，大家是各取所需。她图我的钱和资源，我图她是我的棋子，当然，还有她的身体，大家的目的达到，好聚好散，就这么简单。"

尹姚摇了摇头,苦笑道:"所以说,你这个人好狠,为了利益可以不择手段。陶国宏和陶金陵是你成功路上的绊脚石,你就痛下杀手,我真地佩服你!"

"哼,陶国宏,我给他做牛做马,他信誓旦旦地承诺我做他的接班人,可最后呢,他竟然想选那个没有能力的老蒋!那个老蒋有能力带领SC走上更高的台阶吗?还有那个陶金陵,做事不干不净,被查了只想着逃,能逃得掉吗?他被抓,VA的代工项目肯定得黄!他知道太多,又胆小,与其被抓了什么都会说,还不如直接让他永远都开不了口!"肖斌气愤道。

"其实我都猜到了!"尹姚苦笑道,"上次问你为什么要谋害闵颖,你没有回答,其实我都知道。可闵颖已经是植物人了,已经不能威胁你的收购计划了,你为什么还要让金军找人去杀她!"

"万一她突然醒了呢?JR这么多年来,始终能拿到VA的整线项目,真正幕后的代理是我!你和罗军勇只是表面上的运作,因为这么大的项目,我上上下下打点不了那么多人,而且容易暴露目标。这些闵颖本来不知道,但是闵颖后来威胁蔡凌云要把铭程和JR签的代理合同、感谢费用的流向等事情都要告发。这个事情,决不能发生。我不认识闵颖,所以拜托陶金陵把这个事情办了。"肖斌说完,手下小苏过来敲门,说该出发了。

尹姚淡定道:"你既然要跑路了,等你逃跑成功,就让你的手下放了莫莉和我,还有钟建国吧。你犯的罪行已经是既成事实了,何必手上要沾染更多鲜血呢?饶人一命,功德无量啊。"

这时,肖斌放声大笑起来,说道:"你这是在求饶吗?你把我的一切都搅黄了,害我只能远走他乡,你觉得我能咽下这口恶气吗?不搞死你,对我自己都不公平!"

"既然你不会放过我,我不知道自己晕了多久,我挺想知道,现在几点了?我好歹知道下自己的忌日。"

"这个可以告诉你，"肖斌看了看表，"你只晕了两个多小时，现在是晚上 8 点半。"

尹姚也放声大笑起来，说道："我估计你也走不了了。"

"为什么？"

"因为我跟我警察朋友说过，我会每个小时发个消息报平安，如果中间没有发消息，就说明我有不测了，他会来救我。他知道我在这里，因为我一直开着地址分享。我手机被拿走了，我想你的手下不会聪明到替我报平安，很可能警察已经打了我很多电话，没人应答。"说完，尹姚微微一笑。

"会有人救你？你就做梦吧！"肖斌说完，又狠狠给了尹姚一拳。尹姚晕了过去。

肖斌回到房间，在老板椅上坐了会儿，拿出根烟，点上，抽完就准备出发。他看着墙上的结婚照，上面的女孩子年轻漂亮，旁边站着自己，虽然照片都修过，但也难免看出二十岁左右的差距。照片下面写着"肖文东和苏莹"。肖文东是肖斌另一本护照的名字，苏莹就是肖斌手下小苏的妹妹，现在在美国待产，下个月就生了，据说是个儿子。肖斌这么多年来，和上海的老婆始终没有生下一儿半女，年纪上去了，思儿心切。上海老婆虽然变胖变老，但没有她，很可能也没有肖斌现在的地位和财富。可她很强势，把肖斌管得死死的，肖斌不得不靠自己在外面赚更多的钱才能任由自己支配，毕竟各种开销都是巨大的。

这时，警灯闪烁。小苏把莫莉架在窗前，拿枪指着莫莉的太阳穴，对着楼下的警察喊道："你们不要进来！进来我就杀了她！"

此时，已经有五六辆警车开进了大院，停在别墅门口不远处，连特警队也来了，一个个荷枪实弹隐蔽在车门后。整幢别墅都已经被特警包围，等待行动指令。喇叭高声喊着："请交出人质，出来自首，争取宽大处理。"

肖斌一身冷汗，但慢慢也回过神来，他快步冲入小苏房间。此时的莫莉被帮着手脚，站在窗前，已经哭成了泪人，看到肖斌，哭喊道："肖斌，求求你放了我吧，我不想死！你自首吧，下面都是警察，你逃不掉的！"

肖斌说道："小苏，别站在窗前了，小心被狙击手爆头。你把莫莉绑回凳子。"

小苏把莫莉绑回到铁椅上，肖斌上前就是狠狠一记耳光，打得莫莉鼻血直流。莫莉嘴巴被贴了胶带，哭喊不成，只能使劲挣扎。小苏走到窗前，大声喊道："我不想伤害人质，你们刑警队的陈伟警官在吗？我想跟他谈判。"

警用喇叭喊道："可以谈判，请先释放人质，更不要伤害人质！"

这时，陈警官走上前去，拿过了喇叭，说道："我是刑警队陈伟，可以跟你谈判，但请确保人质的安全。"

"好！"小苏喊道，"只能你一个人上来，不准携带武器，否则我不保证人质的安全！"

陈伟进门前，被上上下下搜了个遍，身上确实没有手枪等武器，但是隐藏的通信设备和摄像头都被小苏摘了下来，扔在地上，然后猛踩几脚。小苏带着陈伟上楼，进了房间，自己先出去了。肖斌已经等在房间里，说道："陈队，你们的行动可真够迅速啊，再十分钟我就可能已经走了。"

"你果然在这！今天下午，金军对所有事情都承认了，已经出了对你的逮捕令，只是你溜得快，你出没的地方，都没找到你。幸好我们一个派出所所长给了这个地址，谁知你真的在这里。"陈警官说道。

看来尹姚说的是真的，肖斌真是气不打一处来，但也故作镇定，说道："所以我知道，这次是肯定败露了，正打算飞往美国，飞机三个多个小时后就起飞了。这不，陈队，还请网开一面？"

陈队笑了起来，说道："你们已经被包围了，我怎么网开一面？"

第38章 决战之时　　379

"哈哈，你们警察又不知道我在这里。"肖斌笑着说，"我这个房间有个暗门，直通地下一层的车库，这个车库是我精心设计的，直通后面那条隐蔽的小路。可是监控显示那边有两个特警把守着，帮我去支开，我就能趁着夜色，开着助动车离开。"

"你当玩过家家啊，我怎么把那两个特警支开？"陈队苦笑道。

"这是你要想的办法了。"肖斌说道，"再或者，你去叫个特警进来，把他打晕，我换上他的警服，一会儿你们冲进来抓人，我趁乱溜走。总之，不管怎么样，我必须得走。"

"你真有些异想天开！今天你真的很难逃脱了。"

"你想办法！"肖斌加重了语气。说完，走到角落，拆下一块墙板，里面露出一个保险箱面板，打开，里面一捆捆人民币。肖斌站起身，将两个钥匙放在桌上，说道："放心，我房间里没有监控。这里有两个钥匙，一个是楼下大门的，一个是刚才这个保险箱的。我脱身后，你随时可以来将这个保险箱里的钱取走。"

陈队苦笑了下，没有回答，走到肖斌办公桌后的老板椅前，躺了下去。

沉默了几分钟，肖斌忍不住说道："你倒是想好我怎么脱身了吗？"

"如果脱不了身呢？"陈队反问道。

"脱不了身？"肖斌冷笑道，"如果我被抓了，那么我什么都会说，巡视组和督导组还在呢，那可真的会地震。你也应该知道，我只是个台上的小丑，拼命在表演而已。票房出问题，演员不应该把导演编剧的锅都背了吧？当初陶国宏的案子，你和你领导也都帮过忙。"

陈队也冷笑了起来，拉开办公桌的第三个抽屉，里面有个工具盒，打开，里面竟然有一把手枪，轻轻地掏了出来，对准了肖斌。

肖斌吓了一跳，说道："陈队，你这是干嘛呢？你哪来的枪？"

陈队冷冷一笑，说道："你抽屉里的。"

"我抽屉里怎么会有枪呢？"肖斌也觉得奇怪。

"我准备的。"说完,陈队朝肖斌的胸口就是一枪。

肖斌一下子倒在了地上,挣扎两下,再没有了动静。陈队走到肖斌的尸体前,说道:"请演好自己的哑剧。"

听到枪声,小苏拿着枪破门而入,看到肖斌躺在地上,血已经流开,没等反应过来,背后中了一枪,应声倒地。

尹姚醒过来的时候已经是早上,头还有些晕,发现自己躺在病床上。莫莉正坐在床边,脸上多处是伤口,面露倦意,见尹姚醒来,忍不住扑抱上去,看着尹姚,什么也不多说,对上嘴,吻了好久。

直到一个咳嗽声响起,莫莉才坐回床边。

"你们当我是空气啊,公众场合请注意点!"

尹姚一瞥,原来病床另一边站着陆中华,忙问道:"昨晚怎么回事?"

陆中华笑道:"还好你小子机灵,说好定时报平安,还给我共享了地址。不然,真找不到你,你怎么死的都不知道,说不定肖斌也已经逃跑了。说来也巧,昨天下午金军把所有事情都承认了,把肖斌也供了出来,不然我找刑警队,他们也不一定能出警。我回头给你好好张罗下,约个饭,感谢下陈伟警官,他昨天真是英雄啊,救了你们!"

尹姚琢磨着昨天估计在劫难逃了,被那一拳砸晕后,什么印象都没有了,现在想来,有些后怕,还好自己真真切切地还活着。

"是陈警官救了我们。"莫莉说道,"他昨天很英勇,一个人单枪匹马进了别墅,制服了肖斌团伙,先救出了我,然后在另一个房间找到了金军女儿。后来警察全冲进来了,在一个小房间找到了你,你已经昏迷不醒。再后来,在地下室也找到了钟建国。"

"那肖斌他们都被抓了吧?"尹姚问道。

"肖斌死了。"陆中华说道,"他和陈伟谈判,拿枪威胁,被制服了,搏斗中,陈伟一枪直中肖斌的胸口,肖斌被打死了。还有一个他的手下拿枪冲进来,也被击毙了。楼下那几个,没有反抗,最后都认罪投降了。昨晚警方进行了连夜的审讯,基本掌握了肖斌所犯下罪行的大部分证据,可能犯下的罪行还不止于此。真是作恶多端,死有余辜了!"

第 39 章　新的战役

三个月后。

　　春日暖阳，路边的树也枝繁叶茂起来。尹姚一手扶着闵颖，一手牵着婷婷，走过马路。到了公园，大片的开阔绿地，闵颖说道："你不用扶我，我可以自己走。"

　　"你行吗？"尹姚关切道。

　　闵颖微笑着说："这里人不多，草地松软，就算摔到也没关系。"

　　到了树下，尹姚搭起一个帐篷，看着婷婷和其他小朋友一起玩耍，柔和的阳光洒在自己身上，好不惬意，忍不住躺了下来。闵颖走了过来，在旁边坐下，朝尹姚微微一笑，阳光将闵颖的头发洒得金黄，将脸映得白皙，好美。

　　两人沉默了好久，闵颖问道："还联系不上莫莉吗？"

　　尹姚看了眼，没有接嘴。

　　"也许我没有醒来，莫莉也不会离开。"闵颖说道，"我还欠她一份感谢，却让自己多生一份内疚。"

　　"说什么呢，别胡思乱想。"尹姚说道，"照你这么说，我们都会欠蒋伟和吴琳琳一份感谢，让自己多一份内疚，我们难道总是要为爱说抱歉吗？"

　　"莫莉的事情，闵娜和陆中华都告诉我了。她去哪了，现在怎么样了？你告诉我吧，让我心里好过一些。"

　　"那好吧。"尹姚说道，"听莫雷说，她姐去美国了。好不容易问莫雷要了手机号码，打过去，一开始还有接通的声音，后面就再也打不通，大概是黑名单了吧。她走前最后给我发的一条微信是:'祝你们幸福,如果要祝我幸福,就再也不要联系我。'我再发消息过去,发现她已经把我删了。"

闵颖没有说话,躺倒在尹姚的身边,两人一起看着蓝天白云。两人是多久没有这么惬意地去充分享受生活的平静和淡然了。世上本无事,庸人自扰之,把酒问花香,烦忧皆远抛。创业是个游戏,但谁又能不被世俗纷扰、社会熏染,维护创业的正义?

"我听说魏鹏和莘迪要结婚了,是吧?"闵颖问道。

"是的,五一,还有一两个礼拜。魏鹏让我们俩做伴娘伴郎,我还没答应。你刚恢复,不知道能不能应付过来。"尹姚说道。

闵颖甜甜地笑了起来,说道:"我们都是离婚的人了,让我们做伴郎伴娘,是不是别有深意啊。不过,真地好羡慕他们,也祝福他们。"

"他们一路走来也不容易。莘迪是个好姑娘,帮了我太多。我谢过她,她说她没有帮我,她帮的是正义。"说完,尹姚将闵颖搂在了怀里。

周围满眼碧蓝的大海,一个中年男子,光着膀子,梳着大背头,戴了副墨镜,大腹便便,穿着大裤衩,手上拿着两杯香槟,走到夹板上,将一杯递给了大牛,说道:"大牛,你现在真他妈是个股神啊!"

大牛在身边两位比基尼美女的屁股上分别弹了一下,两位身材性感的长发美女知趣地起身往后走开。老白躺了下来,说道:"这次赚了不少吧?你这个点踩得真够精准的。"

"也就一两千万吧。"大牛说道,"我知道肖斌那鸟人要放风拉抬股价,还不趁早融资埋伏?陶金陵一死,VA 订单暂停,我就知道不妙,抓紧抛了做融券,拼命砸。现在肖斌死了,SC 更多财务黑幕爆出来,股价已经水银泻地,再也救不回来了。还好我融得多,让它拼命阴跌吧,我们躺着也赚钱。"

老白大笑起来,说道:"你这些事,莘迪估计知道,别让这个女人把你卖了！"

"她只知道个皮毛，我跟她从小一起长大，就算不念旧情，也不至于把自己爸给卖了吧？"大牛也笑了起来。

"这女人还真算是神助攻啊。"老白说道。

"那是！我本来还纠结着董事会怎么去投那个反对票呢，莘迪这么一折腾，我也就顺水推舟，没什么犹豫了。我本来就担心着真投了反对票，万一被肖斌收购计划成功了，我还怕跟肖斌结下梁子呢，那家伙的手段我知道，真狠！"大牛得意道。

"这不，尹姚那小子不帮咱的心头之患给帮忙解决了嘛！"老白说道。

"尹姚那个才叫神助攻，不然我也没必要公然和肖斌翻脸，否则接下来的事情就不好办了。"大牛喝了口香槟，继续说道，"本来就打算由老白你的JR来收购铭程，就是肖斌那小子横生枝节，非要SC来收。妈的，如果成功了，钱都给他自己赚去了，我们只能喝喝汤。现在他死了，老白，后续的事情，等你回公司了，你安排吧。"

"放心吧。"老白说完，敬了大牛一杯，继续说道，"听说金军在肖斌死的那天下午就全招出来了？"

"对。"大牛神秘地看了眼老白，"林律师是个聪明人，他也看得懂形势，都那个点了，是替肖斌卖命划算还是听我的划算？"

老白也得意道："那个陈队真他妈狠，一枪毙命，还把现场收拾得明明白白。"

"这些事，你就别去关心了，自有高人安排。"大牛说道，"还有，白总啊，JR上市的工作必须推进得快一些了，现在市场行情不好！"

魏鹏结婚那天穿得非常帅，他把老家的亲朋好友都接到了上海，毕竟这是他人生头婚。尹姚帮魏鹏打理西装，闵颖帮莘迪打理婚纱，莘迪的婚纱特别漂亮。新郎新娘，伴郎伴娘站在一块，愉快地合了好多影。

魏鹏结婚前几天忙得不可开交，快无头绪了，被莘迪说了好几次笨，

第39章 新的战役　　385

魏鹏故意叹气道:"哎,你们都好像很有经验的样子,这里就我头婚!"

大家笑了起来,莘迪不依不饶,狠狠地捏着魏鹏的脸,疼得魏鹏赶紧说不敢乱说话了。莘迪问道:"对了,那你们的婚礼放在什么时候?"

尹姚看了眼闵颖,自己真地好想也给她一个童话般的婚礼,但还是低调点吧,说道:"我们还没定好时间,想着简单点吧。我们跟你们不一样,毕竟鹏哥是头婚嘛!"说完,大家大笑了起来。

婚礼上,高朋满座,体面隆重,欢声笑语充满了整个硕大的厅堂。到最后的敬酒环节,尹姚陪着魏鹏敬了几十桌了,不能让新郎官喝醉呀,只能自己多喝点。莘迪当初和托宾的婚礼在美国,走了一圈教堂,太过简单,李建军去美国待了几天就回来了,父女俩生着闷气,回国也没有补办婚宴。这次不一样,这几个月,跟魏鹏的嫌隙也消除了,自己想要的女婿和自己女儿结婚,好不开心,当初欠那么多朋友的这顿酒,终于可以找回来了。

尹姚跟着魏鹏敬到李建军这桌,两人已经喝得有些多了,但脑袋还清醒着,看得真切,莫莉竟然也在这桌上。莫莉旁边坐着的是JR公司的白总,尹姚打过几次交道。白总正一个劲儿地给莫莉夹菜,卿卿我我的样子,尹姚的眼睛一下就红了。

大家起身一起敬酒祝福这对新人,老白不依不饶,非要加倒一杯白的和魏鹏一起干杯。魏鹏也喝了不少,想拒绝,看看李建军没有阻止的意思,更没有让老白高抬贵手的样子,但看着杯中的茅台,实在喝不下,正想咬咬牙拼掉的时候,尹姚一把夺过了酒杯,对老白说道:"白总,今天是我鹏哥的大喜日子,不能让他醉,我作为伴郎和兄弟,这一杯我替他喝,同时也敬一下你们这对俊男靓女。给个面子吧!"

老白有些不快,听着"俊男靓女"总觉得有些不对味,莫莉是靓女没问题,但自己怎么都不会跟俊男搭上边,但眼前这气氛有些尴尬,莫莉在旁边悄悄拉了下老白的衣服。老白面无表情地提杯干了。

尹姚的眼神直勾勾地盯着莫莉,莫莉借口上洗手间想回避。尹姚一饮而尽，闵颖赶紧过来询问身体状况，尹姚说没事，要去洗手间一次。

尹姚在洗手间门口等了好一会儿，莫莉才出来。莫莉瞥了尹姚一眼，径直往后门走去。尹姚跟了上去，莫莉已经等在门外的角落了。

尹姚嗔怪道："你为什么招呼都不打，就这么离开了？还和这种老男人在一块，你有多缺钱呢？"

"你没资格站在道德的高地上来评判我，我有选择的自由，你有什么权力来奚落我？"莫莉回道。

"对不起，大概我酒喝多了。但我不管你怎么选择，为什么选择白浩这个老秃驴？他不是什么好人，你不知道吗？"

莫莉笑了声，说道："我不管他怎么样，只要对我好就行了。我十八岁就来上海了，那个时候我跟人合租在几百块的车库，睡一张床，烧饭做菜全在里面。我命好，蹦迪的时候认识了个老外进了外企，不然的话，我可能就去洗浴中心或者KTV上班了。那时候自己也努力，学习技术和外语，认真工作，认识了你，原本以为你会是我的真爱，可你还是活生生把我甩了。我家境贫寒，没有学历，外地来沪，这才是你当初真正甩我的原因吧？所以你不要冠冕堂皇地说是因为被开除，找不到工作，才离开的。"

尹姚没有回答，弯下身开始呕吐，莫莉赶紧帮忙在背上拍了几下。

看尹姚没什么事了，莫莉继续说道："后来去了SC，认识了肖斌，我以为他会为我离婚，是我太傻太天真了。直到再次遇到你，甚至以为离你在一起的梦很近了，但终究是梦。是梦就会醒来。我早就知道闵颖快醒来了，我也知道你最爱的还是她。闵娜跟我聊过，莘迪也找我聊过。我爱你，所以我选择离开你，你在吴琳琳和闵颖之间已经做出了选择，我不想让你再做痛苦的选择题，到头来，十有八九伤心的那个人还是我。女人嘛，我已经年纪不小了，在还能选择的时候，爱情和金钱，不能共有，只能二选一了。你就当我穷怕了，选择了金钱，选择了利益！"

说完，莫莉从包里拿出了纸巾，擦了擦眼睛，将剩余的丢给尹姚，转身

第39章 新的战役

离开。

尹姚此时有些泪眼婆娑,喊道:"你就这样走了?一切都结束了吗?"

莫莉停下了脚步,想回头,又继续往前走了几步,突然转过身来,大声说道:"你以为都结束了吗?没有!"

此时,尹姚期待的春雨滂沱没有到来,但真地好想让大雨将自己仅存的那点火花给浇灭,因为才发现自己的烈火为谁而燃烧。

莫莉想忍住不哭,泪水却不自禁地哗哗流下,说道:"我的婚礼在今年十一,我会给你发请帖,欢迎光临。"

大牛后边跟着四个黑西装黑墨镜的彪形大汉来到铭程,进了蔡凌云的办公室。大牛将借条往桌上一扔,说道:"蔡总,陶金陵和肖斌都死了,你以为这些借条都不用还了吗?"

蔡凌云脸色突变,看了看借条,原本在尹姚手上那张500万的借条也在里面,加上前前后后问肖斌借的,总共2100万,哆嗦地说道:"哪有那么多呢。"

"哪不对了?"大牛竖着脸,桌子一拍,狠狠道,"你这几年去澳门和海上输了多少你心里没数吗?我现在是受肖总和陶总家两位妻子之托把钱要回来。每张条上都写了年息10%,你自己算算要还多少钱吧。我限你一周内把钱准备好!"

蔡凌云脸色煞白,委屈道:"我哪有那么多钱?你逼我也没用啊!"

"怎么没用?"大牛冷笑道,"我查过了,你和你老婆名下有三套房,总市值差不多两千多万,卖了就行。"

"我就这么点家产了,卖了我住哪里?"

"这不是我考虑的事情。你抓紧把钱还上,不然我到法院去起诉,你和你老婆的房产都得查封。当然,这还不是最主要的,现在肖斌死了,你以为你自己就没事了?你自己的屁股干不干净,你心里清楚。不还钱,我随时把你弄进去！"大牛狠狠说道。

大牛带着人又走进财务室，看了出纳一眼，然后对高会计高声说道："高姐，你和蔡凌云的好日子过得舒坦吧？天已经亮了！"

高会计赶紧招呼道："大牛，你这说的什么话呢？"

"我跟蔡凌云已经废话不少了，就跟你直说吧。"大牛清了清嗓子，咳了两声，继续说道，"这个礼拜帮我做两件事。一，三天内，你抓紧把半个月前挪用铭程的300万给还回去，别当我不知道，不还回去的话，后果自负。二，去办手续，将蔡凌云所持的60%的铭程股份转让给凯拓发展。"

已经在三亚的海边住了六天了，尹姚依然不想回上海，因为闵颖喜欢这里，希望哪天能举办一个沙滩婚礼，简单点，只要家人能参加就行。这么多天的无忧无虑，现实和过往的印象冲击，闵颖已经越来越恢复得像半年前那种聪慧机灵又美丽调皮的样子。如果人生能够过上这么简单惬意的生活，那也是一番清净，哪怕做个南海的渔民，抑或岛内的果农，日出而作日入而息。

已经挺晚了，闵颖在看综艺节目，笑得爽朗，尹姚轻轻地在她额头上亲了一下，换上运动服，去海滩边跑两圈。出了一身汗，尹姚在躺椅上坐下，吹着晚风，听着海浪声，摸摸口袋，有些焦虑起来，因为烟没有带。

尹姚躺了会儿，今晚的夜空特别明朗，繁星点点，正想回房，旁边躺下一个人，丢了支中华过来，点燃了火机。正合尹姚心意，赶紧谢过，拿起烟吸了起来。

吸烟过半，旁边也一身运动装的中年男子指了指远处，说道："尹姚，我老板在那个亭子里泡了茶，一起去坐坐吧。"

尹姚好生纳闷这人谁呢，怎么知道自己的名字，索性跟了上去。

第 39 章　新的战役

尹姚回到房间,电视还开着。闵颖听到开门声,半醒过来,问道:"怎么那么晚?"

"哦,没事,海边多躺了会儿。"尹姚说完,躺倒在床上,拥抱着闵颖吻了好一会儿,继续说道,"亲爱的,我已经订好机票了,明晚我们回上海。罗军勇后天晚上给我们安排了谢媒宴,他和蔺娜在一起了。"

尹姚怎么也睡不着,不知道心烦意乱些什么,看闵颖睡得很香,轻声起床,到阳台上坐下,点了根烟,远远看到东方已经亮起了一丝曙光。

图书在版编目（CIP）数据

创业的游戏/萧一申著. -- 上海：上海文艺出版社, 2022.8
ISBN 978-7-5321-8192-6
Ⅰ.①创… Ⅱ.①萧… Ⅲ.①长篇小说－中国－当代
Ⅳ.①I247.5
中国版本图书馆CIP数据核字(2022)第094093号

发 行 人：毕　胜
责任编辑：毛静彦

书　　名：	创业的游戏
作　　者：	萧一申
出　　版：	上海世纪出版集团　上海文艺出版社
地　　址：	上海市闵行区号景路159弄A座2楼　201101
发　　行：	上海文艺出版社发行中心发行
	上海市闵行区号景路159弄A座2楼206室　201101　www.ewen.co
印　　刷：	启东市人民印刷有限公司
开　　本：	890×1240　1/32
印　　张：	12.375
插　　页：	2
字　　数：	331,000
印　　次：	2022年8月第1版　2022年8月第1次印刷
ＩＳＢＮ：	978-7-5321-8192-6/Ⅰ·6473
定　　价：	48.00元

告读者：如发现本书有质量问题请与印刷厂质量科联系　T:0513-53201888